本书是国家社会科学基金西部项目（15XSK027）的阶段性成果，项目名称《培育和践行社会主义核心价值观的活动载体研究》。

"三下乡"情与悟

王 艳 | 主 编

光明日报出版社

图书在版编目（CIP）数据

"三下乡"情与悟 / 王艳主编 . -- 北京：光明日报出版社，2021.7

ISBN 978 - 7 - 5194 - 6252 - 9

Ⅰ.①三… Ⅱ.①王… Ⅲ.①散文集—中国—当代 Ⅳ.①I267

中国版本图书馆 CIP 数据核字（2021）第 164418 号

"三下乡"情与悟

"SANXIAXIANG" QING YU WU

主　　编：王　艳

责任编辑：史　宁　　　　　　责任校对：范晓辉

封面设计：中联华文　　　　　责任印制：曹　净

出版发行：光明日报出版社

地　　址：北京市西城区永安路 106 号，100050

电　　话：010-63169890（咨询），010-63131930（邮购）

传　　真：010 - 63131930

网　　址：http：// book. gmw. cn

E - mail：gmrbcbs@ gmw. cn

法律顾问：北京兰台律师事务所龚柳方律师

印　　刷：三河市华东印刷有限公司

装　　订：三河市华东印刷有限公司

本书如有破损、缺页、装订错误，请与本社联系调换，电话：010 - 63131930

开　　本：170mm×240mm

字　　数：368 千字　　　　　印　　张：20. 5

版　　次：2021 年 7 月第 1 版　　印　　次：2021 年 7 月第 1 次印刷

书　　号：ISBN 978 - 7 - 5194 - 6252 - 9

定　　价：98. 00 元

编委会

顾　问：龙先琼

主　编：王　艳

编　委：廖　浩　汪淑娟　张宝娣

　　　　吴岳衡　丁晓岚

目 录
CONTENTS

塔卧深情[*]

充满青春梦想的红色"三下乡"之旅，始于湘西州永顺县塔卧镇，这里是湘鄂川黔革命根据地，这里的土地流传着红色的故事，这里的人们有着红色的基因，这里的歌曲唱响红色的历史。作为重要的革命根据地，塔卧在红色历史中起着重要的作用。当年贺龙元帅和任弼时、关向应、萧克、王震等老一辈无产阶级革命家以塔卧为中心创建了湘鄂川黔革命根据地，壮大了革命队伍，使得中国第二路、第六路红军有了良好的革命发展之根基，形成了以永顺、大庸、龙山、桑植为中心，包括慈利、宣恩、咸丰等县以及鄂川边、川黔边部分地区在内的湘鄂川黔革命根据地，同时，拥有包括沅水流域以及湖北、四川边境的大块游击区域，是第二次国内革命战争的重要革命根据地。被任弼时先生称为"中国南部苏维埃运动发展中最重要的柱石"。同时这里还是中宣部公布的第二批百个爱国主义教育示范基地之一、第六批全国重点文物保护单位、国家国防教示范基地。

通过七天在这里的所见所闻，我们心中的红色激情再次启航，听抗美援朝的革命老兵宋家全老爷爷回忆，那段艰苦岁月的惨烈，那段只有刀光剑影的生活，他们比我们更能体会现在这个世界和平的宝贵。一位唱红歌的老奶奶说道，红色的歌曲一直在她的脑海中唱响，可是现在当地的年轻人却无人传承下去，面临着失传的境地。我们在塔卧烈士陵园广场看见任弼时、贺龙、关向应、萧克、王震五位老一辈无产阶级革命家的雕像时，能体会到这片土地为革命的胜利做出的巨大贡献。站在李昌老先生的墓碑前，看着先生的碑文，了解到先生这一辈子为中华人民共和国的成立而做出的伟大贡献，心中涌现出对先生的崇高敬意。当我们站在烈士纪念碑前献上花圈时，这些为中

---

* 本文作者边波卡都力：商学院。

华人民共和国成立而献身的伟大英雄，他们的精神在那一刻深深感染着我们每一个人，并且将影响着我们以后的生活和工作。没有这些英雄，哪有我们今天这样美丽幸福的生活！

"三下乡"早已拉下帷幕，不可思议这段路程突然地开始，又眨眼间结束，以至还常常以为自己依然在塔卧，梦中还在每天六点的起床哨中挣扎着，但是一睁眼发现自己躺在家里的床上。梦里还在为明天的要烧火而烦恼着劈柴，却看见厨房的煤气灶安安静静地放在那里。梦中还有塔卧镇夜空下我们一遍又一遍地进行着节目排练。大概这样的日日夜夜是不会在我的生命中出现第二次了，但是"三下乡"的记忆却永久地留在我的脑海中。在那里我看见了生活的这20年来不同的风景，感触到了和我所认识的不一样的世界。我现在还会回想起送小孩回家时太阳照在脸上的灼热，晚上开会队员们坐在教室里分享着他们身上每天发生的故事，也会想到晚上洗澡时还要用那有些发黄的洗澡水。而这一切是我"三下乡"所积累的"财富"。我在那里见到了由于穷困而导致的绝望和放弃，也看见了为了走出贫穷而努力的希望。在"三下乡"中真正贫困的不是经济上的贫穷，而是精神上的贫瘠和对爱和教育的缺失。父母是对孩子成长起着至关重要作用的那个人。而这个镇子上的孩子却大部分都是留守儿童。我们无法做到劝说这些家长让他们都回家，这是不现实的。现实的经济条件决定了这个地方的大部分村民这样一种外出务工的生存方式，只希望他们任何一个家长不要放弃对孩子的教育，不论是对学校的教育的不放弃，还是对家庭中爱的教育的负责。

短暂而欢快的"三下乡"使我收获到很多东西，比如友情，比如成长，比如对生活的体验。我可能不会忘记这个假期和一群人，为了自己喜欢的事情去到了乡村，在这里当了一个星期的老师，烧了四天的柴火，学会了怎么样烧柴生火，又风尘仆仆地回到了学校。这段经历中产生的友情让我铭记，这里的友情不添加任何的其他因素，只是志同道合的人之间所产生的友谊的种子。希望"三下乡"结束后我们之间友谊的种子也不会就此消失，也希望我们在这七天中所教会小朋友的东西他们不要忘记，希望将来的某一天这些小孩能在某一个场合和我们相遇，就像是学校的老师希望我们能够成才一样的那种期望。我们也同样将期盼寄托在他们身上，在社会实践中我们第一次教书育人，不知道以后还会不会有这样的机会去被叫作老师。当小孩子用童真的声音喊你一声老师的时候，那样的感觉真的难以表达出来，只觉得自己身上仿佛有了责任，有了要带好他们的义务，有了希望他们会更好的想法。

青春是一个充满朝气和梦想的词语，而我们的"三下乡"之旅让我们的青春融入红色，为我们的梦想染上了永远热爱并忠诚于我们的国家的信念，让我们的心灵受到了一次震撼的洗礼，让我在短暂的大学生活中得到了锻炼和成长。筑起红色的梦只要一段旅程，坚守红色的心却需要用一生践行！希望你我都能将这次"三下乡"中的感受坚守下去！

你是一抹少年蓝，蓝色天空平静边城*

双眼再一次掠过，清水江那落潮时刻的模样，透过眼角的水珠折射进来；阳光透过车窗，炙烤着一颗不愿离舍的心。

遇见最美的意外

"三下乡"回家的火车上，无数次想起这三个字。说起去"三下乡"是一种缘分，明明没有打算，却成了遇见最美的意外。第一天，和大多数陌生的面孔，坐上同一辆汽车，穿着一样的衣服，骄傲地愉快地向着边城走去。

边城在沈从文的笔下是温暖的，是我不曾了解的。但第一次与它碰面就足够让人流连忘返，我喜欢那种宁静，喜欢那种舒适，喜欢那种说不出味道的美好。在边城的十天，是我们专业技能得到实践运用的第一步，新闻学这个专业，让我发挥所长，观察着每个人的神情，观察着每一个事物，感动之余，表达所思。

深深记得，下乡去骑马村，有一位正在接受我们免费医疗服务的老奶奶。奶奶长期自己带着孙子和孙女，儿女都在外打工，很少回来。奶奶浑身是病，腰椎间盘突出、严重的淋巴结、风湿、高血压，都是折磨人的常见病。由于乡下交通不方便，只能自己骑车去镇上的诊所，但神经挤压着右手，骑摩托车时，奶奶总是控制不住把手，要是走过去来回要一个多小时，治不治得好还不知道，更不能将两个小孩子扔在家里。听了老奶奶的话，哀伤之余又无能为力。我们下乡带给村民的只能是暂时的帮助，那么以后呢，谁又知道以后呢。

回去的路上，下着小雨，我举着吉首大学的旗帜，走在最前面。心中思绪万千，带不走的留不下的就封存在自己的记忆中吧，提醒着自己在日后的岁月

* 本文作者陈慧宁：文学与新闻传播学院。

里，不忘初心，尽己所能。

遇见阳光般温暖

"'三下乡'的小伙伴们，愿我们不在一起的每一天，你们天天都好。"这句话是在最后一次团会上我发言的结尾。时至今日，我依然感动于与这样的良师益友一起下乡、工作与学习，这是一次很好地将自己的专业与实践结合的经历锻炼，一次可以发现与学校学习环境与众不同的机会。依然记得医疗服务团的伙伴们，穿上白大褂时候的样子，拿着听诊器，轻手把着脉，轻轻地和村民说话。他们就像一阵温暖的春风吹进百姓心中，愿边城无病无痛，无人打扰，如人间仙境。依然记得科技扶贫团的伙伴们，那忙碌的身影，如一颗颗螺丝钉般执着。还有旅游资源调查团，政策、文化宣讲团的伙伴们，多少次走在36摄氏度的燥热空气中，多少次访谈多少次聆听，多少次深夜伏笔，只为明日的进步与精彩。

可爱的老师们，想起盈盈老师在工作之余还耐心地给我们队员做健康指导，要多休息，不要太累，天气太热要照顾好自己。人称畅哥的刘畅老师，工作中的严谨、生活中的幽默让人难忘。姗姗老师每天细心地照顾着46个人的生活起居和负责文娱活动的安排。谢老大曾告诉我们说："别担心，有我呢。"王老师每天都在激励我们，不要害怕辛苦，要体现大学生志愿服务团队的精神风貌。队员们冲锋陷阵，带队老师们默默守护。"情暖湘渝黔"就是一个大家庭，我们都是不可缺少的一分子，无论多久无论远方，都有一种情结紧扣，那就是团队的力量、团队的爱。

相聚是因为缘分，那分别或许就是因为要一起勇敢。愿自己也愿他人，珍惜下乡的故事，让它真正成为一种力量，越努力越幸运，就用那份幸运改变能改变的。最后一天夜晚走在边城小镇的十字路上，我想，我多么庆幸能够遇见你，在这最美的年华。"三下乡"，你好！

那些成长，谢谢你们的陪伴*

　　"三下乡"社会实践活动完美落幕，于我而言，比起这其中的精彩，我更难忘的是"三下乡"带给我的成长经验。那是一个普通的下午，是连续几天烈日以来，我们在山枣乡迎来的第一场雨。雨下得很大，所有人都很兴奋，我们已经经历了连续两天的停水停电。当时我有冲进雨中畅快淋漓一场的冲动。但我知道我不能，因为这场雨带来一个很严峻的问题——骤至的大雨导致山枣乡全部停电。

　　停电了，孩子们不能在教室看电影。下雨了，孩子不能在室外玩游戏。那么晚上就是"自由活动"。文娱组召开了一个紧急会议，恬芳、吴琳、伟钰都赞同这个建议。考虑到活动组织和孩子们的安全问题，我觉得不太妥当，于是找到了团长，讨论一番最终决定在教室里学歌。当我和文娱组成员准备组织孩子们开展活动时，才发现已经有团队成员将孩子们解散了。我一声怒斥："你们知不知道有一句话叫作听指挥，不擅自做决定，把孩子们就地解散，有没有考虑过他们的安全！"对着组员，我大声地质问他们。既然孩子参加了我们的活动，人身安全我们就应该全权负责。而下午正常应该是五点半下课、吃饭，七点到八点半是晚上娱乐时间由文娱组负责。假如解散自由活动，五点半到八点半，这期间有三个小时，孩子会不会下河游泳？上山迷路？会不会出什么意外？可是大班的孩子们已经解散了，出事了谁负责？谁负得起责？不知何时，其中有两个学妹的泪水已如泉水般哗啦啦地在流，我的心颤抖了一下。不禁反思，从一开始，我又何尝是一个合格的组长？遇到突发情况，我作为组长竟然没有应急预案，处理过程，我又没有保障信息交流的畅通。出了如此问题，组员们有责任，而我又如何能独善其身呢？

　　我记得一开始，文娱组的大部分工作都是我一个人在做，很累，于是我向

* 本文作者陈菁华：数学与统计学院。

我的组员们抱怨。她们没经历，不理解，同时找不到自己的存在感，也无法认可我。我一直忙一直抱怨，而组员们一直没有存在感也无法理解，整个团队就处于这样的恶性循环中。

直到某一天，白天的素质教育课已经让我精疲力尽，晚上组织晚间活动时显得很无力，却有志愿者们积极地参与配合与帮助组织，让我激情迸发，并突然意识到我不是一个人啊。之后，我认真地反省了自己，做出了详细的任务计划并安排到个人，每天的工作在前一天就安排到位。通过有效交流和沟通，通过分解任务、责任到人，通过实时监督和反馈，确保了团队的社会实践活动有条不紊地开展和实施起来。

突然想起你们对我的夸奖，在我忙碌时对我的帮助。没人喜欢抱怨，而你们却如此包容我体谅我。没有你们的支持，我何来的成长。而我应该也要包容你们，等你们的成长啊！

"你们应该等我来的，因为你们并不完全知道不能解散这件事的重要性。你们提的建议我都听到了，也和团长传达了这个建议。我既然没有决定，你们应该等我来决策。与支教组组长沟通协调是我的事，决策也是我的事。你们把决定直接做了我做什么？我为什么先不表示赞同你们说的自由活动，而是先找团长商量？每件事走的流程必然有其道理。我很抱歉前面说的话，让你们伤心了，我很抱歉。在这件事中，你们有做得不对的地方，而我也有很多的错误，希望以后我们相互提醒，更好地开展工作。"我向每个人鞠了一躬表示歉意。我知道这里面有之前我作为一名不合格的组长的歉意，还有那份团队成员对我不成熟行为包容的感谢。

终于，孩子们在傍晚前都安全地回了寝室，最终的汇报晚会也圆满地举行。我从孩子们身上收获到了很多很多感动。小凡姐出于本能，迅速抱起摔跤的孩子，自己却摔倒在坚硬的水泥地上；远凤姐连续几个小时舞蹈教学后，瘫睡在舞蹈室的地板上；停水的一大早，鹏飞给我们寝室提来的一桶水；丁老师振奋人心的小纸条；发哥对我的鼓励；组员们对我的支持包容；孩子们递给我已经送给她们的护手霜；海铭哥的谆谆教诲，如兄长般的体贴关心与鼓气。还有志愿者团队所有人的无私奉献，都很感动人。

我知道，那种一起工作一起生活，有应必回，像亲人般的日子一去不复返。我也知道，不复返的同时，我将永远铭记。

一次井冈行，一生井冈情[*]

2016 年 8 月 22 日，我们一行 15 人到达井冈山全国青少年爱国主义教育基地，红色之旅就此开始。

在全国青少年井冈山革命传统教育基地的精心筹划和特色教学下，我们换上红军的军装，此时此刻我们都是一名红军战士，怀着无比崇敬的心情，我们向革命烈士们敬献了花圈并真诚地鞠躬。我们先后参观茨坪毛泽东旧居、大井红军领袖故居、毛泽东八角楼旧居，这些领袖生活和工作的地方条件异常艰苦，我们感受到当年革命领袖、红军战士和井冈山人民在敌人严密封锁的情况下所进行斗争的艰苦性，更领略了毛泽东创造性地确立了党指挥枪、支部建在连上、官兵平等等一整套的治军方略及共产党对军队的绝对领导与建国建军的雏形，同时也仿佛看到毛泽东在八角楼上挑灯写下《井冈山的斗争》与《中国的红色政权为什么能够存在》的光辉著作，凝聚了伟人的革命热情，点燃了中国革命的星星之火。

参观了井冈山革命博物馆、黄洋界纪念碑、黄洋界哨口工事和红军营房、红军医院等红色景点，重走了当年的红军挑粮小道，重温井冈山革命斗争时期生活情景，感受老一辈无产阶级革命家身先士卒、率先垂范的高风亮节，体会井冈山精神。"千磨万击还坚劲，任尔东西南北风"，这条小道是朱毛带领红军用汗水与欢笑筑成的。参观学习以后，使我充分认识了井冈山精神的伟大，这是老一辈无产阶级革命家和井冈山军民在革命战争年代共同创建和培育起来的。

参观小井红军医院、小井烈士墓，难忘曾志老红军为了革命忍痛舍弃三个孩子，为她的铁骨柔情潸然泪下；难忘红军将领张子清不顾自己的生命安危，把救命用的食盐献给了战友，而自己却因伤口感染而光荣牺牲；参观井冈山革命历史博物馆以及老师们课堂上讲解井冈山革命斗争的故事与井冈山革命精神，

＊ 本文作者陈晶晶：旅游与管理工程学院。

让我们进一步深刻领会和感受了什么是井冈山精神。中国井冈山干部学院特聘教授李忠主讲《井冈山斗争及井冈山精神》，互动教学《让红色精神代代相传——革命后代讲家风》，听烈士的子女王延、李晓帆讲述他们父母辈过去的故事，感动于中国老一代红军的艰苦卓绝和严谨开放的家风文化，使我们心灵受到强烈震撼，理解老红军的革命情怀及井冈山精神的传承。专家、教授们用鲜活的故事、通俗的语言让我们能够清晰领悟到"井冈山精神"的深刻内涵。

井冈山革命博物馆系统、全面地记录了中国工农革命军从1927年9月直至1930年期间的整个过程。我们在馆内一步一步走着，目睹着井冈山怎样从一块默默无闻的土地发展成为中国革命历史上最伟大的革命根据地。我知道，我们脚下每迈出的一步，都是无数革命先烈用鲜血与生命铺垫而成的，我的脚步因此变得沉重而缓慢了，不愿放过这博物馆里的每一个细节。可以说，参观后得到的东西比我想象的要多，既看到了革命斗争的腥风血雨，又看到了根据地建设的欣欣向荣。两年零四个月，在历史长河里只是短暂的瞬间，但在中国的革命历史中起着至关重要的作用，毛泽东在井冈山把马克思主义普遍真理同中国革命的具体实践相结合所开辟出的中国革命新道路，为古老的中华民族重新站起来指明了正确方向；海拔不过千余米的井冈山，与三山五岳相比，并不算巍峨挺拔，但却吸引着越来越多的人不断来探访。究竟是什么力量支持一代代中国共产党人从胜利走向更大的胜利？现在我终于有了不虚此行之感，因为我终于明白了这种力量就是"井冈山精神"。

通过这次培训教育活动，我们每一个人的思想和心灵一次又一次得到升华和洗涤。不仅感受到革命先烈的伟大，更清楚地认识到今天的幸福生活来之不易。通过这次学习，我觉得"井冈山精神"不是一句空话，在每一个人的成长中理想和信念实在太重要了，是人之魂，根之基。我理解的井冈山精神，就是坚定共产主义信念、艰苦奋斗，实事求是、敢闯新路，依靠群众。井冈山之行，我们受到了一次深刻的党性和革命优良传统教育，对中国革命的艰难历程有了更全面的了解，充分认识到新时期继承和发扬井冈山精神的重要性和必要性。作为学生干部的我们，在工作中也应该学习和弘扬井冈山精神，坚持以科学发展观为指导，树立正确的世界观、人生观、价值观，增强爱国热情与社会责任感，逐步完善自我，树立顾全大局的观念和意识，塑造实事求是、扎实肯干、不畏艰难、开拓创新的工作作风。

短短十天的红色之旅让我们重温了革命历史，缅怀了死难先烈，但更重要的是我们领悟了一种精神——井冈山精神。这种精神不但是革命胜利的根源，同样也是实行改革开放、现代化建设取得成功的一个根源。

再见了，但忘不了*

裴斯泰洛齐曾说："实践和行动是人生的基本任务；学问和知识不过是手段、方法，通过这些才能做好主要工作。所以，人生必须具备的知识应该按实践和行动的需要来决定。"这说明智慧与实践永远是分不开的，在实践中可以检验真理，也能培养能力，弥补不足。这次暑期"三下乡"活动使我有了一个社会实践、检验自我的机会，使我无论在能力上还是在心灵上有了一次大的飞跃，也发现自身存在的不足。

忘不了那漫山遍野的淮山，忘不了那随风而动的悠悠清香草，忘不了田间垄上无处不氤氲着的迷人绿意，也忘不了农村留守儿童那天真稚气的笑容，忘不了老人们那刻满风霜的脸和仁慈爱怜的眼神，更忘不了风雨中我们 27 个人相互扶持，相互依赖，相视而笑，相拥而泣的每一个场景。而这一切的一切，将被永远地珍藏在我们的似水年华中。

台湾一位作家说过："所谓的父女母子一场，只不过意味着，你和他的缘分就是今生今世不断地在目送他的背影渐行渐远。你站在小路的这一端，看着他逐渐消失在小路转弯的地方，而且他用背影默默地告诉你，不用追。"

在联团村这几天来，发现村子里面特别多的留守老人，有的是满头白发，有的是在饱经风霜的脸上刻满了岁月留下的皱纹。同他们来到联团，从来没有觉得自己为这个村子带来了什么，虽然不清楚这里的人民会记住我们什么，但是每次心与心之间的交流总让我感受火炉般的温暖。其间有老人偷偷地来给我们送蔬菜，为了不让我们知道，他们悄悄地趁我们不在的时候放在我们的大本营。上来几天了，我身心十分疲惫，但是那些可爱的小孩子用自己最纯真的笑容影响着我。有一个参加夏令营的小女孩一本正经地同我说："每个人都会有负能量的时候，但是一定要保持一颗积极乐观的心。"并且要带我去散步。她那小

* 本文作者陈丽娟：外国语学院。

大人的模样，在我看来是一件多么不可思议的事情。也许我们的心情也不太愿意与这些小屁孩分享，但是我想说的是，用心去对待身边的每一个人，你总会成长。这次实践完，我在心里也暗暗地做出一个决定，去乡下看看年迈的爷爷奶奶、外公外婆。

总是想着泪水与喜悦还是觉得有些许俗套，最想说的还是时间，在这为期不久的"三下乡"社会实践中，我们已经过了三分之二。面对即将到来的别离，孩子们眼中都是带着淡淡的悲伤，我同样是。

在连续几天的帮厨中，我很明显地感觉自己的刀工变得好很多，也跟在其他人后面学习做菜，感觉到自己过得特别充实和满足。天天与爷爷相处，感情也就慢慢变得深沉起来。快别离时，和爷爷说了句："爷爷我们还有几天就要走了"。爷爷顿了几秒钟，用他不标准的普通话说着："你们走了，我也会不习惯的。"我心里默默地想着，我们也一定会舍不得这位爷爷的。人的一生中，总会遇见很多人，但是大部分的人对于我们来说，都是泛泛之交，可是这些彼此都注入了真挚情感的关系又叫作什么呢？大家都说大学时一定要"扛过枪，下过乡"，经过这次实践，我感到确实苦、确实累，但是真的收获了许多。这些天的生活很接地气，让我对农村有了比较系统全面的认识，深深地感受到乡村生活的幸福与快乐所在。

珍惜当下，无论在哪里，什么样的环境，只要踏实地过好每一天，每一天都是收获满满。感谢爷爷的认同，未来的路还很长，期待每次努力过之后内心的踏实满足。

再见了烟雾缭绕的联团村，再见了联团山美丽的画面，再见了联团水井流水涓涓，再见了我留给你联团村的最后一面，再见了大通铺那几张凉席。支教团的那些画面，一遍一遍地被迫昨日重现。刚来时想着离开，回去时却因别离的友谊而失眠，在联团村那写不出新闻稿的忧伤却会引来彼此的共鸣，在联团村那吃饭前的呐喊声，我想会比老情歌更让人怀念。再见了让我珍惜的老师们，再见了吃大锅饭的画面，再见了我留给你离开后的深情思念，我相信我们还会再见，我相信我会一直想念，我相信我们都会很好，我相信我相信的一切变成火焰，照耀彼此的脸，茫茫人海相互看见。

再见了我留给你离开前的最后一面，再见了相互嫌弃的朋友们，再见了来不及说出的谢谢，再见了老古树老古井木房子，再见了我留给你离开前的最后一面，我相信我们还会再见，我相信我会一直想念，我相信我们都会很好，我相信我相信的一切变成火焰，照耀彼此的脸，茫茫人海相互看见。联团的美丽风景也还在，多少记忆如今成了感慨，那些甜美的笑容，是否曾经想起它。

学思践悟新思想，青春建功新时代[*]

为深入学习贯彻习近平新时代中国特色社会主义思想和党的十九大精神，引领并教育广大青年学生勇做担当民族复兴大任的时代新人，响应团中央大学生暑期"三下乡"社会实践的号召。同时也为了积极响应习总书记的精准扶贫政策，2018 年 7 月 11 日，吉首大学美术学院"凤凰遗风"社会实践服务团师生一行 12 人赴湘西州凤凰县廖家桥镇鸭堡洞村和腰子坨村进行为期十天的暑期"三下乡"活动。"凤凰遗风"社会实践服务团在鸭堡洞村和腰子坨村开展了一系列社区扶贫工作。

我们团队 7 月 11 日早上从学校出发，舟车劳顿以后，终于在下午三点左右到达了目的地。鸭堡洞村位于凤凰县廖家桥镇北方七公里处，是凤凰县 13 个重点移民村之一，行政区划面积 6405 亩。腰子坨村位于湖南省凤凰县廖家桥镇以北 6 公里处，占地面积 8312 亩。两村于 2017 年 7 月已合并为一个行政村。我们的团队成员通过走访考察，看到沿途成片的瓜果蔬菜，深切地体会到了"绿水青山就是金山银山"。我们在走访腰子坨村的时候，发现这一片区的村民喝水和用水都很困难，在水井不远处，稀稀落落住着几户人家，大都是老人和小孩，心里很同情他们的生活过得那么艰苦。我们团队挨家挨户去探访村里的人，我们还了解了一些村民的基本情况，在村支部书记的介绍下，得知腰子坨村的劳动力基本在外务工，只留下老人和小孩在村子里。在知道这样的情况后，我们总想为这个村子做点什么，至少，我们想给他们带去一丝欢乐。

由于腰子坨村子里没有水，所以我们社会实践团的成员就从山下把水打上来，然后再一起帮忙把水装进储水器的大桶里运输到营地，我们的成员在互帮互助中既体会到了水的宝贵又收获了友情，还明白了节约用水就是有付出就有收获的喜悦感和满足感。我们社会实践团为更加深入了解"精准扶贫"工作，

---

[*] 本文作者陈培：美术学院。

接下来便开始了走访村民的工作。当我们实践团来到了一位老党员的家里的时候，看到老爷爷端了一碗清淡的面条在吃，我和小伙伴们亲切地送上了慰问，老爷爷脸上也泛着灿烂的笑容，非常和蔼可亲。通过深入了解后，我们才知道这位老爷爷姓龙，是一位86岁的老党员，家里的亲人都外出打工了，他独自一个人生活。他见到我们社会实践团的到来特别开心，还说希望有能够看到在党的带领下腰子坨村脱贫致富的一天，能早日解决喝水困难、用水困难的问题。谈话中我感受到了龙爷爷真挚的眼神中透露出的坚定信念以及情绪中流露着的真情实感。此刻，从我们小伙伴的表情里可以看出大家在心里暗自佩服这位老党员同志对村里的关心和对村民的关爱。在这次的走访过程中，我们"凤凰遗风"社会实践团不仅体会到了农村老百姓的纯朴，而且也丰富了我们自己的人生阅历，积累了经验，为自己以后的学习和生活都积累了宝贵的财富。

7月12日早上7点，太阳冉冉升起，照亮了整个腰子坨村，村子里的鸡鸣声也唤醒了正在沉睡中的我们。我和小伙伴们便开始起床准备升国旗仪式。升国旗仪式一直是这个腰子坨村长期坚持不懈做的事情，据腰子坨村聂书记介绍，我们这一天升的旗已经是村子里升的第四面国旗了，当我看到缓缓上升的国旗的时候，心中油然而生了一种对国家的、民族的自豪感。

当天上午10点左右，我们社会实践团成员在聂书记的带领下又参加了凤凰县发改局组织的七一慰问扶贫村贫困党员活动。在活动中，发改局的领导和鸭堡洞村的党员干部给所有的党员同志上了一堂生动的党课。在党课上，我丝毫不敢马虎和懈怠，很认真地学习党的知识，记下笔记。我觉得能够成为一名党员是很光荣的事情，我必须严肃对待每一次的党会，提高自己的党性修养，不断沉淀自己，成为一名合格的党员。

到了中午，党员活动结束了，我们社会实践团就去给老党员们发放慰问品，看到他们收到慰问品时的喜悦，我心里也不由自主地跟着开心。

7月13日，我们社会实践团成员早早地就起床开始了鸭堡洞村和腰子坨村的"精准扶贫"贫困户数据录入工作。我们的小伙伴都很认真地学习"精准扶贫"数据录入，为了保证工作的质量，我们学习的时候都丝毫不敢打马虎眼。我们社会实践团在这次的工作过程中都学习到了很多在学校里学不到的知识，大家都受益匪浅。我认为这也是给我自己的人生又上了一堂宝贵的课，也为我以后的生活和工作积累了经验与财富。

7月15日，我们"凤凰遗风"社会实践团成员又跟随国家非遗文化凤凰纸扎传承人聂大勇师傅一起探寻凤凰纸扎的原材料来源。我们社会实践团和聂师傅一起研究凤凰纸扎的原料苟皮树。这也是我们平时在学校学不到的东西，因此我们更加觉得这次机会难得，学习的时候也就更加认真了。

7月16日一大早，我们社会实践团就和扶贫办的领导一同去走访腰子坨村里的贫困户。当我们走访到第一个贫困户的时候，那是两位80多岁的老爷爷和老奶奶，其中老爷爷是党员。老爷爷和老奶奶见到我们社会实践团和村里发改局扶贫办的到来，很热情地迎接了我们。老爷爷走路都走不稳还要给我们社会实践团切西瓜吃。了解完贫困户家里的情况以后，老爷爷老奶奶依依不舍地和我们社会实践团及领导们挥手告别，看着老爷爷和老奶奶渐渐远去的身影，我心里暗暗涌动着一丝感动。

接下来我们社会实践团和扶贫办的领导又一起访问了好几家贫困户，基本上对村里的贫困户的家庭情况有了大致的了解，当然，我们也对"精准扶贫"工作有了更加深刻的认识，同时我们也为自己的社会实践积累了更多经验。

7月17日，学院的领导从学校千里迢迢来看望参加暑假"三下乡"社会实践的我们，学校的杜书记和贺院长还有学长看到我们社会实践团的时候都为我们的团队成员竖起了大拇指，认为我们这个团队的精神值得鼓励。

7月18日，我们美术学院"凤凰遗风"社会实践团在进行"三下乡"的同时也协助廖家桥镇开展"精准扶贫"工作。这一天，廖家桥镇政府、吉首大学、廖家桥片工作队共谋精准脱贫大计打赢脱贫攻坚战。会议上，我们吉首大学美术学院"三下乡"社会实践团教师代表丁梦玲老师发表了讲话。此外，廖家桥政府和廖家桥片区工作队也发表了重要言论，为廖家桥镇的精准扶贫工作出谋划策。在会议上，我的小伙伴们都很认真做笔记，认真听大家的发言，我受益匪浅。

7月19日，我们美术学院"凤凰遗风"社会实践团跟随非遗传承人聂大勇师傅一起学习凤凰纸扎。纸扎工序一共有14道：整平竹节骨、破竹、刮篾、篾条做防腐处理、晾干、制作形状篾、纸缠篾、搓纸捻、扎制骨架、裱糊、彩绘、走金线条、装饰、组装。每道工序均存在前后的因果关系，按部就班，环环相扣。在纸扎诸多工序中，形状篾的制作和扎制骨架是工序中的关键和难点。我们社会实践团为了学到凤凰纸扎的精髓，每一个步骤都很认真学习。首先，我们社会实践团跟随聂大勇师傅上山去挑选适合做凤凰纸扎的竹子，一起砍竹子，看着小伙伴们砍竹子的热情，我也上去试了几下，没想到我砍竹子的动作大家都觉得很标准。

当我们学习完凤凰纸扎以后，我们社会实践团和凤凰纸扎非遗传承人聂大勇师傅合影留念，当照片记录下这一刻的时候，我知道我们都有不少的收获。

学习完纸扎之后，我们美术学院"凤凰遗风"社会实践团又分为两组，一组教村里的留守儿童画画，一组为村部的文化墙进行绘画。看着我们实践团的成员在篮球场上教小孩子打篮球，一片欢声笑语，我真希望时间能够停在那一刻。没多久，篮球场旁边的墙上就留下了一幅充满乡村气息的美丽画卷，那是我们社会实践团为这个村子留下的一份美好纪念。

7月20日早上，我们吉首大学美术学院"凤凰遗风"社会实践团"三下乡"活动圆满结束，大家都收获满满。大家带着感恩的心与这10天以来帮助过社会实践团的聂书记，以及腰子坨村和鸭堡洞村的工作人员道别，愉快地结束这次暑期"三下乡"社会实践活动。我想要是每天都能这样简单、幸福、单纯就好了，山上没有水，每天一起下山打水，一起洗衣服，一起坐着师傅的皮卡车，一起很拉风地在车上一路欢声笑语。村里的人在路边看到我们这群活泼可爱的大学生坐着皮卡车唱歌，他们都赞叹我们好有活力，年轻真好！我也很享受这样的自由纯朴的感觉。

或许幸福就是这样简简单单，没有城市的喧嚣，没有城市的快节奏。每一天都能听到鸡鸣狗叫。孩子们在阳光下奔跑，宁静而安谧的感觉，真的觉得好幸福啊！

人有悲欢离合，月有阴晴圆缺，天下没有不散的筵席，总有分别的这一天。我知道大家都很依依不舍，但是我们收获的这份情感、这一社会实践才是最珍贵的。

或许人生就是一列开往坟墓的列车，路途上有很多站，很难有人可以自始至终陪着走完，当陪你的人要下车时，即使不舍也该心存感激，然后挥手道别。

那个我*

　　曾经的我一直甘愿做一个"小透明"，自认为生活就该如我所谓的简简单单，不会受到关注、不会手足无措、不会出糗，可我似乎也忘记了，这样的我也很难成长，不能锻炼自己。当我进入大学后，发现很多事情对我来说逐渐变得无能为力，"匮乏"二字在我身上尤为突出，所以，深思熟虑后我主动报名参加了这次"三下乡"活动。我本对于"三下乡"之行一无所知，学校对我们进行了培训，身边还有同学和老师，不断让我明确了此行的任务和目的，就此我走进了我的"三下乡"之旅。

　　这次的社会实践活动来到了我的家乡——娄底市新化县。娄底素有"十里不同音"的说法，娄底话的难懂出了名，所以我理所当然地充当了我们小组的翻译。对于这次活动还是有不少新体验，时隔十多年又一次坐上了绿皮火车。记得小时候最喜欢的就是拉着爸爸去看火车，但那个时候还是太小了，这次才真正地完整地观察了这快要消失的绿皮火车。绿皮火车的窗户是可以打开的，透过窗户可以看到更加真实美丽的风景，可以感受火车行驶所带来的风，最主要的是可以体会到什么是"风尘仆仆"。通过火车、城乡巴士和三轮车三种交通工具，耗费了一天时间，我们终于到达了目的地。

　　在实践过程中有一项比较重要的任务就是完成调查问卷。我们的首发调研地点就是当地的镇政府，可能是因为里面绝大多数是政府工作人员，他们都比较认真积极地帮助我们完成问卷，当然问卷需要面向多方人群，所以我们还是需要去寻找其他受访者。其中有一位是我们吉首大学的学姐，在我们调研的过程中，她的丈夫说道，"现在在农村和城市生活已经没有什么差别了"，在实地调研中也可以看出现在的农村已经发生了翻天覆地的变化，有了干净的马路、建起了新房子、养老有了国家保障等。可实际城乡的差距在物质条件上有所减

---

　　* 本文作者曹倩：马克思主义学院。

少，但在教育、医疗等方面，依然存在着巨大的差异。就如其中一位受访者，她是一位母亲，她最重视的就是孩子的教育问题。不是经常有人说"寒门难出人才"吗，农村的教育水平的确与城市有很大的差距。这位母亲希望学校可以适当地进行补课，毕竟在现在应试教育的背景下，成绩还是非常重要的，然而现如今不允许补课，家长自身的知识水平不高，不能很好地辅导。同时她提出了一个比较普遍的问题，虽然现在大多数村里面都有农村书屋，可是使用率却很低，大多数人不知道或者不会去农村书屋阅读，村民们获取知识的渠道和机会还是太少。而且在农村和镇里普遍没有书店，学生多多少少都需要购买一些辅导书，可是他们却只能去县城里购买。如果在农村有这么一家书店，的确会方便不少。

有时候我们会遇到一些麻烦，比如有些人对我们保持一定的警惕性，害怕会对他们造成什么不好的影响，会拒绝我们的访问。但"山重水复疑无路，柳暗花明又一村"，还是会遇到一些非常友好的村民。比如其中有一户村民，看见我们一大队人来了，不但非常配合我们的工作，而且特地去购买水果和饮料，特别热情。

在本次实践活动中，我真切地感受到了自己的成长。开始的我不愿去发表自己的想法，在不断地团队协作之后才明白，我们是一个团队，团队需要我们每个人的想法，来不断去完善我们的行动。于此之前，我的圈子可以说都是被迫接受的，我也不愿主动去拓展我的圈子。可经过这次"三下乡"，也让我明白了不能局限在自己以前的圈子当中，我们应该去放开自己，去挑战自己，去不断仰望更高的地方，不悔青春，不悔年华。

想您念您*

不知不觉中，我们的"三下乡"活动已悄然落幕。虽然只有短短的几天，但是在这段短暂的时间内，我看到了许多我以前没有看到的，也学到了很多自己不曾接触过的。

一个没有组织过活动的人，是不会知道想要开展一个活动并且按照活动计划进行有多少事情要做的。虽然我不是这次活动的领队，但是我却看到了领队学姐的辛苦。从确定人数到收集信息，从购买保险到确定时间、地点，从联系负责人到组织大家等。这些工作看似简单，可是其中的艰辛，我想只有学姐自己才能明白吧。一个人跑上跑下，任何一个环节出了问题都有可能导致活动不能如期举行，甚至是更严重的问题，她只能尽自己最大的努力去把每一件事都做到最好。同时，她还要设想可能会出现的问题，然后想好应对的措施。如果团队的成员之间出现冲突，学姐还要想办法安抚两个人的情绪，真的特别辛苦。所以在这里想对学姐说一声："你辛苦了！"

几天来，我们的走访路线为：打鼓泉村—陈家院村—洪家关村—花园村。这几个村落的基本情况相差无几，只是在产业发展上有一些区别。陈家院村就种植了烟叶，花园村种植的则是西红柿，洪家关村则是依靠红色旅游。

在调研走访中，尽管我们去的村落都是比较贫困落后的，但那里淳朴的民风却是其他乡镇无法媲美的。有一位爷爷，他和奶奶两个人住在一栋破旧的小平房里，往里面望去都是漆黑的一片。刚吃完中餐，奶奶蹲在外面洗碗，爷爷在得知我们的来意之后，热情地招待我们进屋。在交谈中，我们得知，爷爷奶奶的身体都不是很好，两个人经常往医院跑。爷爷每天还要去自家的玉米地和田里看一看，到了丰收的季节，也是他和奶奶两个人劳作。三个儿子都在外地打工没有时间回来。我问爷爷，什么时候是他最开心的时候。爷爷说："我呀，

---

* 本文作者陈思敏：旅游与管理工程学院。

过年的时候最开心啦，过年了，我儿子他们就都回来了，那样一大家子人一起过年才是最热闹的啊，你说一家人在一起才是最好的，对不啦？"听到爷爷的回答，我莫名地觉得有点心酸，是呀，对于他们老人而言，最重要的不就是儿孙满堂，承欢膝下吗？爷爷又说："没办法，只能出去，不出去根本就养不活这么一大家子人啊。"是啊，对于这个贫困村落来说，想要养活一家人就必须选择外出啊，也许他们也不是那么情愿的背井离乡，可是生计所逼他们没有其他选择。奶奶偷偷地告诉我们，爷爷看起来一副"出去就出去了，没什么大不了"的样子，其实，经常偷偷地念叨，牵挂在外打工的儿子们。儿行千里，身为父母哪有不担心的。不管多大，在父母心中，你都只是他们的孩子。父母在，人生尚有来处；父母不在，人生只剩归途。不管我们离家多远，只要家里还有牵挂我们的人，那就还尚有一份归宿。

除了那两位爷爷奶奶让我印象深刻，还有就是花园村的孩子们。最后一天，我们前往了花园村，那里已经有了一支志愿者队伍为孩子们开设了暑期学堂，我们作为旁听生加入其中。我看到了小学班里那一张张纯真的笑脸、初中班里那一张张羞涩的面容，我就知道来对了地方。看到初中班在上语文课，我就走了进去一直在那里听，想要为他们拍张照，结果小姑娘羞涩得不敢看镜头。他们都是从小就和爷爷奶奶生活在一起，对于父母的记忆，仅剩下过年的美好时光了。在来这里之前，我就已经做好了心理准备，面对这一群没有父母的陪伴和保护却依旧天真烂漫的孩子。可是当他们一个又一个地说出"我想妈妈""我想爸爸"的时候，还是忍不住地红了眼眶，趁着他们不注意偷偷抹掉眼泪。这时，一个小姑娘走到我面前，抱了抱我说："姐姐，没有关系的，我知道爸爸妈妈肯定也很想我，只不过他们忙，等到过年就好了，他们就会回来了。"多么纯真可爱的孩子啊，明明自己那么的想念父母，却还是故作坚强地来安慰我。俗话说，儿行千里母担忧。反之，母行千里儿思念啊！

真心地希望，这些村落都能快速地发展起来，使孤寡老人和留守儿童的数量减少，让他们可以感受到子女承欢膝下和父母陪伴在身边的感觉。

调研的时间虽然很短，可是其中的收获与体会只有参与的人才能明白。调研中，曾有好几位老人对我们说："你们大学生啊，调查好啊！反映情况好啊！帮助我们解决问题。"每次听到这种话，心里都会暖暖的。这些质朴的老人给予我们这么大的信任，我们怎么能不好好努力呢？期待来年有机会可以继续参加"三下乡"活动，可以继续再去不同的村落走一走，去感受他们那淳朴的民风和浓浓的善意。还想再多陪大爷说几句话，唠几句家常；还想看到小朋友们在课堂的喜悦，感受那暖心的拥抱。

暖　暖[*]

你站在桥上看风景。

看风景的人在楼上看你。

明月装饰了你的窗子，

你装饰了别人的梦。

　　我的心里藏着一辆列车，但我从不告诉别人她通向何方，这是我的秘密。当然，这样就没人知道她的终点站是哪里。我曾把自己想得很糟糕，我自认为我是一只菜鸟，作为医学生临床实践技能不是最好的，理论知识不是最扎实的，但我不得不去承认我是一个 lucky dog。我感谢幸福的小雨点敲在了我的头上，大概是我上辈子拯救了太阳系才让我如此幸运能作为爱心医疗服务团的一员加入了"情暖湘渝黔服务团"这个大家庭，也实现了一个"菜鸟"的人生价值。

　　2015 年 7 月 20 日，我心里的这列列车抵达了湖南省湘西自治州吉首市花垣县边城镇。对于这个古朴的小镇我既熟悉又陌生。大学 3 年了，这是我人生中第一次近距离接触这个令世界各地游人神往的地方，是的，这里是湖南、贵州、重庆三省交界地带，人们享受着一脚踏三省、一口吃三省的兴奋感，同时又在感伤那轮夕阳下等待傩送回归的翠翠，这些都是从初中课本中了解到的。我的这列列车被这些神秘感吸引着，但是当我真正停靠在这片土地上时，我发现，事实并不是都那么美好，一切的一切都是我想得太美好以至于陌生感和郁闷感由心而来。在熟悉的背后总会带有陌生，就如同美丽的背后总是会隐藏着忧伤，快乐的背后站着郁闷。

　　这短短的 9 天我经历着种种无奈和心酸。大自然创造了一个美好的地方却忘记去好好待它，车子在 7 月 22 日绕过弯弯曲曲的盘山路，一路跌宕起伏终于驶进了南太村。这里大概由于地势高，交通不便，村里的青壮年都常年外出打

工，留下了"老幼病残"。村子交通闭塞，孩童们看到车子这个庞然大物竟纷纷往自家院子里躲避，他们的眼神里透露出恐惧和好奇。我努力地和他们沟通，他们却用迷惘的眼神盯着我，他们根本听不懂我的普通话，孩子们不论是学习还是生活中永远都是一口的方言，说着除当地人外再无他人懂得的语言。国家大力普及基础教育，可像这些偏僻的地方每天都飘扬着鲜艳的五星红旗，又有多少人知道呢？

　　从边城镇开始到南太村、骑马坡村、迓驾镇、边城大集市、洪安镇等地，短短的9天里我们为314名患者做了爱心医疗服务，其中大部分是中老年人，他们都有常见的风湿性关节炎、肩周炎、颈椎病、腰椎间盘突出、高血压、中风偏瘫后遗症等病的其中一种或几种，不论他们是湖南人、重庆人还是贵州人，都有一个共同的特点——"任性"。他们"任性"地不去医院治疗，因为高额的医药费压得他们喘不过气；因为他们的家庭情况复杂，还要养家糊口；因为当地医疗水平有限。在我们做爱心医疗服务时，好多老人家流下了泪水，这泪水中掺杂了多少心酸和无奈，交织了多少沧桑和悲哀……这是第一次见那么多老人在我面前流泪，内心深处那股强烈无奈感让我觉得十分不舒服，可我们不是超级英雄不能去拯救每个人，经济上的帮助和医疗水平的提高还是要依赖政府的，而我们能做的就是在那短暂的时光好好地为他们服务，用一颗温暖而真诚的心去爱他们。

　　这短短的9天我感受到人性中那一抹纯粹的真情。在政宣组的走访中，我们得知有一位严重中风偏瘫后遗症的奶奶需要帮助，从第一天知晓这件事，我们医疗爱心服务团就坚持天天上门为她量血压、做推拿。奶奶年纪大了，在去年因高血压并发脑出血患有中风，现在右半身瘫痪并且失语，和她的沟通只能靠她健康一侧的肢体语言和声嘶力竭从喉咙中挤出的"啊——"。8天，我们风雨无阻，从未间断，也就是这样与之建立了深厚的感情。很多次推拿中，我的队友贺帅同志提醒我："保持微笑，多和奶奶交流。"因为奶奶的面孔有点凶恶，我也深知那并非她本意，可我生性胆小，当她瞅着我时，我感到汗毛都在抖动。队友一直提醒我，我试着朝她微笑，结果，多少次奶奶用左侧手给我赶蚊子并也冲我微笑，虽然只有一半嘴角上扬，我也看出了她的开心。第四天，被贺帅推拿的下肢出现了奇迹，奶奶的脚能自己动了，我们兴奋中带着感伤，因为时间太短，想要康复还需要时间来坚持，可我们即将要说再见了，一抹忧伤不禁袭上心头。直至今日我也忘不掉奶奶那期望的眼神，她坐在轮椅上，斜倚在门柱上，如同吃奶的婴儿等待妈妈归来，也许，这就叫作守望吧……承载她的轮椅将一直倚靠在我的心房。

都说医者父母心，从我们指导老师刘盈盈身上我看到了"大医精诚"的本质。她不去抱怨时间的短暂，不去抱怨条件的辛苦，不去抱怨劳累的工作……我们服务的300多名患者中，每一位都是由她亲自诊断之后再安排给我们，她不但需要完成"望闻问切"的烦琐程序，还要去包容每一位患者的情绪。我不知道善良的标准是什么，但我却看了她的"医"与"德"。我一直以为我的心很宽能容四海，这次"三下乡"发现，原来有个人心更宽能容八大洋。是的，不论时间多么短暂，多么摧残我们，都要有一颗淡定、宽容、善良的心去面对世界，医者的态度好，患者也尽力配合，哪里还有那么多紧张的医患关系呢？

这短短的9天里我感受到那普普通通的锅碗瓢盆盛出的满满感动。我们30多个志愿者同住一屋檐，同吃一锅饭，同喝一锅汤，虽然我们吃的不是美食佳肴，但是却盛满了暖暖的爱。"三下乡"的小伙伴来自不同的院校，不同的年级，不同的地方，但我们都来自吉首大学。在这里我认识了一群可爱的人儿，从第一天的陌生到最后一天的哭泣不舍，我们之间经历了太多感动的瞬间。三毛曾说："如果有来生，要做一棵大树，站成永恒。"我不知道永恒是什么概念，我只知道小伙伴的每一张笑脸都存在我的脑海中，你们是我人生中一道亮丽的风景，也将是我青春中不可抹去的记忆。我不会忘记我们一起披荆斩棘攀爬高山，不会忘记我们一起做趣味游戏，不会忘记我们挥汗如雨互帮互助，不会忘记每一个搞笑表情包，不会忘记一起谈心，不会忘记我们共同成长。或许有那么一天，当我回忆起来，我会感叹很知足，有这样一群人出现在我的生命中。

郑愁予在《错误》中说："我哒哒的马蹄声是美丽的错误，我不是归人，是个过客。"我想，我们是美丽的，但不是错误的，我们在尽心尽力为他人服务，努力学习专业知识去帮助需要我们的人，让他们得到一种暖人心脾的感动，因为在这个世界曾有人出现过，用生命中的一团火温暖了他们内心的寒冬。我心里的这辆秘密列车叫作暖暖，她将继续带着温暖驶向远方去装饰别人的梦，没有终点，只有不断前行。

那是历史的刻印——列夕古商贸通道[*]

消逝的古镇，岁月的追忆，缺失的文化，精神的传承。很多人对于湘西四大名镇（边城、芙蓉、浦市、里耶）耳熟能详，却不知道列夕也曾是个富豪与名人云集的秀美小镇。今年的"三下乡"社会实践活动，我们有幸到了这个陌生而又神秘的地方。它位于酉水和其支流猛洞河交汇处的河边山坡上，尽管历经岁月，但在这里依旧可以看到保存完好的百年老宅、老街、老巷。

清晨的阳光洒在脸上，暖暖的。我们徒步走在列夕街道上，想要去切身体会列夕昔日的辉煌，感受着这一条条古街留下的古色古香，领略着古街古镇的人文风光。然而，我们只看到了零星几家商铺，这不免显得有些冷清。据当地的老人的回忆，以前这里的每一条街道都是用红砂岩铺设的石板路，而现在也所剩无几，完完整整的石板路已经不多了，大多都杂乱无章，很多地方更是早已不见红砂岩的踪影，取而代之的是水泥以及一些碎石。昔日的列夕家家户户都是古老的四合院，院外有着高高的封火墙，许多富家大族在此地云集。街道上商铺林立，有着络绎不绝的商人；每天有百余匹骡子穿梭在码头与镇中运送货物，晚上家家户户点着"美佛灯"，满眼灯红酒绿，热闹不已。

列夕这座城，在明清时期就早已是文明古乡，素有"小南京"之称。这个古镇的旅游资源极为丰富，上有杨柳清水，下有犀牛镇潭，左有狮子吐涎，右有飞虎钻洞，这些美景着实让人羡慕不已。时过境迁，这一间间保留下来的老屋显得那么沧桑，我们只能凭借想象力，去幻想着昔日的繁华，眼前一面面残缺墙上那斑驳的花纹把我们的思绪拉回到现在，我们所剩下的就只有叹惜。青壮劳动力的大量流失，村里只剩下老人和小孩，劳动力的缺失更是让列夕的发展举步维艰。

通过此次对列夕镇古商贸通道的全面调查，我们了解了酉水河流域古码头

---

* 本文作者崔雅春：历史与文化学院。

分布以及水运繁荣与衰落的变迁，调研中更是围绕水陆交通要道的延伸，探讨民国时期市场网络的形式、内容和变迁，以及对列夕经济发展的影响。在民国时期，便利的水陆交通让列夕成为重要商品中转站，永顺县城、保靖、龙山、常德、沅陵、来凤、恩施，甚至去到武汉、上海的货物都在此中转，这里的古商道从清朝雍正时起就已经在发挥着作用。在公路修建前，列夕的古商道是连接湘鄂川三境的重要通道，正是列夕的古商道带动了列夕乃至永顺的商业发展。

现在列夕的经济迟迟得不到发展；我们希望可以尽自己的绵薄之力。为此在实地调研的基础上，我们提出一些列夕镇规划和发展的不成熟建议：由于现代交通条件的改善，列夕古商道的商业交通价值已经不复存在，列夕的美景也得不到开发。列夕的古商贸通道仍然具有历史文化价值和旅游开发的价值。首先，列夕可以以古商道为主要路线，配合列夕周围的自然旅游景点，不断完善当地的基础设施建设，开发拥有列夕独特风格的历史文化自然旅游路线。而列夕古商道的水路也可以往旅游方面开发，猛洞河沿途而下就可以通往旅游胜地芙蓉镇，而且在这一段水路中自然景色优美、风光旖旎，完全可以接收从芙蓉镇旅游回来的游客乘船到列夕进行一日游活动。芙蓉镇的旅游品牌项目还在不断的开发过程中，列夕是芙蓉镇的旅游辐射范围，可以联系芙蓉镇政府，扩展芙蓉镇旅游路线，让列夕的旅游业可以依靠芙蓉镇不断发展壮大。

其次，列夕现在远离交通主干道，只有一条宽度不足四米的乡村公路与外界沟通，交通不便造成列夕村内物价颇高。当地政府需要加强道路建设，新修建标准公路或拓宽现在的乡村公路，加强列夕与外面的村寨、城市的联系，才能引起更多人的关注，共同保护这里的文化遗产。在现代文明的冲击下，这个古镇的美好正逐渐被遗忘，它淡出了我们的视野，我们很遗憾只能用相机保存这份记忆和这段辉煌的过去。

当地的老人因为见证过它的繁华，所以每每提起就流下惋惜的泪水，为之叹息。他们怀旧，他们热爱自己的故乡，他们渴望悠久的村落文化得以传承，只是时代的车轮在滚滚前进的过程中总会碾碎很多人都视若珍宝的东西，是非对错，我们又怎么能评判呢。

我执我手忆井冈*

八月，青涩的小西树们来到井冈山，寻找坚定的信仰，踏上实践的路途。经历心灵的震撼洗礼，探老区今天的扶贫攻坚现状，寻找人生发展与民生社情改善的契合。短短十天，我们在这里边走边看，边看边做，边做边想。以下是作为一名团队成员的心得感悟。

在这里我无时无刻不听到大家在谈论井冈山精神，我也在想这到底是一种怎样的精神。有人说伍若兰不怕牺牲、誓死为党的革命精神是一种典型的井冈山精神，可我觉得茨坪中心区没有红绿灯，来往的车辆却都有序地行驶也是一种井冈山精神，一种延续着文明的精神。革命老区不是活在过去，而是在过去的历史里不断成长。革命年代带给井冈山人民的不仅是生活上的艰苦，还有精神上的升华。井冈山精神不是写在丰碑上的字迹，而是印刻在井冈山人心中的信念：艰苦奋斗、信念坚定、实事求是、重视人民群众。正是这些精神的支撑，井冈山人打开了井冈山的大门，用历史换新生，成就了今天焕然一新的井冈山。我们一行人带着对井冈山的向往来到了这蕴涵深厚红色情怀的革命圣地。

那是什么让革命烈士们义无反顾不惧牺牲？是"共产主义，解放全人类"的理想信念不断支撑着他们，信念是燃烧激情的火把，是踏着巨浪的船帆。以前我不明白，现在我感悟到理想信念对国家、对人民来说是多么重要。在井冈山再一次举手宣誓时，"对党忠诚，积极工作，为共产主义奋斗终身，随时准备为党和人民牺牲一切，永不叛党"的誓词不再那么平淡，每一字都在敲打着我的心灵。此刻，我能够更深层次地理解这句话了，它不是一句空洞的话语，而是无数革命先烈用鲜血和生命所铸成的革命誓言。开创井冈山革命根据地的伟大实践孕育出了宝贵的井冈山精神，它穿越时空，绽放光芒，传给后人。我暗自下定决心，此次学习实践一定要好好感悟思索，全身心投身于实践，不仅是

---

* 本文作者崔玥：历史与文化学院。

吸收井冈山精神，还要传承弘扬。

第二日，我们进行了"三湾改编"的情景教学。"三湾改编"针对当时军队组织涣散、官兵矛盾等实际情况，我党创造性地确立了支部建在连队上，从政治上组织上保证了党对军队的绝对领导，对团结广大普通士兵、瓦解敌军起到了巨大作用，一个好的领导能够带领着我们实现梦想，创造辉煌！

小的时候，看见爷爷家墙上总是挂着一幅毛泽东画像，当时纳闷地问爷爷为什么，爷爷意味深长地说，那是一种信仰。那个时候的我还不懂什么叫信仰，但这个词却在我心中扎下了深深的根。长大了，我也有了自己的信仰，低调做人是我的信仰，永不言败是我的信仰，但我还是会想尽办法去探索爷爷心中的那个信仰，因为好奇，因为一种莫名其妙的情怀。所以当我得知学校将组织赴井冈山的暑期实践活动时，我没有一丝丝犹豫就报名了，我想或许在井冈山我可以体会到爷爷口中那个信仰的含义。

想象中的井冈山，应该是红米饭、南瓜汤、崎岖的山路、瓦顶的黄土房，有着大片的农田和人们朴实的笑容。而真正到了井冈山，才发现这个革命老区已经悄然改变，焕发着新生的光彩。革命老区，因革命初期的艰难处境，这个标签总是连带着贫穷、落后、穷山恶水。但是，经过多年的发展，井冈山这个老区已经有了新的样貌：红米饭、南瓜汤已经成为地方特色菜，招待远来的游人；曾经泥泞的上路变为平坦的沥青山路，黄土房大多只存在于老照片里和景区遗址上，贫穷、落后这些艰难岁月的标签早已被洗去。来到井冈山之前的各种猜想，都被视野里的景象打破，心里多少有些遗憾，以为自己能亲眼看见书中所写的根据地，而不是在博物馆里、革命遗址里，隔着玻璃看革命留下的痕迹。但是，好像又不是那么遗憾，因为我仿佛触摸到了爷爷口中的那个信仰。来到井冈山于我而言最大的收获就是遇到了一个优秀的团队，一个温暖的家。老师不像家长更像是姐姐，陪我们走过开心、走过失落。我们已不再以姓名相称，每个人都有自己的称谓，因为每个人在彼此心中都有属于他们自己的位置。我们会一起为了完成任务而熬夜，没了埋怨，有的是陪伴；我们会互相搀扶走过荆棘，没了失落，有的是关怀；我们会共同欢喜、共同忧愁。经常有人开玩笑说这就是我们的革命友谊。仔细思忖，就会发现在这片土地上，一切都会变得不一样。无形之中，总有一种力量告诉自己，我要更加努力，更加优秀。努力去传承去发扬"井冈山精神"，努力去珍惜遇到的每一个人、每一份缘。

每一次停留都是美好的记忆，每一次结束都意味着一次开始。打井冈山走过，我们是过客亦是归人。社会实践虽然已到尾声，但井冈山的精神却悄然扎根在我们的心中。愿我们都心有所依，生有所恃，让信仰点亮人生。来井冈山之前，如果你问我井冈山精神是什么，我无法言明，因为我只是通过刻板的文字了解过；来井冈山之后，如果你再问我井冈山精神是什么，我也无法言明，因为我切身经历过，但无以言表……实践是感悟的最优解，如果你想真正理解井冈山精神，明年夏天，井冈山等你。

红色基因代代传[*]

他是烈士梁金生的儿子梁汉平，她是红军将领刘型的女儿刘松柏，他们都是红军的后代。8月25日晚，这对老夫妻来到了井冈山青少年红色革命教育基地的互动教学"让红色基因代代相传——革命后代讲家风"的讲座上。两个多小时的时间里，他们讲述了父辈的红色生涯，讲述了一个又一个感人至深的故事。

"我的父亲是一名中共党员"

当谈及父亲梁金生时，梁汉平老先生说："在我很小的时候，我的父亲就去世了，我对他基本上没什么印象，但是我的母亲告诉我们，他是一个好爸爸，他是为革命而牺牲的。"梁老先生的父亲生于1906年，13岁小学毕业便考入暨南大学。1924年在校加入中国共产主义青年团。1924年毕业后，返粤参加革命。次年在家乡创办培峰小学，组织农民协会，开展农民运动，同年加入中国共产党。1936年，打入国民党广西省党部工作，搜集国民党内部信息，开展情报工作。后来身份暴露，他咬破舌头谎称肺病发作告假，紧急撤回广东继续革命事业。抗日战争胜利后，梁金生赴越南开展统战工作，1946年在代表越南临时政府与中国国民党谈判时遭国民党特务酒毒暗算而英勇牺牲。

聊起父亲，刘松柏奶奶也有说不尽的故事。刘奶奶的父亲刘型1906年出生于江西省萍乡市的一户贫苦农家，在刘氏祠堂的支持和培养下进入学校念书，初中时与孔原共同建立萍乡共产党的前身——互助社，后考入黄埔军校。1927年5月，随军校参加讨伐夏斗寅叛变，作战勇敢，战后加入中国共产党。大革命失败后，受党组织派遣回萍乡，秘密发展党员，恢复党的组织，建立农民武装，参加毛泽东领导的湘赣边界秋收起义。1928年2月，反动军阀何键派重兵

* 本文作者邓惠云：化学化工学院。

"清乡"，他率游击营转战湘赣边界，辗转登上井冈山。在黄洋界保卫战中，率兵坚守哨口阵地，多次奋勇击退疯狂进攻的敌人，立下赫赫战功。

党员干部要具有"人民性"

"当年的红军战士不怕枪林弹雨，抛头颅洒热血，敢于奉献自己的一切是因为他们坚定着一个信念：革命不是为了一人、一家求解放，而是为了全社会劳苦大众献身。"梁汉平老先生说，"现在的一些党员干部的工作有问题，开会、做报告时滔滔不绝，实则与基层严重脱节，说不到老百姓们的心里去。""我父亲治军有三大法宝。"刘松柏奶奶对我们说着，"一是搞好政治工作，树立端正的工作作风，坚持军内上下平等，尊重少数民族士兵；二是带头冲锋，成为部队的'军魂'；三是坚持'爱护战士就是爱护革命'。这也是为什么共产党能得民心，而国民党却失民心。"

党和人民始终是一体的，党员干部应该深入基层，坚持真理，拒绝"和稀泥"，才能真正地发扬当年老红军的优良作风。社会与执政党内部的复杂性和建设社会主义社会的困难性给当代的党员干部提出了极高的要求。梁老先生认为，加强党的传统教育，在中华民族的传统文化与精神中去寻找一个与现代所需相对应的平衡点和和谐点，是我党发展与进步的过程中非常重要的环节。

老红军精神不会在新一代的身上消失

80后、90后都曾被社会戏称为"垮掉的一代"，当我们向两位老人问及对我们这代人的看法时，梁爷爷如是说："我不能去评论一代人，但我相信你们这代人中的一部分必然会成为社会一段时期的中坚力量。红军的故事你们从小就听，你们在井冈山的这几天听到的看到的尤其多，也许现在你们还不能具体地说出来，但是你们的心里是有感触的。你们这一代的年轻人应当多多学习国学，研习中华民族传承千年的优秀文化，去学习我们古人的中庸、整合之道，这样你们看问题的角度会更加全面，那时候你们对红军精神会有更深的理解，你们也会发现，在你们的身上，老红军的精神并没有消失。"

虽然当年革命前辈所经历的艰苦岁月已经渐渐远去，但红军留给后人的红军精神却永远无法磨灭，老一辈革命家对党的忠诚和大无畏的牺牲精神都是我们无法想象的。他们对国家有无私的大爱，对家人，他们爱的深沉却又饱含歉疚，我们青年学子也要传承这份革命精神，唯有坚定理想信念，才能铸就灿烂的人生。

质朴阳和*

从城市的繁华到乡村的朴素，从书本上干枯的知识到脚踏实地的体验，我们怀揣着成长、学习的目的，走进武陵源，走进美丽的阳和乡。历经一周的考察与调研，我们在这里，有欢乐，也有郁闷；有挫折，也有成长。

阳和乡位于慈利县，内部还有1801省道贯穿，交通便利，也为新中国的美丽乡村建设打通了外部条件。这里住着土生土长的土家族人，虽然随时代的发展，他们不再穿着土家族服装，但深入了解后会发现，土家文化的踪迹依然存在。此次调研，我们主要调查阳和乡的三溪村、桃溪村和官坊村，通过实地调查、走访、开宣传座谈会的形式向当地村民传播节约水资源、保护环境的思想，想通过这些最基本的日常生活指导来改变村民以前的"坏习惯"，更好地保护乡村绿水青山的环境。另一方面，体验农村生活，感受土家文化，学习乡村干部带领村民发财致富的方法，思考乡村的未来规划，也成了我们不可多得的财富。

第一站，我们来到了官坊村，1200多的人口，勤劳的农民们用自己的双手和智慧推动乡村扶贫产业的发展。这里虽然地理位置较偏僻，人口居住也不集中，但正因为这样，这里有丰富的自然资源，很适合种植业和养殖业的发展。在这里，随处可见绿树浓荫的板栗园，板栗园带动了乡村旅游的发展，不少人来这里体验采摘板栗的乐趣，板栗园为当地村民带来可观收入的同时，也成了官坊村的旅游标牌。慢慢地，当地村民开起了农家乐、在板栗园下养起了梅花鹿、山鸡、家猪，用这些做成土生土长的副产品，得到了广大消费者的喜爱。除此之外，村支书还打算利用一处山墙上自然形成的石壁画作为景区开发的试点，开发官坊村的乡村旅游资源。在这里，我学到的是：要使一个村脱贫致富，必须因地制宜，充分利用乡村闲置资源，同时要利用现代化养殖技术和"畜—沼—果""经济林果—蔬菜—家禽"生态模式生产无公害的产品，在推动乡村经

---

* 本文作者丁佳丽：旅游与管理工程学院。

济的同时，也要保护乡村的生态环境，就像习总主席所说的，既要金山银山，也要守住绿水青山。

第二站，我们来到了三溪村，这里是其他村生活用水和农业用水的主要来源地，这里有一个靠山上渗水形成的水库，水资源丰富。张书记上任之后，为村民争取免费的玉竹苗和种植技术，发动村民种植各种苗木。在和张书记近一个小时的访谈中了解到，张书记上任做的第一件大事便是拓宽道路、硬化道路，让村民更加便利地走出去，外面的资源更好地流进来，方便村中生产的农副产品销售出去；第二件大事就是治理村里垃圾问题，发动村民对村里垃圾进行一个大扫除，让村里负责的人担任环保人员，还对每家每户周围的环境进行评价，对做得好的村民进行奖励，对做得差的进行批评教育。经过近四个月的治理，河面上已不见了垃圾的踪影。三溪村能有现在清新舒适的环境，离不开张书记在背后付出的努力。她将时间大部分花在了村民身上，却对自己的家庭有所亏欠，错过了女儿一些重要的人生时段，好在女儿和丈夫都很支持她的工作，村里也变得越来越好。在这里，我想向她表示我的敬意。在我的印象中，张书记给我的感觉像一位良师，还记得她给我们说的一句话："在大学要认真学好专业知识，做任何事都是一个过程，要一步一步来。"张书记文化水平虽不高，却一直在学习，从一名村妇女主任到村支书，都是自己努力的结果。了解了三溪村对于环境的治理和乡村产业发展的历程，我学到的是：要建设美丽乡村，首先要通路，只有打通与外部的联系，才能为乡村带来更多资金；实现经济与环境的协调发展，要重视乡村环境的保护，在不伤害乡村环境的情况下，利用乡村资源推动美丽乡村的建设；此外，要激发村民的积极性，让他们有自己的想法，也需要一个带头人，先富带动后富。

最后一站，我们来到了桃溪村，这里以丰富的水产资源而得以发展，一条桃木溪蜿蜒在山下，水清澈照人，浇灌稻田的同时，也滋养着这里的人们。在这里，我们学到的便是从细微处出发，发散自己的思维，挖掘一切可能。在对村支书进行访谈的时候，孙老师教我们如何进行提问，如何通过别人的回答来进行提问，从而更加全面地了解村子的现状。

这次的社会实践活动，不同于以往，学到的更多的是书本以外的知识，在每个村子，能感受到村民对我们的热情和照顾，对于我们开宣传会给予大力的支持和配合，可以说这是一个相互学习的过程，我们也希望通过我们学到的专业知识给他们提一些建议，也为美丽乡村的建设奉上一份自己的力量。

遇见你，多幸运*

曾看到这样一段话：每个人在这世界上或早或晚，都会遇到那么一群人，陪你笑，陪你哭，不离永远，不弃一辈子。七十亿分之一的缘分，你我相遇、相识、相知在商学院"灯塔"志愿服务团，从此一发不可收。我们27个人的组合，就是最强战队，我们用行动书写了什么叫作"精诚锤炼 诠释商道"的吉首大学商学院院训。

尽管我们相处的时间很短，只有短短七天，但在这七天里，我们收获了友情。在这七天的时间里，我们一起在厨房做饭、吃大锅饭，一起在浴室洗澡，一起顶着烈日下乡调研；在这七天的时间里，我们也曾因为对方的不理解而不开心闹矛盾，我们也曾因为最开始的不熟悉而相处尴尬，我们也曾因为没有水源而抱怨，现在看来这些都过去了，都释怀了，甚至觉得这样一群人在这七天的相处时光里每一幕都值得珍藏，正是因为这些小矛盾的存在才更显得我们的时光如此珍贵，我们的时光如此可爱。现在在学校宿舍坐着，电风扇在上面呼呼地响着，键盘也在嗒嗒作响，宣传组的小伙伴们发出了许多篇稿子，他们这七天一直被华哥各种"压迫"，但他们真的很棒，在国、省、市（州）投了二十几篇文章；小葡萄爱心支教组的小伙伴们不仅教孩子们文化知识，还会去孩子家里做家访，为了更好地了解塔卧留守儿童的生活现状，他们这七天一直坚持进行家访，一直坚持送家里较远且因爷爷奶奶腿脚不便不能前来接送的孩子回家。也许别人不知道，尽管他们最初自己不能很全面地去考虑留守儿童这样一个问题，但在老师指出之后，他们真的是有所改善、有所进步的。他们为了编排节目有时候甚至熬夜，我们都能看到他们所付出的这份努力。小太阳的小伙伴们，我跟他们在一起的时间最长，几乎无时无刻不和他们在一起，一起下乡，一起坐水泥车，一起唱蓝天白云，一起蹲在人家坪里啃馒头吃咸菜，我想

---

* 本文作者邓水银：商学院。

这一生都很难再有同样的经历。和这样一群人，尽管每天脚都感觉要走断了，但真的是只要心想要到达的地方你就可以走到。还有下乡时期深度访谈的各种能人给了我很多的感悟：文昌村的老党员告诉我，"活着一分钟，就要战斗六十秒"。七里坪村的年轻村主任李湘峰说，"对村民归属感的感想让我尤为感慨，从你们到我们，我希望我作为村支书的任期里可以带动这个村的生态旅游产业发展，能够有更多的年轻人回乡建设"。而广荣村的种植大户李枪真，一个六十多岁的大伯，他自己带动了村内一千多人一起办合作社，他告诉我们，"作为广荣村的一员，我既然有能力去带着大家一起发家致富，为什么我不去做呢，我比谁都想要把我们村的经济建设搞起来"。这其实也是团队建设所需要的归属感，七天的相处时光里我真正把自己置身于这个团队，同时我也反思自己在团队中作为部门领导者的不足。我不想让自己留有更多的遗憾，因为我真切地希望我能和你们每个人热烈地交流。我一直不是一个严肃的人，我觉得所有的交流都是相互的，如果你相比于我更加腼腆，我愿意主动去和你接触，我很珍惜这七天我们二十七个人有这样一个难得的相处时光。第一次做团队负责人，我还有很多做得不到位的地方，面对离别，我的心情无法言语，开心的是终于可以回吉首上干净的厕所好好洗个澡了，但我在书写这篇备忘录时更多的是对这个团队的不舍，因为我不知道我们这群人在这次分别之后，要多久才能再次相聚。也许我们再也不会像现在，像此刻这样一起开会，我会记得会怀念会不舍这段时光，灯塔小伙伴们，我爱你们。

之前是第七天自己的一个感悟，26日回到家里，洁哥和璐姐发消息给我，说"水姐，好想念你的哨声"，看到这则消息，我的心里暖暖的，感觉自己用自己的方式给大家留下了深刻的印象，每一个人都是被需要的，更是被需要去服务大家。在大学两年的时光里，我一直做志愿服务工作这一块，尽管自己有时候做得并不尽如人意，但真心付出之后收获的那份感动是开心、喜悦的。七天的"三下乡"生活，让我更加能够平静并且坚强地去面对生活中种种之前以为很困难的事情，塔卧的孩子们生活的环境是那样的恶劣，他们都能每天开心地与你分享他们的心情，为什么你要因为一些鸡毛蒜皮的小事情而去懊恼呢。成长，有时候就是一瞬间的事情。心其实是可以变大的，你把很多不那么重要的事情看淡一点，你自己就会开心好受很多。同样地，我自己作为一名教官，有时候很容易就能发现，自己的情绪是会直接影响到学员的，你传播出去的是积极向上的能量，他人感受到的就是暖暖的。永远都不要忘记自己当初为什么选择成为一名志愿者，永远不要只把帮助他人停留在口头上，永远记得有那样一群人在背后默默支持你。

人生从来都没有白走的路，每一步都算数。有点遗憾的是2018年暑期"三下乡"没能找到那个既陪我扛过枪又陪我下乡的葫芦娃，当然我很高兴招募到了愿意陪我"上九天揽月，三下乡捉鳖"的小伙伴们。人生最美的际遇，不过是在最美的年纪遇见了最善良最活泼最可爱的你们，在未来的岁月里，我们一起加油，一起继续服务大湘西，一起战斗。永远年轻，永远热泪盈眶！

我可爱的"家人"们*

短短的一个星期就在不知不觉中度过了，时间如白驹过隙，说起来就如同昨夜的事情一般，我就像做了个梦，梦醒了却一脸的不舍，因为知道要告别熟悉的同学们、可亲可爱的老师们了。我知道这不是梦，这是从 7 月 17 日到 7 月 23 日发生的一切。我们从不熟悉变成熟络，从陌生变成亲密，从稚嫩成长为干练，从开始的可有可无变成了不愿别离，因为别离是痛苦的、是饱含泪水的，在痛并快乐中永记这段时间的人、事情。

刚开始我以为像我这样的人，内心会对别离不为所动，可当回来的时候我只能以自身疲惫为借口，掩盖对身旁人的关心与不舍，假装着睡觉不做多的交流，难道是习惯了吗？殊不知，明月几时有，把酒问青天。月有阴晴圆缺，人有悲欢离合。天下无不散的宴席。所以不更应该珍惜时光，敞开心扉，珍惜眼前人吗？时间的长短没有必要再去强调其重要性，每一段的路程都将会有一个个美妙的故事在等待着发生。与别人相处，长久属于不同的人，大故事伴小故事，大乐器伴小乐器才能奏出醉人的和声。

一个星期下来，老师会夸奖我干活认真，轻轻地一说，就让泪水我在眼里打了转。老师们既有才艺还更能给予学生温暖，让一个开始没有多少归属感的队伍渐渐有了"团魂"的感受，让我们从心中认可自己的这个团队。当然这个过程中也发生一些难受的事情，如许老师、陆同学中暑，余同学有些轻微发烧；我们把工作弄得有些混乱，前期的不团结，未达预期效果；当然辛苦的更应该算是我们的女同学，要克服洗澡没有热水的困难（前期不知道，经许老师指点后才领悟，和朱同学每次弄完晚饭后，主动刷锅烧热水给女生预备。我们的原则：手摸着锅和水不能有油腻感，水面上不能有油花才达标，不然重刷锅）。其他的男同学也同样的不易，忍着臭味刷厕所，那味道是经历过才懂的，甚至我

---

* 本文作者符磊：医学院。

们尽量都不上厕所，上厕所时间也不会太长。女同学们很贤惠，洗菜、切菜是把好手，有时看着也怪心疼，因为切辣椒就比较容易辣手，可当男生提出要帮忙时，她们都是斩钉铁铁地拒绝，"我们要锻炼，是来下乡的，不比你们男生差"。那我也就只能尽量地抢活干，啥重活累活，抢着干也是一番别样的风景。

不舍同学间的分离，因为是在乾州上课，也快要实习去了。对老师、学弟学妹的不舍是不遑多让的，怀念张老师与我的谈心，怀念许老师的红烧肉，去年的李继红、李忠正老师换成田淼、王冰卉、力克老师。田老师和我搭配就是绝配，两个"话唠"劳累也不能让我们嘴巴停下来。然后想说的就是，田老师，你幼稚得可爱。意外的是王老师和我是师姐弟的关系（同一个高中学校毕业），"犯错误"就求情。丢丑的是之前一直称力克老师为"古力老师"，后面听不下去才不好意思地纠正我说："我是力克，不是古力，古力是女孩名，在新疆是花姑娘的意思，你喜欢称呼我花姑娘吗?"这是唯一一次丢人的场面呀。还有太多太多的事情可以说了……

最后整理好其他材料就准备回家了，想念家人，也想念着医学院的"家人"。

带着希望同行[*]

2018 年 7 月 15 日，我背起大包行李，宣布了我"三下乡"之行的启航。明媚的清晨，心情也格外明朗，为了此次下乡之行，我做了不少的功课。首先，了解了一下，我们要去的三个目的地，分别是洪家关白族乡的打鼓泉村、陈家院村和李家坪村。

这三个村都是洪家关白族乡底下的贫困乡村，但在近些年的扶贫政策下已经有了较为明显的改善。据老师介绍，当地贫困人口居多，青壮年基本都外出打工，留下来的都是老年人和儿童，乡村偏远，交通不便，道路也十分狭窄陡峭，条件相当艰苦，希望我们能够做好心理准备。

大家听到老师的提醒，自然是不免一阵担忧，在准备上也是下了不小的功夫。还未到目的地，乡村陡峻的山路就给了我可怜的屁股一次最难以忘记的热情招呼。

洪家关白族乡真的是一个处在边缘地区却极其美丽的乡村，蓝天白云，青山绿水。深吸一口气，清新的空气带着泥土的气息，令人精神一振。真正深入当地与居民沟通时，才切身感受到这个地方的穷困。

村民们抱怨道路太过不堪，交通不便，又不能及时解决。村委会也为难，村民们不配合、不理解，导致工期延误。说不清谁对谁错，但就因为这样的纠结，本质上导致了乡村发展的滞后，民众的问题得不到及时的解决。但在我们的调查过程中发现，干部们已经向村民承诺，一定会尽最大的努力，尽快尽好地解决道路的施工问题。陈家院村与打鼓泉村毗邻，来去不过几分钟的车程，文化与环境也大为相似。而令人欣喜的是，在陈家院村，我们受到了太多热情的招待和体贴的关怀。村民们看着我们穿着志愿者的服装，衣服后面印着"吉首大学"四个字。他们虽然普遍文化水平不高，字也认不全几个，但对于我们

---

* 本文作者冯琪：旅游与管理工程学院。

的到来却十分的热情，看到是大学生更加友好相待。几乎每到一户人家进行调查访谈的时候，他们都会热情地邀请我们坐下，不顾阻拦地起身倒茶，有许多人家甚至在访谈结束后盛情邀请我们留下来吃饭。燥热天气里的一丝温柔，就在轻声细语的关切和问候中传递着。

第二天因为课题的关系，我们选择了与我们课题更加贴切且典型有代表性的洪家关作为下一个地点。临时改变目的地却并没有影响到大家的兴致和激情，因为洪家关村是一片红色的土地，一片英雄的土地。这里是贺龙元帅的故乡，更是数百名烈士英灵的最后归宿。经历过大小战争洗礼的洪家关，百姓们似乎更加团结，街坊邻里都能融洽相处，对待外来游客也十分友善。桑植人民热情好客的性格在他们身上彰显无遗，他们的行动似乎在向纪念馆前贺龙元帅伟岸的雕像证明着什么。而我们，抱着一摞调查问卷，在贺龙纪念馆前，经过了贺龙故居，走过了红军桥，踏上了长征路，站在贺龙桥头——这个曾经元帅提着两把菜刀征召全村壮士上阵杀敌的地方。头顶烈日，一片火燎在心中。

在这里，似乎真正感受到了村民们一些无法掩饰的幸福的感觉。他们骄傲地说："我们洪家关旅游发展起来了，生活就走起了上坡路，大家伙口袋也鼓了，条件也好了，人也自信了，相信以后也能够带给后代们更好的教育，回馈给洪家关更好的明天。"他们淳朴的话语和真诚的眼神，让我返校之后，依旧久久不能忘怀。翻看着手机相册里的照片，唇角不禁勾了起来，也打心底为他们的快乐而快乐着。

最后我们还有半天的时间去了一趟花园村。这个贫困得只有一列破烂的吊脚楼，最好的也不过是水泥墙的村落，是吉首大学的扶贫对象。我们跟随着老师看望了村里的村民们，还和校区的志愿者一起为村里的孩子们上课，陪他们玩游戏，给他们送礼品。孩子们一声声甜甜的"谢谢"带给了我们强烈的满足感。

这一次的下乡之行虽然只有短短的两天，但是后续的工作却容不得我们马虎，得到了想要的调查数据，还需要根据它来分析问题，撰写调查报告。虽然任务繁重，但我在闲暇时依然总是能想起，村民们爽朗的笑声，孩子们澄澈的眼睛，慢慢地，好像更加能够理解我现在所做的事情的意义了。

承着希望，负重前行。

感动野竹　情在心间[*]

　　生活，是由点点滴滴珍贵难忘的回忆碎片连缀而成。每一天，都会有不一样的记忆碎片浮现于我们的心头，它们抑或是感动、喜悦，亦可能是悲伤、悔恨……在我的生命长河中，充盈着感动。而在这次暑期"三下乡"——岩头寨之行的十天里，我又体会到了那种酣畅淋漓、身心皆愉的感动，让人感动的感动。

　　十天前，我们还是一群互不相识的陌生孩子，素昧平生，相见亦不知。如果没有这次"三下乡"，我们可能还在这个人海茫茫的偌大世界中彼此擦肩而过，就像是许多条原本毫无交集的平行光线在一个光点上交织相错，从此互相纠集，散发出如太阳般璀璨耀眼的光芒。所以由衷地感谢学校的"三下乡"这个平台，给了我们能够相遇相识的机会。这个平台，拥有着一种魔力，它能够让人凝聚成一团炽热的火，走到哪里，便温暖着那一方土地，温暖着那方土地上的人们。从素不相识到初露心声，到无话不谈，到难舍难分。在这个阶段中，我们一起成长，一起进步，这种美好，让人无法不去珍藏、回忆。岁月中最美好的事情莫过于在你最美好的年华中有那么一群人伴你一同成长，一路前行。我们的路还很长很长。

　　我们每一个人性格迥异，各有特色，然而我们却有着一个共同的名字——吉大人，拥有着一样的特性——团结友爱。在这个集体中，大家都在彼此包容着对方的不足、彼此的缺点；互帮互助，兄友弟恭，姐妹和睦，团结友爱。虽然在这十天来，我们没有睡过一个饱觉，每天晚上基本上都是与电脑、笔记本促膝长谈，每天的平均睡眠时间不超过五小时，但我们并没有因此就懈怠工作、萎靡不振，而是选择继续前行、攻克难关。有了大家的一同陪伴，熬夜似乎也不怎么让人难以接受。一直觉得，宣传组的任务特别艰巨，工作琐碎繁重，熬

---

　　* 本文作者范思嘉：马克思主义学院。

夜几乎是家常便饭。有时候，为了捕捉一个细微但却美好的场景，往往要定点拍摄很长时间。在烈日炎炎之下，他们扛着相机，跟随于各个团队之后，游走于每个活动之间。头顶烈日，经常汗流浃背，文化衫湿了又干，干了又湿，但是他们从来没有抱怨过，一直默默地在我们的身后，记录着我们生活中的点点滴滴。嗨，可爱的伙伴们，亲爱的老师们，你们真棒！我喜欢和你们在一起，享受和你们在一起的每一天每一刻；喜欢和你们一起在骄阳下一起分发宣传资料，看着你们虽热却仍对着可爱的乡亲们微笑的样子；喜欢和你们在暴雨中进行义诊，看着你们宁愿湿透自己也不愿让爷爷奶奶淋湿分毫；喜欢跟你们一起在深夜里加班，看着明明哈欠连连但仍认真工作的样子；喜欢和你们一起分享美食，看着你们吃着食物的享受表情；喜欢和你们一起在浩瀚星空下围成一圈，或坐立或躺着分享内心中真实想法的时候；喜欢和你们在一起，看着明明忙碌了一天的老师们在深夜里仍陪伴着同学们加班加点的负责样子……太多的太多，既让人喜欢，又让人感动。此时只有一种慨叹：何夜无月，何处无竹柏，但少团队如吾一般耳！

再回首慈爱园 *

"三下乡"活动随着我等待的，我的心是既期盼又忐忑。去年我就参加了"三下乡"，来到了永顺县慈爱园，这里的小朋友个个都像天使，他们有着敏感又纤细的心，善良可爱。

去年是我第一次参加大型的集体活动，和老师们学长学姐们还有同年级的同学一起，虽然大家一开始都不认识，但是在七天的相处中大家越来越有默契，我也受到了学长学姐的很多照顾。我印象最深的一件事情就是汇报演出的时候，因为我教的是英语，所以我负责排练的节目是合唱《小星星》，但是在彩排过程中遇到了一点麻烦，慈爱园的小朋友们的英语基础偏差，加上年龄偏小，唱英文歌对他们来说着实有些勉强。到了要表演的那天下午，我们的节目还没有排练好，我感到特别自责，巨大的心理压力使我落了泪。鲁明新辅导员不断在开导我，安慰我，告诉我不要给自己太大压力，他用他自己上学时候的例子让我解开了心结。还有一个学姐也来安慰我。这件事情之后我就觉得我更加感受到了集体的关怀与照顾，也让我的心理承受能力增强了。

今年第二次参加"三下乡"是因为去年走的时候有几个小朋友问我明年还会不会来，既然今年"三下乡"还是到慈爱园，所以我就选择来了，也是完成和小朋友们的一个约定。我在本次"三下乡"实践活动中担任临时团支部的生活委员和支教组的组长，本次下乡的主题是"推广普通话脱贫攻坚"，所以支教的主要内容是推广普通话。20日中午我们到了慈爱园，吃过午饭之后下午第一节课是普通话宣讲，主要是让师生互相认识了解，所有的学生都上台用普通话做自我介绍，介绍完之后玩了击鼓传花的小游戏，还念了一段《扁担与板凳》的绕口令。"三下乡"还需要举行两场活动，一场是汉字听写大赛，还有一场是朗诵比赛。汉字听写大赛我们针对不同年级准备了不同的题库，都打印成册发

＊ 本文作者范媛媛：文学与新闻传播学院。

给小朋友们了，上课的时候我们也会针对题库进行讲解。

　　来到慈爱园之后，小学班级临时从两个班整合成了一个班，所以我之前准备的一到三年级的教案就不是很合适。在第一节语言文字游戏课上，我准备的内容有点过于容易了，所以上课时间就很快，这让我知道了前期准备的教案要根据学生上课的情况进行调整，每节课一定要备课充分。上课在玩游戏的时候小朋友们都很积极活跃。

　　再回首慈爱园，我带着一份期待。

吉大梦　联团情[*]

　　时间总在不经意间流逝，翻开实践日记，字里行间充满着情深意境的交错；打开相机，张张照片透出欢笑声在耳畔回荡。仿佛回到了在联团村的时候，和小伙伴们在一起的时候。

　　永远都不会忘记，在一个夏天，和一群小伙伴从花名册上单个的个体变成一个永恒的整体。永远都不会忘记，在一个村子，与孩子们快乐度过的十天时光。无论过去多久，那些人、那些事仍在我的脑海中闪烁。

　　7月20日清晨，迎着朝阳，满载着"爱在联团"社会实践活动综合服务团队员的校车缓缓驶出校门，驶向志愿服务目的地吉首市矮寨镇联团村。一路上，车内气氛活跃，二十五个并不熟识的小伙伴正慢慢熟络起来。车内笑声不断，车外美景醉人。然而，去联团村可不是那么容易，因为通往村子的道路狭窄，在到达大兴寨后我们将行李搬到小面包车上，然后步行进村。湛蓝的天空，美丽的白云，山头间云雾缭绕，好似仙境一般，但是我们没有任何心情观看这仙境，因为步行的盘山公路真可谓"山路十八弯"，大家都走得气喘吁吁，甚至用"我们苦不苦，想想红军二万五"这个口号来鼓励自己。终于，在一个半小时后，我们到达了联团村。

　　初入联团，经过短暂的休整，支教团的志愿者就要开始招生了，作为宣传组的成员，我立即拿上相机，跟着他们去了村里唯一的一个活动场所——篮球场。由于篮球场正在进行志愿者和村民的友谊篮球赛，吸引了很多村民和小孩前来观看。"小朋友，我们是联团筑梦学校的老师，你愿意来我们这儿学习吗？"志愿者们一一为愿意来学习的小朋友报名并签署安全协议书。那时候的我，看着孩子们天真烂漫的笑容，觉得原来这深山上的孩子也是那么的活泼、那么的可爱。直到真正走近孩子们，才发现每个孩子背后的故事。

---

　　* 本文作者傅叶芝：文学与新闻传播学院。

　　石贵银、石娟两姐妹是我在支教团开课第一天就注意到的两名学生，姐姐石贵银已经18岁，但因为脑膜炎落下智障的毛病，妹妹石娟由于头部有伤终日戴着一顶太阳帽。一天，我跟随爱心关爱团走进了村民石绍金家，也就是姐妹俩的家。阴暗潮湿的木板房映衬得满墙的奖状更加耀眼，石绍金介绍说，除了二女儿石贵银和小女儿石娟外，他还有两个女儿。大女儿已经出嫁，三女儿今年初中毕业，考上了吉首三中，却因为家庭贫困放弃了继续求学的机会，外出打工，而满墙的奖状大部分都是她的。

　　即使事前有了思想准备，但了解到这样的情况后，我的心情还是无比低落。同时也庆幸我们了解到这个家庭，希望能为他们做些什么。经过几天的走访，我发现村子里这样的家庭并不少，除此之外，留守儿童、空巢老人也是村子里一大群体，所幸的是，我们的爱心关爱服务团、义务支教服务团、精准扶贫服务团、政策宣讲服务团能尽我们自己的一份微薄之力。

　　十天的下乡，足以让二十五个原本独立的个体变成一个永恒集体。"三下乡的小伙伴是革命般的友谊！"每个志愿者专心完成自己的任务，却在点点滴滴积累彼此间的感情，升旗、早读、晨练、饭前一支歌、饭后"茶话会"，在联团的生活点滴，都成为每个志愿者难忘的回忆。记得上一届"三下乡"团队的学姐学长去看望我们的时候一直对我们说，"你们今年的条件真的很艰苦"。但是我们很淡定地回应"我们习惯了"。的确，我习惯了每天六点起来提着洗漱用品和昨晚换洗的衣物下坡去山泉水边洗漱、洗衣，习惯了每天跟着各个团队去走访，习惯了营地里有来上课的小朋友乱窜的身影。

　　还是到了分别的时候，28日一早，我们就要结束十天的"爱在联团"社会实践活动准备返校了。当听到苗族阿婆为我们唱起离别祝福的苗歌，看到"联团筑梦学校"的孩子们偷偷抹眼泪的时候，我们再也忍不住，与孩子们相拥而泣。

　　我们都知道，可能不会再来联团村，在我们未来的日子里，也不会再有那么一群人，相聚在这么一个地方。但我们永远会记住：有一个团队，叫"爱在联团"社会实践服务团；有一个学校，叫"联团筑梦学校"；有这么一个夏天，二十五个人在美丽的联团村共同度过。

进一步靠近你[*]

在参加"三下乡"之前有人问我，"三下乡"是什么？你为什么要参加"三下乡"？

"三下乡"社会实践是让大学生直接接触社会，将实践与理论知识相结合，服务于农村乡镇。正如 7 月 14 日培训老师所言："三下乡"是一所学校，接受特殊教育；"三下乡"是一张名片，代表学校形象；"三下乡"是一次历练，磨砺学生意志；"三下乡"是一条纽带，连接学校与社会；"三下乡"是一次考试，检验学生素质。

都说没有扛过枪、没有下过乡的大学是不完整的大学。我参加"三下乡"是不想让我的大学留有遗憾。更重要的是，作为一名临床专业的医学生，将来服务于基层，我想走进基层，进一步了解基层百姓，进一步靠近基层的白衣天使，倾听他们的心声。

来到山水之城——重庆秀山钟灵镇

7 月 15 日，我们出发，中午 12 点来到山水之城重庆秀山钟灵镇。我们团队将在重庆秀山钟灵镇开展为期十天的义诊活动，为当地老百姓提供常见疾病医疗咨询、常见急救处理方法的健康宣讲、测量血压、测血糖、针灸推拿等。下午，我们团队在老师的指导下在钟灵镇便民服务中心布置会场并进行医疗服务。

小故事——与张柳仙女士的交流

7 月 15 日下午，在镇上我们为 43 岁的张柳仙女士进行相关问诊，对其进行

---

* 本文作者胡宜：医学院。

心脏听诊，亦得出其心跳高出正常范围，其脉搏为 114 次/分（成年人正常范围为 60~100 次/分）。相关问诊以及诊断后，了解到患者基础疾病较多，但苦于没有钱医治，一直没有去医院检查，还得知张女士家里经济条件差，家中两个孩子又患有重病需要照料，其中一个孩子在 6 年前确诊为肾炎，因无钱治疗，家里打算放弃。

张女士的眼中充满着无奈与失落，我与张柳仙女士交流后，感到很心酸，劝她让自己的孩子到正规医院继续接受治疗，痊愈机会很大。另外了解到张女士对现在农村医疗保险相关政策也不太了解，我们跟她悉心讲解了目前的医疗政策和可行的办法，希望帮助她渡过一些难关。最后张柳仙女士含泪对着我们说"谢谢"，这或许是一位无奈母亲对孩子深深的爱和希望。

云隘村义诊

7月17日上午9点，我们到达重庆秀山钟灵镇云隘村开展一天的义诊活动。由于云隘村离镇上远，医疗资源非常匮乏，全村只有一个赤脚医生，一听到村里有人来进行义诊，很多村民早早地就来到了我们的驻扎营地，仅那一天，我们就接诊了 70 多名村民。

义诊过程中让我印象最深的是我们为云隘村村民张奶奶接诊。她的手指远端坏疽形成，由于张奶奶不知道如何治疗，形成坏疽已有一定的时长，如不进行治疗病情可能会进一步恶化，问诊得知张奶奶没有做过糖尿病等相关检查。我们因团队医疗条件的限制未能诊出具体病因，为其进行了消毒和伤口清洗，并对她进行了健康教育，张奶奶说会去医院进行系统治疗。

另外，整个村庄村民的常见疾病知识非常匮乏，在城市中很多人都了解的手足口病，在这个偏僻的地方，却没有几人能清楚。我们到任女士家里，她的孩子口舌生疮，手脚上有明显的手足口病相关症状，我们医疗服务团队指导老师刘亮晶对其进行检查诊出为手足口病，然而小孩的家长、周边的居民以及村里医生却全然不知。我们建议其去医院规范就医，任女士表示此次义诊让其对基本卫生知识有了一定了解，并对我们表示真挚的感谢。

如果说"三下乡"有颜色，我想那一定是五彩的，有热情的红、有友谊的橙、有温暖的黄、有活力的绿……虽然参加此次实践活动才短短的几天，但我却是收获颇多。通过实践活动，我学习到了很多书本中不曾记载的知识。俗话说："纸上得来终觉浅，绝知此事要躬行。"作为医学生的我们，只有通过实践，课堂中的理论知识才能得到更好地掌握和运用。7月17日到云隘村开展义诊活动让我感触颇深，这次实践活动，带给了我很大的震触，和我以前在州医院见习时所接触的病人有很多不同。当地医师匮乏，医疗资源非常短缺，很多百姓看病难，对常见疾病基础知识比较欠缺，对当前医疗政策不了解。经历了这次"三下乡"，让我更坚定了"好学医，学好医"的信念，同时也真正理解到学校办"平民大学"的理念，在接受培养时被寄托了国家基层医疗的希望，那就是短短12字："用得上，下得去，留得住，干得好"，这就是我们当代医学生勇于担当时代责任，建设新农村的重大历史使命。通过活动，我也更明白了大医精诚的真正含义，"精"即医者要有精湛的医术，"诚"即医者要有高尚的品德修养。医者仁心苏万物，悬壶济世救众生。以高尚情操，行仁爱之术，无愧于天地，无愧于内心。

医学生的特殊在于其责任与使命。医生是什么？这个问题从我懂事起，就有无数个比喻形容过它的伟大，是白衣天使拯救人们的生命，是黑暗中的阳光给人们前行的勇气，自我选择临床医学专业开始，就肩负着责任和使命。近几年来，感动中国十大人物里不乏"最美乡村医生"，他们就是在最艰苦的环境里做着最伟大的事业。当今社会，义诊可能早已远去，可义诊之心应存，应该存在于每一个即将成为医生的人心里。做一个医术高超的医生之前，我们首先得做一个体恤大众的普通人。作为医学生的我们，下乡对于我们来说是一个锻炼的好时机，能够将所学临床知识运用于实践，通过这个实践过程，认识到自我的不足和知识掌握方面的问题，希望回归校园更好地提炼和升华。不同的环境铸就不同的人，我发现来看病的大多是六七十岁的空巢老人，他们听力不好，另外由于地域文化差异，当地多数百姓听不懂普通话，我们也听不懂当地方言，这也致使我在沟通上出现了很大的障碍，但这也恰恰是磨炼我耐心和意志的时刻。做健康宣教的时候，由于语言不通，导致出现了很多尴尬的场面。但是不轻易言败的决心还是让我收获了村民的信任和真诚的笑容以及诚挚的谢意。在"三下乡"实践中，我意识到了团队意识的重要性，我们是不同个体的64人，不同专业、不同年级、不同性格，我们在一起工作，一起生活，良好的团队意识是一切活动成功的前提。我们是一个团体，一个集体，一切都应该服从，不论做什么工作，一切都应该为大家着想，以大局为重。其实，我一直在想，如果不是在这样一个环境里，我和同伴们还能否如此地携手同行？答案并不肯定，我只是知道，乡村是一个敞开的环境，仿若"海纳百川"的广阔，乡邻之间，你喝一声，我应一句，相互敞亮的内心也是无限的关怀；城市里，家与家的距离更近了，可家家之间筑起的厚厚城墙早已阻隔了相互之间的交流，相见也只是礼节性的点头罢了，甚至只是漠视前行。一起奋战的黑夜，一起流过的汗水，这些经历在乡村的映射下更显得我们同伴间的情谊之真、之切。以前只要有一点点的困难，总会有打退堂鼓的小心思，觉得累了，就抱着枕头痛哭一场。但是，在这里，所有艰辛和困难，我们都一起扛。与其暴露在赤裸裸的时光里，不如追寻自己所爱的炙热，带着自己的初心去追寻梦想，即使道路坎坷，历经磨炼，但我想那一定是幸福与快乐的。我们走过的每一段路程都有它自己的辉煌，当我们虚度人生，幡然醒悟以后，这段岁月将一直警醒我们，当我们历经大喜到大悲，我们会学会真正的珍惜。每一段历程都是风景，或哭或笑都是未来不灭的美好回忆。

在此次"三下乡"中，我也发现自己还存在着很多不足之处，我将更加努力地学习专业知识，走好自己医学路上的每一步，夯实基础，将来成为一名优秀的医务工作者。我将牢记大医精诚、医者仁心、服务基层的重要使命，用自己微弱的光，照亮更多人，帮助更多人，奉献爱心，传递温暖。

你就只陪我这一会儿吗[*]

夏风吹暖了华夏大地，骄阳灼烧着万物。7月15日，我跟随印象红途——毓秀钟灵社会实践服务团来到了重庆市秀山土家族苗族自治县，开展了一系列志愿服务活动，用自己的行动为当地的孩子带来温暖和快乐。

没有经历过痛苦的雕琢，怎能有一颗坚毅勇敢的内心？没有经历过挫折的锤炼，怎能承担起时代赋予的重任？正可谓"玉不琢不成器"，这是一句永恒的真理。而这次的"三下乡"就好比是一场战役，给了我们人生中的第一次磨炼。回想这几天的点点滴滴，就难免想起钟灵镇、云隘村、凯堡村的一群又一群孩子，他们给我们很深很深的印象就是：纯，干净得一尘不染。

你能想象这些孩子用那清澈而明亮的双眸望着你的场景吗？你能想象每进入一户人家就能发现一个让人感到心酸或苦楚的故事的感觉吗？你能想象因为没见过妈妈而无法下笔绘画的感觉吗？我想，如果没来这里，我们大多数人都不会真真切切感受到吧！作为一名在校的学生，这是我第一次脱离书本，接触社会，下到基层，顶着烈日的灼烧感受生活的艰辛，这些都让我心里充满激动。同时，我也怀着些许的担忧，毕竟从未真正走入社会，不了解人生百态，我要怎样才能去适应它？我要怎样才能尽我所能地发挥作用？我明白，实践团的很多成员都有过丰富的经历，甚至是上次实践团的前辈，这让我不敢放慢自我前进的步伐，却又更加坚定了我的决心：我必须要为团队贡献自己的力量。

为了接触这群相对特殊的人，我们做了大量的前期预案、访谈准备、思维引导……因为我们怕，怕哪句不恰当的言语会让小同学难受；我们怕，怕哪个不经意的举动会影响小同学的一生；我们怕，怕让他们的期待落空。所以我们只能在每一次下村、每一份调查问卷、每一幅幸福家庭画、每一次家庭访谈中竭尽全力，不辜负自己，不辜负团队，不辜负学校。

---

* 本文作者郭玉玲：数学与统计学院。

7月16日上午，钟灵镇像往常一样宁静祥和，由于当地的青年都外出务工，只留下老人和孩子，街道上便显得格外冷清，只有几只小狗和一群正在玩耍的小孩。晌午时候，我带着教育关爱服务团的小伙伴们结束了上午的调研活动，正准备回去吃午饭。很突兀地，我们遇到一对奇怪的组合，一个二十出头的男子牵着一个小女孩，在炎热的夏天，在滚水一般的阳光下，男子与小女孩的影子一高一矮，颇像一对父女，慢慢地朝我们走来。男子很温柔，他邀请我们去他家做客，喝口水，吃点西瓜消暑。小女孩抓着那男子的手，睁大眼睛看着我们，似乎像和我们说着什么，但是却又在和我们眼神接触的时候刻意移开目光。这几天调研遇到的大多是老人，这样的年轻小伙确实少见，去他家里既可以休息，又可以调研，虽然快要错过集合时间，我们还是觉得可以一去。

小女孩家的房子不大，进门就是客厅。小女孩很害羞，害怕生人，不太爱说话，唯一告诉我们的就是她很喜欢画画。我们就给她准备了一张画纸和水彩笔，她就一边画，一边同我们聊天。从她的交谈中我们得知，她叫雷欣怡，有一个哥哥，这个看上去二十出头的男子（或者说是男孩子）其实是他们的叔叔，刚刚从重庆工商大学毕业。她的父母同村里很多人一样外出打工，她今年只见到一次爸爸，妈妈没有回来过。你能相信吗，从小到大她见过爸爸的次数不到十次，对母亲则是完全没有印象，换而言之，这个五六岁的小孩子，从有记忆的那一刻，就没有见过母亲，父亲也只是一年回来不到两次，对于在场的所有队员来说，这一切都是无法想象的事情。

画是表达小孩子内心世界的好工具。在画画过程中，完全看不到刚刚见面时小女孩那双敏感、害羞但又倔强的眼神。画完画以后，我们陪她做游戏，教她跳兔子舞，这时候她的眼睛里流露出的才是这个年龄应有的神采。

快到集合时间了，我们就要离开这里归队集合。小女孩明显从我们的行动里感觉到了什么，开始不安起来，水汪汪的眼睛望着我，说道："姐姐，你就只陪我这一会儿吗？"仿佛下一刻就要流出泪来。没办法，我们必须要归队，只好同她约定，下午再来陪她。看看时间，不过半个小时。半个小时而已，对这个缺少关爱的孩子来讲却是一段难忘的时光。

下午三点，我们如期而至。当我们再见到她的时候，她原本黑暗的眼睛好像突然被点亮了，好像春风吹过，一幅画终于有了神。我们和她玩耍，也和她的叔叔雷庭富交谈。问他为什么当时要邀请我们来做客，他才告诉我们，大学期间他曾经做了一年的志愿者，中午的时候看见我们就好像看到了当时的自己，既是在招待我们，也是在招待当初的自己。时间飞快，我们最终还是要分开，小女孩这次直接流下泪，眼巴巴地望着我："姐姐，你就只陪我这一会儿吗？"

不忍心离开的我们只好再陪她玩。反反复复问了四次，她终于明白我们必须要离开这里了，以后可能再也不会回来了。她只能做出最后的努力，抱着我的胳膊流泪，希望这样我们就能再留下来陪她，哪怕再陪她一会儿都好。

我抱着她，说道："欣怡，你要知道，以后你还会遇到很多很多像我一样爱你的人，你不用担心以后会失去我，以后的每一个人都值得你去爱，也都会爱你……"简简单单一句话，在场的所有人都哽咽了。

回去的路上，我又想起下午的时候，她抱着我的手，趴在我的耳边说："姐姐，等我长大以后我一定要去找你，我一定会找到你，因为我最喜欢最喜欢你了。"

令人感动的事情还有很多很多，如果都要一一道来，恐怕可以写几本书了，但是在感动的同时也有所体会，有所感悟。归纳起来有以下几点：首先，无论是在调研的前期准备还是在调研的中期实施中，我们所有队员都团结协作，相互合作。这些锻炼了我们的合作能力，更重要的是，这让我们明白了团结与合作在集体中的重要性，让我们意识到集体可以完成或更好地完成预定的任务，深刻体会了"众人拾柴火焰高"这句话的意义，这对我们以后走向社会，与人相处、合作具有重要的意义。其次，我们针对留守儿童问题在农村进行调查和走访时，深刻感受到农村部分地区和部分家庭的贫困。在一户户破旧的瓦房和黑暗的屋檐下，我们渐渐地体会了贫困的定义。我们忽然明白，我们能够在温室里衣食无忧地成长，却是他们心中最美的梦。一路走来，我们的心一次次被深深地触动，灵魂一次次被洗涤、净化。我们渐渐明白，我们已是万般幸运，能够有机会生活在一个衣食无忧、家庭温馨的空间。更重要的是，我们至少还有机会坐在课堂里学习知识，聆听老师的深深教诲，这是多么的宝贵呀，至少对他们而言是这样的。那一双双渴望父母关爱的眼睛，让我们不再有勇气直视，会想起我们身在福中不知福，面对生活的一点点不如意、学习的一点点压力，就感觉无法支撑了。我们感慨社会的不公、命运的多舛，但是，我们有时候是逃避而不是面对我们眼前的问题和挫折。与他们对生活的抗争，对命运的不放弃、不认输相比，我们为自己的行为感到羞耻。同时，在那些留守儿童的目光里，我们看到了热爱生活、相信未来的坚强与坚毅，这目光让我们在低落中渐渐暗淡的心灵被照亮，使我们的内心充满了勇气和力量。被鼓舞的我们将不再惧怕困难，将勇于面对挫折，我们的人生似乎找到了方向，看到了充满阳光的明天。

在调研中，我们切身感受到了留守儿童问题的严重以及解决留守儿童问题的重要意义。这不仅是对农村、农民问题的关注，更重要的是，为祖国的花朵提供一个更好的成长环境，以及对社会不稳定因素的缓解，对国家的崛起与强盛都具有重要的意义。

我不知道像欣怡这样的孩子还有多少，他们承受着这个年龄段不该承受的分离和孤独。在生活中，他们经历着各种各样的困难，而我们能做的就是聆听他们的声音，给他们短时的陪伴，让他们感受到我们的爱，用我们的心去温暖他们的心，哪怕只有短短的一会儿，也是照亮他们内心的阳光。

空巢不是秋，心空才是寒*

  2018 年 7 月 15 日，吉首大学暑期"三下乡""印象红途——毓秀钟灵"社会实践服务团走进重庆钟灵镇，走进老百姓的心里，计划用短短九天的时间，将自己的根驻扎在这里，将自己全部的精力都倾注在这片美丽而又贫穷的地方。

  第一次调研于 15 日下午 3 点开始，随同国情社情观察团第一站来到了钟灵镇。本次活动的目的是深入乡村，切身感受党的十九大以来我国经济社会发展的新面貌。我们团队挨家挨户走访调查，与当地居民交谈。在这次活动中我主要的任务是对当地居民进行政策宣讲。

  在这里我认识了很多的小伙伴，我们来自不同的院系、不同的地区，却因为"三下乡"结缘，成员都是理科出身的团队接手了国情社情观察团和理论政策宣讲服务团。刚开始的我们感觉整个人都不好了，但是到了现在，理科生大佬们都能游刃有余地写诗、写调研报告，我一个音乐生都能流畅地写新闻稿了。我们共同奋斗，一起走街串巷，一起嘻嘻哈哈，一起愁眉苦脸，一起加班熬夜，一起互帮互助。

  徜徉于蓝天白云间，穿梭于阡陌小路中，我们将镜头聚焦于农村老人，走访钟灵镇家家户户与老人进行心与心的交流，用心聆听他们的声音，了解老人养老的需求，徒步探寻社会方面对老人需求上的回应，为老人能够安养晚年尽绵薄之力。在活动的过程中，我们积极地履行自己的职责，认真听取他们的倾诉。甚至有很多老人家主动索取了志愿者们的电话，希望以后还能与他们交谈。

  虽然我们"三下乡"活动才刚刚开展了三天，可是在这短短的三天中，我意识到我原来的生活和我的思想是多么的浅薄，因为在这里我收获了太多太多的感触，以及太多太多无法言说的情感。

  我们在走访中发现有一些现象，就是钟灵镇的空巢老人真的越来越多。在

---

  * 本文作者何慈：国际教育学院。

我们访问过程中一位老爷爷让我印象非常深刻，他的名字叫陈孝林，已经有69岁了。他有五个子女，全部在外地工作，孙子孙女们也都在外地读书，老伴因病早逝，家中只有他一个人，子女们只有在每年过年的时候才会回来。

到现在还记得那天他穿的是一件深蓝色的破旧衫，戴着一个绿色的雷锋帽。我看着他那黝黑布满老茧的手莫名就想起了罗中立的那幅名为《父亲》的名画，虽然他手中并没有拿着一个碗，可是看着早年因终日耕作于土地，被生活压弯的身躯，莫名戳到了我的泪点。访谈中，我问了几个问题，而他的回答让我感触很深。犹记得当时的我贴近他的耳边问道："老伯，您觉得您现在幸福吗？"老伯带着当地口音对我说："幸福！儿女们家庭事业都有了，而我现在也不用再耕田了，现在国家发展起来了，国家不用我耕田还会每年给我950元补贴，我现在就每天种种菜。"厚厚的皱纹把他的双眸挤成了月牙形状，他那憨厚的笑容特别有感染力，那一刻我相信他是真心快乐的，他在为他的儿女们快乐，为国家发展起来而快乐。我看到他瞳孔中的自己，忽然有些茫然，便急切道："老伯，为什么儿女不多回来陪陪您呢，难道您一个人在家不孤单吗？您含辛茹苦把他们拉扯大，现在他们都事业有成家庭美满，可是却留下您一个人在这边，难道您不曾有过一丝埋怨？"他似乎被我突然提高的语调而吓到，而后笑着对我说，哪有怨自己儿女的，等你以后成了父母就知道了。

此外，有一位邹奶奶也同样是这种情况。其实当时刚开始的时候我们拘谨地聊着天，因为邹奶奶看起来不喜欢被人打扰的样子。结果当我们提出要走的时候，老奶奶上前拉住了我们说，再待一会儿吧，我一个人在家也没有其他事情，不碍事！当时我听到这句话时心还是狠狠地被触动一下，我相信不只是我，大家也都很感动。

随后她开始说起了自己的事情，从交谈中得知老奶奶今年70多岁，有两个孩子，老伴早些年离开了自己。孩子特别的争气，去了大城市有了好工作。邹奶奶的脸上充满了自豪，自豪中带着隐隐的失落。孩子太忙了，忙到过年都不能回来一次。子女忙得根本没有时间来看她。也许只有真正地待在一个人的空间才能明白孤独的可怕，所以她养了一条狗。虽然只是一条狗，但是总归是有了自己之外的声音和温暖。至少，它不会离开她。我们的志愿者一直俯身与老奶奶交谈，并记录下来。我们在整个交谈过程中一直握着老奶奶的手，希望用这种方式让她知道此时的她并不孤单。

在中国，这样的现象、这样的回答并不少见。中国的父母对他们的子女似乎总是那么的无私伟大，不是有句俗话说："有狠心的儿郎，没有狠心的爷娘。"尽管这几天我已经访问过好多老人，但我的脑海总时不时浮现那张淳朴而又亲切的笑容，或许是我第一个访问的老人，又或是那种微笑让我向往，就像是夹在课本里的那片已枯萎的杜鹃花，暗留余香。我不知道我们这短短几分钟的谈话能给她带来什么，或许她只是把我当作一个只想完成工作的大学生，又或是一个正好打发时间的闲聊者，但是她却给我带来了感动与教导。圣贤言"老吾老以及人之老"，如果您身边有个老人，请走近他们，让他们感受到家庭的温馨、亲人的关爱。因为他们真的很需要陪伴，哪怕只是来自一个陌生人的片刻闲聊，也足以让他们今天充满阳光。

当落日的余晖洒在身上的时候，你是否会有"夕阳无限好，只是近黄昏"的感慨？或许大家会以为这只是"为赋新词强说愁"般的感慨，这是因为我们正处在人生美好的青春年华，根本无法了解与体会已近暮年的孤独与悲凉。老人们，尤其是那些失去亲人、生活又贫困的孤寡老人，他们没有子女承欢膝下，赡养尽孝，没有老伴陪伴左右，相依为伴；风烛残年的他们，有的甚至还受着疾病的折磨和贫穷的困扰，身心俱疲。只有社会大众献出关爱之心，帮助那些孤寡老人，使他们感受到社会的温暖与关心，让他们不至于在风烛残年还饱受贫穷与孤独的困扰，他们才会在人生的暮年开出最美丽的花。贤者孟子曰：老吾老以及人之老，幼吾幼以及人之幼。想想自己家中的老人，想想若干年以后的自己，请大家伸出援手，多关爱下这些老人吧，我相信不只是在钟灵镇，全国上下都出现大批这样的空巢老人。为什么这种现象越来越普遍了呢？是因为我国已经进入了人口老龄化快速发展时期。有数据显示，中国已有老龄人口1.6亿，约占中国总人口数的10%。此外，专家预计，到2030年我国老龄人口将近3亿，而空巢老人家庭比例或将达到90%。

自古以来就有百善孝为先的说法，尊老爱幼是我们中华民族的传统美德，可是现在的空巢老人似乎是种无形的讽刺。对！孩子长大了，总是会离家的。这些我们都能理解，因为这是必然，他们需要为自己打拼。只是，无论多远，无论多久，该回来陪一陪，陪着那个陪着你长大，却得不到你陪着变老的父母，多一点时间陪陪父母，别让等待成了遗憾。树欲静而风不止，子欲养而亲不待。千万不要，连欲养都做不到。

是呀，人都有老的那一天，都有走不动的那一天，也都要承受这份孤独。这个世界上，又有谁没有体会过父母的爱，感受过父母的关怀？谁不都是害怕孤独么！就像这一次下乡，我们院12日结束考试，整个楼层只剩下我一个人，每天都要自言自语，玩游戏玩到不想看见电脑，整个人很空落。只是这么短短的几天我都有得抑郁症的感觉，更何况老人家呢，一天一月一年地见不到自己牵挂的人，想打电话又怕给子女添麻烦，他们有多想孩子们啊！可不可以拿出一点耐心来多关怀一下爱我们的父母呢，空巢空的是心啊！

通过此次的国情社情调查我们深入了解了空巢老人，发现贫困地区空巢老人现象更为严重。同时我们的志愿者也对空巢老人有了新的认知，更加真切地感受到农村空巢老人的养老需求和所得到的社会支持的回应，也为日后我们的志愿服务工作打下了厚实的基础。我们心中热情之火不会熄灭，不负初心，我们在路上！

悠悠苗寨情[*]

万事开头难——第一天

万事开头难，在出征仪式上晕倒并人事不省的事件，为我的身体素质敲响了警钟。四个老师同时照顾昏厥的我，无数声谢谢也道不尽我的感激。只有自己能照顾好自己，才不会麻烦到别人。同时我也认识到自己身体素质的不足，那么这一次"三下乡"之旅就是一次锻炼自己的绝佳机会。

最值得记录的是下午四点到七点半的招生过程。从这家到那户，从这个苗寨到那个苗寨，从山这一边到另一边，穿梭在极有建筑特色的苗寨中，欣赏重岩叠嶂流水淙淙的山间美景，领略苗家人的热情与善良。当地孩子们热爱学习，在我们一介绍完我们来访的目的后，孩子们就会很热情地答应来上课，不管距离多远，路程多长。而且我发现，这边的孩子不太爱说话，但只要我主动，他们就会很礼貌地回话。我想，是害羞和内向吧。对于内向的孩子，其实只要我们主动一点、热情一点地搭话，我们之间的交流也是可以很愉快的。

精彩在路上——第二天

第一次体验打地铺，或许是劳累过度了，倒也睡得香甜。升完国旗，吃完早餐，便开始在校门口接待学生入校。在看到昨天在最远的地方招到的一个学生——梁宏宝来了的时候，我很开心。就是那种付出收到了回报一样的满足。我喜欢亲昵地叫他梁宝贝。

八点多外出调研，从一开始的手足无措到后面的信手拈来，我与调研差的

---

* 本文作者何晶：国际教育学院。

不过是一个短短的锻炼的时间。我曾灰尘满面，也曾烈日灼肤，更曾翻山越岭，只为找到合适的村民填写那一张薄薄的纸上的问卷内容。访过坐在屋前歇息的八十岁的爷爷，访过屋里玩手机的十几岁的妹妹，访过停下农活的四五十岁的叔叔。我踏过万水千山而来，只为得到你心中最真实的答案。我不知道我们走了多久，我只知道越来越累，累到不再感觉到累，最后带上一身灰尘返回。下午四点多去教室准备上课，我震惊了。第一次遇到这样的情况，五六个人控场结果场面还是异常混乱的课堂，鲜少有人听课，各玩各的。后来我上课的时候，我第一个跟他们玩的就是一分钟内谁说话谁上台表演的游戏，教室里一下子就安静了。我觉得我可能是第一个凶他们、跟他们讲道理的老师，但也只有这样做，我才能以一人之力抵抗他们的吵闹之声。在看到一个在上节课还在捣乱的男同学，在我这节课认真听讲、积极问问题的时候，我感受到了身为教师的那种成就感。还有个女孩子在课后询问了我 QQ 号，还说想要以后问我问题。真的，在听到他们叫我老师的时候，那种开心，是说不出来的。

伴你最快乐——第三天

今天有赶集，赶集热闹过后街道留下一地狼藉。赶集前街道有多干净，赶集后就有多脏。赶集的人们并没有太深刻的环保意识。街道卫生的保持大多是靠着政府聘请的环卫工人进行清扫。我在教室待了一天，陪他们上课，陪他们玩。中午我也没有休息，带他们走上走下，坐着聊聊天。我记得马同学说，每次实习老师来我们这里，待上一段时间又会离开，我们都会哭。我记得我是这么回答她的，你一生会遇见很多人，会有很多次遇见与分别，离开是很正常的，你要习惯，同时也要珍惜在一起相处的日子。我觉得这话对于孩子而言还是太过残忍，所以我不禁怀疑起"三下乡"是否真的适合再继续。我们只想到我们能得到锻炼，我们觉得我们能给他们带来帮助。其实在没有我们的时光里，他们也开心地和伙伴们玩耍。我们来了，他们认识了我们，我们走了，又会让他们心中留下一抹挂念。虽说相处的时光是美好的，但是，离开或许就是一辈子，遗憾和思念就是永远的。

好多小朋友都给我送了礼物，马路欢给了我一个桃子，向紫怡给了我一颗糖，还有王心丽和马路欢的小冰棒，还有梁韦静给我折的小猫咪。通过这段时间的相处，我成了名副其实的孩子王。别人带一个小朋友，我是带一串。累是挺累的，因为他们太有精力了，但我还是痛并快乐着。

晚上排练节目，身体不协调的我跟着扭扭扭……

调研旅游行——第四天

6：30 外出跑步，呼吸山间新鲜空气。

上午上课。上课的人越来越少了，听课的更少了。下午除去上课的，后勤的和宣传的，全员出动去吕洞山调研。今天是调研最开心的一次。坐面包车去的，一路弯弯绕绕，总算到达目的地——省级示范农村吕洞镇吕洞山村。然后一路向上，往山上走。其中有一个奶奶很热情，很积极地配合我们完成了问卷调查。后来完成调研后，我们临时起意"旅游"了一趟。包了一辆敞篷运货车，颠着向山上开去。一路欢声笑语，这是我下乡四天第一次感受到一个团队聚集在一起的开心。后来上到观景台，欣赏了吕洞山的标志物。下山半小时，观光五分钟。又一路颠回学校。

闲里偷活干——第五天

今天算是比较"闲"的一天，没有调研不用上课不用负责后勤工作。上午陪着他们玩了会儿，马路欢他们特别黏我，大老远看见我就喊我过去。

下午陪李越去村部请村主任填写调研表。其实我觉得这个调研有一些不太恰当的问题，一是因为我们大学生也并不了解表上相关问题，不好进行解释说明。二是因为表的内容太过详细，比如村内电子屏总共多少平方米，这种数据一般都不会被记录的，提问的内容没有贴合实际。还有村民问卷，一般村民的知识水平是不高的，而问卷内容对他们而言还是存在理解问题的。三是因为村干部没有相关方面的统计，并且比较繁忙，给调研造成了一定的困难。我认为在下发调研任务的时候，相关人员应当要考虑这些实际情况，并改善调研内容。

下午还随同两个学姐去了石宝龙家做家访，了解了一些情况。石宝龙的父母离异，他是由爷爷奶奶带，爷爷写得一手好字，还会看风水。爷爷在提及石宝龙父母的时候还是很开明的，这边很多家庭都有这种父母离异的情况，因为地区经济水平发展比较低下，很多家庭都因为经济的原因而被拆散。

离别前狂欢——第六天

6：00 起床，终于轮到做后勤的我出门买菜。买菜也是一门学问，比如说，辣椒大一点的好一点，猪肉颜色亮一点的要新鲜一点……

制作的早餐是一团糟，创新性地煮了粉丝，结果细的粉倒是熟了，粗的粉硬硬的，还未熟透。煮了两锅汤，第一锅味道还行，第二锅连肉都没有。我这厨房打杂的，居然也累得要命，洗菜累，切菜也累，果然不常做家务活就是经不住考验。吃完早餐以后，我便回到办公室撰写主持稿了。说到主持稿就不得不提昨天晚上开会我跟李越迟到了，然后我跟她就被安排成为主持人了。五点多的时候唐老师、李江艳学姐和张明敏学姐提着大袋小袋来慰问我们。闲聊时问两位学姐怎么还在学校，张明敏学姐是要准备考研，而李江艳学姐是在做家教，赚取学费。果然，优秀的人能够保持优秀是有道理的。

6：15开始了晚会。晚会很随意，大家唱唱跳跳，虽然没多少观众，但也乐得开心。吃完晚饭就准备洗碗，后勤组其他人不停地感叹：今天把我一年的碗都给洗了。确实，我们几个人可不是盖的。

晚上简短地开了个会。我没加入他们的聊天和游戏，只想洗完澡睡觉。后来才知道他们聊到凌晨，有的12点，有的1点，更有甚者3点，也是十分精力充沛了。

最后的团建活动——第七天

7点多团队全体成员在镇上吃早饭。吃饱喝足后踏上今天的瀑布之旅，先是苗纱瀑布，后是指环瀑布，再是驼峰瀑布。记不清自己走了多远，走到汗流浃背，走到口干舌燥。前两个瀑布是所有人一起看的，驼峰瀑布就只有我们五个学生和向老师去看，其他人因为太累就放弃了。事实证明，坚持的人总会有收获的，在驼峰瀑布清凉的水溅到身上瞬间消去酷暑的炎热时，所有攀爬与行走的劳累都是值得的。

10点多返程，回住处收拾行李。

11点多的时候车来了。一路晃晃荡荡，弯弯绕绕。

于是12点多的时候便重新踏上了吉大的土地。

生活继续，"三下乡"，明年也在继续。

唱出你的歌，给予我的爱*

今年的盛夏，似乎少了一份烦人的闷热，多了一股水墨的清香；少了一段空虚的光阴，多了一份被留恋的回忆。只因，我们相遇在夯沙。

【1】

如果我们不曾相遇
匆匆轮回又有何惧
无数时间线无尽可能性
某一天某一刻 某次呼吸
我们终将再分离
而我的自传里 曾经有你
　　——如果我们不曾相遇

"老师，你们是不是后天就要走了啊?"在学校门口，龙张艳小朋友扯着我的衣角，红着眼问我。"是"与"不是"我都无法说出口，只能点点头，蹲下来用力拥抱她，告诉她我的不舍。

八岁的孩子，却只有四五岁的身高，骨瘦如柴，皮肤暗淡无光，发梢干燥枯黄……再看着十四岁的哥哥龙世宏，似乎有一杯柠檬水洒在我的心窝。

"你说读完初中就去打工，是因为父母不支持还是因为什么?""为了我妹妹。高中学费太贵，我要省下钱让我妹妹读书。"十四岁的龙世宏，他微笑而坚定地给出了自己的答案。

十四岁的年纪，本应该无忧无虑在学校学习，课间和同学打闹，回家和父

＊ 本文作者黄景慧：国际教育学院。

母分享学校趣事，偶尔替父母分担一些家务足矣。然而，在这个世界的某些角落，总是有我们意想不到的人、意想不到的事。他们想哭，却只能微笑；他们弱小，却只能坚强，然而却坚强得让人流泪。

如果我们不曾相遇，我不会知道原来十四岁的肩膀可以如此宽厚——做饭洗衣，照顾老小，喂猪养牛，播种收割；

如果我们不曾相遇，我不会知道原来世界上存在另一种让人流泪的爱；

如果我们不曾相遇，是否你的故事就会被爱掩藏着，慢慢随时光逝去；

如果我们不曾相遇，是否我的回忆里就少一段故事，自传里少了个你。

【2】

我们都是好孩子
最最善良的孩子
怀念着 伤害我们的
　　——我们都是好孩子

"亲爱的爸爸：您好。我知道你在外面打工很 xīn 苦。一天只 zhuàn 几元钱，我在家里又不懂事，还要 yòng 很多钱。爸爸，我要懂事再也不 yong 很多钱啦，要好好的读书、好好的写字……"

"敬爱的母亲：您好！母亲，我好像很久没见您了，自从我开始上学您就出去打工了，有时候，我特想打电话给您，但我又怕打扰您，但有时候打了电话，但又不知从何说起，母亲您每次都在电话说有什么话说的，但又不知道怎么说，我有很多话放在心里，不知道怎么说，母亲我很想您……"

"亲爱的爸爸妈妈：你们好！你们辛苦了，我爱你们。"

这一封封短短的信，那几个错别字是那么的突兀，我们不忍苛责，因为信中真挚的情感早已经让我们迷失了。

有没有一瞬间，在看见别的小孩都有妈妈做饭洗澡穿衣时，怨过，怨他们让你少了一份温柔的爱；

有没有一瞬间，在看见别的小孩坐在爸爸宽厚的肩膀上欢呼时，恨过，恨他们让你少了一份如山的爱；

有没有一瞬间，在看见别的小孩左手牵着妈妈、右手牵着爸爸行走在街上时，痛过，痛父母亲在外艰辛打拼，痛自己没能伴在他们身边，给他们欢乐。

或许，你们都曾怨过，恨过，也痛过，但对善良的你们来说，这都是一瞬间的。

"人之初，性本善。"即使岁月无情，但你们依旧是初生的样子，保持着最美好的善良。只因在你们心里，永恒不变的是对他们的思念，对他们的爱。

【3】

让我们的笑容

充满着青春的骄傲

为明天献出虔诚的祈祷

——明天会更好

今天，即使教学资源匮乏，你们依旧学得认真；即使父母不在身边，你们依旧茁壮成长；即使日子平平淡淡，你们依旧笑得灿烂；即使命运之神不公，你们依旧笑待岁月。

或许，在你们的微笑面前，在你们的坚强背后，幸运之神已悄悄降临。只因你的眼神、你的笑容、你的泪水、你的纯朴感动着天地之间，九天之外。这样的你们，理应得到世界最温柔的对待。

今天，有幸与你们相遇、相识、相知，让我们得到最干净的泪水与欢笑；明天，愿你们依旧坚强面对生活，微笑面对人生，我愿把每一次祈祷都赠予你。

亲爱的，请不要放弃希望、放弃梦想，明天一定会更好。

【后记】

路边有行人，车水马龙，灯光火海。头顶有夜空，月至中天，星光闪烁。

这一刻，我们相遇在夯沙；或许，下一秒我们相遇在长沙。

不管怎样，只愿你好。一期一会，我把我歌唱给你，你们。

亲爱的，且行且珍惜。

待入尘寰，与众悲欢*

艳阳高照，乾州城里，图书馆前，吉大学子万人行。
武陵山区，渝州东南，钟灵毓秀，岐黄学子展技艺。
钟灵学堂，国旗台前，欢声笑语，实践成员初融合。
云隘村上，村委会里，求医若渴，百姓病痛终得解。
吉大针推，针之所宜，灸之可得，风湿痹痛皆可除。
凯堡之村，小儿推拿，药物不沾，妙手回春保安康。
医者仁心，一心为民，吉大学子，"三下乡"里万民夸。

---

* 本文作者黄磊：医学院。

感谢经历让我成长[*]

　　"三下乡"第二天，我向组长主动申请跟随调研组下乡为其记录，因为怀抱私心想抓住这体验民情的珍贵机会。之前见习课程全班同学前往张家界村落拍摄纪录片，那时的所见所感就已让我难忘，不承想这次的永顺行，简直颠覆我的认知。

　　行程开始，我坐在靠窗的位置，刚好可以看到车窗外的景色。大片大片的黄色绿色掺在一起掠过眼前，远处是层层叠叠的青山，不禁想到那句"峨眉远山黛"。路途中随着汽车的行驶，风景也随之变化，偶尔越过峡谷，大家就会把窗帘掀开，眼睛出神地望着外面，每次我的惊叹声都最大，这个有缘由。我从小生于海边，目尽所及处皆平原，哪怕目遇起伏，也就是几座现在想起低矮无比的小山丘罢了，何曾见过这高山流水。原来，"一夫当关，万夫莫开"是真的，原来古诗里的大开大合、旖旎巍峨气度是有根据的。今人看到这壮阔河山，脑海中却尽是古人词句，不知是好是坏。

　　小的时候听过一首歌，里面唱到"这里的山路十八弯"，终于亲眼见到。一路都是极其险峻的峭壁，若司机有一点失误，整车人都会翻下悬崖，车上小伙伴甚至确认起人身保险的事。我留意到有不少拐弯处的路边放着花环或立着石碑，想必是悼念那些命丧险途不幸的人。翻越了三座大山，行驶近三小时，汽车终于停在村口，一行人在村干部的带领下，扛着队旗浩浩荡荡向村里进发。一座座古朴至极的老木屋映入眼前，村民们站在田埂间向我们招手。据村干部讲解，此为万坪镇万福村，位于永顺县北部，由于环境闭塞，大多数的村民生活水平仍在贫困边缘。就在四天以前，我还觉得"精准扶贫""脱贫攻坚"是离我很远很远的。我家乡在山东青岛，在我从小到大的认知里，大家平时上学都是坐公交车，走路的话十几分钟就到了，上完课就去兴趣班学音乐学舞蹈，

　　* 本文作者胡文奇：文学与新闻传播学院。

娱乐就去 KTV、电影院，或去各地旅行。孩子们就应该是有整洁的教室，有父母的关爱，有钢琴课舞蹈课，有肯德基和家庭旅行。我从没想过没有了爸爸妈妈会怎样，慈爱园的孩子真是让人心疼。

我的世界里没有这么高的山，没有木头房子，没有苗族土家族这些少数民族，也没有前天下乡看到的衣衫褴褛的老人妇女和孩子。没想到会有老人用满目含泪的双眼看着我，说她没有吃的，很饿。这种场景，我以为早就成为历史了。给我的触动应该说是颠覆了我一直以来的人生观。

真的有些接受不了，原来仍然有一批人经历着这无法想象的艰苦，稿子都有些写不下去，且那三个村子都摘掉了贫困的帽子，而那些没摘掉的村落，得是什么样子啊！在我六年级的时候，我写过一篇庆祝中华人民共和国成立六十周年的征文，尽情地讴歌祖国的美好，展望未来。可我没想到马上步入小康了，中国这片土地上还有上不了学的孩子，吃不饱的老人。中国要走的路实在太长太长了。我过去的认知也太浅薄了，感谢所有经历，都让我成长。

七月 最美丽的遇见[*]

　　七月，一行三十人登上吉首屋脊——联团村。云雾缭绕，宛如仙境，是我对联团最初的印象。这里的山静如处子，这里的孩子动如脱兔，这里的星辰灿若明灯，这里的晚霞赤诚娇艳。在这里，遇见联团——一方水土一方人。

　　联团，初次相遇，感谢你们的纯净美好，喜爱你的赤诚善良。第一次遇见云雾环绕山腰，路旁陡峭石崖；第一次遇见萤火漫山遍野，红霞染透村庄；第一次遇见如此质朴善良的老人，那么天真澄净的孩童。下乡前，曾对学长学姐所说的"下乡"充满好奇与憧憬，对一同下乡的志愿者怀着期待与小小的胆怯，对一个陌生的山村有着幻想，也有着担忧。联团村映入眼帘，心中只是暗暗叹服自然的巧夺天工，为联团村的自然之美与联团人的热情深深感动。

　　在这里，志愿者们一起吃大锅饭，一起睡大通铺，一同喝山泉水，一同感受天然浴场的冰凉。作为宣传团的团长，作为一个通信员，我便有更多的机会遇见联团的种种事物，能以客观的眼光和主观的心去体会十天的日日夜夜。联团，远比想象的贫困，但翻看它三年来的资料，知晓它的改观，亦为它感到欣慰。从山下到村中的道路硬化，自来水通入家家户户，网络信号覆盖全村，为村民生活和志愿者实践服务带来了便捷。烈日炎炎，不断地炙烤着大地，相映之下，志愿者为联团服务的赤子之心更加炽热。将高雅艺术带入大山，将数字化课程带上云端，将温暖和爱心带上"云上学堂"。进入家家户户，走访调研，走在山间田野、熟悉民情，跟访每个活动，捕捉每个瞬间，将温暖与大爱告知更多人，是志愿者自始至终的信念与执着。

　　宣传团的志愿者生活艰苦而有趣。我二十四小时待命，准备着拍照和发新闻，或正在进行宣传工作，无时无刻不在捕捉着新闻点。阅读其他志愿者的文字记录，观看他们支教、调研的片段抑或全过程；跟拍调研组调研，倾听留守

---

* 本文作者贺思嵘：文学与新闻传播学院。

老人与留守儿童内心的伤痛与期盼；拍摄支教组支教，感受留守儿童的童真与淘气，见证志愿者与村中孩子亲如家人的陪伴与责任承担。作为一个新闻人，我客观地记录；作为一名社会实践志愿者，我亦主观地感受着；其中的苦与乐，我亲身体会着；其中的大爱与大义，我记录着，让更多的人看见、听见，然后伸出友善的手，去帮助、去改变。

在志愿服务的闲暇时刻，我与其他小伙伴探寻联团，遇见一个个美丽的意外。一个夜晚，我们相约拍摄星轨，在平地上等候良久，终于完成拍摄，听闻男生说在山涧有许多美丽的萤火虫，我便央求他们带我去看这美丽风景。手电一晃，山间的小精灵都变得沉默，失去了光亮。我们调好摄像机，关掉手电，屏息凝神，等待萤火重现。一分、一秒，突然，泉水旁亮起一盏浅绿的荧光，瞬间，整片山都亮了起来，或大或小、或明或暗的萤火漫山遍野，令我叹为观止，又不忍惊扰这些山间精灵，便关闭摄影机和伙伴们悄悄离开这片神奇的地方。在这十天内，我们真正遇见了古诗词中的美景与山野生活，体会"行到水穷处，坐看云起时"。我们看过凌晨三点的星空，一起辨别北辰星位置，看过清晨五点的朝阳和那片洁白柔软的云雾。

感谢，感恩，遇见联团，遇见你们，铸就最美的七月！编织如此不平凡的岁月！

情不变，爱长存[*]

  虽然一起下过乡的日子已渐渐离我远去，但与小伙伴们一起共同经历的画面仍不断在脑海闪现。

  有这么一段日子，所有人在一个屋檐下，共同吃住、相互扶持，这段日子虽然不长，却值得一起经历过的所有人用一辈子的时间去将其珍藏，这便是"三下乡"的时光。在这儿，每一位人儿都很可爱，每一位人儿互帮互助，彼此关爱，都很"不客气"。我从来没想过，在这么短的日子里，彼此之间能铸就兄弟般的情谊，到了分别时，眼角都落下珍珠般的眼泪，不知道为什么，可能是上辈子的注定，使这辈子的我们终究相聚太短，离别太久。

  我所在的团队名称叫"情暖湘渝黔"社会实践综合服务团，实践时间为九天，实践地点在边城，我在这其中主要是负责医疗服务的。

  这段日子里，时间虽短，但值得我学习的地方却很多，所感所悟也很多，接下来，我对我这九天日子以来的所感所悟进行一个简单的概要。

  团队很温暖，百姓很热情。这九天以来，我们一起生活，就如同家人一般，很温暖。比如我们帮我们队员准备的生日Party，每天晚上的互相点赞，饭前的一首歌，晚上的文娱活动等，这些都在无形之中增进了小伙伴们之间的情谊。当地的百姓也甚是热情，我们所到一处地方，他们大多采用自己独有的文化方式来欢迎我们，比如边城中心小学的长桌宴，南太村的苗鼓、毛古斯舞等。就这短暂的九天，铸就了小伙伴们兄弟般的情谊，与此同时，充分感受到了当地百姓对我们到来的欢迎与热情。可以说，这不仅仅是一次下乡，更是一家人的边城之旅。

  队员很努力，百姓齐称赞。我们这支大队伍当中，也分为了五个小团队，分别是政策宣讲团、爱心医疗服务团、科技支农团、旅游调研团、宣传组，这

---

  * 本文作者何同达：医学院。

些团队主要是对百姓们提供针对性服务的。除此之外，我们也成立了加强团队内部管理的临时团支部。临时团支部的成员各司其职，为咱们这个团队的正常运转贡献着力量，真心为他们的辛勤付出点赞。

有一天下午，一位阿姨来到医疗服务团固定的教室，希望我们为她进行一个肩部推拿，当时只有我和我们团的另一名女队员在场，由于我还不太会推拿手法，所以就得看我们另一名女队员了。但她当时不断地往手上喷云南白药后，才为阿姨进行肩部推拿，后来才知道，她的左手大拇指关节部由于劳累过度而出现了劳损肿大。我们的队员们都很赞，这只是其中的一个缩影，在团队服务中，希望尽自己所能努力去为老百姓们服务的还有很多。有时候都不知道她们为何这么拼？在一次分享心得的时候，听闻政宣组出去宣讲时，时常能听到百姓们说："吉首大学的学生是好样的。"可能这句话就是队员这么拼的原因之一吧！

我们终究只是过客。九天以来，我们尽我们所能为三镇两乡的百姓进行了志愿服务，但普遍都有一个感觉，我们做得并不够，并不能为当地百姓的生活带来多大变化。有时候甚至觉得我们是不是有点太残忍，在一个地方进行了短暂的志愿服务，就立马走了。举一个事例来说，有一次在一个村庄对当地村民进行志愿服务，以前暑期也有像我们这样的志愿者来过这里，可能是当地百姓有了经验，一次我们在一个村庄进行志愿服务时，吃饭时，一位奶奶纠缠着我们的志愿者希望能为其检查身体。我们解释说我们吃完饭后再为您检查，但她还是不肯，追问其原因，半晌后她缓缓地说道："吃完饭后你们就走了。"听完这句话，我心里顿时有一股莫名的愧疚感。真心感觉我们能为村民们做的实在是太少，何况中国还有许多像这样的村庄，很多需要这样志愿服务的百姓。

以上就是我这九天以来的所感所悟。我现在是一名医学生，于我个人来讲，我希望学好我的专业知识，争取以后为更多有需要的百姓服务，同时也希望一起下过乡的小伙伴们情谊永不褪色，乡村的百姓们生活过得越来越好。

心有阳光，梦在路上[*]

2018 年 8 月 20 日上午，我跟随吉首大学文学与新闻传播学院来到湖南省湘西州永顺县慈爱园。这是一个充满生机的地方，这是一个涤荡人心的地方，这是一个充满爱，但同样需要爱的地方。

以前听过一句话："人活得越久，人味就越少了。"我以前并不觉得我是一个缺少人味的人，至少当我遇到他们之前我这样认为。跟他们这群成熟、可爱的小孩子的相处时光，让我有一种愧疚和心疼。

我认识几个慈爱园的男孩子，他们有不一样的性格，但共同的特征是他们的成熟。我为这里处于青春期叛逆期孩子的成熟而感到惶恐，我知道他们这样是不好的，我知道他们该有自己的活泼，该有自己的快乐，他们应该像鸟儿一样在天空翱翔，去开阔眼界，去丰富自己的羽翼。可我不知道他们经历过什么，我不敢去触碰，他们也关上了自己的心门。我想到我自己，在幸福的环境中生存，有家人的爱护，有吃不完的零食，有穿不完的衣服，甚至在懵懂的青春叛逆期，我还讨厌过自己的家庭。现在想来，他们像一面镜子，照射出了我的无知和叛逆。见到他们，我才发现我的人生还有那么多事情没有做。是他们，让我学到了乐观，让我看到了即使历经沧桑，但依然向阳而生的向日葵精神。

我记得有一个六岁的女孩子，因为家庭变故，她被外公送到了慈爱园。第一次见她，弱小、无助，让人心生怜悯。她一个人站在树下，不停地抠自己的手，对这个陌生世界充满了畏惧。我开始默默关注她，她总是一个人，上课也是一个人坐在靠墙的地方，不爱说话，就那样一个人静静发呆。后来，我去接水，看别的小朋友都在上课，只有她一个人从楼梯上下来，我就问她怎么了，她说自己肚子疼，跟老师请了假，我就拉着她跟我坐在一起，她坐在我的腿上，玩自己的东西。

---

* 本文作者何燕：文学与新闻传播学院。

下午时，她的情绪发生了很大的变化，她就像来的时候一样，安安静静地趴在桌子上，我问她是不是肚子又疼，她摇摇头不说话。后来，一个小男生不小心碰到她，她突然就哭了，她哭时也不出声，只是把脸使劲埋到胳膊里。我把她拉到外面，跟她讲，不开心的时候就要哭，女孩子就要用哭来发泄自己的不良情绪。过了一会，她的情绪稍微稳定了一点，她告诉我她想回家。当时感觉自己的心都要碎了，我真的不知道她家人有多无奈，有多不舍，才把她送到这里。我不敢触碰她的伤口，我只是告诉她，家里人送她来这里不是因为别的什么原因，只想让她接受良好的教育，让她好好读书，以后努力赚钱，活成自己想要的样子。

慈爱园志愿服务活动已经处于中期了，我们每天都有新的感悟和新的收获。我想我会努力去践行自己的使命，身为一个新时代的大学生，我们一定要践行社会主义核心价值观，我坚信，我们一定会不辱使命。

爱有晴天[*]

  2018 年 8 月 27 日，我们的下乡活动在回程行驶的汽车上画上了句号。坐在车上的每个人好像都很沉默，也许这样的离别在每个人心里都多少带着些感伤。吃完早餐我们这群志愿者带着行李在操场前集合的场景不禁让我又想起了第一天来的样子。在慈爱园的大门前，有着一群孩子等待着我们的到来，他们可爱、热情。这一次，这群孩子又帮我们拿着行李送到了那个大门前，直到看着我们上车，远走。汽车渐行渐远，我的心好像还留在了慈爱园。

  短短一周的时间不算漫长，但我从未想过就在这短短的七天里，慈爱园带给我的记忆会这么深刻。车窗外的树很绿，天很蓝。可同生长于一片天空下的我们，却仍有着很大的差距。慈爱园里的孩子们，大多为孤儿，家境贫困。他们缺少关爱，缺少陪伴。他们中的大多数并不像我们最初看到他们的样子，活泼、黏人、善谈。相反，他们这些阳光灿烂的外表下，有些我们不曾看到的孤独和痛苦。园内的孩子基本分为两类，一类极为善谈，一类则异常安静内敛。刚开始时我们和孩子的接触未深，可几天下来，了解到他们的日常和背后的故事，我们才明白，那些活泼好动的孩子自认为自己缺少存在感，他们希望被关注。而那些内向安静的孩子，更需要的是交流和陪伴。他们不善言谈，不敢直视志愿者的眼睛。仍记得昨天中午在食堂就餐时，两个初中部的女生端着打好的饭菜从我们志愿者身边走过，其中一个女生低着头，一只手不自在地捋着刘海，那小心谨慎的样子让人很是心疼。也许，在心里，她是渴望被关注的，可她也是有些自卑的。在这个十几岁的年纪，本该在父母的疼爱陪伴中做个小公主，可失去了父母这个羽翼的护航后，她们意识到只有自己爱自己了。她们还未到成年的年纪，但大多有些超乎年龄的成熟。也许社会人生的经历不多，但关于她们心里的那段路程，我想她们一定有着很深的体会。她们中，有在不满

---

  * 本文作者黄仔娟：文学与新闻传播学院。

两岁时就失去父母的，有父母离异后由亲戚或爷爷奶奶监护的。还有一些孩子的父母，因为患有严重的精神或身体疾病，失去了生活自理能力。她们没有了最亲的家人，那些疼痛本不该在这个年龄承受，那些艰难的时光，那些难过的日子，没有人陪伴，必须自己一个人挺过。我不知道园中的孩子们都经历过什么，但我看到现在生活在慈爱园中的他们，是幸福的，也是满足的。

在中国，这样的事实孤儿有几十万，其中有接近90%都是农村孤儿。如今，国家精准扶贫战略的实施已经让很多贫困家庭得以救助，慈爱园里的孩子们也无一例外。他们被发现，被扶助，被关心，他们是让人心疼的也是幸运的。随着国家综合实力的增强，在中央和社会群体的共同努力下，生在中国的人民是幸福的。国家解决了太多的大问题，可像这类孩子，仍需要被关心，他们脆弱、敏感。在慈爱园里，在园内老师们的关心照顾下，孩子们有了"园长爸爸""副园长妈妈""胖子哥哥"。在孩子们看来，他们是老师也是朋友。在孩子们的心中，老师就是最亲最信任的家人。国家的帮扶和扶贫政策在不断的完善中解决了一个又一个大问题，让那些本可能造成社会负担的群体变成了对社会有益的人。国家做的是大事，那些扎根于农村基层、那些园内的老师，做的更是一件伟大的事。他们投身于贫困山区，为那些孩子带来了精神上的扶持。

汽车已行驶了将近一半的距离，身为大学生的我们，正值青春，拥有梦想和激情。我不知道我们每个志愿者未来的发展方向如何，但我敢肯定的是，这次的支教调研下乡活动，一定在我们每个人心中写下了浓墨重彩的一笔。这是我们的经历，也是我们成长路上一份宝贵的财富。慈爱园李主任在团日活动中说的那句"与其羡慕那样的人，不如先成为那样的人"给了我很大的触动。我想，我会做好自己，继续朝着梦想前进，然后带着那份爱，继续播撒爱，让爱在武陵山区这片土地上飞扬！

爱在联团心连心[*]

　　距离上一次离别已经过去一周了，每每睡不着觉的时候就打开手机翻翻相册，小伙伴们和孩子们当时那一瞬间的笑声仿佛还萦绕在耳畔。打开日记，翻阅着那天那时那事的感受，在联团的点点滴滴就一幕幕地浮现在眼前。

　　6月29日，那时团队的名单已经初步拟定，我记得那天早晨一觉醒来，张老师就发来信息："让你来做联团'三下乡'的团长如何?""都是些特别优秀的人，压力有点大。不过组织需要，我愿意一试。""我要的是投入120%的精力时间和智慧。"这是我们的对话，我也接下了这个担子。那时我们还在考试，从老师任命我作为实践团团长，包括在考试前的筹备阶段，我都还没有正式进入角色。经过实地踩点和紧张的准备工作，还有各种大小会议向我涌来的时候，我才真正意义上开始进入角色，从制作工作进度表到思考各项工作，为下一步工作做计划。

　　7月8日，二十五位爱在联团的小伙伴从指导老师到志愿者终于从手册的名单中走出来，认识的不认识的、熟悉的不熟悉的我们终于聚首在青年书吧，开了我们第一次的全体会议。两个小时不长不短，足以让我把每位成员对号入座。

　　7月10日清晨，在图书馆门口，在接过龙校长手中"爱在联团"社会实践综合服务团的大旗，在挥动手中队旗的时候，心中一股荣耀感油然而生。在举起右拳庄严宣誓的时候，又多了一份责任。迎着朝阳，满载着队员们的中巴缓缓驶出校门，驶向志愿服务目的地吉首市矮寨镇联团村。伴随着歌声和欢笑声，我们来到了联团村的山脚下，由于山路崎岖，只能步行上山，还有大包小包的物资需要装上微型车拖运上山。三十多摄氏度的温度，烈日当头，小伙伴们一个个虽然大汗淋漓，但还是相互搀扶相互打气，坚持走了一个多小时的山路，在不知道转过了多少个弯以后看到联团村时激动地向着大山呼喊："喂，我们

---

　　* 本文作者侯泽林：文学与新闻传播学院。

来啦!"

　　远观梯田上古色古香的联团村让人神往,走进体验那就是另一种滋味了。因为提前跟车来踩过点,对这里的条件有一个心理准备,但不知什么原因,原本看好的男生驻地的人家出去了,善良的石秘书就主动让出了自己的房间,自己带着妻子去山下的养殖基地住了。把物资行李搬运妥当,大家已经是筋疲力尽,但谁都没有松懈下来。抱着打好第一仗的心理,第一餐饭后大家立马开工打扫住处,整理物资、铺泡沫板和席子,补窗子,大家忙得不亦乐乎。收拾好住处,支教团就开始进行招生宣传,我们将学校搬上联团村,命名为"云上学堂"。为了让志愿者们住得更加舒服,解决洗澡难题,这里的村民们特意用竹竿和塑料布建起了一个约四平方米的浴池,成了天然的"浴场"。有位细心的老乡还为志愿者在宿舍前搭了两根竹竿,方便大家晾晒衣服。面对村民的细心照顾,小伙伴们感激地说:"你们送我们'天然浴场',我送你们'云上学堂'。"

　　就这样联团的日子一天天开始了,每天清晨总有一个人早早醒来叫醒正在进行不知几重奏的打呼噜的男生们,总有全儿或超儿最后一个起床还睡眼惺忪。在半山腰的不规则篮球场上,我们每天随着太阳升旗,面向国旗,对着大山唱国歌、排舞蹈;吃过早餐,迎来大大小小、朝气蓬勃的孩子们,云上课堂开课了;宣传部的小伙伴们一部分扛着相机跟着调研组的小伙伴们去村民家调研,另一部分背着电脑去那个唯一有无线网络的村部小屋开始写稿投稿,一进去就是到天黑。每天晚饭过后,所有成员都围坐在女寝门口,"饭后茶话会"开始了,大家分享着今天经历的趣事和自己的感悟,动情时还会敞开心扉,向大家讲述自己过去的事。家人打电话来询问我的情况,问我苦不苦,我都会回答:"没事的,我已经习惯了。"的确,这短短的九天,我已经习惯了早晨六点起床,迷迷糊糊地走到井边洗漱;习惯了每天听到"嘟"的一声哨响就立刻跑去集合;习惯了每天晚上两眼一抹黑的时候和兄弟们打着手电,相互调侃着步行三百来米,到山沟中的小瀑布下冲着冰凉刺骨的山泉水洗澡。也是这短短的九天,之于我而言"联团"不再是一个村子的名称,而是代表了我们整个集体,象征着我们二十六个人不再是一个一个的个体,而是联合团结的"爱在联团心连心"这个集体。

　　终于还是到了分别的倒计时,那天我们和孩子们一起举办了一场教学成果晚会,那天雨越下越大,感动却越来越多。朱雪莹脱下雨衣,冒着大雨,在简陋的舞台上用曼妙的舞姿为我们诠释了一个舞者最美的姿态。孩子们也深受感染,脱下雨衣用一支傣族舞蹈表达他们对我们最深的爱。现在回想起来,我会感激那场大雨,因为她让我们收获了别样的感动,因为她打湿了我的脸颊,让我可以在雨水的掩饰下放肆地哭个稀里哗啦。

　　离开联团的那天，村民们在村口燃放了烟花送我们离开，我们跟孩子们提前约定，笑着离别，他们却已经是哭成了泪人还在强颜欢笑，在不知转过多少个弯，看不到他们了以后，身后突然传来了三声"哥哥姐姐再见，我们爱你"。我的泪水再也没有噙住，最后还是没出息地哭了出来。下山的路上我就在想，在以后的日子里，不会再有这样的机会和同样人来到同样的地方再体验同样的生活了，但我们二十六个人一定都会记得这里记得彼此，我们曾是一个集体，这里有一个让我们所有人都魂牵梦绕的地方，它的名字叫联团。

绽放青春，你我在路上[*]

  吉首大学暑期"三下乡"活动在 2016 年 7 月 10 日掀开神秘的面纱。清晨的第一抹阳光照亮身上的汗滴时，才真正意识到这段征程就在脚下。今天，或许很多人已是朋友，也可能尚未熟悉，但身着相同的志愿者服装，青春的笑容在此时不谋而合，这一刻起，我们是战友，我们的友谊是即将开始的人生旅程中一道意义非凡的风景线！

  当庄严的誓词说出口，炽热的红旗随风飘扬，领导们在大巴车外挥手告别，我知道，"三下乡"这三个简单字后，包含的是不简单的意义，它是付出，是责任，是奉献！

  我期待！我兴奋！尽管我还不清楚即将面对的是怎样的一个环境、一个挑战、一段经历，但我却未曾慌张。我斗志昂扬，因为我相信每个伙伴们，相信这"三下乡"团队，更相信我们吉首大学！

  开始吧，"三下乡"！开始了，"三下乡"！

  一路颠簸，从谷韵湘西到元帅故里，烈日当空，却拭不去内心的激动。到达之后，我们迅速安营扎寨，开展工作，这一刻我也深深地意识到，在这里，没有适应期，时间紧任务重，我们必须高效率高质量开展工作才能不负众望。

  在五名指导老师的带领下，我们四十六名志愿者，分别在团队里的八个团一个组里发挥着自己最大的价值。我和小伙伴们在红色革命传统教育实践团对洪家关红色旅游资源的开发和规划进行了深入的调研，撰写了调研报告；与精准扶贫团共同完成了"元帅故里"洪家关红色革命旅游手绘地图，用青春的画笔，助力洪家关美丽乡村建设和精准脱贫，完成了精准扶贫调研报告；还和爱心医疗团，风雨无阻下乡赶集为百姓义诊送药等；和科技支农团，上集市、进农户，义务家电维修、安全用电隐患排查和知识宣讲等；同时还帮助政策宣讲

---

  *　本文作者姜慧：音乐舞蹈学院。

服务团、国情社情观察团、美丽中国服务团走街串巷、深入乡村，用我们的宣讲和足迹，让更多的老百姓深刻理解党中央治国理政的新理念、新思想、新战略；还与文化艺术服务团去光荣院、敬老院进行慰问演出活动，为他们带去欢乐，送去温暖。

志愿服务活动虽短暂，但我们做的每件事都是脚踏实地，全心全意地付出。我们力量虽小但有泪水有欢笑，收获了老百姓的点赞！我们虽然来自各个院系，但我们明白我们是吉大人，我们心往一处走！

开展各项工作时，我们的脚步印在贺龙故居，纪念馆上空飘过我们响亮的誓词。团队还邀请马克思主义学院王跃飞教授开展了践行"两学一做"，送党课下乡活动，学习长征精神，学习贺龙元帅"两把菜刀闹革命，一生尽忠报祖国"的革命精神；把全国人民和中华民族的根本利益看得高于一切，坚定革命的理想和信念，坚信正义事业必然胜利的精神；就是为了救国救民，不怕任何艰难险阻，不惜付出一切牺牲的精神！

每天，我们目视国旗升起，用嘹亮的番号唤醒清晨的花朵，用动听的歌喉传唱校歌民歌，用可爱的天性舞出新的自己。趣味运动会彰显团结就是力量，走访慰问光荣院、敬老院的老人们，教会我们懂得莫等子欲养而亲不在的遗憾，孝顺和感恩我们怎么都不能忘。每天的主题团会里，我们认真总结，分享感悟，共话成长。

时间就像人生的沙漏，从指缝中溜走，却留下来珍贵的情谊！队员们越来越亲近，我们相互合作，从搬运活动需要的座椅、粘贴横幅，到赶集上的义诊和维修、下乡的考察调研、留守驻地完善工作等，都赢得百姓的称赞和支持。我们在主题团会上，各团认真总结，积极分享，从找问题出发到出解决方案，我们越来越默契，形成了我们独有的配合，我们发挥团队的力量，把凝聚力化为战斗力！

是啊，相处很短，却像老友般相互照顾；没有亲吻，却像恋人般甜蜜，也许还有生疏，却有了亲人般陪伴。就因为在这样的团队里成长，因汗水浇灌，因雨水冲刷，还因充满笑声，我们一起，成长了！在正值青春时，自己身处在"三下乡"这样一个家庭里，感谢自己的选择，感谢指导老师的帮助，感谢小伙伴的陪伴，感谢"三下乡"给予给我无尽的财富！

"三下乡"陪我成长，"三下乡"精神伴我到老。

蓦然回首，勿忘初心*

    岁月的流逝，人生的短暂，诠释了时间的宝贵。时间是天使，它成就了人生的价值；时间是恶魔，它造成了岁月的流逝。不知不觉中这次暑期"三下乡"已经接近尾声，过去的日子如风而去，如水而流。想抓也抓不住，想回也回不去。好在，蓦然回首，那些满满的美好的回忆还在灯火阑珊处。"三下乡"的这些日子里，我们组织过很多团建活动，每一次，不论是老师还是同学都会强调：希望我们能不忘初心，艰苦奋斗，牢记使命，砥砺前行。

    那么，我的初心是什么呢？

    能得到来参加这次"三下乡"的机会，对我而言实属不易，弥足珍贵。其实，早在2008年北京奥运会的那个时候，在我心里就已经种下了一颗当一名光荣的志愿者的种子。此后，忙碌的中学生活再加上不了解志愿服务途径，我一直未能如愿。这次暑期"三下乡"是我第一次正式的以一名光荣的、梦寐以求的志愿者身份来深入农村参加志愿服务。当我如愿以偿地收到那份"三下乡"名单的那一瞬，我欣喜若狂到完全已经忘却了递交"三下乡"社会实践活动申请时的那份忐忑和填写申请表时的谨小慎微。

    首先，我很开心能够与各位老师、学长学姐和其他同级的小伙伴们参加本次学院的"三下乡"社会实践活动。在这几天的相处和走访过程中，不仅对实践地的有关"禁毒防艾"的基本情况有了深刻认识，还与大家建立起了深厚的友谊，收获颇丰。

    第一天我们去了大田湾和新桥两个社区进行"禁毒防艾"的宣传和问卷调查。大田湾的社区民警非常热情，知道了我们是吉大的学生，并且想要在社区范围内进行"禁毒防艾"方面的宣传时很是支持。他简单地和我们分享了社区里的有关涉毒、禁毒的一些情况，并语重心长地和我们说，现在，他们管辖的

* 本文作者贾悦：法学与公共管理学院。

社区的吸毒人员主要集中在 20~30 岁的中青年，他们往往为了追求感官刺激和满足好奇心才走上了"吸毒"的不归路；他告诫我们学生在出入娱乐场所时，一定要去正规的场所，尽量避免单独去，还要保持应有的警惕心，就算是熟人给的东西，尤其是饮料一类的，发现有问题要及时保护好自己。这番话让我很感动，同时也增强了我们在社区进行走访调查的信心。走访过程中，由于是第一次参加这样的活动，难免会由于自己的准备不充分而导致走访调查禁毒有所拖延，但大部分的群众都很积极配合。尤其是下午在新桥社区的时候，有三个小学生模样的孩子，特别可爱，主动提出要帮我们做这份问卷，还认认真真地在问卷的最后写上了他们的建议。之后的调查走访中，慢慢也学会了科学地选择合适的受访对象，学会了一些帮助受访群众克服心理障碍的方式方法，这才大大提高了之后的调查效率，基本圆满地完成了今天的调查任务。一整天下来，虽然有点累，甚至有点身心俱疲，但这一切我相信都是值得的。

第二天的任务是要到禁毒所驻扎一天，拍摄"禁毒防艾"主题宣传微电影的视频素材。虽然已经不是第一次来禁毒所了，可能没有同行小伙伴们他们那么好奇，但毕竟这次要驻扎整整一天，要观察戒毒所学员和民警干部们一天的作息，还真是以往没有的难得机会。没有过分紧张，更多的是对今天工作任务的期待。一开始由于还没有和戒毒所的民警干部们协商拍摄的具体内容和尺度，所以就只是拍摄了几个简单的取景镜头。后来在经过学员和民警们的同意后，我们拍摄了一些他们的日常活动的镜头，比如，晨练跑步、唱歌还有类似于站军姿的活动。前几次来一直没弄懂他们的衣服颜色不同是不是和他们涉毒的严重程度有关，有深有浅，猜测颜色越深的学员服代表涉毒程度越高吧。结果，今天在仔细观察过后，发现原来他们也是分了类似于寝室长或者说小组长的职务，所以颜色才和普通的学员不一样。当然，这些学员往往是戒毒所里比较遵纪守法、积极主动接受改造的学员。吸毒是一件违法的事情，所以每次谈到吸毒人员的时候，往往我们会谈虎色变。对于吸毒的人群我们总是会尽可能地躲避，哪怕是已经接受过改造的，我们很多人都会区别对待。今天一位不知名的民警干部一番语重心长的话点醒了我，他说，你们在拍摄的时候要尽可能地去保护他们的隐私，要保护他们的权利，你们来自法管学院，对于这一方面还是比较懂得的吧，他们日后也是要正常回归社会中去的，我们得保护他们。他们吸毒犯法，是属于人民内部矛盾，所以我们要保护好他们的权利。此时，我对于这位民警的敬佩之情油然而生。感悟之余，仔细思考才发现我们原来一直在这个误区之内，我们会自动将他们和我们在心底划分一条界限出来。但，其实，他们在经历了这么多事情之后，内心比我们常人更脆弱，所面临的来自社会的压力也要更大、负面舆论也更多，所以我们即使不是志愿者，也应该宽容待他们、关爱他们。

后来，我们采访了几名学员，能够感受到他们对于毒品的危害有了很深刻的认识和下定决心戒掉毒品的决心。希望他们都能顺利戒毒，早日回家！不知不觉中，我们的微电影拍摄也到了拍摄中期。由于被他们身上还尚存的善良所打动，我们在州戒毒所的协调和学员们主动参与的情况下，替学员们传递了"一封家书"。一封家书，字字真情、句句用心，有对吸毒的忏悔，有对父母的思念，也有对孩子的自责。

在这以前，"我们团队的存在有什么价值？""我们团队所做所为对于吉首有什么意义？"我对此颇为困惑。"禁毒防艾团"不像其他学院如"爱心医疗团""科技支农团"等偏动手实践的团队对于武陵山片区的贡献一目了然，我们能做到的仅仅局限于理论支持：普及法律、宣传禁毒防艾知识。甚至，我倒更钟情于"教育关爱团"的志愿工作：能和孩子们一起画画、聊天，能最直接地把自己想要表达的爱给他们。这是更加符合我对志愿服务的常理认知的。但那天，一整天我们都在帮助姓杨的叔叔解决他遇到的麻烦。离别前他对我们说："你们是我见过的最有耐心的人。"我豁然开朗，对于接下来几天的志愿服务也充满了动力。

下乡的日子是艰苦的，但再苦再累我们队员都没喊过累！由于我们大多不是吉首本地人，有些队员不懂湘西方言，所以下乡时，语言的沟通也是我们一大难题。想起那天我们去派宣传单、宣传活动的时候，如何同群众解说。我们还要跟他解释清楚，我们本次的活动目的、方式等，用普通话的、用方言的，详细地和他们说。他们用湘西方言，我们似懂非懂地听着。幸运的是，他们很多时候都很配合我们的工作，支持我们的工作。"三下乡"不仅是大学生助力乡村振兴的最佳途径之一，也是提高大学生个人综合素质的最优方式之一。"三下乡"对于我个人而言，就是一个很好的学习机会，一个很好的锻炼的机会。就像我们带队老师说的，能参加团队下乡任务的同学，都是各个班级最优秀的。的确，周围小伙伴们的能力我们有目共睹。临时团支部的小伙伴，总能把团队任务做得格外细致；每一个队员也都是日复一日地挑灯夜战，希望能把调研报告、实践心得完成到最好。刘嘉伟、金柏学长的临危不乱，唐子媛、易娟娟学姐的认真负责，彭娜娜学姐的细心热情，莫家杭、邹蒙蒙学长的意志坚定，都是我学习的榜样。生活在这个世界上的人，有的是弱者，有的是强者；有的要别人来设定目标，有的给别人设定目标；有的需要用感情支持生活，有的需要用意志支持生活。我大概在每一对概念中都会选择做后一种人。

  "三下乡"活动中的欢笑、努力与汗水都还历历在目。2018年暑假"三下乡"社会实践活动给予了我人生一段灿烂的回忆。难以忘记，也明白了真谛：不经历风雨就不见彩虹。

  明天就要收拾行囊，走向远方。希望小伙伴们都能不乱于心，不困于情，不畏将来，不念过往。如此，安好。

  "禁毒防艾"的工作没有因为下乡结束而停滞，"情暖高墙"的故事也未完待续。

爱在联团心连心[*]

　　2015年的夏天，我经历了这十九年来人生中最难忘的一段时光——矮寨镇联团村"三下乡"之行。直到29日中午吃完午餐将张家界的伙伴送往火车站时，我才意识到，"三下乡"的那段日子永远都回不去了。那一刻，十来天的回忆一涌而上，压在我的心头，堵在我的口中，说不出来有多舍不得，只能紧紧地抱住他们不想松开。我是后来听说，那天我看见徐芳就止不住地泪流满面。

　　来联团之前，得知联团是吉首市海拔最高的行政村，素有"吉首屋脊"之称。初到联团，毒辣的太阳加上盘旋的山路，伙伴们手牵手在旗帜飞扬的盘山路上坚定了为联团服务的信念。正是一路上的相互扶持，让来自二十个院系不同性格甚至不同民族的同学心连心，克服困难。行进的途中不知拐了多少弯道，沿途的风景已经让我们忘记了上山的疲倦，反而增加了我们对实践基地矮寨镇联团村的好奇与期待。一路上，一切变得慢慢熟悉起来，奇妙、美好。

　　一个多小时的步行，到达联团，村子里的村民热情地给我们引路，与我们打招呼，让我们不禁心生暖流。在与村干部吃饭的过程中，村支书对吉首大学一直以来的对口帮扶表示由衷感谢，情到深处用沧桑有力的声音说出"联团村是吉首大学的联团村"，更是让我感慨万千，是多大的力量，多深厚的感情，才能让一位祖祖辈辈扎根在此年近六旬的老人说出此番话。在进一步的沟通中，我们得知，村子里的小孩早早地向我校驻村干部吴老师和朱老师打听，支教的哥哥姐姐什么时候能够过来上课。于是，在两个多小时的安营扎寨后，我们组织了一场篮球赛，篮球赛后开始了我们的招生工作。在与当地小孩的交流中，我们得知联团村是没有学校的，由于他们对知识的渴求，他们需要步行一个多小时到村子下的矮寨镇小学甚至吉首市的学校就读。联团村的孩子们很纯朴，也很向上。正是由于对他们这种精神的感动与敬佩，在与义务支教团的指导老

---

　　[*] 本文作者谌方圆：数学与统计学院。

师吴老师的沟通下，我们支教组的志愿者决定将学校搬进联团村，让孩子们度过一个有学校的暑假，并将学校命名为"联团筑梦学校"。

"联团筑梦学校"的开学第一课，在联团村唯一的公共体育场所篮球场举行，心中似乎有只亢奋的小鹿乱撞，尽管前一天晚上忙到很晚准备了二十多页的PPT，最终由于场地的限制未能播放，仍然激情未减战斗力满满地投入开学第一课的工作中。

开学第一课上，三十多名孩子在我们各支教老师的指引下有序的站着队，毒辣的太阳底下没有疲惫，我们的支教小老师认真细致地清点着人数，开学典礼、分班，一切进行得非常顺利。开班仪式后，学生由各任课老师带去上课的教室，并且告诉孩子们以后都是固定在那个教室上课。第一天上课，所有的老师都在摸索中前行，重在安全教育、纪律约束要求和文明礼貌的教育，也是老师与孩子们一个相互认识的过程。傍晚，根据我们的工作安排，在篮球场给当地村民放电影，看着篮球场嬉戏的孩子，来往的学生们叫着我们老师好，顿时感觉到身上多了一份沉甸甸的责任，内心也觉得非常满足。接下来的几天中，支教工作有条不紊地进行着，支教是一个容易让人感动的事情，我们不仅仅是给他们带去知识，带去欢乐，它更使我们懂得什么是淳朴，什么是感动。

下乡活动的最后一天，我们组织了一场联团筑梦学校教学成果展，雨一直下，没有一点停下的意思。不管雨多大，孩子们都冒着大雨，早早来到学校。小小身影，不惧风雨来见我们，来参加我们的活动。因为下雨，许多孩子的鞋全湿了，光着脚板跑来跑去，天真可爱的笑一直在脸上。在这里，孩子们给我们最多的是感动，他们让我们体会到最纯、最真、最美的爱。同时，此次"三下乡"过程中最让我感动的是队员们的辛勤付出，为了布置舞台、栋华、大露熬夜刻画校徽，准备布置舞台的材料，毫无怨言。芝琳穿着舞鞋在泥泞的地面上起舞，让我的心中顿生敬意，明白了什么是舞者最美的姿态。

"我怕我没有机会，跟你说一声再见，因为也许就再也见不到你……"这是我们离开联团时，孩子们给我们唱的最后一首歌，难忘苗家阿婆的离别之歌，难忘联团村口阵阵的鞭炮声……

青春，是七个自己相遇，一个明媚，一个忧伤，一个华丽，一个冒险，一个倔强，一个柔软，最后那个正在成长。感谢联团，感谢挚爱伙伴，让我有幸得此机会成长。

陪伴，是最长情的告白[*]

"老师，你们能不能不要走，能不能明天再走？"当孩子们的童声在耳畔响起时，才发现说再见的时候总是来得那么快、那么悄无声息。在酷热依旧的夏天里，得益于校团委的支持和学院领导的关心，为期七天的支教调研服务活动转眼间就结束了。

在这七天里，我们一起给孩子们上课、陪孩子们玩，一起外出到乡间田野中调研，一起熬夜写实践日记，一起洗冷水澡，一起做饭洗碗，一起……在这短短的几天里，留给我们的不仅仅是感动的瞬间，还有成长的印记。我们在实践中成长，在实践中获得知识，这七天中的点点滴滴是我们每个志愿者人生中最珍贵的财富，值得我们用一生去收藏。

清晰记得来到夯沙的第一天，我们收拾好行李后，马不停蹄地就出去为接下来几天的支教服务做招生宣传。由于我要做团队的生活值日，所以没能跟大部队一起行走于家家户户中去做招生，后来听到有近四十个学生加入我们的暑期夏令营的时候，心里很是激动，更有一点点忐忑。后来的日子里，正是这些可爱的孩子给我们带来了欢声笑语，也给我们带来感动与成长。他们更像是我们的老师，教给我们许许多多的我们从课堂上学不到的东西。

第一天上课时，告诉学生们的时间是早上 7：30 到操场集合。在 7 点钟之前还在担心，所有学生能准时到吗？会不会有临时退出的？因为昨晚出去采购物资的时候，很多报名夏令营的小朋友都吐槽说明天的上课时间太早了，假期他们要睡懒觉。走到操场时才知道先前的担心是多余的。7 点不到，孩子们就已经陆陆续续地进入校门，在操场上活蹦乱跳，开启了自嗨模式。之后的每一天，孩子们都是早早地就来到了学校，从未迟到过。还有很多孩子连早餐都没有吃就赶过来了，问其原因，他们的回答都是："不想上课迟到。"他们每天都早早

　＊　本文作者李超妍：国际教育学院。

地来到学校，跟着我们一起晨读，把我们上课的日常问候语全部记住了。上课的时候，认真做笔记，抄英语句子，不厌其烦地学习每个单词的发音。看到他们在学习的道路上孜孜不倦的样子，我们内心深处有着一种浓浓的满足感和成就感。除了身为教师的感动，还有天真无邪的孩子们那不经意间的举动，以及在这几天中给我们留下的深刻印象和难忘瞬间。

你们对我们的信任，是我们坚持的最大动力

上午下课后，很多孩子都回家吃饭了，因为下午有体育课，为了安全着想，所以规定统一不能穿凉鞋。这时有几个孩子留下来很无助地和我说："老师，我们回不去，不能回去换鞋。"

"为什么回不去啊？"

"我们的家太远了。"

"你们的午饭呢，吃什么啊？"

"这里！"他们从桌子抽屉里拿出饭盒，把饭盒高举过头顶给我看。当时的我瞬间哽咽无言。看着这一盒盒饭，我似乎看到了他们的家人早起为他们准备饭盒时的忙碌的身影。虽然路途遥远，但是作为父母依然支持孩子们来我们这里上课，也允许他们中午不回家，留在学校休息。他们把他们最宝贵的财富交给我们，这就是对我们志愿者的最大信任，谢谢各位学生家长。

你们对我们的喜爱与支持，是我们前进的最大动力

夏日的天空突然变了脸，倾盆大雨说下就下。我们一行人被困在食堂内，心想着等雨小点就冲回宿舍去。滂沱大雨中，两个打着黑色雨伞的小孩正一步一步地走向食堂。"老师，我们看你在食堂里没出来，就猜到你们没带伞。我们来给你们送伞啦。"两个瘦小的身体，尽管打着伞在雨中行走，但还是湿了一大半。看到我们，一句抱怨也没说，还对我们咧嘴一笑，

由于一把小小的雨伞要为两个人遮风挡雨，我担心并肩走小孩会淋湿，便主动把小女孩背了起来。到达办公室后，问她有没有淋湿，她猛摇头说没有，但是我摸了下她后背，湿了一大部分，那种被关照的感动瞬间充斥着整个心房。在社会实践中，我们付出爱，更收获爱。孩子们在大雨中单纯的小心思是对我们志愿者的最大喜爱与认可。

都说陪伴是最长情的告白。我们多希望时间再慢点、再长点，再让我们陪

着可爱的你们唱一首歌、跳一支舞、讲一个故事来告诉你们"我们爱你们"。可时间总是在不经意间飞逝，临近离开时，我们没有告诉孩子们确切的时间，但是上了初中的班长从日常的点滴中还是敏锐地感觉到我们即将结束社会实践活动，从知晓的那天开始，他就执拗地每天下课后都要在办公室和我们一起聊天，直到很晚才极其不情愿地回家。在最后的教学成果汇报演出上，五步拳、日语诗歌朗诵、合唱、群舞、书法作品展等教学节目轮番表演。看到孩子们认真、严肃的表情和精彩的展示，我们内心充满了自豪和喜悦。当最后合影的时候，所有的孩子和志愿者们抱在一起，久久不愿分开，泪水从脸颊流下却没有时间去擦拭，只因为牵着的手久久不愿松开，只因为想抓住所剩无几的时间再说一声珍重，再道一声别。谢谢你们那么多天的陪伴，谢谢在这个美丽的暑假遇到了美丽的你们。

"我模仿你写的字，学你说话的样子；春天走了秋天来，一次一次慢慢的懂事；风吹白你的青丝，是你教过的句子……我不再是让你操心的孩子，在你的眼中，涌出幸福的光芒。"谢谢你们七天的陪伴，谢谢你们成了我第一批学生，谢谢你们给我们的所有感动，谢谢你们。

吕洞山之旅[*]

　　有人说：生活就是一场修行，得到了磨砺，就变得坚强；有了离别，才会感知相聚的喜悦；吃到了苦，才知道什么是甜；经历了失去，就会懂得拥有时的珍惜；经历了失意，就能学会从容地选择；有了缺憾，才能领略完美的涵义。苦乐离合，花开花落，留一份珍重；一路走过，一路安然，一路喜乐，一路菩提花香。我想"三下乡"就是这样一场修行。

　　七月十五日早晨，我怀着激动无比的心情醒来，期待已久的"三下乡"活动终于来临。在出发前的"三下乡"专题培训活动中，老师还问我们志愿者"你们为什么会参加'三下乡'活动"。有人说是因为室友的感染；有人说是因为舍不得孩子们；还有人说只有扛过枪、下过乡的大学生活才完美。对于我来说这些都不是原因，因为我从小生活在农村，我知道农村孩子对外面世界的渴望，漫长的暑假生活对他们来说可能是在乏味的农活中度过，也可能是在炎炎烈日下的小溪中度过。他们几乎没有机会参加丰富多彩的夏令营以及各式各样的培训班，而我们的"三下乡"活动至少可以让他们的暑假生活有更多的体验。

　　现在回想起来，在这短短的一个星期里，我做过很多有意义的事情了。我认识了一群志同道合的伙伴，学会了怎么做菜，学会了怎样和老人交流。我们这次的目的地依旧是吕洞山，吉首离吕洞山不远，大概四十分钟车程，但是这段路程却是狭窄且又弯曲。中间还有一个小插曲，当我们快到达夯沙中学时，由于附近居民建房子，车道被砖块给挡住了。因此，我的第一次活动竟是下车搬砖。司机叔叔还打趣说，一来就搬砖，是不是有点意外。

　　一到目的地，大家都有些疲惫了，但是大家仍打起精神来打扫卫生。下午的招生工作需要全部人步行去不同的寨子招人。招生的过程中也遇到了形形色色的家长，有怀疑的，有信任的。为了拉近和他们的距离，我和其他的志愿者

＊　本文作者李灿：国际教育学院。

们需要非常积极主动地去和他们交流并解释。招生的过程是累并快乐着，累的是路程遥远加烈日当头，快乐的是看见孩子们真挚的笑容。令我印象深刻的是一位爷爷，当他知道我们是志愿者的时候，他的第一句话是"你们辛苦了"，听见这句话，当时觉得所有的汗水都是值得的。令人感动的是，他留我们在他家吃晚饭，我们委婉地拒绝了。在这样一个每时每刻都在变化的时代，我想唯一不变的就是村民们那颗纯朴而又真挚的心了。晚上，大家一起在宿舍里谈论今天遇到的人和事，每个人都有各自的感想。

第二天和小伙伴们一起去赶集。夯沙和我们镇有很大的不同，在我们那赶集一般要上午九十点开始一直到下午四五点才结束。而夯沙六点多就开始，九点基本就结束了。奇怪的是他们的农贸市场不是单纯用来卖菜，他们都是直接在地上摆放商品。镇上的人都非常的热情，我们问他们是否有我们需要的物品时，他们都很主动地给我们介绍他们的东西，或是给我们指明谁有我们需要的东西，甚至还会送一些他们自家的蔬菜给我们。他们脸上洋溢着纯朴的笑容，从这一群可爱的人身上我体会到了"知足"二字。

在支教活动中，我们教小朋友打乒乓球。一开始我以为这门课应该会很好上，毕竟乒乓球是我们国家的国球，大家多多少少会有一点基础，比如握拍的方法姿势。但事实上，由于班级里小朋友年龄上的差距，很多小朋友都不会，最糟的是大家都比较吵闹，吵闹声直接就压过了我的声音。我们只能一个一个地教小朋友，教他们怎样握拍，怎样发球。当时，心里有一点点的失落，认为自己没有足够的耐心去教他们。我是一个急性子，面对一群小朋友我有一点泄气。不过下课后，听见小朋友问我们哪天还有课，还想和我们一起打球，内心瞬间满足。换一个角度来说，通过我的教学激发了小朋友的学习兴趣也是非常不错。没有一个人天生就是一个好性子，都是通过后天的锻炼。我教给孩子们的是乒乓球，而孩子们则教会我耐心，多给孩子们一点耐心，多给父母一些耐心，也多给生活一点耐心。第二节课，我们换了一种方式上课，我们把学生分成两组，一组玩游戏，一组打乒乓球。我们一起玩猜谜语、丢手绢、老鹰捉小鸡、速度比拼等趣味游戏，在这嬉戏的过程中，不仅孩子们体会到了其中的乐趣，就连我们也像是重新回到了童年。实际上，孩子们根本没有把我们当成他们的老师，而是当成他们心中的大哥哥大姐姐，所以有很多人把他们心中的小秘密与我们分享了，我觉得这一点是平时老师所不能轻松收获的。孩子们虽然有时候有点顽皮，但是所有的顽皮都无法掩盖他们的纯真笑容。

在调研活动中，我们需要去很远的寨子里做调查。下午三点，我们顶着炎炎烈日出发去了吕洞山镇吕洞村。烈日并没有阻挡我们的步伐，反而激发了大家的热情。一路的欢声笑语足以抵挡这夏日酷暑。吕洞村给我第一印象是干净整洁，路面整整齐齐。走进村里，安静得有些可怕，很多家里都落了锁，我们只好挨家挨户去寻找我们的调查对象。这次调研中，我调查的前三位都拒绝了我，并且是用一种无声的方式来拒绝我。说实话，心里不难过是假的，我也深刻反思了我自己，是不是用的方式不对？是不是不热情？是不是不够礼貌？在当时瞬间没了信心，一直到一位奶奶接受我们的调查，我才有了精神。从她的话里可以得知她是一个对生活非常积极乐观的人，她喜欢现在的生活——安逸舒适。除了这位亲切的奶奶，我还调查了一些青年人、初中生以及村干部，他们是来自不同年龄层次的人。他们对他们村的乡村文化建设非常的满意，他们很珍惜政府给他们提供的各种文化资源和设备。这次调研虽然遇到了一些挫折，但是我懂得了如何去和不同年龄层的人们交流。面对不同的人，我应该怎样去收获他们的信任，我想这对我以后的人际交往有着重要的影响。

这次的"三下乡"，我不仅支过教、调过研，我还为小伙伴们做过饭菜。我和小伙伴们一起包饺子，这是我第一次使用面粉做饺子皮，而小伙伴们也是第一次拌面粉。虽然没有擀面杖，但是我们用筷子也擀出了饺子皮，在做饺子的过程中，我和学妹们又熟悉了一层，我们一起聊八卦，聊身边的人和事。同时，我很庆幸我们还有一位天天想着法子给我们加餐的老师——向大军老师。向老师怕我们吃不好，每天变着花样地给我们做菜，而我最喜欢向老师做的红烧肉。刚开始和老师接触，大家都有点拘束。慢慢地，大家都和他开起了玩笑。还有人发朋友圈说：有一种速度叫向老师的速度，根本追不上；有一种背影叫向老师的背影，根本看不见。

而这次"三下乡"让我感触最深的是两个小孩子——石宝龙和龙梦媛。他们两个的家庭环境非常相似，龙梦媛的爸爸去世，妈妈走了。石宝龙的爸爸嗜赌，妈妈走了。都属于爷爷奶奶带大的孩子。这两个孩子都比较内向，不太喜欢和陌生人打交道，自尊心比较强。我采访过石宝龙的爷爷，他的爷爷是一个非常有学识的人，家里堆满了他看的书，他还订购了报纸，很关心国家大事。平时，他偶尔也给人看看风水。当时采访他，我内心是有点忐忑的，我害怕勾起他的伤心事。可是，让我意外的是他并没有太大的情绪波动。他对我们说石宝龙的妈妈刚离开的前两年还经常给石宝龙打电话，后来渐渐地失去了联系。当石宝龙爷爷给他妈妈打电话时，发现他妈妈已经换了号码。现在，石宝龙家正在修建新房子，政府的精准扶贫政策大大提高了他们的生活质量，也给这个不幸的家庭带来了一丝温暖。相反，龙梦媛的爷爷非常排斥我们去了解他们家的情况。当我们去他家招生的时候，他心里就有点抵触。我想他害怕他的孙女受到伤害，也不想让他的孙女回忆起伤心事。我不知道在吕洞山还有多少这样特殊的家庭，这种家庭里受伤害最大的其实是孩子。我很庆幸我生活在一个幸福的家庭里，家里没有大富大贵，但是至少有完整的爱。

虽然只有七天，但是和孩子们的感情却像是经历了七年。我们走的那天，有的孩子紧紧地抱住志愿者，不想让我们走。我们上车后，透过窗户看见孩子们伤心的泪水，我也潸然泪下，虽说再见，但事实上再见一面不知会是何年何月。"三下乡"既是一个实践的过程也是一个学习的过程，通过这些天的实践，我的能力有了很大的提升，在实践中学到了不少宝贵的知识。这些天的生活一定会是我大学生涯中永恒的回忆，因为这一段经历，遇见了一群可爱的人，一起度过了美好的时光。

再见了，吕洞山！再见了，吕洞山夯沙学校！再见了，吕洞山的孩子们！

那一缕留在吕洞山的记忆 *

离开湖南省保靖县吕洞山镇已有些时日了，我丝毫没有向父母提及过那里的一切，只因每次提及都会想起最后一天离别时的情景。时至今日，再次提起吕洞山，心中一股不舍与思念再次涌上心头。某日，手机突然接到一条信息邀请我加入"班长舍不得你们"的一个群，让我仿佛又回到那段难忘的旅程。

那些山、那些水

保靖县吕洞山镇位于海拔较高的山上，距离市中心有一个多小时的车程。一路上周围全是群山环绕、溪水横流，夹岸两道更是长满了不知名的小花，并且常有蝴蝶在花丛中飞舞，仿佛在迎接即将到来的客人。如此静谧、美好，犹如陶渊明笔下的《桃花源记》："夹岸数百步，中无杂树，芳草鲜美，落英缤纷。"吕洞山镇的山与吕洞宾没有丝毫关系，只因它的山有两个口长得像一个"吕"字而得名。它虽没有张家界那么雄伟壮丽，没有泰山那么高大威猛，但它却绵延起伏，似乎看不到尽头。它与当地的保靖茶交相辉映，构成了一幅盛夏绿山绿茶图。站在它的面前仿佛置身于一片绿海当中，让人不禁感叹自己的渺小和不敢相信世间竟有如此美景。山最美的时候莫过于清晨那一缕久久还未散去的薄雾，似乎给大山赋予了一丝静谧与神秘。吕洞山的水是自然赋予湘西那辛勤劳作的百姓们的礼物，溪水很长，从翠绿的山顶流到了千米的山脚；溪水不深，最深的地方只能没及膝盖。吕洞山的水是苗家子女的天然避暑胜地，夏季许多苗家孩子都下河游泳，一起嬉戏、一起捉螃蟹、一起捉鱼，大人们干完农活也泡在水里洗头、洗澡、洗衣，休憩一下，洗去一天的疲劳，这条河流成为苗家的"游乐场"。这条河也是当地苗家的母亲河，由于吕洞山镇位置比较偏

---

* 本文作者刘法谱：国际教育学院。

僻，村里通不上电，所以村民们自发修建了一座水力发电厂。由于发电厂技术要求较高，厂内又只有一位厂长懂技术，在村民们的请求下厂长一待就是四十年。这条河也代表着苗家人民自力更生、勤劳朴实、甘于奉献的品质。

那些人

她叫杨金凤，是吕洞山镇吕洞村的一名老村支书。她年龄有六十了，个子不高，有点驼背，头发斑白，脸上长满了皱纹，戴着一顶苗家特有的帽子，穿着一身平常老百姓穿的衣裳。但她那双眼睛炯炯有神，看得出她是个饱经风霜的老人。书记在职时接待过来调研和旅游的省长、州长、部长以及世界各地的游客，她的大厅里摆满了与他们的合照，厅内还挂满了毛主席和习总书记的相片与语录，墙壁的显眼处有一块"党员优秀家庭户"牌子。杨书记很和蔼，见到我们她热情地给我们冲泡了当地有名的黄金茶，翠绿的茶叶在玻璃杯中翻腾，杯口处弥漫的水蒸气带来了黄金茶那独特的板栗香，沁人心脾，茶水从舌尖滑过，满口生津。杨书记那关切的眼神和亲切的问候更是让我们甜入心扉。访谈中当被问到"在职期间是否有未完成的愿望"时，杨书记笑了笑回答说："没有，在我当村干部的时候，我带领村民一起修建水泥路，把家家户户都铺上石板路，还修建了村委会，并且还带领村民建立农家乐，推动了我们村里乡村旅游的发展。我对得起天、对得起地、对得起村民更对得起自己，我认为我的愿望都实现，我也感到心满意足了。"一位村支书、一位弱女子，将全村人的希望担负在自己的肩膀上，那她该为此付出了多少，其中又有多少不足为外人道的心酸！她是如此地爱民、爱村、爱我们这个伟大的共产党，她的一言一行无不值得我们敬佩与学习。

他叫龙世宏，今年十四岁，在保靖县夯沙中学读初二。小小的个子，黑黑的皮肤，穿着一件褶皱、发黑的衣服。由于每天要走将近四十分钟的路程去学校，他的脚十分的粗糙并且穿着一双像是捡来的破旧的凉鞋。他唯一的玩具就是自己脖子上自制的吊坠——"菩萨"。男孩子很腼腆，说着一口带有苗音的普通话，说话声音很小，当被问到不知道怎么回答的问题时，他总是低下头去，摸摸自己的脑袋在傻笑。龙世宏还有一个亲妹妹，今年六岁，正在上小学一年级。妹妹比较害怕陌生人，不敢和我们交流。家中狭窄得连做作业的地方都没有，妹妹直接坐在台阶上，低着头、弯着腰，把早已褶皱的书本放在自己的大腿上认真地做起作业来。妹妹十分爱学习并且成绩特别好，家访时，我们看着墙上早已贴满的奖状，哥哥骄傲地说那些全是妹妹获得的。哥哥很疼爱妹妹，由于自己的村离学校要走将近四十分钟的路，路上车辆也比较多，每次去学校哥哥都会紧紧地牵着妹妹的小手一起走。每次哥哥提前放学后都会去镇上的小学门口等着妹妹放学，然后带着她一起回家。由于家庭收入微薄，使得他们家生活处处拮据，每次家里洗菜、洗澡、洗衣都是在山下的河里完成，只为节约下那不多的水费。当我们问到"要是到了冬天，你们洗澡怎么办"时，孩子小声地回答道："整个冬天，因为害怕感冒，所以我们一般只洗一两次澡。"听到这，我的心不由地颤抖了一下。当每年的冬天我们在有着太阳能、有着喷头的温暖的浴室时洗澡还在为寒冷的天气而牢骚不已时，他们却是在担心自己在寒风中洗澡会感冒及拿不出昂贵的医疗费时的窘迫。当时我们都沉默了……当问到哥哥最喜欢做什么事的时候，哥哥摸了摸妹妹的头高兴地回答道："下河和妹妹一起下河捉鱼、一起去田里捉泥鳅和青蛙、一起上学放学。"听到这时，在旁的妹妹也用嘹亮的声音回答道："我也是！"妹妹笑了，哥哥笑了，我们也高兴地笑了。我们又问道："你成绩优秀，将来打算干什么呢？"孩子又摸了摸妹妹的头坚定地说："我没有打算读下去，因为妹妹要读书，我出去做工，赚钱给她（妹妹）读书。"声音很小却很坚定，屋内又一次陷入了一片沉寂。一个年仅十四岁的孩子就说出了原本不属于他这个年龄段该说的话，一个年仅十四岁的孩子因为种种原因就自愿放弃自己受高等教育的机会，一个年仅十四岁的孩子心中就担负着整个家里的责任，愿意为家人牺牲一切。我已经无法用语言表达我此刻的心情，除了"伟大"这个词语我也想不出其他更好的词语来形容龙世宏了。当我们看到妹妹那双对知识如此渴望的大眼睛，但又想到她以后可能会像哥哥一样成绩优秀却要辍学打工或者早早就嫁到他村为人妇、为人母的时候，我从未感受过如此的难受。我真的想帮助他们家、他们村的孩子们，使他们能快乐地成长，为他们尽自己一点绵薄之力，但我很痛恨自己还没这个能力。

　　当然还有许许多多的村民帮助了我们，有为我们引路、讲解当地历史的大学生村官，有正在房梁修瓦还接受我们采访的龙大叔，还有在长沙理工读大学的苗族阿妹……真心地感谢他们对我们的帮助。

那些事

　　还记得我们第一次到夯沙中学时孩子们高兴地叫着"老师来了！老师来了！"的情景；还记得第一次升旗小朋友们站得笔直笔直的在唱国歌；还记得当我们在国旗下介绍我们自己，每次说完名字后他们都会自觉大声地叫出"刘老师""向老师""黄老师"。

　　还记得有次下暴雨，我们还在担心"孩子们今天应该不会来了吧？""他们应该都在家看电视吧？"但快到上课时间的时候，一个个小朋友打着小伞低着头行走在暴雨中，我们看了连忙拿把大伞冲向雨中将孩子们一个个抱到教学楼，最后孩子们都来了，一个不少。还记得最后一天来慰问我们的老师们为我们做了一顿最丰盛的晚宴，也是"最后的晚餐"。在晚宴上我们特地还邀请了孩子们一起吃饭，我们为他们端碗筷、为他们盛饭、为他们倒饮料，看到我们还没吃饭他们都心疼地说："老师你们快和我们一起吃吧，我们自己会盛饭。"听到这我们都满足地笑了。还记得在晚会上许许多多的家长和村民都来看我们的表演，我们和孩子们围成一个圈一起手拉手唱歌、跳舞，在得知我们明天就要走了的时候，晚会结束后孩子和村民们都迟迟不肯离开，有的孩子还抱着我们放声痛哭起来。我们都将离别的难受埋藏在心里，用勉强的笑容和苍白的承诺安慰着他们。看到最后一天孩子们写给我们的信，虽然语句不优美，但都充斥着真情实意："老师留下来不要走好不好，我不会上课调皮了。""老师你会不会再来看我们啊。""老师你的QQ号是多少，我还有好多问题要问你。"看到这些，队中的女同学都感动得流下眼泪，男同学都默不作声地转过头去。仿佛这一切就发生在昨日，从未离去。

　　如今我们也在群里时常聊天，我们还会为他们解决问题并且会督促他们多学习，将来走出大山去看看外面的世界。

那些感悟

　　有朋友说："短短七天的时间，你们不能帮助他们什么。"确实，我们不知道他们的教学任务甚至我们的教学还会影响到他们学习的进程。但我们坚信"授人以鱼，不如授人以渔"，短期支教的目标应该是引导学生树立正确的世界观、人生观、价值观，让他们在今后即便没有我们的陪伴下依旧能够很好地生活学习，并且通过自身的努力走出阻挡他们的大山，自己去看看大山外的世界。还有人认为每天的宣传只是在作秀，纯粹为了宣传自己。可通过实践我才明白这些大山里的孩子真的需要更多的关注，需要更多的人为他们的成长伸出援助之手。或许当初我自己也是抱着锻炼自己、认识更多的优秀的同学的私心来到这里，但每次调研完，我才认识到这里的干部、老人、孩子生活的艰辛，身为农村孩子的我也想象不到有如此的艰苦。当时我仅有的想法就是虽然我不能在物质上帮助他们，但我唯一能帮助他们的就是多向外界宣传湖南省保靖县吕洞山镇这个没被现代工业所污染的"桃花源"，这个"山好、水好、人更好"的旅游胜地，多写几篇心得争取让更多的人看见、了解吕洞山镇。

　　我想可能导致吕洞山镇老人、孩子命运坎坷的最大原因可能是父母和孩子从小就没受到过良好教育，知识和技能的缺乏导致只能通过体力劳动的付出来维持家庭基本生活，一代一代地循环下去。可能有时候一代还不如一代，所以日子越过越苦。

　　时常在想如果哪天自己有能力了，我一定会在当地大力宣传读书的重要性，并且提高学校的教学质量，让每个成绩优秀的孩子都不会因为种种原因而早早辍学回家。我也希望当地政府能多多帮助孩子的一些上学问题，多为低收入家庭增加补助，提升吕洞山镇村民的生活质量。

　　那些山、那些水、那些人、那些事永永远远地刻在我的心里难以抹去，我们"凤之翼""三下乡"这段精彩的旅程结束了，但保靖县吕洞山镇的精彩永远也不会结束。愿吕洞山镇的每个孩子早日跨过大山大水的阻碍，去看看外面的世界，并且有个更美好的未来！愿吕洞山镇村民的生活越来越好，愿每个人都能过上自己想要的生活！

七月上[*]

　　七月，小山村是被汗水渗透的，咸咸的；是被烈火烧透的，热热的；被笑声腌透的，甜甜的；是沸腾着的大火锅，火辣辣里透着香，香喷喷里透着爽，爽爽的笑声里透着甜，到处都是喜悦，到处是繁忙的景象。美好的七月里，我来到了罗依溪这个山村，与罗依溪的小朋友们有着一段美好的邂逅。在那七天里，我一直用热情的态度和言传身教的方式与罗依溪村留守儿童们愉快地相处着，见证了贫困地区儿童对知识的渴望。和孩子们相处的一个星期中，遇到了许多困难，在解决这些困难的过程中，也见证了我的成长，其中的点点滴滴，都是我最美好的回忆。

　　依稀记得来到罗依溪的第一天，我怀着忐忑的心情走进学校大门，映入眼帘的是一个橡胶运动场，里面有些许小朋友在打着篮球，他们看着我们的眼神至今都记忆犹新，陌生的、渴望的、欣喜的……我心中不免颤动了，多么可爱的孩子们呀！接下来的时光要和他们相处，想想都十分兴奋，我一定要用饱满的热情去对待他们，对待他们眼中求知的渴望。

　　作为小班的班主任兼数学老师，压力甚大。为此，我格外注重前期准备，如何管理学生？如何上一堂精彩的数学课？这些都是我前期所要准备的。在支教的过程中，孩子们给我带来了无数珍贵的友谊，带给我喜悦与忧愁和许许多多珍贵的美好的回忆。七天的支教生活使我明白了，什么是无私的奉献，什么是艰苦的喜悦。每天支教回来我都十分疲惫，但我依旧坚持不懈做好每天的总结和次日的备课，付出了许多，同时也收获了更多，我的"三下乡"之旅更加的有意义。

　　与志愿者们相处的七天时光，喜欢和他们一起跑操一起喊口号的那种团队感，喜欢和我们支教组的小伙伴一起探讨遇到的种种问题，喜欢在任何一个战

　　* 本文作者罗广聪：数学与统计学院。

友有困难时互帮互助的感觉，喜欢善良的战友们对孩子们细腻的呵护，喜欢一起写日记聊感受的日子，喜欢一起受苦的你们，喜欢一起排练节目努力的你们。感谢你们的付出，也让我看到了自己的不足，我努力着，并不曾放弃过。

罗依溪之行已经结束了，但这些经历将深深地铭刻在我的记忆深处，每当独自一人的时候，总要拿出来细细回想一番，那些一起努力的日子，那些欢声笑语，那些可爱的孩子，享受着那些美好的时刻。

七天的活动中，最让我记忆深刻的，当数最后一天。那天，透蓝的天空，悬着火球似的太阳，云彩好似被太阳烧化了，也消失得无影无踪。整个学校都是匆匆忙忙的，都在为今天的汇演做准备。从志愿者凝重的神色可以看得出我们对汇演的重视，但这也掩盖不了我们内心深处的那份不舍，我们默契地没有提起它。大家都努力地工作着，争取给孩子们呈现一个别开生面的汇演，让他们忘记离别带来的悲伤。也是那天，我们以同样的方式离去。匆匆地告别，那一幕幕相拥在一起不舍的场景，历历在目。孩子们，我们是如此地爱你们，不愿离开你们，看着你们相拥流泪，我格外心痛，但天下没有不散的筵席。七天时间里，我尽我所能，把最好的呈现给你们，愿你们有一个美好的未来，再见了，孩子们。回想那些时光，我经历了许多，也成长了许多。刚来时，孩子们还是很抵触我们，甚至有顶撞志愿者的现象发生。我们并没有气馁，依旧用热情的态度去与他们相处。一天不到，孩子们就和我们成为了无话不说的好朋友。我发现自己解决事情的能力有所提升，碰到困难不再是一筹莫展了，而是学着去找到问题的本质，并战胜它。

我喜欢你，多彩的七月，喜欢你的火辣，喜爱你的执着，喜欢你变幻莫测的天空，喜爱你坦诚的本性。万物因你而加快了成熟的脚步，万物因你的甘露的调和而愉快地成长，万物因你的考验而知道了毅力和耐力对生命的含义，万物因你的变幻而得到更好的锤炼。

再见了，七月。再见了，罗依溪。

青春中最美丽的风景——"三下乡"*

    2014 年的暑假是一个难忘的暑假，在这个暑假里，我收到了吉首大学的录取通知书，圆了我的大学梦。在这个暑假里，我偶然看到了学长学姐"三下乡"生活的精彩剪影，于是对"三下乡"便有了一种特殊的情结。2014 的暑假，我成了吉大的一员，我许下了一定要参加吉首大学"三下乡"的心愿。

    2015 年的暑假不仅是一个难忘的暑假，更是一个有意义、充实的暑假。在这个暑假里，我参加了吉首大学的"三下乡"活动。"三下乡"不仅让我成长，更让我收获了感动与温暖。而也就是这些成长、感动与温暖美丽了我的青春。

    "三下乡"的第一天，隆重的出征仪式，游书记、白校长他们都来为我们送行。宣誓时，我承诺：秉承吉大传统，发扬志愿精神。在念着誓词这一神圣的时刻时，突然鼻子酸酸的。一开始，就被感动。那么，注定"三下乡"的旅程会充满感动与温暖。下午，被村民的热情好客所感动。我们去时，细心地帮我们安排好住宿等事情，为我们准备了丰盛可口的长桌宴，还带我们参观游览了边城。边城是座古朴的小镇，边城人们的热情朴实就像边城山水的美丽一样，任时光荏苒，静静地待在那里，从未改变过。我们是"情暖湘渝黔"服务团，我们在边城奉献着我们的力量，我们给武陵山区带来了温暖，也温暖了我们自己。

    虽然"三下乡"只有短短的十天，可是就是在这短暂的时间里，我感受到了当志愿者的乐趣与意义，也懂得了志愿活动的真正意义。在"三下乡"开始之前，我有些小小的失落，因为我是学中师的，最开始想做的是支教，可是被分配到了宣传组。但我现在觉得一切都是最好的安排，做志愿者，为他人服务就是一件有意义的事情，所以形式与内容都不是最重要的，最重要的是你有一颗为他人服务的善良的心。这十天中，我跟着不同团队的小伙伴的脚步，用文

---

* 本文作者刘会敏：文学与新闻传播学院。

字与相机记录下他们的志愿活动。有时候，和他们一起去为当地的老百姓做政策宣讲，尽我们所能去帮助他们，在帮助了别人的同时快乐了自己。所以，我想"三下乡"只是一个开始，我以后还会做更多更多的志愿服务。在"三下乡"中，我懂得了奉献的真谛。

感动与温暖在于他人给我们的感动与温暖和我们自己给自己创造的感动与温暖。在炎炎烈日下，我们和科技扶贫团的小伙伴们上门为大妈修洗衣机，看到了大妈脸上露出的开心的笑容还连声称赞我们，这时候便觉得所有的辛苦都是值得的，他们脸上的笑容与他们的满意就是我们最大的幸福。另外一件事让我倍感温暖的就是我感受到了当地人民对我们的友好与赞赏。在完成志愿服务后，经过了一家理发店，突然想起了我的刘海已经遮眼了，于是决定走进去剪个刘海。老板很亲切，剪头发的过程一直都在和我聊天，最后付钱时，老板怎么也不肯收我的钱，我也执意要给，老板一直在劝说我，最后我没有再坚持了，因为我不忍心拒绝这善良与温暖。我知道只有为他们做更多的事情才是最好的回报他们的方式。他们感动了我，温暖了我，因为他们，我的"三下乡"生活才更加美丽。

自己给自己的感动是我们所有的小伙伴一起在努力，努力为边城、为武陵山区再多做些事情。我们在当地宣讲国家政策，为当地百姓检查身体，提供爱心医疗，为他们维修家电等。我们一起下村、一起赶集，就是在这点点滴滴的相处中，我们每个人都给予了彼此温暖与感动。吃饭时，主动等待小伙伴，有人没来时，为他们留好饭。搬东西时，每个人都会伸出手帮他人分担。在"三下乡"的日子里，我们学会了分享，更学会了分担。分享与分担带给我们的就是满满的感动与爱。

"三下乡"只是我青春的一部分，却是不可或缺的一部分。在这段旅程中，我收获了太多太多。成长、感动、温暖与爱，这些都是"三下乡"最贴切、最美的代名词。奋斗的青春才是美丽的青春，有"三下乡"的青春才是最美丽、最有意义的青春。太多的感动与爱无法全部表达出来，只想说谢谢"三下乡"美丽了我的青春，谢谢所有的小伙伴灿烂了我的成长，只愿温暖与感动常在。

最后的最后，我想说我为我是吉首大学"走进武陵山"大学生暑期社会实践"三下乡"活动"情暖湘渝黔"综合实践服务团的一员感到骄傲。

志愿路上 [*]

这里，是元帅故里；

这里，是红色热土；

这里，是绿色海洋；

这里，是地质公园；

这里，是民歌之乡；

她就是民风淳朴、环境优美的洪家关白族乡！

"武陵巍巍众山耸，故里葱葱战气雄。"

2016 年，吉首大学 51 名志愿者相聚元帅故里，在这里开展了一系列的志愿服务活动。2016 年是长征胜利 80 周年，中国共产党成立 90 周年，也是贺龙元帅诞辰 120 周年。2016 年，也是我个人的红色之旅，心灵屡受洗礼与震撼！4 月来到了毛泽东故居，刘少奇故居，7 月来到了贺帅故里，8 月又即将去井冈山！一路朝圣，一路震撼，一路感动！青春在路上。

我们宿在红军小学，当地人称之为"完小"。这里的教室有我们忙碌的身影，这里的宿舍有我们谈论的笑声，这里的操场有我们排舞的汗水，这里的一切都有我们的宝贵记忆！我们食在贺龙中学，一日三餐为我们提供能量！走过的路记载了吉首大学学子的形象！我们行走在洪家关白族乡的街道与村落，用爱心与志愿服务着这里最淳朴最可爱的乡亲们。我们来到敬老院，用爱心去践行"老吾老以及人之老"，弘扬了中华民族"孝"的传统美德，体现了吉首大学志愿者的风采。

红色的光辉照耀这这片土地，贺龙元帅的事迹影响每代人的成长；贺龙元帅，戎马一生。毛主席评价："两把菜刀闹革命""一人带出一个军""是红二方面的旗帜""忠于党忠于人民""对敌斗争狠，能联系群众"。贺帅一家，满

---

* 本文作者李金树：法学与公共管理学院。

门忠烈，有名有姓烈士2050人；他的一生是革命的一生，战斗的一生，英雄的一生。为反帝反封建，为民族独立解放，为新中国的诞生，为社会主义建设立下了丰功伟绩。鞠躬尽瘁，死而后已！长征是人类历史上的奇迹，刘家坪是红二方面军的起点，从1935年11月19日到1936年10月22日，从桑植刘家坪到会宁将台堡，行程两万余里。

洪家关白族乡光荣院，这里住着20多位老人，有抗美援朝的老战士，有南海舰队的退伍军人，有烈士遗属……，他们用青春保卫祖国、建设祖国；86岁的谭泽然老人为志愿者们唱了一首《人民志愿军军歌》，并嘱托我们要好好学习，青年是民族的希望。院长贺晓英是"2015年感动中国人物候选人"，贺院长29年照料了117位革命老人，用青春激情温暖老人心。这里的每个老人都有很多故事，做了很多奉献，后辈不忘前辈恩，吃水恒念挖井人！作为当代青年，我们应该记住这些历史，记住这些老人。

相遇是缘，却也转瞬即逝；时间不长，却很充实；交流不多，却很不舍。"三下乡"的小伙伴都是最热心、最真诚、最可爱的人，洪家关白族乡的人们也是最质朴、最热情、最善良的人，在他们眼中大学生无所不能，而我们却因为专业原因不能面面俱到。但是依然觉得吉首大学的"三下乡"志愿者与众不同，我们会全心全意地为人民服务，无论风雨烈日，任汗水湿透衣背，志愿服务换来青春无悔。

元帅故里，民风淳朴；元帅故里，记忆永存！元帅故里，红色革命把路开！这里留下了我们50多名志愿者的青春记忆。我们走过红军桥、贺龙桥，我们去过敬老院、光荣院，我们踢过足球、打过篮球。做什么不重要，重要的是和你们在一起，况且又是这么有意义的志愿服务！

青春有你们精彩，岁月有你们缤纷！感谢慈爱与严厉并存的汪老师，感谢细心耐心的吴老师，感谢体贴细致的宁老师，默默奉献的向老师，随队白衣天使楚老师。还有瑞慧一小波小矮子，金蓉等一小波小黑子，彭婷等一小波小胖子。还有屈指可数的那么几个真汉子。虽然只有短短的十天，却是青春记忆中最开心的十天，最充实的十天，最精彩的十天，没有之一。

心中有阳光，脚下有力量！"青年的人生之路很长，前进途中，有平川也有高山，有缓流也有险滩，有丽日也有风雨，有喜悦也有哀伤。心中有阳光，脚下有力量，为了理想能坚持、不懈怠，才能创造无愧于时代的人生。"我们带着习大大的叮嘱，踏上了洪家关白族乡这片热土，服务于洪家关白族乡这些淳朴的百姓。我们不计报酬，志愿服务！我们经过兴奋期，用热情服务百姓；我们经过疲劳期，用理想信念坚持服务；终于来到了无法避免的伤感期，抵挡不住离别的伤悲，压抑不住不舍的心情。这些最可爱的人，感谢你们的陪伴。

返程的车子慢慢启动，校区的同学首先上车，这一刻的泪水竟然充满压力，急涌眼圈！心中尽是不舍，"三下乡"的经历，51人的合唱还能铭记。无论马桑树，还是武陵魏巍，元帅故里的一切都历历在目。记忆与回忆就在这车子启动的瞬间，车子徐徐前行，回忆渐渐清晰，每个人都不舍，每个人都怀念！

相知无远近，万里尚为邻！心心均相印，情系与吉张！不分时间，无论地点，以青春建功"十三五"，同携手共筑中国梦！

勿忘初心，志愿青春，继续前行！

今日有幸燃圣火，回时各传南北方*

2016 年的特殊之处，或许是因为它多了一抹红。中国共产党建立 95 周年，长征胜利 80 周年，朱德同志诞辰 130 周年，贺龙元帅诞辰 120 周年。为了追寻这抹红色，我到过伟人故里韶山，走过元帅故里洪家关，又前往红色摇篮井冈山。

2016 年，是"十三五"的开局之年，"青春建功十三五·携手共筑中国梦"，红色阳光正浓，"十三五"的号角正响；心中有阳光，脚下有力量！青年学生斗志昂扬，井冈山，向往已久的地方，去追寻八角楼的灯光。

从武陵山到井冈山，"以人名校，以业报国"的校训指明了前进的方向，"凤飞千仞，薪传八方"的精神使我们不再迷茫。

全国青少年井冈山革命传统教育基地，像是罗霄山脉当中的一颗明珠，背后还有那八角楼的灯光。吉首大学学子向着这缕光明，在井冈山上，用自己的方式在坚持，在奋斗，在努力求索着，那种无限向上的信仰。

在第九期的开班仪式上，大有名气的高校众多，而吉首大学则显得不那么出众——谈起吉大，人们先想到的不是吉首大学，而是吉林大学。然而我们并不会让这个情况在第九期继续下去，我们精心准备了激情 30 秒的开场，以此让同期的 21 所高校能够记住吉首大学——这个或许他们从来就没听过的名字。尽管我们一次次排练，但是没有人会有怨言，因为我们知道要以人名校，因为我们有一个共同目标：让台下的人记住吉首大学！

绵绵井冈情，巍巍中国梦。

井冈山烈士陵园是一座山，巍峨壮丽，郁郁葱葱；雨滴松林，发出了细微的声响。"春风南岸留晖远，秋雨韶山洒泪多。"井冈山的雨莫非也是为烈士洒的。陵园以阶梯修筑，走进园门，便是几十级台阶，高耸凝重，我们急促的心

---

* 本文作者李金树：法学与公共管理学院。

情也随之放慢。英烈堂前上书的"井冈山根据地革命先烈永垂不朽"14个醒目大字，让人顿生浩然正气凛然涌动、阳刚之力震慑灵肉之感。置身其中，眼眸湿润，我们怀着一颗虔诚的心，将花圈献给在井冈山斗争中牺牲的革命先烈和那些未能留下名字便匆匆离开这个世界的无名英雄，深深缅怀他们在艰难困苦的革命年代，为了缔造"共和国第一块奠基石"而献身的精神。井冈山的松柏为什么四季常青？一定是先烈的身躯所化成！井冈山的杜鹃花为什么这样红？一定是先烈的鲜血所染红！党魂浩然，英魂长存，死难烈士犹如浴火凤凰，得到永生。在井冈山革命斗争中，有四万多人为革命献身，历尽千辛万苦却只找到了一万多人的名字，更多的，都藏在了井冈山这片沃土之中，生生世世，影响着一代又一代的人。

黄洋界，早已听说过毛主席曾经诗兴如潮对黄洋界发出的"过了黄洋界，险处不须看"的感慨。绵绵薄雾似昔日硝烟；阵阵松涛似当年隆炮。在黄洋界保卫战胜利纪念碑下，我抚摸着碑身，体会当年红军艰苦卓绝的战斗岁月，感受红军革命乐观主义的精神内涵。黄洋界哨口，地势险要，防守森严，当年红军在这儿以不足一个营击溃敌军两个团。如今的黄洋界，再也看不见飘动的战旗，听不见震天的呐喊声，但心目中的黄洋界，还承载着厚重的历史沧桑。我们在当年毛委员朱老总挑粮上山时曾歇息过的树旁休息了片刻，追寻毛委员那浓浓的湖南乡音和朱老总那根三尺长的青竹扁担。正是那根扁担，挑起了中国革命的前途，挑起了全国人民的命运。

不忘初心，将吉首大学的精神传出去，将井冈精神带回来；二者结合，立足大湘西，服务大武陵，做出大贡献！弘扬井冈精神，坚定理想信念。

继续前行，沐浴红色阳光，传承井冈星火，讲好井冈故事，曾经星火燎原势，愿将此宝传八方。

从湘江到赣江，从武陵山到井冈山，领略了革命先烈的光荣事迹，欣赏了壮丽山河下革命精神生生不息的力量。

当我们共同努力、迎难而上，获得"井冈情，中国梦"大学生暑期实践季专项行动第九期的优秀团队时，突然感受到一种荣耀与使命，这种荣耀，是一份齐心协力、团结合作的力量，在武陵山区凝聚，在罗霄山脉发扬，让信仰在心中激荡！这种使命，是每个吉大人内心深处的感召，是吉首大学"凤飞千仞，薪传八方"的精神指引，使我们不会迷茫，胸怀使命，不忘初心，继续前行！在井冈精神感召下，我们会继续努力，凝成吉首大学学子心中，最震聋发聩的那八个大字："以人名校，以业报国。"

凤凰于飞[*]

在七月的骄阳中，"凤之翼"调研支教服务团"三下乡"活动在保靖县夯沙镇顺利落幕。作为一名在校大学生，有很多丰富的知识值得我去学习体会，而这次的"三下乡"之旅，让我真正从实践中学习到知识，也把我所学到的知识应用到实践中。进入农村，体会到和大城市不一样的文化，在下乡的日子里，我的收获不仅仅是调查到的资料，更多的是心灵上的感悟。

七天如白驹过隙般划过。暑期"三下乡"社会实践活动已经结束了，但社会实践给我们带来的巨大影响却远没有结束。说起我们这些大学生，空有书本知识，到基层锻炼的机会是十分少的，但是基层的确能够锻炼人，能将人的各方面品质充分展现。基层是苦，条件是差，可谁都明白"梅花香自苦寒来"的道理，况且基层是那么需要那些有知识、有激情的大学生去贡献力量。能参加这次暑假"三下乡"社会实践活动，我深感荣幸。它使我们走出校园，走出课堂，走向社会，走上了理论与实践相结合的道路，到社会的大课堂上去受教育、长才干，以实际行动去为富强民主文明和谐的社会主义国家做出点滴贡献。七天的社会实践活动虽然比较辛苦，临近结束时才发觉，乏味中充满着期望，苦涩中流露出甘甜。共青城给我们留下了美好的回忆，记忆深刻的不仅仅是这一片富饶而美丽的土地，更是当地人的勤劳、豪爽、热情的生活作风。在告别了当地的父老乡亲们时，我们又将背上行囊，回到学校，走入一个新学期的开始。通过这次活动，我认识到：基层需要大学生去建设，大学生也需要到基层去锻炼。社会实践的锻炼能够不断地提高我们青年大学生理论联系实际的能力，培养我们良好的社会责任感。在"三下乡"的生活中，我觉得自己得到了明显的提高，一是团队合作能力得到了提升。不论是做什么工作，总会有要合作的时候，通过这一次的社会实践，让我明白了合作的重要性。在我队出发前，我们

———————————
　＊　本文作者陆佳欣：国际教育学院。

的一些活动材料还没有全部到位，留下了两名同学在学校，团队的活动日程才得以按时开展，要是不分工合作而是全部留下来的话，那我们的团队活动肯定是不圆满的。二是掌握了一些文字处理的小技巧。因为在活动期间，我负责团队的外宣工作，这个工作任务给我提供了一个提高文稿撰写和熟悉办公软件的机会和平台。我清晰地记得当我提交第一篇新闻稿给老师时，她给我指出了很多格式上的错误和文字上的调整，也告诉我一些改进的小技能。三是学会了照顾他人。在家里，我永远是被照顾的，渐渐地我甚至忘记如何去照顾他人。但经过此次"三下乡"，我学会了分享与关爱。我学会如何更好地照顾他人的感受，如何站在别人的立场去看待问题。

在活动中为顺利完成此次"三下乡"社会实践活动的任务，我们做了精心的准备。在活动开始之前，我们与当地学校对暑期学校的课程设置和我们团队调研项目的具体内容进行了深度的沟通，充分了解到当地学生的迫切需要，并针对他们年龄等特点设计了特色的课程和活动，以此丰富他们的课余生活。

"三下乡"是一段路，时而坎坷，时而风景独好。她告诉了我，没有一个人的前进道路是平平稳稳的，即使是河中穿梭航行自如的船只也难免颠簸，因此生活受伤难免，失败跌倒错过并不可怕，可怕的是因此而一蹶不振，失去了人生的方向。只要你没有因此失去方向，你就会欣赏到独特的风景。

下乡的日子是艰苦的，但再苦再累我们队员都没喊累过。由于我们都不是本地人，有些队员不懂苗话，所以下乡时，语言的沟通也是我们一大难题。想起那些天我们去派发宣传单和资料的时候，就如何同村民讲解成为了我们活动顺利开展的一个重大难题。最后也是在半普通话半方言的过程中完成了工作任务，虽然交流并不是那么顺畅，但参与我们活动的老百姓都给了我们最大的耐心和配合。

下乡的活动每一天都是有序地进行着，我们所有人每一天都在总结经验中获得进步，团队顺利地完成支教和调研任务。20号晚，是我们下乡的最后一天，我们与夯沙当地的小孩们共同举行了文艺晚会。此次文艺晚会在各方面的支持下演出圆满成功。

"三下乡"活动的欢笑、努力与汗水，都仍历历在目。2018年暑假"三下乡"社会实践活动将给予我人生灿烂的回忆。想起许多第一次：第一次和大家吃大锅饭，虽然有时炒的菜不是很好吃，但这都是我们自己的劳动成果，所以吃起来也很心满意足；第一次十几个人一齐挤在那个阴森破旧的房子里睡觉，那个滋味那种感觉，今生都将难以忘记。"三下乡"让我的大学生活增加了不一样的色彩，也得到了很大的锻炼，经受种种挫折，也让我明白了一个道理："不见风雨，怎么见彩虹。"八天的下乡将是我人生的一个重要回忆。这次"三下乡"活动完全实现我参加活动的最初目标。虽然这次"三下乡"活动的时光很短，但在指导老师们的带领之下，我们队员每个人都过得充实又受益匪浅，在每项活动中都能体现出我们大学生的价值所在。

这次活动使我意识到"服务社会，奉献自我"是人生的一件乐事。社会是需要我的。国家培养了我，我应该为国家和社会做出自我应有的贡献，我们应为人民干实事，做贴近人民生活的小事。虽然自我的力量很小，但每一股暖流总能够让一朵小花灿烂绽放。

"要让事情改变，先改变自我。要让事情变得更好，先让自我变得更好。"这是我在这次"三下乡"活动中感悟到的。在支教调研服务团里虽然很辛苦，可就是在这样艰苦的环境里我意识到我们只能去适应，而不是让环境去适应我们。那忙碌的八天"三下乡"的实践活动，随时光而过。在这八天里总有辛酸与欢笑，每一次调研和百姓的交流都使我深深地体会到了农村贫困的生活，也目睹了农村存在的各种现象。给予我印象最深刻的就是受到了学生的热情欢迎和对老师的尊敬与爱戴。他们说："我们需要你！"这句话给了我无穷的力量。

对于个体而言，"三下乡"活动在人生中也许只有一次。我们每一个人都很珍惜着这八天短暂的时光。每一天我都觉得过得十分的充实，十分的愉快，有一种家的气息始终缠绕在我的身边，一直温暖着我，给我动力，让我前进。这次是我第一次参加社会实践活动，也是最受益的一次活动，它让我学习到我缺少的东西。"三下乡"锻炼了我，成就了我，丰富了我，也给予我人生记忆中完美的一段。

离别以前，已开始想念*

就要离别，勇敢地流泪，
而你的眼神超越了语言。
不说再见，我们却了解，
分开了不代表会改变。
　　　　　——《芳草碧连天》

因为刚好遇见你，留下十年的期许

当一名教师并不容易，很多时候都要顾及学生的感受。同时，当自己一进入教师这个角色就会不自觉地为学生想及很多。例如，上课设计的内容害怕学生听不懂而要准备几套方案，害怕批评学生会伤害到他们的自尊等，由此可见，成为一名教师真的不是一件容易的事。在课堂下，身旁总是围着一群找你聊天的学生；在午休时，身旁总是围着一群找你玩耍的学生，每当这时，我总是很开心，因为我看到了学生如白玉般天真无瑕。有时，我会被学生们从中午 12 点缠到下午 3 点到他们上课为止。他们不许我走，让我一直陪着他们聊天、陪着他们玩游戏、陪着他们睡觉。虽然会很累，但是心里还是有着满满的幸福感，因为这种种行为都体现了学生们喜欢你、信赖你、依靠你，同时这也体现了一点：他们都真的很需要陪伴。

一天，当我在办公室休息时，一个支教老师突然跑过来跟我说："江艳，有学生在找你，说你跟她们有一个约定。"当时我的内心其实有点奇怪，我一直在想：是谁呀？有什么约定？而这一切的疑问在去了学生的集合点之后，一切都理清楚了。在到达集合点之后，一个女学生跑过来跟我说："老师，我们去洗澡啦，你快跟我们去泡脚吧！"这时，我才想起来是我在下课时听闻她们都在一条

＊ 本文作者李江艳：国际教育学院。

由山上流下来的水汇聚成的一条小长河里洗澡，那里的水特别凉快，而且在河里洗澡也是他们当地的习惯之一，所以我跟她们说到时带上我跟她们一起去玩，我当时其实已经忘记了这件事了，但是她们却仍然记得。这之后，我就觉得，你可能无意间跟他们说了一句有关于约定的事，你可能不把它放在心上，但是他们却把这个约定时刻记在心里并时时刻刻会想着把它履行。

只想对你们说：若为风，我定许你一阵芬芳；若为雨，我定许你一阵微凉；若为星，我定许你一方璀璨；若为梦，我定许你一夜安然。

因为刚好遇见你，留下足迹才美丽

在我待在弘孝组的期间，每一个志愿者都与当地老人进行了简单的交流，并与老人一同回忆，诉说当年的美好情怀，倾听他们的故事。另外，老人们随着年龄的增大，必然会导致手脚不便，生活以及其他方面会遇到很多障碍，所以我们志愿者都尽自己所能为他们打扫房间，整理床铺，让老人们的生活更加的舒心，更加的便利。但是在这个过程中，大多数老人都很独立，他们因为子女都外出打工而习惯了一切事物都靠自己，他们不习惯外部力量对他们的帮助，独立得让人心疼。同时，即使他们生活得很艰辛，但仍然对于我们的到来、我们的陪伴表示了最大的喜悦和感谢，他们都真的真的很热情，热情的让我们都忍不住想用更多的时间来陪伴他们。

如果再相遇，我想我会记得你们

"三下乡"，收获了不同的人生感悟。第一次体会到成为教师的不易，第一次感受到很多事情需要亲身体验才能更好地让自己成长，第一次明白自己的价值在于学会付出和精心地播种。"三下乡"是成长的桥梁。在这里，我结识了一批不怕辛苦不怕付出的队友们；在这里，我认识了一群好奇努力且不失童真的学生们；在这里，我认识了一群独立自主且不失乐观的爷爷奶奶；在这里，我看到了自己的价值也找出了自己的不足，让我确立了人生的下一个拼搏方向，并信心百倍地朝着未知的旅途前行。

因为我刚好遇见你们，烟花才显得那么的璀璨美丽；因为我刚好遇见你们，那个季节，记录了我最独特的回忆；因为我刚好遇见你们，使我对生命有了不同的期许。如果下个路口再相遇，我想我会记得你们。

我的"变形计"*

　　我是一个生长在城市里的孩子，从小在父母的呵护下长大。虽说自己也学会了独立生活，但是相比于那些从农村走出来的孩子，我自愧不如。有幸这次作为体院的宣传人员跟着下乡队伍来到了保靖县花桥村，体验这种乡村生活。起初刚坐上通往山里的车，我既兴奋又害怕。因为我对那种从未经历过的生活充满向往，同时又担心那种艰苦的生活让我无法坚持。我没有睡过只有一张席子的硬板床，没有拎过桶子到外边打凉水洗澡，没有劈过柴生火做饭，没有……我有太多未经历过。从小娇生惯养，我担心自己不习惯乡下的生活。

　　初来乍到，我对这里的一切充满着新鲜与好奇。我们住在乡村的一所中学里，这里的环境可以说是很不错的，不用住想象中的大通铺。在花桥，我感受到了乡间的美好，村民的纯朴与热情。下户调研时那份冰甜酒和西瓜，虽然看似寻常，却暖在了心里。第一次干农活，体验了那脸朝黄土背朝天的艰辛，看着通过我们努力收割完的稻谷，心中也是无比欣慰。或许只有我们经历了，才懂得什么叫作珍惜。第一次抓鱼的那种激动，原来，这里还有数不尽的乐趣。

　　"这世上本没有路，走的人多了，也就成了路。"我登过许多名山，却从未走过山间无人走的路。第一次在老师的带领下，用镰刀劈开了一条属于我们自己走过的山间小路。一路上，大家互帮互助，攀登到山顶，望着那一望无际的武陵山川，震撼着每一个人的内心。

　　在下乡调研的时候，我们还认识了这样一位女孩。她的父亲走失，母亲因患病离开了她，目前由她的外公外婆来扶养。外公外婆因为身体原因不能干农活，家中的一切经济来源全在她舅舅一个人身上。而他舅舅还要照顾自己家中的老人和两个孩子。尽管条件是这样艰苦，她仍旧努力学习，考取了重点高中。相比而言，对于生活条件如此之好的我们，应该更加努力地学习。

---

　　* 本文作者李久阳：体育科学学院。

在乡村的这段时间，我们自己学着劈柴、学着生火、学着做大锅饭。虽然我们总会闹笑话，炒不熟的肉，六个鸡蛋的蛋炒饭却到最后找不到蛋，在村里跑了两家小卖部才凑齐的几袋泡面……尽管如此，我们依旧这样开心，就像团队成员的那句经典口头禅——问题不大。

在下乡的这段日子里，可以说是很忙碌的。作为宣传人员，每天在完成下乡任务的同时还要撰写新闻稿，制作微信推文等。不过在这里，让我更加体验到了不一样的自己，忙碌而快乐。

这里，夜晚的天空总是特别的高，满天的星总给人一种温馨的感觉。短短的几天，我们一起学习，一起付出，一起收获，一起成长。这是一次与花桥的邂逅，这是一次瞬间成长的旅行。

梦境中成长[*]

7月15号上午八点，吉首大学2018年万名师生"走进武陵山"大学生志愿者暑期"三下乡"社会实践活动、"青年红色筑梦之旅"出征仪式在图书馆前拉开了序幕。我们院组织了七天的"三下乡"活动，其总结如下。

"三下乡"——我们的梦开始的地方

7月18号，我院2018年暑假"三下乡"活动正式开始了。对于我来说，"三下乡"开始是陌生的，我当时认为"三下乡"只是去乡村走访和调研。后来才慢慢地了解了"三下乡"，"三下乡"是关文化、科技、卫生方面的内容知识在农村普及，促进农村文化、科技、卫生的发展。大力开展文化、科技、卫生"三下乡"活动，是我们党全心全意为人民服务宗旨的具体体现。简单来说就是响应国家精准扶贫政策号召，深入农村、发展农村、改变农村现状，把我们当代大学生的正能量带给农村。我认为作为大学生的我们，有责任和义务去帮助农村、改变农村。因此国家和学校给了我们"三下乡"这个平台，让我们深入农村。我个人也希望，能够通过自己的努力，能够帮助到那些真正需要帮助的人。

塔卧——我们成长的地方

7月18号中午我们正式启程，经过三个小时的车程，我们来到了吉首市永顺县塔卧镇的苏区小学。塔卧镇位于永顺县东北部，面积有140多平方公里。在第二次国内革命战争时期，任弼时、贺龙、肖克、王震、关向应等老一辈无

---

* 本文作者李璐：商学院。

产阶级革命家，率领中国工农红军第二、六军团展开湘西攻势，建立了以塔卧为中心的湘、鄂、川、黔革命根据地，它是中国共产党创建的重要的根据地之一。湘、鄂、川、黔革命根据地在建立和发展的过程中，先后建立了省、县、区各级苏维埃政权，开展了轰轰烈烈的土地革命。根据地人口达到100多万，红军队伍壮大到21万多人，粉碎了敌军80多个团的围剿，冲破了敌军130多个团的围剿。在1935年11月19日，红二、六军团从桑植的刘家坪出发，实行战略转移，北上长征，他们不怕牺牲的革命精神永远铭记在我们的心中。作为我们当代大学生，就更加应该发扬这种革命精神，不怕苦、不怕累、不怕牺牲。

了解了塔卧的红色历史，开始了我们的支教生活。记得第一天早上，我们志愿者晨跑还没结束就有许多小朋友来报道了，我们根据小朋友们的年龄进行了分班。针对塔卧镇留守儿童较多且普遍缺少假期父母陪伴这一现状，我们支教组采用集中培训和个别辅导方式，进行素质课程教学、学业辅导；针对孩子综合素质普遍偏低的情况，开展"灯塔"系列艺术培训课程。以弘扬时代精神、倡导文明新风为目标，以反映社会主义核心价值观为主要内容，精心编排文艺节目到村演出。随着支教的深入，让我印象最深的由有个小朋友，一个是吕旭晨。他来到小班级之后，几乎不说话，我们决定去他家进行家访。他的爸爸妈妈十分热情。开始和他父母交谈之后，发现他是比较内向，在家也不是特别开朗。妈妈说爸爸经常吼小朋友，十分严厉，从来不和小朋友沟通，这可能与他性格内向有很大的关系。在和家长沟通后，家长也意识到自己的错误。另外一个学生叫张欣妍，他的爷爷叫张永祥，今年65岁，有两个儿子，现和奶奶杨昌银一起抚养家里的四个孩子。爷爷是塔卧地地道道的农民，他的一生只为了生活，为了家庭，也为了孩子。当我们来到他们家时，我们发现这间简陋朴素的小屋被爷爷贴在墙上的奖状装饰的熠熠生辉，从大孙女张欣妍到小孙子张越智，三人在校拿到的奖状都被爷爷贴在墙上珍藏了起来。爷爷说他最大的欣慰就是他们能接受好的教育，能出人头地，能过上自己想过的生活。而对自己，爷爷只希望可以把家中的四个孩子抚养成人。爷爷一生劳碌，他放弃了自己的理想和追求，满怀理想的他只能在自己的一方小田地施展抱负。

支教的七天很快就结束了，最后一天我们早早地就在准备文艺汇演。烈日下开始了汇演，每位小朋友都参与到不同的节目中。让我印象深刻的是合唱表演《小星星》和《虫儿飞》。看着小孩子们天真无邪的笑容，那一刻我的心彻底被融化了。他们平时的调皮和不听话，那一刻感觉都已经烟消云散。我们老师也合唱了《明天会更好》，唱完每个老师心中都有些酸楚，有不舍，有心疼。当我们唱歌唱到一半的时候，孩子们大声呼喊出老师我们爱你，我的泪水再也忍不住了，突然觉得这几天做的任何事情都值得。还记得唐老师昨晚告诉我们要处理好离别时的状况，我们不是要他们记住我们是谁，而是记住我们教给他们的东西，老师们也希望每个小朋友都会越来越好。

　　汇演结束宣布了整个"三下乡"志愿服务活动的结束，带着疲倦的身体，我们乘车返校了。在这几天里，很感恩遇到一群可爱的人一同吃苦，一同用汗水浇灌花朵，也很感恩唐老师和张老师的一路陪伴，感恩遇见的每一位朋友。希望塔卧的孩子们能够好好学习，希望塔卧越来越好。

百里送"碳"*

原本以为这个暑假会像往常那样，过得平平淡淡，波澜不惊。却在收到下乡调研消息的那一刻意识到，今年定然会不同往昔了。清晨，太阳刚露嘴角，困意全无，开始忙活准备出发。一丝清凉的风送走了兴奋紧张的心，穿过浓浓的雾气，伴着青山绿水一行人向着神秘的龙山镇出发了。之所以说龙山神秘是因为那儿随处可见传说中的龙，也是我亲身体会到的。坐了近四个小时的车，一路上的风景令我和搭档目不暇接，景色令人神往，入眼最显眼的是那神似龙的山了。一见到它，我突然明白为什么这里叫龙山镇了。

趁着天还早，趁着微风刚刚好，穿戴好服装，准备好工具一行人就这样出发了。阳光照得眼睛睁不开，崭新的政府大楼让人感到庄严敬畏。百姓的生活到底如何，我们将一探究竟。实地考察前我们团队分成了两个组，组内都进行了非常严密地分工，乡村调研就这样真正地开始了。

我们第一站，龙山镇农山县，这儿的路我不认得，但这儿的菊花我却印象深刻。村民说这儿种了150亩的菊花，想想菊花都盛开的时候会是多么壮观呀！与此同时我又亲身体会到了农民的忧虑，看着铺在地板上密密麻麻的一地菊花，许多因为干燥不好的原因变坏，或是被骄阳晒变了色，导致卖不出去，还有许多新鲜刚采摘的就随意摆放着。这些菊花是农民们千辛万苦栽种采摘的，却在最后一步上出了差子，实在令人伤心。这时一袋干燥得非常漂亮、干净的菊花吸引了我的眼球，询问之后了解到这上好的干菊花竟然归功于陈峰学长所发明的那台热泵干燥机。在这紧要关头，干燥机算立了一记大功。说实话，一开始我真的挺害怕向村民询问问题，但热情的村民，活跃的搭档，还有超级"热情"的太阳让我终于张开了嘴。

告别了菊花，我们又迎来了百合。说起百合，我想到的是那朵洁白如玉的

---

* 本文作者李玲丽：化学化工学院。

花，但在这儿，我见到的却并不是顶，而是它的根。下一秒我就改变了对它的看法，几乎一条街都在加工百合，想想就知道那该是多么壮观。我们走不过十步就能看见一家合作社，这里的人种百合，做百合，也吃百合。超大的百合产量，足以让所有人发家致富。但在这儿却看不到一处炫耀浮夸，放眼望去只是朴实勤劳的劳动人民。没有华丽的包装，也没有靓丽的外表，有的只是让人崇敬的民风。合作社里面有很多老人孩子，他们有时一整天都坐在一个地方，不停地剥着百合，他们每个人的手都记录着一段沉默的时光。热情的村支书、见到我们就开心地大笑的小宝宝、不识字却认真回答问卷的老奶奶，在这里我见到的每个人都是那么的热情、那么的善良淳朴。虽然仅有短短的两天，我想这些东西是我待在教室永远都不会见到的，手机上永远听不到的。希望这里的纯朴民风能够一直延续下去。

这一次调研我的收获真的是满满的，果然只有从实地考察才能了解真正的民情。我看到为了生活而坐在加工厂里剥一天百合的老奶奶，见到了为了儿女不惜千辛万苦千里迢迢来到龙山陪读兼职剥百合的妈妈。听到他们剥动百合的声音，看到他们被百合浸成黑色的手，明白了劳动的艰辛。重新审视了自己的行为，发现自己的生活过得如此顺心，以至于忘记了世上的艰苦贫困，明白了如何才能真正地为百姓做点什么，就是化知识为武器来打败那些困难。勤劳永远是最美的行为。

这次调研虽然已经结束，但为农民百姓服务的心却要一直延续下去。活动会结束，但拼搏的心会一直跳动。

青春夏季*

　　"青春建功'十三五',携手共筑中国梦",我非常有幸能够参加吉首大学2016年万名师生"走进武陵山"暑期"三下乡"社会实践团,也十分感谢学校提供这次宝贵的社会实践机会。十天的实践生活悄然而逝,除了团队的成果外,留下的更多是珍贵而又美好的回忆。一群胸怀志向的吉大学子相聚在红色革命圣地洪家关,在这里,有感动、有回忆、有故事,待到多年后回想起这段往事,我想,实践团队的每一名队员都会自然而然地嘴角上扬吧。

　　在实践生活中,老师们每天都会安排许多任务给我们,在这些任务中,实践队员同乡亲们摩擦出了各种火花,产生着很多感人的人或事。在敬老院,我遇到了这样一位爷爷:老人是洪家关本地人。到达敬老院后,我小心地扶着老爷爷量血压。老人的手很粗糙,满脸皱纹仿佛让我想到了他年轻时的辛劳。老人努力用着不是很标准的普通话跟我们交流,志愿者们的亲切问候和周到服务让老人感到很温暖。那天,艳阳高照,照在老人的身上,却让我的心感受到了老人们因孤独带来的寒冷。与老人相视的瞬间,老人哭了,一位七旬老人感动的泪水把在场的志愿者们都感染了,一个个红着眼睛的志愿者继续低头帮其他老人捏肩捶背,不愿让老爷爷看出我们的悲伤。老爷爷告诉我们,他有五个子女,三个女儿都已出嫁,一个儿子在新疆买了两套房,一个儿子现在意大利定居。听到这些,我无法想象这么些看似优秀的后代们会对老父亲做出如此不近人情的事情,父母把孩子从小呵护长大,得到的却是被子女送去远离亲人的敬老院,老人的心中该有多大的悲伤与失望。在现实生活中,相信还有许多人有和这位老人一样的经历。感恩是生命与生俱来应有的品德和修养,看着老人一直在我跟前流泪,心中除了心酸还有自责,因为此刻的我无法做什么来改变这种现状,能做的只是心灵上的安慰,却无法带给他们实质上的改变。人生很美

---

　　* 本文作者罗露平:旅游与管理工程学院。

好，可是美好的人生中，也要懂得感恩，感恩一路上为我们遮风挡雨的父母，感恩一直默默支持我们前行的家人。老人的经历给我这次"三下乡"带来的是反省与思考，反省之前对父母的不该，思考今后对家人的守护。牵着老人的手，厚实但长满了岁月留下的老茧，希望如此辛劳的一辈人可以受到越来越多人的关心与爱戴。

"当你被别人需要的时候，你是幸福的。"在洪家关，我们正是被当地居民需要着。免费检修家电，义务检查身体，陪伴当地的孤寡老人，我们给当地居民带来了欢乐与便捷。"三下乡"实践团队的成员们认真负责，全身心地投入到志愿活动中来。烈日炎炎，照样上街宣传，下乡调研；滂沱大雨，照样坚守岗位，宁可自己全身淋湿，也要坚持为爷爷奶奶们撑伞；口干舌燥，乡亲们送水果也不愿接。为了如期将洪家关手绘地图交给当地政府，设计团队的成员们每晚熬夜，却也心甘情愿，我不知道到底是什么原因可以让这样一群年轻人如此做，但我却知道，这群人愿意为志愿服务付出一切，愿意通过自己的努力来改变乡亲们的生活，愿意用自己的双手为社会贡献一切，愿意在美好的未来，感恩祖国，感恩社会。

"以人名校，以业报国"的校训总是被我们传扬着。通过这次"三下乡"活动，作为一名吉首大学的学子，心头涌动的是莫大的骄傲与自豪。在"三下乡"的过程中，我们吉大学子本着认真负责的态度，温暖和感动着洪家关这片红色土地上的人们，他们的肯定给了我们极大的鼓励。在今后的生活中，我也会一直本着这次"三下乡"的积极态度，将我们的吉大精神发扬光大，用我们的实际行动给人民、给社会、给国家奉献出我们的一份力量。

或许这是我大学中唯一一次参加"三下乡"社会实践活动，但是我相信这绝不会是我最后一次的志愿服务，在洪家关遇到的这群人这些事，留给我的是无价的体会与感悟。来到这里，没有空调、没有热水、没有丰盛的菜肴，可是，我并不后悔，因为在这里，我遇到了和我一起奋斗的志愿伙伴们，遇到了无处不关心我的小学妹，遇到了可以一起有说有笑的好朋友，遇到了几位认真负责的指导老师。更因为我们的相遇，给当地朴素的乡亲们带去了生活、科技与精神的慰藉。一个人的一生并不一定要多么辉煌，但一定不能碌碌无为。能够在"三下乡"实践团队中为百姓们做出这么多有意义的事情，我很幸运，相信在接下来的日子里，吉首大学也会有越来越多像我一样幸运的人，为人民、为社会、为祖国志愿服务一切。

"现在，青春是用来奋斗的；将来，青春是用来回忆的。""三下乡"带给我们的是一段刻苦铭心的记忆，一段永远无法隔断的下乡情！

一路同行[*]

为贯彻落实党的十九大会议精神，推动农村科技、教育、卫生和社会发展，结合吉首大学医学院实际情况，今年暑期我很荣幸地参加了吉首大学医学院组织的走进武陵山暑期"三下乡"社会实践活动。该活动以"青春大学习，奋斗新时代"为口号，组织和引导青年学生推动农村科技、教育、卫生和社会发展，结合医学院实际情况，以送医疗服务、健康教育和宣传非物质文化遗产——"湘西刘氏小儿推拿"等三个方面开展活动，联合当地卫生院，实施精准帮扶，给花垣县居民带来疾病的预防、治疗及预后指导等服务。宣传普及医药科学文化知识，增强居民的健康意识，提高贫困地区居民的健康水平，改善居民的生活质量，建设社会主义新农村。

让非遗融入群众生活，成为群众的生活方式。非物质文化遗产来源于群众生活，也依存于群众生活。"刘氏小儿推拿"拥有近400年的家学传承，有着丰富的历史沉淀，具有深厚的家学深源和祖传底蕴，既在继承的基础上吸收了苗医药的丰富经验，又具有鲜明的湘西少数民族地区特有的民族属性。

引导群众改善生产生活方式，大力推广"刘氏"小儿推拿。引导城乡居民积极利用中医适宜技术、中医药养生保健知识开展家庭保健，将保护和传承工作融入医疗卫生实践中。鼓励、激励青年人去学习、去参与、去保护、去传承"湘西刘氏小儿推拿"，真正挖掘"湘西刘氏小儿推拿"的历史文化的价值和力量。现在还记得，下乡前夕在志愿者培训会上，校党委宣传部戴部长说的话："三下乡"是指把科技文化卫生送到农村，送到村民手中，解决村民们急需解决的问题。它是一所接受特殊教育的学校，是一张代表学校的名片，是一次磨砺学生的历练，是一条连接社会和学校的纽带，是一次检验学生的考试。

现在回想自己的"三下乡"，再结合戴部长的话，细细品味，其中酸甜苦

---

* 本文作者李牟：医学院。

辣,自然涌上心头。我也深深体会到校团委王书记说的"三下乡",它是一面映射品行的镜子,更是一种众人相聚的缘分。我应该感到庆幸,有机会参加此次"三下乡"活动,让我结识了一个个多才多艺、能干精练的实践伙伴,和他们在一起的每一个时刻,不仅仅只停留在相机按下快门的一瞬,而是永远烙印在我的心里,我由衷地感谢他们。

这次我作为医学院"医路同行"社会实践服务团队中的一员,复杂又紧张的心情从我加入团队的那一刻起一直存在着。为了学校和学院团队的荣誉,为了此次活动顺利地开展,在老师的指导下,积极配合做好了前期准备工作。骄阳似火的七月,当同学们刚刚结束紧张的期末考试后,"三下乡"活动就渐渐拉开了序幕。

"走进武陵山,服务大湘西。"我们终于来到花垣县石栏镇,开始了为期一周的社会实践活动。"三下乡"是我心中的梦,既然我已踏上征程,那么就在老师们的指导下,真正地做到为人民服务。当我听到村民们的声声感谢,看到他们脸上热情而又高兴的笑容,我的内心觉得无比自豪和幸福!我相信,只要我们坚持下去,做得更好,这种自豪和幸福感将会永远烙印在每一位队员的心里!

石栏镇大兴村一行,活动目的主要是服务农村留守妇女儿童、宣传刘氏小儿推拿和考察该村小儿推拿传承发展现状。活动中充分发挥高校资源优势,结合地方实际,投身基层服务,助力健康中国。志愿者采用刘氏小儿推拿方法为当地儿童进行推拿治疗,运用开天门、推坎宫和推五经等特色手法,辩证分析,补泻兼施,大力发挥刘氏小儿推拿的特色手法优势,治疗了当地小儿的咳嗽、发烧、厌食等疾病。

在推拿治疗过程对儿童的监护人进行健康宣教,教导其正确的儿童疾病预防知识,对中医的绿色无痛疗法进行宣传,建议当地村民减少对儿童使用静脉输液治疗等方法。同时开展入户走访调查,考察当地是否存在刘氏小儿推拿的传承人,了解当地的医疗卫生发展情况。从与当地村民聊天得知,该村大部分人不知道小儿推拿,刘氏小儿推拿传承人并未有相关发现。经过这次下乡调研,在该村推广宣传的刘氏小儿推拿非物质文化遗产,使当地村民了解了小儿推拿此种无痛无副作用的安全有效的治疗方法。

在排吾乡牛皮村导医师及学院指导老师的帮助下,我们积极开展小儿推拿服务,为当地小儿进行推拿治疗,小儿推拿总人数达66人次。同学们积极开展了小儿推拿服务普及宣传,在推拿过程中教导小朋友及其家长相关的保健知识,以期提高当地的小儿健康情况。针灸推拿学专业的志愿者在治疗过程中积极服务,努力宣传推动刘氏小儿推拿在民间的发展,考察当地小儿推拿的发展现状,使更多的人民群众了解接受小儿推拿。在与村民的交谈中我们发现，当地对刘氏小儿推拿了解不足，孩童生病大多采用西药或者静脉输液进行治疗，对中医疗法使用较少。但经过我们此次义诊及宣传，从当地村民反馈来看，效果显著，有许多小朋友自发前来接受推拿治疗，并对我们的义诊人员表示喜爱。

在我们的走访及推拿过程中，有个叫李佳航的三岁宝宝让我们印象深刻。7月18日航航有点感冒，奶奶带着他在花垣县石栏镇雅桥卫生院买药时看到了我们的小儿推拿义诊，询问我们可不可以推拿治疗便秘。原来小航航已经近五天没有大便了，肚子胀鼓鼓的，吃不下饭，精神状态不佳。之前去长沙很多医院都不愿意做推拿，一推就哭闹，这是他首次进行推拿治疗。第二天下午三点，航航外婆带着航航来到了我们的大本营，今天航航的气色已经好了很多，刚刚做完开窍手法，航航就已经入睡。航航外婆告诉我们，经过昨天上午的治疗后，回家航航就顺利地解了大便，并且食欲有所好转。第三天下午，航航开始跟我们熟悉起来了，外婆对我们表示深深地感谢。

情系凤凰寻初心，知行合一探真知[*]

　　一群志同道合的人，一起奔跑在"三下乡"的道路上，回头有一路的故事，低头有坚定的脚步，抬头有清晰的远方。

　　时间是让人想握紧却抓不住的东西，转眼间我们的暑期"三下乡"社会实践活动结束了，短短十天我们用一颗赤诚之心去拥抱下乡，不负自己的时光与青春，满载成长和感动而归。

　　曾有人问我，你为什么要参加"三下乡"？因为责任与使命。党的宗旨是全心全意为人民服务，身为大学生党员的我肩负着对社会的责任和担当。习近平同志曾寄语青年，说道："青年一代有理想、有担当，国家就有前途，民族就有希望。"所以我们应当要主动投入基层，贴近农村百姓，参与精准扶贫和新农村建设，用自己学到的知识去服务需要帮助的人和群体。

　　这次"三下乡"活动在凤凰县廖家桥镇鸭堡洞村进行。出发前，刘院长和杜书记在出征仪式上的讲话让我们明确了"三下乡"的目的和意义，鼓舞了我们的勇气，激励了我们的斗志，也让我们对此行的意义和活动方向有了进一步地认识，为实践活动的开展打下了基础。鸭堡洞村是一个合并的行政村，这里景色优美，特色鲜明，我们在这进行了升国旗、乡村调研、参加党会、整理录入贫困户数据资料、走访慰问贫困户、学习国家非物质文化遗产"凤凰纸扎"、参加精准扶贫工作会议、美术教学和乡村文化墙绘等活动。这里的每一项工作都是挑战，每一个活动都让我们成长，每一天都能遇见不一样的自己。

　　我们在这里开展的第一个活动是升国旗。这是聂书记他们驻村以来的第四面国旗，当我第一次以升旗手的身份面对这面无数先烈用鲜血换来的国旗时，我的心中涌起无限的豪情，同时也感觉自己肩上的责任更重了，我更加坚定要用自己所学的知识为国家的发展贡献自己的力量，帮助需要帮助的人。乡村调

　　* 本文作者刘倩：美术学院。

研让我们走进村子，去了解村子的基本情况，感受村民们的热情和淳朴，学习当地特色的苗族风俗文化。在凤凰县发改局七一慰问扶贫村贫困党员活动大会上，我有幸作为学生党员代表发言，通过这次会议，我从聂书记的党课中明白新时代合格党员要有坚定的信仰、高尚的品德、严守的纪律、奉献的精神，要身体力行影响周围的人。

中国很大，大到民族智慧的结晶让世界为之惊叹；中国很小，小到全国脱贫一个也不能少。很早我就听说了精准扶贫、结对帮扶的政策，这次来到鸭堡洞村，我们积极加入扶贫工作，整理录入贫困户资料、走访慰问贫困户、参加廖家桥镇精准扶贫工作会议，村里的贫困户资料从贫困户申请书到个人家庭信息，从一对一结对帮扶到帮扶计划落实明细表，再到最后的脱贫记录，字里行间无微不至地记录了近几年鸭堡洞村的村民和干部为攻坚脱贫所做出的努力。通过走访慰问贫困户我们了解了贫困户的基本情况，看到村民在精准扶贫的政策下生活慢慢变好，感悟到生活不容易，要用知足和珍惜面对我们现在所拥有的一切。在廖家桥镇精准扶贫工作会议上我看到廖家桥政府要实现全面脱贫的决心，看到各位干部对工作的认真和负责，感受到开展扶贫工作，实现贫困地区脱贫奔小康，离不开党的关心与支持，更离不开地方自身的凝心聚力、不懈奋斗。

在这次社会实践中我们还学习了国家非物质文化遗产"凤凰纸扎"。"凤凰纸扎"又称为"纸糊篾扎"或"扎纸""扎作"等，它是以竹块、篾条、木棍为骨架，用纸绳（民间称为"纸捻子"）固定，構皮纸、艮逢纸或彩色的纸帛糊裱，并略施彩绘的民间造型美术品。师父带我们进山林认识構皮树，教我们構皮纸的制作方法，带我们进竹林，教我们如何挑选适合的竹子、怎么砍竹子、锯竹子，告诉我们破篾的技巧。师父在教知识的同时给我们传递了精益求精、追求完美的工匠精神。我们亲身体验了"凤凰纸扎"的制作过程，感受到非遗文化的魅力和意义。非物质文化遗产既是历史发展的见证，又是珍贵的、具有重要价值的文化资源，传承中国传统文化我们有着不可推卸的责任，保护非遗功在当代，利在千秋。

"艰辛知人生，实践长才干。"在这次"三下乡"中，水资源的来之不易使我们学会了珍惜，生活的艰辛磨练了我们的意志，这次社会实践增强了我们的服务意识，培养了我们无私奉献的精神。我在深入基层、服务群众的实践中接触社会、了解国情，扶贫工作和非遗文化增强了我们的社会责任感和历史使命感。同时在实践过程中，我发现自己存在经验不足、认识问题不够全面等问题，我会更加珍惜在校学习的时光，努力掌握更多的知识，并不断深入到实践中，为今后更好地服务于社会打下坚实的基础。

人生总有不期而遇的温暖和生生不息的希望。这次活动让我们收获的不仅是成长，还有一份友谊、感动、真情和我们一起走过的这段时光。一定是有特别的缘分，才会把我们十二个人聚在了一起，我们朝夕共处，彼此相伴十天时光，从相识相知到相亲相爱，每个人都为这个团队默默付出。师父和老师对我们的关心和爱护像家的气息缠绕在我们的身边温暖着我们，教会我们勇敢、包容，给我们动力，让我们前进。这十天里我们在40度的高温中汗流浃背，也在倾盆大雨中欢笑着追逐奔跑。我们像家人一样相互照应、同甘共苦，我们不断进步，一起成长。在这个热闹的七月、蝉鸣的夏季，那些灿烂的笑脸，那些不可替代的温暖，都会留存在我们每一个人的心里，成为这段时光里最美好的回忆。

用爱撑起边城*

老奶奶杵着拐杖颤巍巍地走向我们的临时服务点，印象中她很娇小，驼着背，裹着头巾，就站在服务点的前方，呆呆地看着在接受服务的乡亲们。奶奶眼神里有着疑惑，有着期待。

各个志愿者都忙活着手里的事情，熏艾、推拿、登记。接待的志愿者上前搀扶住老奶奶，因为大多数志愿者并不是湘西人，讲不来这边的方言，只能用蹩口的普通话加上类似于湘西的口音，观察着奶奶的神色，以奶奶的眼神判断奶奶是否理解，耐心地，一字一句地为她解释着我们团队此行的目的，给她介绍我们能够帮她做哪些服务。

奶奶很瘦，扶着她就像扶着一棵摇摇欲坠的树苗，稍稍一碰就会倒。即使我们扶着她，她走起来也很吃力，甚至能清楚地听见她急促的喘息。蜡黄的皮肤加上深壑的皱纹，让奶奶看起来更加瘦弱。

当医疗服务团的队员为奶奶做了基本的体格检查后，我们的志愿者为奶奶做起了针灸推拿。一个在给奶奶做肩部，一个蹲在地上给奶奶做艾灸。我们很自然地给奶奶做着我们平常做的服务，而奶奶像一个接受到关爱的留守儿童，有些无措，有些紧张，眼泪唰唰唰地就流下来了。

很多队员看见这一幕，眼睛就湿了。我自己也忍不住地鼻头发酸，回想起还没有来的时候，我还迷茫于不知道我们此次的实践活动能带给村民些什么，我们能够做什么，能够真正地帮到他们什么。是不是用这些经费直接给那些需要的人，帮助会来得更快更有效。但是这一天，我是真正第一次体会到我们服务的价值和意义。

从后来的聊天中，我们了解到奶奶有四个女儿，但是常年不在身边，老人自己生活了很多年。她一边擦拭着眼泪，一边告诉我们，看见我们就像看见了

---

* 本文作者李晴琳：商学院。

自己的孩子，自己的亲生孩子也没有这么服侍过她。

这只是此次实践活动的一个小片段，所有的志愿者都在尽自己所能去服务，顶得住炎炎烈日，经得起狂风暴雨。旅游资源调研团的每一个小伙伴认真地进行走访调研、实地勘测；政策宣讲团挨家挨户耐心地宣传讲解；科技扶贫服务团一丝不苟地维修着洗衣机、电视机、电饭煲等日常家用电器；爱心医疗服务团跟随着每一次的下村活动，对当地百姓进行基本的健康检查和推拿针灸服务；宣传组更是白天分批跟踪进行拍摄，记录我们的一点一滴，晚上整理编辑稿件。所有的成员都在努力，即便耽误每天只有两顿饭的饭点，却没有任何抱怨。

我们根据自己的所长，运用自己的专业知识，来服务武陵山区的老百姓，为社会贡献力量。有了此次的实践活动，我们看到了真正需要我们的地方，需要我们的人群，也收获了一颗真正愿意服务、愿意奉献的的心，让大家以后真正涉足社会的时候，能够做到如此次社会实践的誓词一样——尽己所能，不计报酬，服务人民。

也许我们下乡能带给这些地方的东西太少太有限，但我们从这次的活动中，能够收获能够感悟的东西又太多太多，走进边城，温暖的不仅是别人，还有我们自己。

再见，旧时光[*]

> 世间百态，必定亲自品尝，才知其真味；漫漫尘路，必定亲力亲为，才知晓它的长度与距离。
>
> ——题记

一个人发现恋上一座城或是一件事物的时候，那一定是已经离开或失去的时候，心中剩下的只是深深地留恋和难忘美好的回忆。离开古丈县已经有一段时间了，心中总是在不经意间浮现那儿的人、那儿的物，记忆似乎被定格，又似乎被封存。从启程到离开的每一幕好像就发生在昨天一般，那么清晰，那段光阴中所经历的酸甜苦辣还烙在心中，没有散去。

那时报名"三下乡"社会实践活动，只因为"没有扛过枪，没有下过乡的大学生活是不完整的。"这一句话打动了我，抱着"读万卷书，行万里路"的想法报了名，顺利通过层层选拔，加入到"三下乡"团队中。于是八月，我们拥有着同一个梦想的十六名队员和两名老师一起踏上了去古丈的旅程。四个小时的车程，没有枯燥，没有沉寂，一路上车厢内满是欢声笑语。未来或许是辛苦的，但是每个人心中都有着希望，憧憬着未来。

一路颠簸，我们来到了古丈县岩头寨镇。这是一个偏僻、宁静的小村庄。在这儿鸡犬相闻，像极了陶渊明笔下的世外桃源。这儿的人们很热情和淳朴，挨家挨户，整个镇子像居住在一个大四合院的大家庭一样。也正是这里人们的热情和善良，让初来乍到的我们感受了温暖，给了我们鼓励和信心更坚定地走下去，拥抱明天。至今忘不了，问路时真诚的笑容；忘不了，驻扎地断电时电工师傅多次跑上跑下辛苦维修；忘不了，买东西时店家主动要求送货上门的关爱；忘不了，那一幕幕，那一张张可爱的笑脸。

花了一个下午的时间，我们整理宿舍和准备厨具。打扫卫生时，正是烈日

---

* 本文作者刘瑞：马克思主义学院。

当空，每个人满头大汗，却没有人抱怨，当夕阳西下时，志愿者们终于在多年没有人居住的吊脚楼里清理出了一间厨房和两间宿舍。一切准备就绪，大家憧憬着明天，迎接着挑战。

希望—支教

在这个小村庄里是没有文印店的，这意味着我们所有招生海报都得手绘。在简陋的宿舍里，没有一张书桌，志愿者们以床为桌，蹲在地上进行手绘招生宣传单。一蹲好几个小时，腿脚都麻木了，当看到最后的成果时，每个人脸上都是满足的笑容。

上午的招生结果出乎意料，这的村民对"大学生"有着强烈的信任感，没花费很长的时间招生人数就达到了预期人数，短期的支教生活就这样拉开了帷幕。

或许这是我们第一次面对这样的一群学生，他们年龄都不相等，男孩占班级的三分之二。开始时有点害怕自己会把握不住课堂，但是接触下来发现这一群男孩并没有那么调皮。他们好奇探索世界，他们渴望新知识。只要用心对待他们，对待课堂，他们会接受你，认真上课。

这几天支教的日子也让我懂得了沟通的重要性。沟通可以拉近人的心灵，可以了解他人的世界，也可能改变他人的思想，给予他人力量。这样的感受是课后与孩子们的一次次交谈给我带来的。在他人眼中这些的孩子大多是调皮捣蛋的，可走入他们内心后才发现个孩子都是追梦的少年，他们心中有着希望的火种。

"老师，吉首大学很难考，是吗？"

"不是的呀！"

我似乎看到孩子们黑白分明的大眼睛里闪过希翼，当我讲述那些大学中发生的趣事，孩子们眼中满满的都是好奇、羡慕还有向往。

"老师，你学习是不是很厉害？你有没有好的学习方法呀？"

我便又介绍了中学生学习的一些方法和技巧，一群男孩都聚精会神地听着。其实每个孩子都如同种子，只要耐心和用心地浇灌都能开出鲜艳的花朵，只是每颗种子的花期不同，有的花很早就绚丽绽开；有的却需要漫长的等待；有的甚至不开花直接孕育出果实。所以当他们在花期未到时，不要放弃你们的爱，坚持下去，每个孩子生命中的美好都会绽开。

时不待人，开始还在眼前，却又到了离别的时刻。结业展示课上，每个人都很激动和悲伤。我恋恋不舍看着孩子们远去的背影，伤感从心里冒出来，清理完教室，我对着空荡的教室和整齐的课桌，最后说了一声"同学们再见。"期待孩子们在未来的日子里坚持，等待自己的花期。在将来的日子我们的痕迹在你们心中会慢慢淡去，却祝愿你们依然珍藏着希望。

收获—调研

调研也是我们队伍的主要任务，从问卷制作到撰写调研报告，这是一个漫长而艰辛的过程。在这个不足为外人道的过程中学到了许多，心中留下的都是满足，如孩提时得到心爱的糖果一般。

开始调研时由于不是本地人，说的是普通话，经常面对的是老百姓的闪躲和防备。我们能做的是用微笑融化他人心中的壁垒，用简单的语言一次一次解释我们的目的，传递我们的真诚。渐渐地在那个地方熟悉起来，与人们交流多了，隔阂也渐渐变淡。这使得调研工作变得顺利多了。

印象最深刻的是下村走访调研，我们去的是芭蕉村，那是一个美丽的苗寨。在村主任那儿了解到大部分青壮劳动力都外出务工，常年不回，村里留守儿童高达百分之八十，大部分孩子在八岁的时候就开始学着洗衣服、做饭菜和简单的农活来照料自己、帮助家庭。听到这儿我十分惊讶，随着社会的发展，现在的小孩都是温室的花朵，未曾想到有人这么小就开始经历风雨。

在采访的过程中看见一户人家的前坪中，有两三个小孩把玉米梗当玩具，把它们摆成自行车的赛道，两三个小朋友轮流骑着自制小自行车滑过，脸上洋溢着耀眼的笑容。我才明白原来快乐有时候真的和物质没有直接的关联，现在城里孩子有着各式各样的玩具，可以吹着空调看电视或玩手机，却不见得能得到更多的快乐。在采访时孩子们那怯怯的眼神将我的心都给融化了，孩子们那诚实、质朴的语言，单纯的愿望都激起我心中的涟漪。离开时，孩子们到村口相送，久久不愿离开的场景在我心中勾起离别的愁绪。我内心真的希望他们每一个人都能被呵护、被关爱，希望他们在未来遇见期盼的彩虹，成长为他们儿时期望的样子。

成长—宣讲

理论政策宣讲看似简单，可要做好并不是一件容易的事情。为了把国家政策和理论中书面化的语言转换成老百姓听得懂的大白话，做成看得懂的图解说明，我和小伙伴花了五天时间收集资料、图片和真实案例，认真排版、设计。其间做出来的展板被指导老师否定了多次，当时内心有着诸多的抱怨和不满，可在老师修改意见的指导下，精雕细琢，才发现自身的不足和自以为是。

精美的展板和宣传单最终还是需要让老百姓来检验的，在实践活动中，我们伴着鸡鸣声赶到了集市上，站在人来人往的街头时，我们一下子就怔了，完全不知道如何开始。许久之后，我们才勉强克服心中的恐惧，拉着一个看上去还较为面善的中年妇女讲解起来，好在她听完后还兴致勃勃地问了我们几个问题，这样的举动给了我们足够的信心。点点的红色瞬间就融入车水马龙的街道里，一张张宣传资料的递送，一声声讲解话语的响起，让我们政策理论宣讲的工作全面铺开。看着老爷爷和小朋友认真听着讲解，看他们接触新鲜事物的惊奇，听着他们的感慨，我们内心有着丝丝甜蜜，我想这便是被需要的幸福吧。用自己的辛苦换得他人的收获，却发现更多的收获是自己。感谢这样一个机会，让自己发现自己的价值。未来的自己不会再抵触公益，因为心中明白"赠人玫瑰手有余香"。

青春是与七个自己相遇，一个明媚，一个忧伤，一个华丽，一个冒险，一个倔强，一个柔软，最后那个在成长。

温暖—集体

结束了，尽管心中有着不舍，再无法不说再见。感谢这一路上陪伴的人，让彼此的心中沾染"集体"的温暖，这样一个温馨的大家庭总让幸福陌上花开，尽染甜蜜。记得晨读、晨跑和游戏中，你们的朝气蓬勃；记得你们的笑如四月的风，和煦、拂动人心；记得你们绞尽脑汁，用最低价格采购新鲜食材给队员们做出最丰盛的饭菜；记得你们在炒菜时热得满头大汗的样子；记得我们一起站在阳台，用风景下饭；记得我们一起用冷水淋浴；记得无法做饭时一起吃泡面的日子；记得曾在那片篮球场上我们洒过汗水；记得我们曾在艰辛的条件下工作；记得熬夜写新闻稿后，我们一起数天空中星星的时刻。

感谢你们的陪伴，在未来心田被荒芜，唯记得同你们时，笑得盎然肆意，哭得酣畅淋漓。

真的结束了，再见，旧时光。

"三下乡"·走进武陵山·不忘初心*

　　湘西东南，河溪镇上。吉大学子展技艺，为民除痛送安康。驻地中学，校友助力予支持；实践路上，中心医院助成长。壹周实践成果硕，百姓夸口走相传。乡间小道花木秀，医路同行送温暖。敬老扶弱深情在，大医精诚薪火传。同学发扬艰苦志，师生同志中国梦。看支教，为人师表心连心，欢声笑语满课堂；望后勤，炉火烘烘饭菜香，师生共聚同回首。欢歌喜迎十九大，苦尽甘来梦乡甜。领导关怀如春风，炎炎夏日慰问中。嘱咐时刻记心头，苦战到底齐建功。乡亲夸口，医患亲善；校友称赞，勿忘初心。看我吉大学子，德艺双绝本领全，学院义诊多经年。诊治不分贫贱处，下乡哪管晴雨天。接诊乡亲多疾患，送医送药兼调研。血压高，声声嘱咐少食盐；关节痛，气候多变艾灸熏。别亦难，医者仁心，愿百姓幸福，多康健。同舟共济扬帆起，乘风破浪万里航。革命友谊永长存，师生同德创佳绩。今朝离营归学校，明日再续下乡情。

出征·走进武陵山

岁月恰峥嵘，盛夏"三下乡"。

士气同朝阳，师生誓言壮。

燃我青年志，意气慨而慷。

心怀报国志，出征旗飘扬。

走进武陵山，凤飞千仞高。

同心中国梦，服务百姓忙。

泱泱沅江碧，灵秀育名校。

澧水淌其中，凤凰舞其上。

风雨同兼程，朋辈话语长。

嘱我常保重，立功把名彰。

＊ 本文作者李绍洒：医学院。

我思故我梦，盼国更富强。
我行故我立，大爱情无疆。
实践展技艺，为民送安康。
团队赴征程，薪火再相传。

感谢遇见，感谢你们[*]

　　什么是"三下乡"？一个团队，一方讲台，一份感动，一场经历，这是我对"三下乡"的理解，也是我在"三下乡"的过程中收获到最有意义的东西。当然收获到的不仅仅有这些，还有很多很多，如洛塔漂亮的景色，热心的乡亲，可爱的孩子们，可爱勤快的食堂阿姨，清晨冉冉飘起红旗，饭前的一首歌，半夜的陪伴，相互的体贴等。很多让我在"三下乡"的旅途中感受到的不是多么苦多么累多么晒，而是多么开心多么充实多么幸福。

　　作为宣传组的一员，在"三下乡"中我觉得我找到了适合自己的事情。我喜欢观察别人，在一旁揣摩和感受别人的情绪，让我有种感同身受的幸福感。看到每一张照片都有身临其境的幸福感，这是我觉得自己感性思维唯一的优点了。在这次"三下乡"旅程中让我感触最深的是两个孩子和一个老奶奶，和他们在一起的故事，他们的面容都还清晰地在我的脑海里。

　　第一个孩子是邹同熙。人与人的相遇是一种缘分，甚至有些事情是命中注定，或许命中注定那个下午我会与他相遇，知道他的故事，走进他的内心。一个五岁的孩子斩钉截铁地告诉我他想当兵，用一双对未知世界的好奇和无知的眼神看着我，对我的震撼是只有我能感受到的。一个五岁的孩子对未来的一切都是感到新鲜的，后来我慢慢明白家人的引导对一个孩子来说有多么的重要，一个好的引导对一个孩子一生的重要性，我希望我们与他相处的这几天能教会他一些道理、给了他一些引导。

　　第二个孩子是杨召君。在一次简单的采访中我哭得很伤心，伤心到我自己都控制不住。我之所以哭得这么伤心是因为当她平静地说起她爸爸妈妈离异这件事情的时候，看着这么懂事的一个孩子，强忍着泪水，心中那种纠结和无奈，让我很心疼很揪心。或许她不明白离婚代表着什么，但是她就希望爸爸妈妈能

　　* 本文作者刘婷：商学院。

在一起。就像我小时候，我并不明白爸妈离婚代表着什么，我只知道我很伤心。我想长大，长大以后他们就不会离婚了。我努力照顾好自己，学会做饭，洗衣服，打扫卫生，就是希望他们可以好好的。我明白她之所以这么懂事的原因了，或许希望自己的懂事可以留住爸爸妈妈吧。我问她知道爸爸妈妈为什么离婚吗？她说不知道。她说我爸爸和我一样不太爱说话，妈妈走了以后，他就有精神病了，还要出去工作。我问那你妈妈呢？平时会回来看你吗？她说不会，只会给我打电话。

"那你妈妈平时会给你寄钱吗？"

"不会，我妈妈很小气，一块钱都不给我，一毛钱都不给我。"她看着我。

"那你想你妈妈吗？"

"想。"

"为什么她对你不好你还想她？"

"我不知道，我好想她。"

说到这里，我们俩的泪水都蓄满了眼眶。我一搂她，泪水夺眶而出。在洛塔镇这个简陋的九年制小学里，我顾不得别人的目光，顾不得我作为一个老师不能哭，顾不得什么坚强，我真的很伤心，不知道除了给她一个拥抱还能给她什么。我安慰她说不要哭了，自己却不争气地一直在哭，我知道我不能哭，我要坚强，可是我控制不住，她看着我，虽然在哭，但眼睛平静的像一弯清泉一直在我心里流。她安慰我，别哭了老师，有你们我已经很开心了。她怕在我面前哭，怕我跟她哭，便转头说老师，我去教室了。好，我哽咽地回答，一转身，泪水肆意地在脸上流。

"你们很可爱，很善良。我想报考你们大学。因为那里有你们，我想变成你们一样。"孩子天使般的笑脸还一直在我脑海里，简单地对每一个人，向生活回报以微笑，真好，加油。

最后是一个老奶奶，她身上总有那股淡淡的让我喜欢的香味，每次见到我跑上去，她就紧紧拉住我的手，让我想起了我过世外婆，让我感受到了亲人般的温暖。她亲切地叫我"女子"的口气，她和我合影那腼腆的样子，让我觉得奶奶很迷人。她蹒跚的脚步让我忍不住就去搀扶她，她满脸的笑容让我感受到她的开心她的喜欢。尽管我听不懂她讲话，可是我真真切切感受到了她的感情，她待我如亲孙女一般，我待她如亲奶奶一般，希望可以一直陪着她，一直搀扶着她走到小巷的尽头。

几天的相处可能真的让人成长，每一次的遇见让人铭记。感谢学院"三下乡"，让我有机会站上三尺讲台，有机会进一步接触宣传，有机会遇见吉大物电的这群伙伴，遇见龙山洛塔的这群精灵，也让我的大学多了一个漂亮的印记——吉首大学物理与机电工程学院"情系洛塔"社会实践服务团成员，感谢遇见，感谢你们。

离别往往都是这么突如其来，突如其来的大雨、突如其来的眼泪、突如其来的拥抱、突如其来的挥手、突如其来的再见。离别那天的场景历历在目，一个个孩子在雨中奔跑的样子，老奶奶转头的样子，车上伙伴笑的样子就像放映电影一般，人生的列车不断地往前行驶，留下沿路流连忘返的风景。感谢遇见，感谢你们。

有趣的“三下乡”*

    “三下乡”，遇见你，是我的幸运。下乡的生活是艰苦的，但也是丰富多彩的。艰苦的岁月才能留下难忘的回忆，这段记忆里流淌着一腔永远年轻、永远热泪盈眶的青春热血，记忆深处留下了那群有趣的人，不仅仅是面孔的熟悉，更是深远的友谊，那是一种革命的友情。那段记忆拉近了我与调研、我与农村、我与社会的距离，在此之前，我是在父母的庇护中成长，在象牙塔里潜读，在自己的小天地里随性地听之任之，暂且不论没有大格局这一超前能力，却连身边发生的一些改变都没有发现过、思考过。而“三下乡”的调研就是一个培养我、锻炼我这种能力的良好机会。“三下乡”，一个普通的活动，点亮的是平凡人不平凡的足迹，因为经历过，所以我懂得了它一直延续的意义。

一群人一件事，在一起很有趣

    那一天（七月十八日）作为灯塔服务志愿团一员的我们背负行囊，走向远方，走进了塔卧，一个值得我们播种爱心种子的地方，一个让我们收获到硕果的地方，在这里我们倾泻了辛勤、汗水，得到了满足、幸福。七月盛夏，烈日当空，塔卧的高温阻挡不了灯塔志愿者的前行之路，一群人为了同一个目标走到了一起。七天里，大家一起慢慢熟悉这里，慢慢喜欢这里，慢慢关注这里，或许就是那一句靠近你，喜欢你，倾情你。回首那时我们一起欢声笑语、一起低声埋怨的下乡时光，脑海里不断浮出太过难忘的片段。那是我们一起在睡意朦胧之时听到水姐的哨声后纵身跃起；那是我们在清晨喊着商学院院训压过的马路；那是我们一首《团结就是力量》的开餐花絮；那是大家站在小桌凳前闻着大锅菜的香味心满意足的样子；那是一起买过菜、烧过火、炒过菜的火头军

---

    * 本文作者刘武：商学院。

旅生活；那是一起扛着旗、撑着伞的下乡调研；那是一起"君子性非异也，善借于物"时拦着大货车，坐在货斗的洒脱与豪放；那是我们入户调研时认真、礼貌的模样；那是我们一起追随着华哥脚步扫荡全镇冰可乐的满足；那是我们一起为文艺演出唱过的歌、跳过的舞；那是一起熬夜做过的汇报、听过的总结、写过的日志，也许还有后来大家一起聊天斗图、相聚后离别的不舍。当然里面也有我或者更多像我这样的人偷偷拿着篮球，带着一天下乡的疲倦在操场上肆意放松的场景。我很庆幸自己能够跟一起甜的人在苦的经历中留下更甜的回忆，我在正确的时间里遇上了对的人，同时一起做了对的事情。

同伴们的优秀已不需要我额外点缀，我需要做的就是向你们学习。相比优秀的你们，我更欣赏你们的独特，就拿调研组的小伙伴来说，水姐有着强有力的领导能力，事事面面俱到，有趣的外表下藏着一颗坚毅的心。组长体贴暖心，默默扛起工作重任；洁哥热情奔放，能歌善舞；姿姿曾自称为调研组第一号女汉子，笑声时常惊天动地，大多时候都是一个安静的美少女；学长，我心目中标准的才子，能说会道，思维缜密，高瞻远瞩，闲谈之余都能让你受益匪浅；坚哥，随性率真幽默风趣；疆哥，认真细致，贴心暖男，与坚哥兼职生火佬后更是魅力四射；商院阿华，能说能唱能写能干还能跳，七彩云的驾驭者。没有你们或许这期"三下乡"就不再如此精彩了，还好一路上有你们。我们还有交集，还会再续缘分，那时我将发现你们更多的独特之处。下一场故事汇再见，小太阳、小葡萄、小泡菜们。

调研，有所用

调研就是带着问题去走街串巷，然后通过各种手段去获得一份份满意的问卷？不，这是错误的认识。调研需要我们带着一双细心观察的眼睛和一颗坦诚的心去访问，同时也要懂得倾听村民的心声。在调研的过程中，我们发现很多村民内心都有许多的诉求，也许他们不求全部得到解决，但他们渴望被倾听、被尊重、被理解。如果你能够用心跟他们交流，理解他们的苦衷、引导他们打开心扉，那这次的调研收获的肯定不止是问卷的完成，更是一种心声的震撼。调研中给我教育最深的是我们要有大局观，懂得全面理解、思考调研的目的，而不是单单完成问卷问题。

在没有参加"三下乡"活动之前，我一直有一个错误的认识，认为"三下乡"仅仅是一次给城里大学生体验农村生活的暑假实践活动而已，对于我，一个从小从农村长大的孩子并没有什么意义。然而事实告诉我，这种认识太天真了，可以说错得离谱，"三下乡"的受众不仅是广泛参与的大学生，还有当地居民、政府以及社会。感谢灯塔，感谢塔卧，感谢"三下乡"，感谢"三下乡"中所有的伙伴，是你们让我学会思考，收获了成长。在"三下乡"走访调研中发现的问题，有许多是如今农村的普遍问题，这些问题我可能每天都会遇到，但只是看到了问题的表面，却没有如此地深入研究与思考，不仅要发现问题，还需要我们因地制宜去制定相应的解决办法。自古以来，民生就是大事，而"三下乡"就是一把探索民生问题的利器，有了这把利器，有利于推进新农村建设的步伐，有利于乡村振兴计划的早日落实，有利于社会基层的和谐稳定。

红土地，青春红*

　　回到久违的学校寝室，窗外依然炙热，但窗内汗涔涔的我已慢慢心静如水。回首刚刚过去的"三下乡"社会实践活动，那一幕幕挥之不去的景象，那一丝丝依依不舍的留恋，那一份份不言而喻的感动，仿如昨日那般清晰，而这将被永远珍藏在我们似水的年华中。

　　骄阳似火的七月，我有幸成为"三下乡"其中一员前往塔卧镇调研。而在那短短一个星期里，感触最深的莫过于那些真正热爱祖国、热爱家乡的战士们的信仰与恪守。在那里，我遇见了党龄四十几年的老爷爷，他是一位烈士后代，其父曾经跟随萧克将军行军打仗。这位老党员时时刻刻想着的都是如何来宣传和弘扬自己家乡的红色文化，如何继承并发扬当地红色革命精神。在他身上，我们看到的是一名共产党员应该具备的品质，他对党的态度、信仰以及那份精神面貌，深深打动了我们。他时常挂在嘴边的一句话"不怕苦，不怕死，撸起袖子加油干，向青年人学习以及全心全意为人民服务。"并始终将这句话投身于实践之中。他的这种恪守我们怎么能不禁肃然起敬？后来唐老师带着我们前往塔卧镇的烈士陵园，在那里"住"着的都是为了祖国和人民英勇抗战的烈士们，他们的灵魂安息在那里。首先出现在我们眼前的是一块巨大的无字碑，那里承载着无数无名英烈的鲜血与灵魂。站在烈士墓前，我们心潮起伏，思绪万千。革命先烈们为了民族独立和国家尊严献出了宝贵的生命；为了彻底埋葬旧世界，建立社会主义新中国而前赴后继，英勇作战，抛头颅、洒热血；在和平建设时期，为了祖国的繁荣富强而献出青春和热血。英雄本色，铁血铮铮，在强大的敌人面前，依然阻止不了你们忠贞的信仰，面对那些牺牲自己来保家卫国的英雄们，我们怎么能不肃然起敬！他们的辉煌业绩，将彪炳史册、万古流芳！他们的英名将与日月同辉，与江河共存！我们敬慕他们，无私奉献的英雄！正是

　　* 本文作者李胤：商学院。

因为有了这些无数的革命先烈，有了他们的无私奉献才有了今天的和平环境，才有了祖国的繁荣昌盛。我们是时代的幸运儿，我们应该懂得幸福生活来之不易，我们更应该懂得所肩负的历史责任和使命。随后，我们来到了光荣院，那里住着的都是曾经上过战场并且无子女的革命前辈。他们在人生风华正茂时毅然选择保家卫国，那个时代的他们选择了中国共产党并誓死追随，他们那个时候没有抛弃国家，而国家此时也并未抛弃他们，帮他们安排好舒适的环境让他们安详地度过晚年。当问及他们那时上战场的心态，在如此年幼的年纪难道就不曾害怕过吗？他们回答道"那时谁不害怕？但是我们只能前进，不能后退。"就是这样看似简单的一句话却震撼到了我，其当时艰难环境可见一斑，是啊！谁不害怕淋漓的鲜血，可是如若后退，便是真正没有生还的希望了。反观现在身处和平年代的我们，和平美好的环境为我们提供了学知识、长才能、成栋梁的机会。然而我们似乎对此并不满足，去放纵、奢靡、不思进取，在如此美好的生活中，在先烈们用鲜血换来的安稳中，我们就这样浪费我们自己的人生。我们何曾经历过"只能前进"的艰难？家里有父母，学校有老师，我们就像温室里的花朵一般，又如何能真正理解这其中的艰险曲折？而在这里经历的一切，无疑给我上了一课。

暑期"三下乡"社会实践活动已经结束了，但社会实践活动给队员们带来的巨大影响却远没有结束。它使队员们走出校园，走出课堂，走向社会，走上了与实践相结合的道路，到社会的大课堂上去经受风雨，见识世面，增长才干，以实际行动去报效祖国。七天的社会实践虽然比较辛苦，是庆幸？还是依恋？回想起来，才发觉原来乏味中充满着期望，苦涩中流露出甘甜。或许，这段经历已经深深地在我的心里划上了刻痕，我永远都不会忘记。

华夏好儿女，抗战八年整。铮铮铁骨傲天地，大江南北任驰骋。驱贼寇，扬国威，捍卫大好河山志忠诚。国耻日，不忘历史，复兴中华，看我民族生生不息永传承！革命先烈们用鲜血谱写了伟大的人生。他们的精神值得我们歌颂和赞扬，他们的人生值得我们学习。我们要学习他们为祖国建设的精神，把他们的事迹流传下去，展示给我们新时代的年轻人！

路过心上的柔软时光[*]

孩子们很礼貌，他们也很敏感。

上午，我们跨过大山阻隔，来到位于永顺县的慈爱园，看到了这群生活在慈爱园的孩子。尽管都是志愿者，但我们一行人是抱着不同目的来到这里的，有的同伴会留下来，他们的任务便是和孩子们交朋友和孩子们玩耍，给孩子们开设一些新课程。对于我和我的队友，慈爱园只是一个中转站，只不过这个中转站有些特殊，是个孤儿院。是的，慈爱园是个孤儿院，是永顺县最大的孤儿院。在来之前，孤儿院和院里的孩子总是让人好奇，虽然我是调研组的一员，但也很愿意和这些可爱的小家伙们多亲近亲近。到分配好的宿舍放置行囊后，大伙儿纷纷到食堂集合会餐，在那我们和孩子们第一次见面了。和一般人所想象的不同，慈爱园中居住的"孤儿"不仅限常识中父母不在身边的，还有"事实孤儿"，但无论如何，这些小家伙都是折翼的小天使。他们可不是什么内向怯懦的孩子，他们多数人都外向大胆，也和我们想的不同。志愿者们当然不能和孩子争着打饭，于是我们停下，等他们先吃完，这也是我们首先想表达的态度——尊重。孩子们吃得很快，好像也是为了给我们腾出空间。

此后几天，我们相互间接触密切了，也更深入了。他们起得很早，天刚蒙亮就已经起床集合，起居作息比我们这些大姐姐大哥哥更健康；他们乐观外向，很懂事、很快乐。慈爱园的设施是孤儿院中相对完善的，这也是我们选择此地作为中转站和休息区的原因。我们和孩子共同吃住共同休息，虽然不负责教学授课，但他们总是很有礼貌，远远就会打招呼，而且显得热情。但在热情之余，你也会偶尔觉察到疏离，疏离是有原因的。孩子们很敏感，慈爱园的孩子的敏感点是"尊重"。譬如，他（她）向你打招呼，如果你不理会或只略略示意，他们就再也不会向你打招呼了。孩子们敏感到，即使你一个不经意的、在他们

　＊　本文作者廖妍：文学与新闻传播学院。

看来略显轻蔑的举动或话语，他们也能马上感受到，有的孩子会马上给予回应，或用语言或用行动。相处久了，认识的孩子多了，见到的事物也多了，我看到了另一些孩子。在大胆外向的孩子群外，还有一些沉默、腼腆的小家伙，他们多半刚加入慈爱园不久，要么就是长期在外生活，自己个性情感都受到了压抑。排挤总是难免，慈爱园的孩子中也分成了一个个小团体，当然，外界的普通学校也是如此，按班级和性格总会相互聚集，在慈爱园看到的团体只是表面。礼貌的孩子、敏感的孩子，彼此相互重合，对他们表达尊重是赢得孩子们尊重的必要途径，在贴近孩子内心的同时介入，敏感的孩子也会敞开内心。

尊重总是相互的，这是我在慈爱园得到的感悟。

大爱无垠[*]

七月的阳光，格外的耀眼。正是这样的盛夏时节，吉首大学 2015 年暑期"三下乡""情暖湘渝黔"社会实践活动热火朝天地举行。在五位指导老师的指导下，在短短的十天内，我们 31 名队员，成功地完成了到边城镇、边城镇南太村和骑马坡村、贵州迓驾镇、重庆洪安镇等地开展了家电维修、医疗服务及政策宣讲等相关活动和工作，出色地完成了本次"三下乡"社会实践活动。

老人不能讲话，她用手抓住我们队员的手，用来表达她的不舍。7 月 22 日，我们医疗团在政策宣讲团带领下来到这位因为高血压导致脑出血而所致的中风偏瘫患者家里。经过协商，她家里人同意让我们每天来免费为这位老人推拿治疗。在和这位老人的老伴交流中得知，她是非常愿意接受我们的治疗，她老伴讲述到，她以前有尿床的习惯，他就吓她说，如果她还尿床我们就不会来替她治疗，出乎意料地是这位老人不再尿床了。还有一次，她老伴推着她出去玩，走了很远了，她还是要继续走，硬是不回去，她老伴就和他说，我们马上就要来了，这样她就选择了立马回家。这些事反映了这位老人家是非常愿意接受我们的治疗的。其实短时间的治疗很难取得实际上的效果，正如我们刘老师说的，我们的到来，肯定是希望取得一定的效果，但希望很小，就算经过我们的治疗无法取得一定的效果，至少我们可以给老人家带来一点关怀，甚至是快乐。同时也鼓励老人家不要放弃治疗，只要人还在，就还有康复的希望，就可能有奇迹的发生。7 月 27 日，我们在和她家人说，我们马上就要走了，这可能是最后几次的治疗了。不久，老人家竟然流下了眼泪，她不能讲话，也许她只能用这种方式来表达对我们的不舍。28 日，我们给老人家进行最后一次的治疗，治疗完后，老人家用"啊啊啊"的声音和拉手的方式来表达她的感激与不舍，在老人家的注视下，我们慢慢地离开、不舍地消失在她的视野里。在回营地的路上，

---

* 本文作者李宜宜：医学院。

145

我在想要是老人家在最佳康复期就能接受到有效治疗，要是镇上有中医院，要是我们能够一直为老人家治疗，老人家的病就不会有这么严重啊，可是这一切都只能是期待。

时间飞逝，日月如梭。为期十天的"三下乡"活动很快就结束了，在这期间我收获很多，清楚了"三下乡"的真正意义，感受到了每年千千万万队伍下乡的必要性。同时我也学会了珍惜，收获了友谊，明白了团队意识的重要性，更加体会到了小伙伴们的关心。"三下乡"给我的感觉就像王书记所说的苦中有甜，苦中有乐。其实通过我们"三下乡"活动，我们并不能改变当今的三农问题，我们的力量太小了，我们所能做的就是把我们的爱，把我们感恩的心，把我们所学到的知识带到广大人民当中去。同时，把我们的志愿者的精神传递下去，用我们的实际行动去影响我们身边每一个人。

如是我闻[*]

人们常常跟我提起你
听说你是一场落在山顶的美梦
一块被人们所遗忘的拼图

我曾在悬崖边上一跃而起
仿佛自己是世界的王
跌落谷底
碎成一片清脆的蛙鸣

正如那少年的笛音
层次不清毫无逻辑
却引得万物深深长眠

你还记得吗
瞎子叼着烟杆在泥佛的前头
誓要用眼睛揭穿一场阴谋
最终却活在梦里的小溪

我也终于到来了啊
去听花瓣的绽放
去嗅鸟儿的鸣响
把故乡的云朵收拾好

---

* 本文作者李镇圻：医学院。

打包 装载

运送到另一头

直到你们所津津乐道的那样

把笛音留给一座村庄

你没有哭泣吧

我亲爱的朋友

无论幸福还是感动

是

若干年后

你如果问我

我就会告诉你

我一直深爱着你

  我一直认为，大学生活于我而言应该是完整的，所以我时常思考，自己做过什么，还有什么没做。直到现在，大三结束的学期，我才猛然惊觉，我的青春时期，人生最美好的这一段，还留有一个遗憾，即"未经过'三下乡'的大学是不完整的大学"。我曾无数次幻想自己迈向大山深处，将自己所学所思所悟带给乡村，带回基层。用微光点燃篝火。用自己的绵薄之力献出一份力量。哪怕是在结束学期末尾那些折磨日子里的苦背和熟记，可以马不停蹄回到心心念念的家乡，投入轻松愉悦的怀抱这样的迫切和心动，也终究没能抵过我对"三下乡"的向往与期待。所以我毅然决然准备好了一切，去迎接它的到来。

  在某一个夜晚，我写下了一首歌曲。在我的脑海里，开始预见性地浮现即将发生的事情。令人惊喜的是，它被作为我们医学院"三下乡"团队的队歌，日子开始推进了。

  终于，我的"三下乡"之旅即将启动。2018年7月17日上午，我们备好行李，带着一份未知的期待上车。到达目的地——花垣县石栏镇九年一贯制学校。刚来时，我以为是一所乡村，但其实是个小镇。打扫完卫生，基本精疲力竭了。开会、打扫、帮厨、任务布置，为战斗地开始吹响第一声号角。我已经有所预感，这场战争注定不容易，但再多未知的未来也无法消减我的热情。

  接下来，也就是支教的第一天。我的的确确曾幻想自己在大山深处，在那些遥远而微小的每一个角落里，站在孩子们中间，面对齐刷刷的天真眼神，挥洒自己的青春与激情。而当我真正站上讲台面对孩子们时，我一张基本被磨练的千厚层的脸皮子，也开始削薄了。我的心情紧张，我害怕自己的方式不能被孩子们接受，或者讲错误导了他们。所幸，45分钟的课堂在同伴的协作和孩子们的包容下，进展的还算顺利。而最令人欣慰的，莫过于看到孩子们能实践这些知识，并久而久之成为一种良好的习惯，也就不辜负那些辗转难眠的夜晚了。

7月20日，也是我被安排义诊的日子。这是我第一次深入基层给乡村里的百姓们做义诊，我觉得自己就像个陀螺，一会到这里做心电图，一会去测血压，一会询问病史。由于语言不通，动作欠缺熟练，中间也遇到了很多问题，幸好都解决了。义诊中，尽管我们有些疲劳，但义诊桌始终被热情的人民群众所包围，场面热闹而有序。医务人员带着感情开展工作，他们仔细为患者测量血压，解答他们的疑问，向患者讲解健康知识。在行动过程中，同学们自觉坚守岗位，用自我所学的知识和技术将服务送到广大群众中。经过此次活动后，我们也发现自身临床经验不足，知识欠缺。也下定了决心，今后要努力学习，提高自身素质，增加经验，不断总结。看着他们幸福的模样，我的心也融化了。这就是我来到基层最幸福的事情。

结束的那一天还是到来了，我的支教生涯就这么结束了。那是一场盛大的毕业典礼。孩子们正式从吉首大学医学院"卫生知识"宣讲学校顺利毕业。说是卫生学校，其实孩子们正跳着舞唱着歌，在盛夏的下午，在阳光刺杀皮肤最凶猛的时候拉下了帷幕。之所以说是刺杀，因为实在睁不开眼睛了。睁不开的原因有些复杂，也很单纯。因为孩子们的眼睛仿佛能够说话，实在美得不太真实。眼保健操与体温计的使用、七步洗手法、饮食健康、家庭卫生、包扎，每一堂课都在我们的精心准备下。孩子们通过这段时间的学习，竟与我们有了很深的感情羁绊，太多的不舍与无奈。

"我不想离开你们，你们是对我最好的人。"

"爸爸妈妈才是对你最好的呀。"

"我觉得月亮哥哥是和我爸爸一样好的人。"

我的眼泪快出来了。"你们什么时候能够回来呀？"

我想对孩子们说："真的很开心能够遇见你们。我们相处的时间太短暂了，可是却那么的充实，那么的快乐。想到可能从此以后相见的机会实在是很渺茫了，哥哥心里感到很低落，但是看到你们的笑脸，想到你们可能因为老师们和你们一起上课，一起玩耍，可以掌握更多的知识，哥哥心里又骄傲又开心。无论何时何地，我希望你们都可以好好学习，最主要的是健康、快乐地成长。健康快乐，也许是这个世界上最难的事情。我相信你们，也永远祝福着你们。你们呀，只要在夜晚抬头看看天上的月亮，就会想起我。我是你们的月亮哥哥。月亮哥哥永远永远祝福你们，也不会忘记你们。加油，亲爱的孩子们。"

你们是天空的星辰，永远照耀着我。下乡还在继续。倒数第二天，张钰华老师与张程老师带领我们医学院"三下乡"团队成员一起来到花垣县十八洞村实地考察学习与调研。

顶着三伏天的烈日，我们唱起红歌，带着朝圣的心与无限的期待踏入了"精准扶贫"的起始点——十八洞村。这是习总书记踏过的路，头顶上是相同的白云与蓝天，脚下是散发清香的泥土。但在我们心中，只为了追寻习总书记的步伐，触摸精准扶贫的命脉。在利用自身专业特殊性的同时，贴近本次下乡的主题，进行不断地学习并将工作升华。沿途，汽车离村子越近，越能感觉到浓厚的精准扶贫氛围。

首先来到了石大姐家，当年习总书记来见她的时候都亲切地叫她"大姐"。那时她还不知道习总书记是谁，别人告诉她，那是中国最大的官，老人仍旧心里没有概念，别人又解释，跟毛主席一样大的官。石大姐这才知道，激动得眼泪都快出来了。我们团队还为石大姐做了义诊，进行了健康宣教，控油壶的使用说明等。

一路看来，十八洞村是青石板、木房子，处处保留着农村本色和苗族的特色，这正是习总书记"实事求是、因地制宜、分类指导、精准扶贫"的具体体现。整个村庄如此和谐，难以想象它会是精准扶贫的第一站。对于它最初的模样，我们不得而知，但也略有所耳闻。红色的力量，政策的合理指导都使一切变得如此美好。

最后一天，我坐守着大本营。我们为我写下的歌曲、我们的队歌录下了MV。回想这一周的点点滴滴，合着音律，我的思绪又飘回我写下歌曲的时刻。也许，一切都被冥冥之中注定了，一切都被命运推着向前走，只因心中永恒不变的热忱与温情。一颗能够切实服务人民真诚的心。这将是我生命中永不可被磨灭的印记。

"凤飞千仞，薪传八方。"奔跑吧，"三下乡"！最后，正如那一个夜晚我写下这首歌曲的时刻，我以它来结束我的这场梦幻之旅。

> 窗外的鸟儿在轻轻歌唱
> 有你们在我的身旁
> 夏日的春风走过那村庄
> 天空的星星闪耀

灿烂的日子啊
粉红色啊
青青色啊
琥珀色啊

孩子们微笑的脸庞
炊烟缭绕白衣飘飘

老人们唱起了新的童谣
医路同行踏向希望
大医精诚给了我们力量
为村庄捎去阳光

滴下的泪珠
多可人啊
好可爱呀
让人醉呐

明天的太阳仍然明亮
让我为你一直歌唱

有你的小小的清晨阳光
悄悄地将我们点亮

爱在联团是诗的乐章*

　　回到了学校，志愿者伙伴们都说："到了学校的日子像是做梦一样。"我默默听着也没有反驳。其实在我心里，在联团的日子才像是大梦一场，飘渺的云，迷蒙的山，清新的空气，热情质朴的人们，是想带也难带走的回忆。

　　"来来来，自拍个。""下面的小伙伴们你们好吗？""哇，好漂亮！"不管周围多少小伙伴殷勤地问候，互相鼓气的热情，都只见我面无表情地飘过。不是不想回应，不是不想欣赏爬山的风景，实在是整个人虚脱到不行，多说一句的力气全无。烈日当头，热、渴、累，连想抱怨的力气都没有，只知道山路真是十八弯，路陡难行。无意听到汪老师轻声和吴老师说："这联团村里的孩子都是每天步行上学的，真辛苦。"我看着沿途有小摩托或者面包车经过，一直以为村里人还是有车可以坐的，真没想到小小年纪的孩子们还要这么辛苦，不自觉心里对他们有了一份敬重，感觉没知觉的腿也多了些许力量。汪老师和吴老师细心发现我的不对劲，体贴地问："还行吗，春林？"我点点头，心里暗想："怎么可以说不行了，孩子们不也是这么上下山的吗？"转过了无数的山头，无数次地"快到了快到了"，联团村终于露出了她含羞的小半边脸，靠在山边休息时，听到宣传组的小伙伴们说要合影，带着疲惫的笑留下了我们进联团村的第一张照片。

　　进村，村民们好奇地站在高高的石梯上看着我们，吴老师带领着男生们主动搬起最重的物品，汪老师则号召全体女生麻利地拿起东西先去打扫宿舍，安营扎寨。大家都没休息，而是共同开始收拾东西，打扫屋子，男生们主动先帮女生，以至于在后来的日子里，女生宿舍的窗户有一层网子遮拦蚊虫，而男生们只能喂蚊子了。

　　第一天，休整期并没有一丝心思去了解这个村寨的全貌和山上令人向往的

　　* 本文作者孟春林：音乐舞蹈学院。

美妙风景。晚上大家席地而坐，开始分享一天的感受，听到最多的一句话便是"真像是一家人呀！"我也有这种强烈的感觉，才来联团村第一天，居然一来就有回家般安心的感觉，也真是很不可思议又是情理之中的事。听完伙伴们的分享，每个人的感触都不一样，有很多都是我不知道的小细节，当然也有也有很多是我知道的小点滴，一点一滴凑成了我们的大感动。

慢慢的我们悄无声息地融入这片半山而居的村寨，每天山泉边打水洗衣洗澡，新奇地发现一个又一个新的山泉点；每天惊喜地看着笼罩着云雾的山峦，云海似仙境，以为自己翩翩偶入仙境；每天走访时发现新的美，单纯朴实村民的人性美，他们开朗的笑声、热情的问候、善良的帮助都是我们努力的巨大动力。当然，最可爱的还是那一群孩子们，干净清澈的双眼、红彤彤的小脸蛋儿、早熟懂事的心都让每一个志愿者伙伴怜爱不已，动容有加。

一次无意去千年古树下遇到苗族的阿婆大伯们，我们一起聊天，虽然语言没有特别通畅，但我们聊天并没有任何问题。我们聊起我好奇已久的苗歌，大伯笑起来，说他身旁这位阿婆最是一把好手，结婚的时候对歌一直对到天明，从十几岁最好的年纪到现在七十岁，五十多年的年头一直爱唱，连做饭洗衣都要开口不停。我们于是好奇极了，忙要阿婆现唱几句，阿婆害羞说自己老了歌声不好听了，也不会流行式的唱法。我一想，不如我先唱个，阿婆听了觉得好玩就唱起来了呢，于是我就即兴唱了一首映山红。阿婆还是不肯，后来又来了几个人劝，我因为有任务先走了，听其他小伙伴们说，后来村里人不仅原创了一首苗歌送给我们吉首大学"三下乡"的师生，还表演了不少有趣的节目儿给他们，想到我没能看到现场，憾事呀！联团的美说上三天三夜都说不完，最美的除了回忆什么也带不走，我一定把这儿的美全留在心底里。

"我昨天看那个小孩子怯生生的很，不合群又不爱说话，重点关爱一下吧。""那户老人只有一个弟弟，他自己没结婚是孤寡老人，下午去他家吧，看有没有什么帮得上忙的。""我要去家访，带上一点学习用品给她吧。"从正式开始在联团村志愿服务的第一天开始，每天同伴们都在想着如何能为村民多做一点什么，扶贫组的同学每天走访，一帮一精准制定脱贫计划；支教组创办了联团筑梦学校，每天认真备课上课，课余还和孩子们一起娱乐，走入孩子们的内心；心灵关爱组的同学，组织了一次次活动，叩开孩子们的心门，精心构建着他们的精神世界；政策宣讲组的同学既每天宣讲国家政策又和心灵关爱组一起开展了儿童安全防护相关内容的趣味知识讲座，关注留守儿童身心健康。

我印象最深的是我们去石娟、石贵银家里家访。她们家有四姐妹，石娟是石贵银的小妹。石娟是一个很乖巧活泼的小丫头，她的眼睛圆溜溜，脸蛋儿也圆圆的，可爱极了，虽然她不是联团村最受我们这些志愿者们喜欢的小孩，但她是在我走时最难忘怀的一双眼睛。她的头发好像长不长，常年带着帽子，脸上也有一块一块的白斑，目前我们也不知道原因。石贵银是她们家二姐，年龄是18岁了，可看上去像发育不完全的小孩子。她是后天因病得了脑膜炎，脑损伤使她不管说话做事都费劲极了。但她每一节课特别认真，努力地想要跟上同班同学的步伐，但是总还是差了那么一点点。去她们家的路上遇到她们的母亲，阿婆个子不高却背着比她人还高的一背篓东西要运下去，同去的男生们都说让他们来，周山林主动去背，没想到他一屁股跌坐在台阶上，当时大家都觉得很有趣，不停地拿这件事情打趣。可笑过后我也在想，一个大男孩居然背不动一个阿婆背的背篓，一个瘦小的女人是如何辛苦才把它背下山的呢？都不敢细想她们受过的累和苦。阿婆热情地让我们进屋，屋里光线特别暗，开了灯也没什么用，一台老式的电视机可能是他们一家对外面世界了解的唯一窗口。没有一件像样的家具，就是一个灶台，几张凳子而已。石娟、石贵银的父亲已经六七十岁了，他这个岁数已经连廉价劳动力都不算不上了，仅靠着放羊放牛为生。我听着特别心酸又不能哭出来，看着阿婆挺骄傲地展示电视机后贴满奖状的墙壁，都是她们四姐妹获得的。大姐早早去了浙江打工，后来留在那边，很少回家，电话联系还是有的。三姐读到高三，因家境差选择辍学打工，早早承担起家庭的重担。我们走之前一再嘱咐石娟，一定要读书，对于她们来说，唯一的出路就是读书。我们反复问阿婆是否支持她读书，阿婆肯定地说是。问石娟长大了想要怎么做，她说的是回报父母，别让他们再那么累。她天真却笃定的眼神让我们在场的每一个人都动容。我们婉拒了她们热情留我们吃晚饭，我们一路走她们一路送，挥手的场景让人鼻酸。她们小小的年纪，一对比我们才发现她们背负得太多，只希望她们保持着一颗赤子之心，能有出息成材，回报父母和这座村寨，把爱传承。

"什么？我们要提前一天走！""不要不要！""虽然苦但一点儿不想走呀。"当25号宣布我们要提前一天离开联团村的时候，每个人都是反对的神情，汪老师安慰道："我们都很舍不得，任务也紧，但是组织的安排必须要听从，大家一定要在短暂的日子里做完该做的事，善始善终，一起加油吧。"小伙伴们开始思索如何才能在余下的日子里带给村民更多的帮助，而最终最重要的还是我们联团筑梦学校的教学成果展。

小老师们开始了紧张的排练，孩子们总是出乎我们意料的聪明和认真，我临时加的动作一遍学会，歌曲上过两节课也基本是全会了，晚上还自己一边好好复习动作和歌曲，这种态度真的很难得。

　　到了成果展的那天，老天都可能感受到了离开的忧愁，一场大雨倾盆而下，我们都担心教学成果展要是演出不了该怎么办，于是大家决定不如把场地布置在室内，小虽小，但一定要有。因为这不仅是给村民们展示我们的教学成果，更是可以给孩子们一个展示自我，上台锻炼的好机会。小伙伴们迅速行动起来，给孩子们化妆的化妆，对节目单的对节目单，布置场地的布置场地，而我和周山林是这次成果展的主持人之一，还有一对搭档是我们的小主持刘小奕和石熊林，因为了解到刘小奕的梦想是能成为一名主持人，这也算是一次小圆梦吧。到了下午雨势见小，又决定把舞台挪到原定的室外篮球场，虽然天还在下雨，却挡不住志愿者伙伴们的激情和村民们的热情，在苗鼓声中我们开始了联团筑梦学校的教学成果展。成果展进行的十分顺利，孩子们几乎参与了每一个节目。石秘书的苗拳帅气、歌颂"三下乡"的苗歌动情，还有阿婆的苗歌听着余音靡靡，略带着伤感。成果展是我们呆在联团村最后一个晚上，孩子们的双眼早就红彤彤的，在上课的小白板上纷纷留言，拿着纸和笔记下了每一个志愿者的电话或者qq等联系方式。我们是真的舍不得，这儿的每处山我们还没来得及仔细看一眼，每处梯田还没来得及走上一走。热情的村民，纯洁的孩子们，叫我们离开之后如何不想、如何不牵挂。

　　第二天清晨6点多，许多小孩们就红着眼睛在营地门口等着我们，我一开始一直在收拾东西都没注意到他们的情绪，后来我们要出村口了，他们一个个站在那儿，眼里满是不舍和挽留。我想不行，我不能哭，要是我们都哭了，他们更舍不得。我强挤着微笑，拍着他们的肩膀，想要安慰时，看着石月倩（我的音乐课代表）几个同学张嘴唱："我怕我没有机会……"一句都没唱完，泣不成声。我的眼睛像是熏了烟一样，眼泪根本没法控制地涌上来，只好转过身跑到最前面去，不再回头，不想让孩子们看到我的眼泪，不想让分别的痛再加一分。村民也来送我们，阿婆的歌声泣血呀，孩子的眼泪挠心呀，后来下山我又是一路无言，路上风景再美也觉得无心欣赏。我在心里暗暗许下承诺，我一定会再回来，一定！

一点一滴间的感慨*

在我还未进入大学校门前，"三下乡"对我而言，就已不是一个陌生的名词。顾名思义"三下乡"就是教育、医疗、科技等下乡。我很荣幸以吉首大学马克思主义学院大一学生的身份参加这闻名已久的志愿活动。

在得知我可以参加向往已久的"三下乡"志愿活动时，我是激动的，是满怀幸福的。7月15日，是我愿望实现的一天。在出征仪式上，老师们、代表们斗志昂扬的发言是我激动心情的语言表达。在组长接过队旗用力挥舞的瞬间，不可置否，我激动到不能自已。

出征仪式后，我们正式踏上了征程。一系列的转车加上身体的疲惫，让我精神不振，这样的状态让我一度猜想，这次会不会让我趁兴而去，失望而归。但是在娄底新化听到一位老师问到"你们是不是吉首大学的学生，来文田搞活动的？"那一刻，所有的疲惫好像渐渐远去，迎来的将是充实而又有意义的几天。我们真的很荣幸，来到我们罗老师的故乡，她也贴心地给我们安排好了一切，让我们不至于一筹莫展。

经过一个晚上的整修，我们要开始和文田村的村民近距离接触了。不得不说，文田村是我见过的最豪华的一个村，这个村镇合一的地方充满了现代化的气息。哪怕它是这样的发达，村民的热情淳朴还是能随处体会。在进行走访的那一天，我们去到了一个村民家里，这户人家并不太富裕，但是他们的好客程度让我感动。说来惭愧，当我们站在他们家门口时，叔叔和阿姨就在一旁说起了悄悄话，没过一会儿，叔叔骑着摩托车出去了，带回来一个超大西瓜、一大袋葡萄和两箱王老吉。而我们只准备了一块肥皂和两个洗碗布。在接受访问之前，这家人热情地给我们准备好了桌子和椅子，就坐时，他们还特别的不好意思，一个劲儿地让我们坐，好一阵儿谦让的"推嚷"才坐定。这样淳朴的风气

---

* 本文作者麻英红：马克思主义学院。

多么美好啊!

在文田村的几天中,我见识和体验了不同的乡村风情和人文情怀。印象最深的还是我们在文田村的邻村——茅田村遇见的那一位退休老党员。耳顺之年的他,依然对村务格外上心,话里话外无不体现着对村子发展的期望。当问及有什么爱好的时候,老者更是一展歌喉,让我们听到了革命老党员对军队和国家深深的思恋,那激情澎湃的红歌让我们为之动容。没能听到这位老党员拉上他自制的二胡,是我此行最大的遗憾。

作为宣传组的一员,搜集素材和写稿子成了我每天的必修课。在队员看来,我为了写稿子熬到每晚两三点很辛苦,只有我自己知道,是自己学艺不精,没有经验才让自己加夜班而已。在投第二篇稿子的时候,因为格式不对的缘故,我们组被点名批评,那一刻,眼泪填满了眼眶,虽然大家没有怪罪我,还一直安慰我,但我心中的坎儿就是过不去,并且下决心好好弄自己的栏目,所幸之后反响不错,没再出差错。

文田之行,我最大的收获还是拥有了深厚的革命友情!一起"共患难"的几天,让我们相处起来再也没有了之前的客气,我们还时常开玩笑说,直到现在我们才发现我们院还有学长这种生物的存在。另外,让我异常开心的是,我被辅导员圈粉了。我们这位新辅导员的平易近人让我们在他面前暂时放下了学生该有的样子,与他一同打闹,混成一片,这样的师生关系正是我期待的。

充实而又美好的日子总是过得太快,让人措手不及,哪怕我们再不情愿,离开的日子还是到来了。伴着清晨7点的太阳,我们踏上了归程。望着窗外不停后退的文田村的景物,我的眼睛不争气地红了。还没走就开始怀恋这里的一切,甚至还在想,毕业后来这里支教。总的来说,不虚此行!明年,我还会参加"三下乡"的,相信有了这次的经验,我会做得更好,以此充实大学生活,体验社会风情!

不曾忘却的经历[*]

　　有一种生活，你没有经历过，就不知道其中的艰辛；有一种艰辛，你没有体会过，就不知道其中的快乐；有一种快乐，你没有拥有过，就不知道其中的纯粹。如果要给这段日子定义一个颜色，我想用红色来形容它，因为它是火热的，二十几个热血青年组成一家，我们由不相识到一起生活，从普通的友情升华到浓浓的亲情，彼此互帮互助，我们亲如兄弟姐妹，相互扶持、爱护、和谐相处，虽艰苦却乐在其中。

　　7月10日，我们举行了出征仪式后便一起出发。坐在去往联团村的大巴上，我心中无限期待着支教生活。接着又经过约两个小时的盘山路，我们终于到达目的地吉首市矮寨镇大兴寨联团村。我们一到那就开始搬运物资，我们的到来受到了乡亲们的热情款待，他们已经为我们准备好了午餐，这就是联团村人的热心。

　　我是一名师范生，从小就树立的理想是"当一名光荣的人民教师"。我上课的科目是体育课，虽然之前在学校参加过课堂教学的培训和比赛，但是真正站在学生们面前上课还是第一次。我既兴奋能圆梦，但又害怕教不好。所以在支教前一个星期，我就已经开始做准备，因为我知道"要想给学生一碗水，自己先得有一桶水"。当我第一次带他们上课时，看到他们那充满着渴望的双眼，听着他们那稚嫩的声音，自己有一种冲动，恨不得一下子把自己所有的技能传授给他们。平常我们走在路上，总能受到当地的村民关注的目光，从他们的目光中，可以看出，他们是善意的，对我们是欢迎的，虽然我们很少交谈，但是每次见到会礼貌地给他们一句问候，他们也会报以我们更多的问候。

　　每当我看到离别时孩子们送我的礼物，我又想起那感人的场面：孩子们争着送老师礼物，有纸玫瑰花、纸条、画、还有一些小玩具，这些或许是他们最

---

　　* 本文作者毛露：体育科学学院。

喜欢的东西，看着各式各样的礼物，我眼睛里泛着泪花，看着孩子们脸上的不舍，不少孩子还对我说："老师，你是我最喜欢的老师，你明年还会来吗？你能过几天再走吗？"就在离别的最后一天，伴着大雨结束了教学成果汇演，心情变得无比沉重与不舍。太多感动的瞬间在发生，只要存着一颗感恩的心就处处存在着温暖，生活过得无比美满幸福。

　　去支教前，朋友们知道我要去支教后就不断地提醒我做好过"难民生活"的准备。我就说："怕什么，年轻人，吃得苦中苦，方为人上人。再说支教是我的梦想，我会享受过程，再苦也值得。"当时说的时候是挺"骄傲"的，可现实支教的日子总归一句"痛苦并快乐着"。带着这些孩子上课我是非常兴奋的，虽然他们有时调皮捣蛋，但我知道孩子的天性就是如此：真诚、直率、单纯。有几个孩子们开始有些调皮捣蛋，不是很听话，每次照相时都不喜欢出现在镜头面前，但是我用课余时间多跟他们玩聊天，跟他们做起了朋友，最后大家都抢着一起拍照。看到大家欢声笑语玩在一起，"没大没小"，年长的我突然变得幼稚了，这些成就让我觉得支教的意义所在，我感到真的很快乐。

　　在我们感受做老师的滋味的同时，团队的精神也是一直围绕我们身边的。大家一起吃饭，简单的农家菜也能让我们尽兴；16个人同挤一张"大床"，也觉得无所谓；在没有电脑辐射、没有风扇的宿舍里，一个西瓜也能让大家有胜于过年的开心和兴奋。教学上的问题，我们大家一起商讨解决。还有老师和生活组每天也是非常辛苦的，为了让我们吃得好一些，老师除了要照顾我们以外还要给我们做饭，生活组的同学中午下午都要帮忙做菜，洗碗等生活杂事，天气非常炎热，在厨房里每做一个菜衣服都会被汗湿，虽然很累，但是心里还是很快乐的。我的厨艺还有待加强，所以我成了名副其实的"打杂工"。洗菜、切菜、端碗、洗碗，虽然只是一些很琐碎的小事，但是看到一盆盆香喷喷的菜以及干净的厨房让我感到无比的自豪和幸福。虽然饭菜伙食不是很好，但是大家在饭桌上的吃相让我终身难忘，我非常喜欢这种氛围。吃饭时的欢声笑语是我们最开心的时候，支教虽然辛苦，但是锻炼了我的意志，提高了我的能力，让我在苦中作乐时提高了身心健康水平。

　　虽然"三下乡"只有十天，但是通过我们几位老师和同学们的努力，在最后一天的下午我们举行了"爱在联团"文艺汇报演出。为了让支教活动能顺利结束，我们在天公不作美的情况进行文艺汇报演出。我做为一名主持人，既紧张又兴奋。小品、舞蹈、歌曲……节目形式多种多样。这也体现出了我们支教队员们的多才多艺。我负责指导的节目是啦啦操《快乐的歌》。最后几天排练总有迟到的现象，这让我很生气。排队形的时候，他们很吵，有些不听话，我说：

"你们能不能听话点，每天带你们上课嗓子已经喊哑了，你们能不能心疼一下老师。"说完以后，这些孩子们出奇的听话，安安静静地听我安排。我知道他们其实本性特别善良，只是在用自己的方式吸取更多关注。正式上台，孩子们冒雨上台表演，跳得非常好，我毫不吝啬给他们掌声与笑脸。

　　再次踏上那一辆大巴，再次把行囊置入车厢，再望一眼那郁郁苍苍的大山，这一切都好像我们刚来的那一天，唯一不同的是，山路上多了惜别的学生，我们心里多了一份不舍。短短十天，我们的下乡生活就结束了。这次支教不仅让我更加深入地了解学生，让我体验了一把走上三尺讲台当老师的感觉，还近距离地切身观察了联团村的生活，进一步了解留守儿童这个特殊的群体。短暂的支教生活让我明白，作为师范生的我还有很多东西需要学习，距一名合格的老师还有很大的距离，我还需要不断地努力和更多的锻炼。作为一名志愿者，我还有更多的事情要做，我会将这种志愿精神一直传承下去。我一直在思考这样一个问题：支教"支"什么？不仅是知识，还有尊重和爱。为孩子们支撑起远大的志向，是馈赠给他们最好的礼物。支教，让我能从另外的角度思考怎样才能成为一个合格的教师。支教，也让我重新思索我的人生定位。"三下乡"的日子已经过去，但是它给我的回忆和教育却是一辈子的。这次暑期"三下乡"不仅让我结交了很多朋友，收获了友谊，更学会了吃苦耐劳；学会了苦中作乐；深刻体会到了团队精神的重要性；收获了教学经验和提高了教学技巧。在实践中，我得到锻炼，也看到了希望，更坚定了我从事教育事业服务社会的人生信念；从支教中也知道自己水平有限，今后必须加强学习和锻炼，不断完善和提高自己，为真正做一个出色的人民教师做准备。

梦中与你再相见我的联团*

　　我以为，我还身在联团；可只能，心在联团。

　　"再见了烟雾缭绕的联团村，再见了联团山美丽的画面，再见了联团水井流水涓涓，再见了我留给你联团村的最后一面；转眼过去是十天，联团的情景依然在眼前，大通铺那几张凉席，都被我们的汗水所浇遍，没被咬过几个红包，怎会明白虫咬后的厉害，支教团的那些画面，一遍一遍的被昨日重现。到来时想着离开，回去却因别离友谊失眠；写不出新闻稿忧伤，却会引来彼此的共鸣；休闲装藏在衣柜底，很美却再没机会穿着在联团村；吃饭前的呐喊声，我想会比老情歌更让人怀念。再见了让我珍惜的老师们，再见了吃大锅饭的画面，再见了老师所说的珍惜眼前，再见了我留给你离开后的深情思念；我相信我们还会再见，我相信我会一直想念，我相信我们都会很好，我相信我相信的一切变成火焰，照耀彼此的脸，茫茫人海相互看见；调研之前抽一根烟，已成为我们不变的习惯，提前起床化个妆，打上粉底再抹个防晒霜，为了梦想要去实现，却不惜和朋友们说声再见，集体照总有些难看，每次看到却觉得特别的暖；再见了我们练过的啦啦操，再见了晚上冷水澡的体验，再见了老师要给我的下山决定，再见了我留给你离开前的最后一面；再见了相互嫌弃的朋友们，再见了来不及说出的谢谢，再见了老古树老古井木房子，再见了我留给你离开前的最后一面；我相信我们还会再见，我相信我会一直想念，我相信我们都会很好，我相信我相信的一切变成火焰，照耀彼此的脸，茫茫人海相互看见；联团的美丽风景也还在，多少记忆如海如今成了感慨，那些甜美的笑容，是否曾经想起它……"这首由我们的队员陈丽娟改编的联团版《不说再见》很好地展现了我们在联团十天生活。要说不想念，那是不可能。

　　十天，不长不短，却记忆犹新。

---

　　* 本文作者毛少坤：数学与统计学院。

忘不了在古树下聊天下棋的场景，忘不了古井前洗菜切菜的场面，忘不了进去就得大汗淋漓的厨房，忘不了大火旺旺的灶台，忘不了十几个人同睡的大通铺，忘不了十几个男同胞在一股清泉形成的天然浴场下的嘻哈故事，忘不了简易却能带来欢乐的篮球场，忘不了一块展板构成的露天"电影院"，忘不了队员间的相互打闹，忘不了孩子们甜美的微笑，忘不了村民偶尔间的问候，忘不了联团村的一切。

在未前往联团村之前，我们进行了一次踩点，看到当时的环境，整个人都带着一种抱怨的心态想着：为什么要"三下乡"，为什么要去到这样一个地方，但选择了就得继续。踏上了绵延几公里的盘山公路来到联团村，一路的汗水浸透衣服，却渐渐演变成对联团村的一种幻想，一种憧憬。当看到村庄的时候，所有的人对着大山中的联团村高喊：联团，我们来了！满怀着希望开启了我们的"三下乡"生活。可能是受前一次队伍的影响，这一次，有许多孩子都是特意赶回来参加此次活动的，特别还有一个大学生也是听说这次活动，回家乡来共同见证这次活动的。

从胆怯到慢慢相互熟悉的孩子们，看到的是越来越多的笑容；从陌生到亲切的村民们，看到的是充满感激的眼神；从不习惯到看到蟑螂"啪"的就是一脚的生活环境，我改变了我原始的心态。这里虽贫困，但这里有诸多良好的品质，这里人们的善良、质朴，孩子们的单纯、可爱，是城市孩子所不会拥有的。孩子们不会因为你给的一颗糖而喜欢你，他们更多的是以真心来相互回报。这里没有利益之争，只有那纯真的感情。

那场篮球赛，加深了我们之间的感情。几天后的第一场篮球赛硬是让我们这些不会打篮球的队员伤透脑筋。我们是刚组建的队伍，没有前期的配合，更没有熟练的技术，还好有任老师的坚持，才不会让我们输得太惨。赛后我们都很气馁，但我看到的是我们团队不服输的精神，我们不想输，也不能输。又过几天后，再一场篮球赛开始了，我们不再那么茫然，我们有了团队精神。虽然技术不行，但通过我们的努力，以一分的差距打赢了他们，我想这是最好的结果。

你的眼神，留下的是我无法遗忘的回忆。谈起联团的石贵银，无人不对其有不同的感触，让我感触最多的便是她那双充满求知欲的眼神。她肢体不协调，她说话不流畅，可尽管如此，她却一直在努力地完成每一个动作，尝试表述每一句话语。虽然她努力所取得的效果并不明显，但她的那份精神却烙在每个人的心上。有一种成功叫努力，有一种得到叫坚持，有一种成长叫幸福，她在"云上学堂"的种种表现，给了我们不同的见解，给我们成长的道路上了不一样的一课，感谢你的小举动，带给我们成长。

你给我的是一张纸，却承载着满满的爱。那晚，你们藏于我枕头底下简单的素描画，让我知晓了你们对于我的爱。我不懂你们为何会有此举动，但确实触动了我的心。还有你们用树叶粘成的我名字的标本，你们不知道我当时有多么的感动，但我那时不敢落泪，因为我想在你们心中留下的永远都是微笑。

拍不完一定是最后一张集体照，就要转身和你们说再见。手捧着你们送的礼物，承载着你们的期望，转身挥手，不曾回头。泪水不自觉地流，却只能默默地踏上归程，我会牢牢记住你们的脸，我会珍惜你们给的思念，我相信未来的你们一定会很优秀，请保留这份纯真，一路走下去！

梦醒了，联团还依旧那样清静，而我们也依旧生活在所确定的世界里，我想继续睡去，去梦里，找寻你的记忆，去梦里与你再相见。

联团，我们不说再见！

时光印记，无悔青春*

为期十二天的暑期"三下乡"活动就这样结束了。我们十一个学生再加上一位带队老师在碧林村创造了这二十几年人生中无可复制的回忆。

五号这一天，我们所有人都结束了期末的考试。大家来到学工办，准备出发前的用品整理和授旗仪式。去的一路上大家都是精神满满，即便坐的是半夜的车，只在车上随便眯了一会儿，可下车的时候眼睛都是亮的，全然没有熬夜的样子。

虽然之前我们都已经做好了足够的心理建设和前期准备，可是我们到达的地方条件都是未知的。我们也许会遇到很多的突发事件，给我印象最深的还是招生的那一天。那天的状况完全超出了我们的预想，前前后后来了五六十个人来报名。上到高一高二的学生，下到还在上幼儿园的小朋友，跨度相当大。这样的情况完全打破了我们之前来的时候设想的分两个班教学的想法。后来大家商量了一下，决定利用所有房间进行小班教学，调研小组全部支援支教组，调研任务每天抽空做。十几天上课，有时候也真的是能体会到当老师的辛苦，备课讲题等等。我负责初一的五个同学，都是男孩，上课很调皮，喜欢讲和课堂无关的话，注意力也老是无法集中。给他们上了一天的课后就能明显感觉到他们的基础真的不好。其实，我们都明白，短短这十几天的支教活动中，我们其实并不能教授给他们很多很多的知识。我们能做的不过是提供一个渠道让他们懂得外面世界的美好绚丽，让他们产生走出去的愿望，真正能影响他们的是思想。我们在上课的同时也就会一起了解一下他们的家庭情况。比如家庭资金来源、父母的工作与是否在家等。

在大概了解了自己班上同学的基本情况后，我们几个也会在晚上的时候汇总自己了解的信息。在了解了之后真的很心疼有些小朋友，他们的父母都外出

---

* 本文作者毛淑琪：软件学院。

打工，是由爷爷奶奶抚养的，留守儿童很多。我们问他们，爸爸妈妈多久回来一次，回答多数都是过年才回家一趟，没待几天，又出去打工。还有很多的小朋友妈妈跑了，这种情况在这个村子里很普遍，小朋友们在讲到妈妈跑了的时候面部表情都是麻木的，已经没有什么波动了。我不清楚是不是因为他们还太小不怎么懂事，或是被问过太多次了已经无所谓了。其中有一对姐弟让我们所有人都为之动容，他们两个相依为命，妈妈跑了，爸爸在外面打工也不管他们姐弟两个。姐姐每天烧火做饭给弟弟吃，还要洗衣服、做简单的农活。虽说是姐姐，可她只不过是一个五年级的小女孩啊，自己尚且需要别人照顾却还要照顾上一年级的弟弟。姐弟两个都很懂事，我们都竭尽所能地给他们帮助，虽然我们无法给他们生活带来实质的改变，那么就在这十几天里给予陪伴和快乐。

再说到我们自己的生活，这十几天里，我们大家要么打地铺睡觉要么直接睡桌子上。天天吃大锅菜，吃了十多天的茄子、黄瓜、辣椒、豇豆，体验了一把自己劈柴烧火的生活。每天做饭轮着来，吃过了超级咸的黄瓜炒蛋、糊了的粥、黑乎乎的茄子炒蛋、没有加盐的拌面……这些真的都是我们的绝有体验啊。还有好多好多的回忆，晚上放松时刻的狼人杀、路边便利店的便宜冰棍、大院小台子上的尬舞、跑去镇子上的篮球赛、晨跑路上的蛇、晚上坐院子里聊天拍延时照片……

于我而言，这十几天的"三下乡"是值得的。我第一次当了一回老师，教同学们知识，这是我之前从来没有想过的。我心中一直觉得我会误人子弟，没想到这几天也教给了他们很多有用的知识，这是对自己的一种改观。我们这一群十二个人一起下过了乡，吃过了苦，拥有了更深的感情，这一群朋友可以有事没事聚着玩的。还有对于这些孩子而言，我们虽只是他们人生中的过客，但多少会留下一些记忆。村里的人们都对我们很友好，送孩子回家时还会给我们送一些自家种的菜，一个劲地请我们到家里坐坐喝茶吃饭等，他们觉得大学生来到这边免费支教是一件新奇的事情，是来做好事的。和他们的相处，让我们感受到了朴实的温暖，人与人之间简单美好的情谊。

通过走访调研和社会实践，我们感触良多，这次大学生暑期"三下乡"社会实践活动巩固了我们所学的专业知识，锻炼了实践能力，充实了自己的人生。十几天的实践时间，一转眼就过了，在实践活动期间，有苦有喜，有累有笑。我想通过此次社会实践活动，教会了我很多东西。有这次"三下乡"，无悔青春。

天真不曾知世事，愿得真心抵始终[*]

　　七八月的日头脾性爆烈，热辣地照射在皮肤上，温度穿透毛孔，强势压力使人蔫软不愿出门经受考验。本以为今年亦如此，一颗躁动的心在听见暑期"三下乡·走进慈爱园"时活络了起来，沉睡已久的教师梦慢慢苏醒。小时候对老师的崇拜与向往在经历时光消磨仍然不改初心，于是我毅然决然地报名参加这次"走进慈爱园"的志愿社会实践服务活动。

　　乘车抵达慈爱园的时候，几个半大不小的男孩子已等在门口了，穿着慈爱园明黄的园服，对我们腼腆地笑着。几个胆大的孩子主动接过了我们的随行物资，帮着我们搬运上山。上山的路程虽短，坡度却大，几个孩子手里捧着书相互追逐着跑在前面，活力恣意。

　　刚到门口，就看见一群群鲜黄的身影在阳光下奔跑嬉闹，欢笑声不绝于耳。起初孩子们并不上前与我们搭话，怯怯地站远了打量着我们。"这个姐姐去年来过。""哥哥好。"孩子们叽叽喳喳地说着自己的"悄悄话"。我四下观望，这里设施齐全完备，分工明确，课桌椅都崭新干净。来之前已经对慈爱园有所了解，知道了一些发生在孩子们身上的事，十分心疼，现在看来他们生活得还不错，于是舒了一口气。放下行李，在慈爱园内四处闲逛起来，一路上孩子们都礼貌又热情地叫着"哥哥姐姐好"，声音甜脆。几个活泼的，上前挽过我的手，眼睛闪着光，"姐姐，你要去干什么呀？""姐姐，和我玩好不好呀？"看到他们脸上洋溢着的天真软萌的笑容，我的心都要化了。

　　第一次给孩子们上课，初中班 66 人，小学班 41 人。初中班跨度极大，初一到高一。相较与之前接触的孩子，初中班的孩子更内敛沉默些，也许年纪大成熟些的缘故。本想着如何与他们拉近距离，上课前心里紧张得很，在备课本上写了长长一段话，生怕说得不够好。结果正式上课时，孩子们的热情超乎想

　　* 本文作者宁戈菲：文学与新闻传播学院。

象，积极举手回答问题，反应热烈、完全不紧张。在上课过程中，我发现大部分孩子都比我想象的活泼自信得多，他们愿意和人交谈、和人开玩笑，聊起兴趣爱好来眼里放着光。不知道他们过往的人生如何，或许是慈爱园这个温馨的大家庭给了他们安定幸福的家，弥补了心中空缺，使他们重新获得了满足和希望。真好！

"姐姐，你认识敏敏姐姐吗？她是我们去年的老师。""怎么了，你很喜欢这个姐姐吗？""对呀，她人好好。"小孩子如此重感情，短短数日的相处已能够让他们铭记。无形之中我感到自己身上的担子更重，对孩子而言，我们不只是老师，也是榜样，我们在孩子面前应该展现积极正面阳光的形象，我们是他们认知世界的一个触角。

短短几天，和孩子们感情渐浓。最后的听写大赛上，孩子们一个个卯足了劲，他们的较真与执着，他们的干劲也在无形中鼓励着我们。这种拼搏奋进的精神是我们想传达给孩子们，期望能深植于他们骨血之中的。七天时间，他们既要上课，还要用休息时间排练节目。几个参与多项节目表演的孩子，在排练过程中声音嘶哑还在坚持彩排。到了最后表演的时间，每个孩子都全身心投入，给大家奉献出一堂高潮迭起、精彩纷呈的听写大赛汇演。这个晚上发生的一切，会被在场的每一个人铭记，他们动情动心地表演是他们人生的高光时刻，也是我们此后经年里的温暖记忆。

通过这七天的支教之旅，我在孩子们身上看到了善良刻苦、不言放弃的精神，看到了天真活泼、热情诚挚的态度，我收获了友情，也收获了温暖。同时，我也明白支教事业的伟大与不易，明白这世上有一群可爱的孩子因为种种原因落后闭塞得不到好的教育，而我们能做的就是，为他们的教育奉献出自己的微薄之力。我想说，这群孩子才是我们的老师，他们让我们重拾奋进的勇气与力量，孩子，愿你们的天真一直有人守护，有人珍惜！

"课"服恐惧[*]

人的敌人只有一个，那就是自己。

——题记

　　还未来到慈爱园时，我们就已经分好了组。我被分到了支教组，我教的课程是舞蹈。舞蹈组只有我一个人，要负责教小学生和初中生跳舞。在提前两天到达学校后，我和负责教音乐的小伙伴就一直在商量该教什么，该怎么教。我看了大量的视频，又经过自己的斟酌思考，最终决定教小学生跳略简单的舞蹈，教初中生跳当下很火的《海草舞》。把节目定下来后，接下来就要开始考虑细节了：要好好地想一想该怎么教学，该怎样制定教学计划，又该怎样实施教学计划，在教学过程中遇到突发情况又该怎么办……这种种问题，像一串吹出来的彩色泡泡，疯狂地冒出来，充斥在我的脑中，在我的脑海中浮浮沉沉，挥之不去。每次，只要一想到过两天就要去支教，一想到我要站在台上教他们跳舞，一想到自己还不太熟练临时学会的那两个舞蹈，我就心慌，就不知所措。那两天晚上，在梦中，我都是在教孩子们跳舞的。我和我的小伙伴也会时不时地讨论，一起讨论一些细节问题……

　　在出发那天，我心里依旧是七上八下的，一点也没谱。虽然这两天我一直在看视频，分解动作，但是我觉得自己做的还远远不够。我非常慌，甚至会想着，当初为什么要进支教组呢？凭什么会认为自己有足够的能力去教孩子们呢？我真的用心了吗，我真的尽力了吗？我对自己的能力产生了质疑，我不断地责问自己、质问自己，甚至想放弃，想狼狈而逃——但事实是我已经没有机会做逃兵了——我已经坐在了前往慈爱园的车上，我已经是"舞蹈老师"了。等到真正教他们的那天，我觉得我的状态已经比出发前好多了。我利用其他小伙伴上课的时间，提前写好了教学计划，也细细地对照舞蹈视频，将动作进行了分

---

[*] 本文作者彭勃：文学与新闻传播学院。

168

解。但是那天中午，我还是睡得不踏实。我趴在会议室里午睡，却一直没有睡踏实：我能清楚地听到孩子们在走廊上追逐嬉闹的声音，也能听到会议室的门开开关关的声音，我感觉一切都虚无缥缈，像漂浮在空中一样。醒来后，我迅速地清醒了过来，跟着支教组的学姐一起，去把食堂二楼的桌子搬开，方便教他们跳舞。我看了看腾出来的空地，觉得心里有一点谱了。三点将近时，我已经站在了初中班的教室里。三点时，我拿了话筒，开始了我在慈爱园的第一堂课。我看着孩子们，他们的目光，是聚精会神的，是有力又坚定的。我先用了两分钟做自我介绍，再让孩子们一一做了自我介绍。等他们介绍完了，我就带着他们去食堂二楼。我把队伍疏散开来，站在他们前面，开始带他们做准备运动。我看着他们跟着我的节奏，学着我的动作，心底的慌张也逐渐消散。准备运动完成后，我开始教他们跳《海草舞》。我发现孩子们的接受能力很强，只用几分钟，他们就能学会。他们的认真，也给了我莫大的支持，我按着自己的计划，顺利地完成了这堂课。

这一堂舞蹈课，帮助我克服了恐惧，帮助我战胜了自己。支教，给予我这样珍贵的机会。支教，帮助我完成了人生的蜕变。

一种甘甜[*]

美好的事情总是发生在夏天，而这个夏天注定不平凡。我们数学与统计学院志愿者在学院老师的带领下在罗伊溪进行了"三下乡"活动。从一开始的不适应到后来的舍不得，一路在成长一路上在收获。

"三下乡"前夕

没有过"三下乡"经历的我在面试的时候也是比较紧张但又非常渴望参加的，作为一名学生干部我觉得有必要参加"三下乡"活动。"三下乡"前夕团队进行了分组开会，作为文娱组组长的我对每个节目进行了大概地编排，安排到人员以及节目排练时间工作表。最后对每个节目所需的演出物品进行清点以及确定和老师交流沟通后交由采购小组进行采买。

"三下乡"进行时

期末考试结束后，我们团队就在吉首大学进行出发仪式拍摄奔跑视频，象征着我们朝气蓬勃，不会停下的脚步。12日上午把昨天发的安全协议书收回来进行了学生信息名单的整理，将课表进行了初步化的定稿，需要晚上开一个教学组的安排会议一起给大家加油鼓励。很重要的文娱组的节目准备还没有能够开始，所以进行每个节目，负责人的节目具体安排包括明天人员的报名选定，以及材料的收集，方便工作的开展。14日文艺汇演的每个节目也开始慢慢成型了，从一开始的放心不下，每个细节去过问，害怕每个节目负责人搞不定，总是一个一个罗嗦地去过问，到现在放开手让他们自己去弄，时刻做好他们的后

---

[*] 本文作者潘宇璇：数学与统计学院。

盾。看到这些小孩子跟着我们的志愿者一起朗诵，一起跳舞，脸上不由自主地露出了开心的笑容，尽管汗流浃背也依然不放弃，我想每个人心里都是甜的吧。其实作为文娱组支教组负责人我也没有排上几节课，上了两节素拓课之后喉咙就嘶哑得不行。支教是真的让我见识到每个小伙伴的厉害，只有相互的配合事情才能完成得更好，作为一个团队，分工明确，各司其职，并然有序。好吧，我就禁不住想夸一夸我们的团队了。

丁老师说从中国政法大学的学生里面她学会了放手让我们去做，而我也是深刻感觉到他们实际动手能力确实很强，有什么想法就大胆去尝试，不要害怕做得不好，因为我们现在还有无限的可能。倒数第二天，明天上午文艺汇演之后就正式结束了，我准备中午和他们道个别。但嗓子实在是难受，到教室里面想了很久，想着说点什么能够对他们有点影响，反而越想越是不知道说什么。他们都是初一初二的孩子，实际上心智已经算是成熟了，讲一些道理他们也能听进去。我想着我们该开心地告别，可是说着说着自己反而没有憋住湿了眼眶，作为班主任我甚至就给他们上了一节课，可是这一张张脸仿佛我们已经相处很久。我已经大概忘记我说了些什么，他们好几个都哭得很凶，却还一个劲地安慰老师你不要哭，我们会好好的，越是这样越是心疼。成长环境对人来说真的很重要，多看一看外面的世界，开阔自己的眼界，成为自己想要成为的人，希望有一天他们能站在我的面前自豪地说，老师你看我已经成为了那年我想要成为的样子了，这样对我来说就是最好的心愿。

15 日我自己开始把汇报演出的策划书完整的流程过一遍，一遍一遍地想着还漏掉哪些细节，就开始进行彩排了。工作安排到位之后，除了开始音响有问题之外很顺利地进行了彩排，大家齐心协力地付出也得到了回报，那种满足感是从未有过的。事实上丁老师基本没有过问过我，只能最后和她讨论确定，这给了我最大的发挥空间，让我能够好好地自己做完，其中的成长是我自己实实在在能够感受到的。和丁老师拥抱的时候，她说我这一年真的成长很多。当时我的眼泪更加止不住，不仅仅是得到认可，更多的是自己有了进步有了成长，每个人在有初心的那一刻都是怀着无限的憧憬和希望，但是往往不能坚持下去。初心在最开始的时候往往简单朴素，但是它会慢慢长大，就像一颗种子能够长成一棵参天大树，又仿佛站在零的起点慢慢绵延成很长很长的道路。到最后我们会发现，所谓初心，就是在所有的愿望、誓言和梦想当中，离自己的本心最近的那颗心。

人间四月天*

　　慈爱满园，每个孩子都是孤身来到世界的，他们没有任何武器可以保护自己，抵御世界的恶意。虽然之前我们不曾相识，但现在我愿意保护你们，让笑容在你们的脸上能驻留的更久。"每个人、每个生命都应该被温柔以待"曾经听到这样一句话，现在很有感概。每次听到这句话，都会想起你。

　　我们第一天来得时候，迎接我们的便是你们纯真无邪的笑脸，在我们的心里也留下了很深刻的记忆。当时我们可能刚过去，还是有点小拘束。你是我在这里认识的第一个小朋友，一直亲切地"姐姐姐姐"地叫着。也许因为我没有妹妹的缘故，所以看到你会觉得很亲切吧。我们都住在三楼，你会经常过来串寝，找我玩。你是一个热情活泼的小女生，也会臭美，会哭，会笑。你脸上总是挂着笑容，很容易的与我们志愿者打成一片。第一天，在与你交谈中，我知道你是在开园那年入园的，那年你 10 岁。我并不是很清楚你遭遇了什么变故，我也不敢仔细地询问，害怕伤害你幼小的心灵。在入园的一年中，你变得开朗，学会了与人相处，学会说并不标准的普通话，生活中自己很独立。第二天我们为园内小朋友举办了一次素质拓展游戏。在队伍里，你是年龄处在中游的那种，会听从大哥哥队长的安排，也会很贴心地照顾比你小的弟弟妹妹的感受。你会很认真地思考队名、队歌、口号什么的，也会体贴地为弟弟妹妹拍去身上的灰尘，注意他们的安危。你的年龄不算大，却那么的懂事，想想 10 岁时的我，有点小惭愧。

　　为了庆祝素质拓展游戏地成功举办和鼓励小朋友，我们老师给小朋友买了很多西瓜。由于切西瓜的刀有限，所以等了很久并没有轮到我们。我一直很着急，因为小朋友都没有吃到西瓜，而你也在我身边说不急没关系之类的话。西瓜切好后，你会把西瓜先给每个老师，让她们先吃，然后对我说，姐你也吃。

　　* 本文作者屈青青：文学与新闻传播学院。

我的心里涌起一股暖流，你的懂事让我心疼，也许你经历了很多我们没有的经历。

后来我慢慢知道，关于你的故事。你有爷爷奶奶和哥哥姐姐，从小和爷爷奶奶一起长大，与哥哥姐姐并不亲。家住在山里，离集市很远。爷爷奶奶年迈，只能稍微种一点点小菜为生。你很清楚什么菜在镇里卖得好，在市里卖得好。由于园里的假期很少，你难得回去几次，所以你很想爷爷奶奶他们。

有一次，是我的音乐课，你没有听课，一直在不停地折纸。下课后，我把你单独叫出来谈心，问你是不是不喜欢我的课，为什么上课要做小动作。你说你上课折千纸鹤、爱心什么的，那是送给我们这些哥哥姐姐的礼物，因为我们马上就要离开了，你怕到时候来不及，希望我们能记住你。听到这里，我的心里有点不是滋味。对啊，我们又能给你们多少爱呢？我们总会离开的，感情越深，不舍越多，到时候我们又该如何自处呢？

离别的日子即将到来的时候，空气中多了许多离别的哀伤。就像所有五颜六色的气球，终会碎为空气，在最后一天的喧哗后归于沉默。走的时候，你给了我一封信，让我在回程的车上再看。聚是一团火，散是满天星。我害怕自己走的时候无法控制自己的情绪，哭出声来。也许以后可能没有机会再见，但是至少我进入过你的世界，有一段共同的美好回忆，这就够了。其实我并没有教会你什么，只是我陪伴了你一段时间，一起开心成长。这是以后想想都会笑出声的回忆啊！

即使前路布满荆棘，你会有坚持下去的勇气。我在吉大等你，我在未来等你。

在路上 *

为期七天的"三下乡"暑期社会实践已经过半，来到慈爱园的日子慢慢变长，开始与结束有时候仿佛就在一瞬间。

来到永顺县慈爱园这个大家庭对我来说是我志愿者事业的第一次，我想这一次的经历足以让我重新定义志愿这个词，让我对志愿者事业有了一个新的看法。我想志愿事业是会"上瘾"的，开始了就会一直前进，而我在未来也会一直奔跑在志愿者道路上，不是想为自己带来些什么，而是用最单纯最真诚的情感和他们一起延续这个漫长而伟大的"路"。

第一次与小孩子的接触，是在第一天中午回宿舍的时候，朱红色门框后探出一个戴眼镜的小脑袋。因为我之前其实还是蛮讨厌小孩子的，在我的心里所有的小孩子都是会捣乱并且没有礼貌的"熊孩子"，所以我当时顿了一下有些不知所措，但还是决定和她打个招呼。"我叫李玉荣"，她睁大眼睛说道。她身上有一种纯真和小孩子的稚气，其实要不是后来她的姐姐阿莲说那是她的妹妹，我一直以为那是个男孩子。那一次本来我们玩的正开心，她突然沉默了一会，说道："那次爸爸出去，我以为他会回来的，但是他没有回来。"我笑不出来了，笑容凝固在脸上，突然不知所措。

晚上时常是诗兴大发的时候，也是人们最多愁善感的时刻。一个叫王俊杰的男孩子，他总是我们之间最沉默寡言的那个孩子。

"你怎么这么腼腆啊"，我坐到他身边问道。

"没有啊，我在听你们讲话"，他很乖的回答我。

"那你和我们一起来聊天嘛，你怎么总是不说话呢？"

"我只是在想家"，我看到他眼眶里在打转着泪水，"姐姐，我先去找我的舍友玩了，再见姐姐。"我的心揪在一起，感到阵阵心酸，那是一种无法言说的感

---

* 本文作者钱雪茹：文学与新闻传播学院。

觉，真的心疼他们，却又不知道如何去宽慰他们，很难受。

还有一个男孩子也让我记忆深刻的，他说他不信任任何人。他曾经当作好兄弟的人背叛他了，他把最珍贵的友谊赠予了别人，却遭到了别人的践踏和不珍惜，让他对友情失去了信心，他跟我说那些都不是兄弟，许多人都针对他。他将最喜欢的东西赠给朋友，朋友在上课的时候偷偷玩被老师发现收走了，他的朋友却说那是他的不是自己的，虽然是一件小事却足以伤害他们之间的友情，也辜负了他的信任。

这些孩子们经历了许多我们没有经历过的事，他们有自己的小世界，许多事情他们都埋藏在自己心里，没有人去分享他们的痛苦。而我希望有一天在未来的日子我能成为他们所信任的人，用一种恰当的方式去打开他们心中尘封已久的那扇门，让他们真正的快乐起来，不再做戴着面具孤独无助的人。

在这条路上，即使身披荆棘，我也愿继续前进。

目之所不及 *

　　人生很奇妙，不是事事你都有机会去经历，从别人的生活里感受人生的百态，好像是离多彩生活最近的一种方式，也好像是离现实更近的一种方式。慈爱园里有一面心愿墙，墙上挂着孩子们 2018 年的心愿。孩子们真挚的愿望都写在了上面。"我希望能考上大学，努力学习，赚很多的钱，帮助慈爱园里的其他伙伴。""我想在新的一年里学习进步，考一个好的大学""我的愿望是她（他）写的愿望都要实现。"看到这些愿望的时候觉得这都是孩子们的心愿呀，可是，他们还那么小就已经懂事得令人心疼了。

　　首先想说的是我来到吉首之后，我便想明白了一个道理，不是事事都会如你所愿的，我前十八年的人生可能真的过得太四平八稳了，没有经历太多，所以才会在这个地方体验我以前没有体验过的生活，比如，不停地下乡。我很少有机会回老家回乡下，所以以为乡下的很多东西可能就跟我的日常生活是相似的，我以为所有的孩子都有饭吃，吃得好；我以为所有孩子都穿得暖；我以为孩子都有学上；我以为所有孩子都是被宠爱的天使……可是来到这之后我才发现我有多天真，我所有的以为都只是我以为。

　　我没有亲眼见到孩子们的故事，但是他们的懂事真的很让人心疼。如果可以天真，谁愿意一夜长大。他们那过早的成熟深深地刺痛着我。我常常远远地看着他们，不敢靠近，我怕一跟他们交流对视我就会落泪。到现在我还没记住几个孩子的名字，但是他们总是会亲切地叫我姐姐。如果不来这我可能很难有机会感受到这样的心酸，真的是很心疼很心疼他们，每个孩子都那么可爱，那么开朗坚强……我听闻小伙伴他们下乡调研时还看到的在现在的时代里竟然还会有人生活如此困难……我整理那天他们下乡的照片时看到的每一张都觉得难受，那种令人窒息的难受，因为感觉到自己在这一情况下面真的太渺小太无力

---

　　* 本文作者覃诗明：文学与新闻传播学院。

了。很多东西我没有切身感受，我仅是通过整理照片就已经很难过了，我无法想象置身于那个环境下的我又会有怎样的心情。

但这些没有亲身经历、没有亲耳听到、没有亲眼看到的事物，都已经落在了我的心上，未来的我可能会用更多的同理心去对待别人，去看待世间的不一样，不是所有的人都是一样的。世界太大了，我国太大了，湘西也很大，而我能见到的，能感受到的太少了，太渺小了！我不知道会不会有人过着更不幸的生活，没法帮助他们这种无力感真让人沮丧。

目之所不及，心之所向。人总是感触于当下的，我希望我这次的感悟能久一点再久一点，人生的经历一定会影响我今后看世界的眼光的。

传承井冈情·奔跑吉大人*

　　九天的井冈山之行如此短暂，从"知道"到"懂得"，我对井冈山精神有了更深刻地认识，在这当中所学所感所思使我终生受益。此次来到这里不仅是追寻红色足迹，探究井冈精神，同时也是一次寻根之旅。重温革命历史，瞻仰先烈伟绩，领悟和学习井冈山精神之精髓，将井冈山精神传承发扬下去。

　　8月22日下午，成功抵达井冈山的我们在火车站站前广场开展快闪活动。那一刻，十几个小时的长途跋涉已经抛之脑后，一曲《奔跑吧，青春》将吉首大学的青春活力，将湖南湘西人民的精神风貌在红色井冈传递。

　　总记得每天早晨5：30被闹钟吵醒的我们：起床叠军被、洗漱、打扫卫生。每天洗漱之后第一件事就是戴上眼镜拿起纸巾开始"捡头发丝"之旅以应对十分苛刻的内务检查，很庆幸我们的努力没有白费，每天的寝室卫生检查都是"优秀"。培训基地所设置的"光盘行动"也让我们记忆犹新，团队里的每个人每一天饭点时刻都在坚持，每次只要有人打多或者打了自己不喜欢吃的菜，总有贴心小棉袄主动分担，直到现在我还记得一个馒头四个人一起分享的画面。

　　无论烈阳高照还是刮风下雨，每天上午6：45集合完毕，7：00准时升旗。"吉首大学，一列纵队，前后看齐"这一响亮的口号是我每天听得最多的。当太阳升起的时候，五星红旗随风飘荡，整个人只觉欢欣鼓舞，激昂慷慨，不禁联想到："古老的中国屹立在东方之林"。遇着雨天，头发湿了，眼角湿了，衣服湿了，当看到身体受冻了却依然挺拔站立的旗手们，不禁为他们加油呐喊，他们的坚持让我们感受到了中华民族儿女特有的那种坚韧和执着。自从1927年红色的铁流融汇于井冈山后，井冈山的生命力得到焕发，"星星之火"不仅燃遍了神州，同时凝聚成不朽的井冈山革命精神。

　　"天上的北斗星最明亮，茅坪河的水啊闪银光。"八角楼的灯光点亮了井冈

---

　　* 本文作者石玉洁：化学化工学院。

山，更照耀了全中国。1927 年 10 月至 1929 年 2 月，毛主席经常在八角楼居住办公，八角楼的清油灯光经常彻夜通明，毛泽东不仅在这里领导和指挥了井冈山革命根据地的斗争，还写下了《中国的红色政权为什么能够存在》。这八角楼那微弱的油灯之光，在茫茫黑夜里照亮了中国革命胜利的道路，成为中国革命道路的万丈光芒。

从"三湾改编"情景教学到重走朱毛红军挑粮小道，从井冈英烈祭奠仪式到小井红军医院、井冈山革命博物馆等红色遗址，从黄洋界的炮声到八角楼的灯光，从黄老的专题讲座到革命后代讲家风。这些场景历历在目，它真实、生动地展现了井冈山革命时期的历史，以毛泽东、朱德等老一辈无产阶级革命家开创井冈山道路的丰功伟绩来诠释"井冈山精神"。我们永远无法忘记为革命浴血奋战的先辈们，因为他们的生命早已融入我们的生命中，追怀他们的精神，将永远是我们前进不竭的动力。

通过重走长征路、情景再现、专题讲座等形式，重温革命精神，坚定理想信念；通过开展学院交流，学员论坛等形式，展示高校风采；通过走访民居，课题调研等形式，丰富人生阅历，提高自身专业知识水平。在接受红色文化同时，彰显当代大学生积极向上的青春活力。

"武陵秀，千峰翠，我们风雨兼程。沅江碧，澧水清，我们与时俱进。重走革命圣地，传承井冈精神。凤飞千仞，薪传八方。以人名校，以业报国。我们是吉首大学'小苹果青媒中心'社会实践团。不忘初心，继续前行——逮起！"这段铿锵有力的"激情 30 秒"串词在 8 月 23 日早晨的团队展示环节中以迅雷不及掩耳之势赢得其他高校实践团的阵阵掌声。我们使出洪荒之力，唱响了我们的心声，喊出了属于湖南吉大人的特色。"逮起！"——一个属于我们团队特有的加油口号。（关于"逮起"由来："在我们湘西，有一句话可以概括我们的特质，那就是'吃的苦，霸的蛮，不服输……'用'逮'这个字可以很好的诠释，那就是迎难而上，克服困难。"）

我的朗诵小分队*

　　"年年岁岁花相似，岁岁年年人不同。"青山不变，绿水长流，很开心能在这个夏天来到温暖的永顺慈爱园，认识这些天真烂漫的孩子。有这么一些孩子，是我朗诵小分队的成员，他们性格迥异，却是一样的单纯，一样的有活力。

　　"关关雎鸠，在河之洲；窈窕淑女，君子好逑。"陈丹丹就是这样一个温婉可爱的小女孩儿，优秀，却不张扬。汉字听写大赛初赛题库发下去之后，她是第一个主动举手问我某些字该怎么读的小妹妹，用她那黑黑的弯弯的大眼睛看着你，使我第一次知道"眼有星辰深似海"的感觉。在后来几天的朗诵排练过程中，发现她非常活泼，爱跟自己的玩伴哈哈大笑，不顾形象地开玩笑，我觉得真好，这是女孩儿该有的欢快。

　　"人不轻狂枉少年，且狂，且痴，且醉。"小眼睛的陈宇凡就像是一只羽翼未满的鹰，翱翔天际，享尽自由，需要的只是时间的问题。他喜欢在课堂上练习字帖，但是这却丝毫不影响他在课堂上的活跃。他能准确地抓到老师教学内容的重点，遇到问题不怯，不慌，时刻洋溢着青春自信。排练时他能根据词诗歌内容用自己的肢体语言，表演得抑扬顿挫，高低起伏，情感十分投入。他看似有些吊儿郎当，却时刻在向身边的事物学习，你能从他身上看到的是一股初生牛犊不怕虎的勇气。

　　"我有一所房子，面朝大海，春暖花开。"怎么形容我对向冬云的第一印象呢？大概是不自在吧，不是跟她相处不自在，而是她身上散发出一种阴郁的沉默和拘谨。说话声音虽然温柔，但是十分的小，很像是害怕被人听见自己的声音，所以当她主动跟陈丹丹一起来参加朗诵的排练时我非常地惊讶，也有感叹。后来在相处中，我发现她是一个没有任何舞台经验的学生，性格相当内向，聊天的时侯会跟大家聚在一起，但是说的话寥寥无几。有一次他们一起找我来询

　　* 本文作者谭慧雯：文学与新闻传播学院。

问各自关于诗歌朗诵的问题，她一直是沉默，我一直看着她，后来她轻轻跟我说："老师，就是，呃，我害怕，我不敢看他们。"当时我心里一松，终于说出了自己的心声。我就鼓励她，教她该看哪里，手势怎么做。在第一次会议室汇演的时候她惊艳到了我，声音很大气，虽然动作僵硬，但是终于敢让别人听见自己的声音，我会一直为她感到骄傲。

"合抱之木，生于毫末；九层之台，起于垒土；千里之行，始于足下。"如果要我用词来形容彭少奇的话，那就是踏实和细致。一个黑黑的初三学生，是小分队的队长，临时发通知、积极准备蓝牙小音箱、随时跟你叙述可能会发生的情况，不争不抢，但一直在为这个团队做贡献。

"小娃撑小艇，偷采白莲回。"注意力不集中是全杨的标签，他是个长得白白嫩嫩的高个儿男孩儿。他的"好动症"基本上无药可治了，排练的时候眼睛一直乱瞟，看完这里看那里，跟他们讲重点的时候基本不听，永远不知道你上一句说了什么，但就是这样一个迷迷糊糊的男孩儿，还真让人生不起气来。他永远用他的小眼睛无辜地看着你，咧着他漏风的嘴，脸肥肥的，萌态百生，觉得他是很干净的，很单纯的，真是让人哭笑不得，左右为难。

"安知尝试者，百死百生来。"粟湘萍是呆呆的，喜欢傻傻地笑，不喜欢说普通话，跟老师们交流聊天也是用的永顺方言。练习的时候肢体经常出现不协调的现象，有一颗向上的心，却经常力不从心。但是，敢于尝试就是勇者。

"白日纵歌需伴酒，青春作伴好还乡。"不论是他们，还是我自己，都拥有着美丽肆意的青春，在这条成长的道路上，我们要披荆斩棘，敢于挑战，无惧风雨，一路向前。

有意思的工作，有意外的惊喜[*]

工作篇

骄阳似火的七月，"三下乡"的钟声已经敲响。八月初我们舍弃享受暑假的快乐，决心背起行囊，和队友踏上征程，去"三下乡"，深入农村，体验生活，服务百姓。再苦再累也甘愿，毕竟这是一次难得的机会，争取在这短暂的时光中能成长起来，增长见识，学一些书本里学不到的东西。

我们团队共走访了两个地方，前期走访了龙山县，后期访问了花垣县。龙山县，位于湘西北边陲，地处武陵山脉腹地，连荆楚而挽巴蜀，历史上称之为"湘鄂川之孔道"。花垣县，隶属于湖南省湘西土家族苗族自治州，位于湖南省西部，武陵山脉中段，湘黔渝交界处，人称"一脚踏三省""湘楚西南门户"。近几年，龙山县农车镇在政府的大力支持下，当地百姓打造出一片万亩中药材种植基地。现如今，通过大规模的种植中药材，发展中药材初加工产业，全县百姓正逐步实现全面小康。

在这次活动中，我们每天的安排都十分紧凑，每天都过得十分充实，每天都有着新的任务，其中让我感受最深的就是白天的走访调研与村民交流、拜访抗美援朝英雄——龙爷爷、看望路桥小学的小朋友、回访獭兔、竹鼠、黑猪、蚕、红心蜜柚等合作社、三小时游历清水江、帮村民挖百合以及百合地加工过程，晚上与村民的篮球赛、广场舞。这些都已深入我心，不可磨灭。"艰辛知人生，实践长才干。"只要你愿意去尝试和经历，并坦然地接受过程的酸甜苦辣和结果的成败得失，人生就会很精彩。

通过这次活动我也更加坚信：意气奋发的我们经得住暴风雨的洗礼，象牙

＊ 本文作者唐继利：化学化工学院。

塔里的我们并非"两耳不闻窗外事，一心只读圣贤书"；年轻的我们拥有绚丽的青春年华，走出校园，踏上社会，我们仍会交上一份满意的答卷。

生活篇

我们此次三下乡的最终落脚点是在民乐镇路桥村龙支书家。都说三下乡的生活条件会十分的艰苦，所以在来之前我们已经做好了艰苦奋斗的准备了，但到了龙书记家一看，我们算十分幸运的了。我们此次所在的路桥村，村支书对我们十分热情。把我们安排在了他的家里。龙书记十分尽力在为我们改善条件，让我们感动不已。这远比我开始所设想的环境好很多了。

住的方面已让我们大大地惊喜了一番，吃的方面我们决定自行解决。我们每个人轮流当主厨，有的帮忙烧火、有的帮忙洗菜、有的帮忙洗碗，互相帮助共同完成，当然，之中是少不了嬉戏与打闹的。在这几天的生活里，虽然条件不如在学校的好，但是我们团队的十二个人，同甘共苦，大家都用心为他人着想，照顾着他人。所以，在团队里每个人都倍感温暖，这些都构成了我最难忘的回忆。

每天晚上我们所有的队员还会在驻地进行各种娱乐活动，比如在下乡团队指导老师彭俊以及村支书的号召下，一场与村民的篮球赛在村支书家的前坪开始了。石主任作为裁判，彭俊老师以及龙支书作为两队主力加入了比赛。比赛中，场边的村民以及我们的志愿者们不停地为队员们呐喊加油，团队中的女生还为场上的队员们跳舞助威。比赛在村民代表队的胜利欢呼中落下帷幕。赛后我们与村民们围聚在一起，聊起了一些日常生活上的事，在凉爽的夏夜中，谈话声夹杂着虫鸣声，一切是那么的和谐、美好。把白天的劳累在无忧无虑地聊天当中忘却，让我们的团队能时刻都保持饱满的精神状态对待每天的工作。

晚上洗澡是一个很大的问题所在，我们有10多号人，但我们却只有一个冲凉房而且没有热水甚至有时停水，最后我们男生把冲凉房让给了几个女生，而我们男生就结队成群围在一口水井旁边解决了。看着满天的繁星，赏着明亮的月光，花前月下，这样的洗澡环境哪里去找啊，回想起来都是一大快事啊。说到那口井，那可是我们的生命之泉，我们煮饭的餐具、蔬菜、瓜果等东西都是在那里进行清洗的，我们刷牙洗澡就更不用说了，在那里生活的几天，还得好好感谢那一口井。

感想篇

下乡结束了，但是下乡那些日子给我的回忆却永远不会忘记，回想起来心中依然充满了不舍之情。在这一次的"三下乡"活动中，我学到了很多知识，无论是与人交流沟通、看问题的全面性还是做人的一些原则等，我都是颇有感触。

我认为，在这次实践中，我收益颇丰，懂得了团结、合作与交流；懂得了要应对困难和如何解决问题；懂得了如何与孩子、老人相处；懂得了生活，能够清谈却不寡味，艰辛却也愉快。

这次的"三下乡"之旅，让我真正地从实践中学习到知识，也把我所学到的知识应用到实践中。进入到农村，体会到和大城市不一样的文化，在下乡的日子里面，我的收获不仅仅是调查到的资料，更多的是心灵上的感悟。通过走访乡村，派发相关资料，我们真正地走进了农村、也了解了农村。农村带给我们的是另一种感受，而这种感受已经深深地留在我们每个队员的心里。

"三下乡"就是要我们这些热血青年好好利用自我的才能来与实践相结合，让我们实实在在感受乡情，明白自我的职责和使命是什么。并要在实践中肯定自我的价值，并认识自我的不足，这就要求我们更加努力去学习和充实自我，为以后更好地服务人民作好准备，这才是我们"三下乡"的目的。

总之，这个暑期的"三下乡"社会实践活动是丰富而有意义的，每天我都觉得自己过得非常的充实，非常的快乐。总有一种家的气息缠绕在我的身边温暖着我，给我动力让我前进。这次也是我参加过的时间最长的一次集体活动，也是最有意义的一次，它让我学习到我缺少的东西，得到了锻炼，使我变得更加成熟，给我人生回忆留下了美好的金色的一段。

吉首屋脊的牵挂*

从联团村回来已经有些日子了，但总感觉自己还在联团村，依然沉浸在联团那不停忙碌的生活里，短短的十天却感觉是生活了好久好久。在那里的生活，平淡、简单、自然但一点都不清闲；在那里，我的心是自由的；在那里，有太多太多的难忘的记忆。

在路上，7月10号，我和小伙伴们从吉大出发，一同乘着大巴来到了矮寨镇联团村的山脚下。在山脚下，是看不到联团村的，甚至不知道它是在何处。蜿蜒的路，像是一根丝带把莲台山紧紧地缠住。当我踏出脚步，登上山路时，我知道在那个大山深处，有一个地方，我即将在那里生活十天。那里的人，那里的山，那里的水，我一无所知，但我感觉那是一个让我向往的地方。

山路弯弯，每一步，伴随着的都是滴落的汗，此时的我，感觉是那么真实。我的脚步一直向前，因为我不想后退，我希望我和我的同伴能够在这十天里，做出在我们的生命中有意义的事。

我踏步向前，走在蜿蜒的路上，看着沿途的风景，我希望能够早一点看到联团村。那里到底是什么样的？对此我是极其好奇的，我希望早点见到联团村，了解联团村，认识那里的人，登上那里的山，喝那里的水，看那里的风景，我想做一个联团人。转过一道弯，联团村出现在我的视野里，瓦房，黑色的屋顶，在青山之中，静静地等待着，好像是在等待某个人。在这里，没有城市的喧嚣，也没有车来车往，它像是一个安静的老人，在这里，已经很久很久了。

也许是因为我从小都生活在乡下，所以，这次下乡让我在联团村适应得很快，这里的房子、这里的树、这里的人、这里的生活方式与我的家乡是极其相似的，所以让我感觉回到了故里。

乡民的热情，孩子们的天真，让我们志愿者感到很温暖。到了村里以后，

---

* 本文作者谭利明：文学与新闻传播学院。

我们要把这十天所需物资搬到我们的宿舍，来来回回，十几个人也跑了很多次，大件小件把整个屋子都放得满满当当的。我们来到联团吃的第一餐是村民给我们做的，这是农家饭的味道，更像是家里的味道，我们都吃得很开心。

吃过午饭以后，我们的这次下乡活动就正式开始了。下午的招生孩子们都过来了，看得出他们很喜欢这样的暑假活动，我也相信在这接下来的十天里，我们能够相处得很好。忙碌了一天，感觉还是很累的，汗流了很多，特别是在这样炎热的天气里。由于是在农村，很多条件设施并不像我们学校那样方便，我们洗澡的地方，就是天然浴场，晚上，伴着一群闪烁的萤火虫，我们在这里进行了一次又一次的"洗礼"。

在联团村，志愿者都忙碌起来了，明天要上课，我们要给这里的孩子准备上课的教案。看着小伙伴们认真的样子，我知道，此时的我们，已经不再是学校学习的学生了，而是一个即将登上讲台的老师。这也是我第一次给学生们上课，多少还是有些紧张的，但更多的是兴奋和激动。伴随着夜的静谧，我们志愿者就这样在这宁静小山村睡过去了，度过了我们在联团村的第一夜。

平淡自然的生活中满满的都是感动，时间总过得很快。我们在联团村每天睡得很晚，起得很早，但是我们过得很充实。早上起来用清凉的山泉水洗脸刷牙，开始我们一天的联团生活，升旗、晨读，在联团村仙境一般的早晨，雾是我们经常见到的，我们总会停下脚步来感叹"哇，好美的地方啊"。每天饭前一支歌是必不可少的，嘹亮的歌声，在这安静的联团村是另外一道风景。相比于在学校的大锅饭不同，我们在联团村的伙食很美味，并不是因为其菜肴丰富，或者厨艺高超而烹饪出来的美味，而是每一顿饭都是我们的老师、我们的伙伴为我们精心准备。我们大家在一起吃饭，像是一家人一样，互帮互助，为着同一个目标而努力。

在我们的课堂有着一位特殊的学生，她和普通的学生不一样，在学习、交流方面有很大的缺陷，这是由于后天特殊的原因造成的。但是这个小女孩不仅没有让我们怜悯，反而更多的是让我们每一个志愿者都为之敬佩。她很好学，自身的缺陷并没有阻挡她追求知识的脚步。她很珍惜这样的机会，每天上课来的很早，放学后她也走的很晚，我们的志愿者也很耐心地帮助她。

在联团，一些意外的惊喜总是在发生。在我们志愿者的女生宿舍，我们就感受到了来自联团村村民的关怀——天上掉下来的菜，莫名的在宿舍放菜的地方，出现了南瓜、茄子等蔬菜，志愿者询问了好久，才知道这是村里石秘书给我们送的菜，他希望我们在村里能够吃好，用自家种的菜来感谢我们来支教；我们来下乡，早已规定不拿群众一针一线，村民的热情让我们感受到了一种别样的情感。还有为我们每天烧火的大叔，他的辛勤劳动是刻在他骨子里的质朴。每次吃饭时，他总是默默地盛好一碗饭菜，然后走开，为的是不给我们志愿者添麻烦；当我们指导老师邀请他谈心时，他感到莫大的荣幸，更是拿出自己的酒，要与我们老师共饮。

这是村民的真情，我们只是一些过客，却收获如此的纯真之情。在这里，我们是一个集体，我们是共同奋斗的小伙伴。我们在此之前虽只有点头之交，但我们穿着同样的志愿者服，有一样的志愿服务精神。在联团我们紧紧地聚在一起，像生死之交的战友一般奋斗着。要离开联团村了，我们舍不得这里的孩子们，舍不得这里的村民，舍不得这里的宁静与自然。当村民们送我们离开时，泪打湿了孩子们的脸庞，也浸湿了志愿者们的双眼。带着一份依依不舍，我们是真的离开了，但我们在这里留下了记忆，属于我们爱在联团的记忆。

以青春的名义承诺*

　　题记：岁月无痕，当我蓦然回首，翻阅着自己的心灵，总有一段段记忆在生命中留下深深的痕迹，无法忘却，每当我拾起它时，心里总涌动着一丝久违的感动……

　　一个酷暑的季节，一次难忘的经历，一份无闻的付出，在这骄阳烈似火的七月，唱出了心中真情豪迈的歌声，为这片灼热的红色土地浇灌了温情的甘霖，滋润了洪家关一方。我们用笑遮盖劳累，用歌声感动烈日，要让自己的青春在奉献中飞舞。当我穿着"三下乡"的志愿者衣服，激情昂扬地参加出征仪式时，庄严的会场让我觉得无论多辛苦，一切都会值得的。

　　非常感谢学校能够为我们提供暑期"三下乡"这样一个社会实践活动的机会，同时我也非常的荣幸能够担任吉首大学2016年"走进武陵山"暑期"三下乡"政策宣讲服务团与国情社情观察团的团长。在这个"三下乡"活动中让我感受很多、受益匪浅。短短的十天，这过程的点点滴滴，仍然历历在目。每次，当我想起大伙在团会上讨论的情景，我满腔热情；当我想起在每次活动中大伙忙碌的身影时，我满怀感动；当我想起同学们的笑容时，村民的笑容时，我非常开心。成长看似是一瞬间的事情，但我知道，我是在经历中体会成长。这种成长，何其珍贵。

　　在洪家关的日子里，我们整个团队既明确分工，又紧密协作。没有人在团队里当南郭先生，每个人都是团队不可或缺的一分子。能够在这样的一支队伍中，我感到十分的开心，同时也有不少的压力。白天和队友们一起下村操着一口蹩脚的张家界话开展社会调查、集市宣讲，下乡调研真切了解乡村百姓的实际生活状况，尤其是关注群众文化活动的开展情况。为了更深入更具体地了解村民们的具体情况，我们更是走访了村里的各家各户进行实地考察，通过问卷调查、访谈等形式了解当地农民的生产生活情况，掌握我们需要的第一手资料。

---

　　* 本文作者唐平：旅游与管理工程学院。

虽然我们的沟通存在着一定的障碍，但我们依然用饱满的热情去与村民进行亲切地交谈，从中体会村民的辛勤与快乐。晚上回来做总结有时持续到凌晨，我们忙碌却充实。

总体来说，我认为我们的"三下乡"活动是成功的。"成功"不光是说活动开展得怎么怎么好，而是每位同学都学到了很多我们平常在学校学不到的知识，我们播撒的是汗水，收获的却是满满的感动。大家在活动中都积累了一定的经验，懂得了怎么与人相处。参加"三下乡"的目的就是要培养自己吃苦耐劳的品质，提高我们的社会实践能力，在服务社会的同时实现自我的成长。

由于我们队中的人都没有过"三下乡"的实践经验，因而我把精心准备、全力以赴作为搞好这次活动的第一步。利用在学校的简短几天的时间，通过向有经验的老师、同学请教、上网查找相关信息、集思广益等方式最大限度地把准备工作做好。

另外，为了更好地宣传习近平总书记系列讲话精神，普及相关惠民政策和法律法规，让农民更深入地了解科学发展观的内涵，精心准备了多份宣传资料、禁毒知识小册子、调查问卷等，通过派发、深入家庭调查等形式展开了普法活动，吸引了村民们的关注并得到了赞赏。此次宣讲的内容与农民农村农业等息息相关，宣传有声有色，我们将这些知识手册热情地发放到每位农民的手中，政策宣传服务上门"三下乡"活动暖人心。

我们都来自不同的院系，每个人的性格都各有千秋，我们不能要求其他人都像自己那样做事，更不能把自己的意愿、想法强加给他人。其实从下乡的筹备活动到整个活动的结束，事情都不是一帆风顺的，但每次遇到问题时，我们都会共同商量、一起出谋划策找出解决问题的办法。慢慢地我也学会了包容、学会了体谅，更加懂得站在别人的立场想问题。

这个夏天因为有你们存在，它显得格外的有意义。感谢你们在我生命中留下的美丽印记，同样也感谢老师们不辞辛劳陪我们度过的这日日夜夜。

"三下乡"是一段路，时而坎坷，时而沿途风景独好。她告诉了我，没有一个人的前进道路是平平稳稳的，即使是河中穿梭航行自如的船只也难免颠簸，因此生活受伤难免，失败跌倒错过并不可怕，可怕的是因此而一蹶不振，失去了人生的方向。

通过这次社会实践活动，我坚信：意气风发的我们经历了下乡的再次洗礼，象牙塔里的我们并非两耳不闻窗外事，一心只读圣贤书，年轻的我们拥有绚丽的青春年华，走出校园，踏上社会，我们仍会交上一份满意的答卷。

探寻湘西母亲河*

酉水，又称更始河，发源于武陵山区，流经酉阳的大溪镇、酉酬镇、后溪镇三镇，经重庆市秀山土家族苗族自治县辗转注入湖南沅江，最后流入洞庭湖。它位于湘鄂渝交界处，是长江支流沅江的最大支流。流域为土家族、苗族聚居地区，自源地流经宣恩（湖北）、龙山（湖南）、来凤（湖北）、酉阳（重庆）、秀山（重庆），至高桥入湖南省保靖县境，再经永顺、古丈、沅陵等县，全长477 公里，流域面积 18530 平方公里。《汉书·地理志》载："酉源山，酉水所出，南至沅陵入沅，行千二百里。"其沿岸都是土家人的聚居地，是土家族文明的摇篮。

在 20 世纪 60 年代以前，酉水河成为了湘西与外界物资交流和文明传递的主要渠道，一艘艘依靠人力划桨撑篙拉纤的木船，将湘西的桐油、五倍子、兽皮、药材等土产源源不断地运出，再将下游口岸的洋油、盐巴、布匹、日杂百货运回来。从古至今流淌不息的酉水河，将自强不息的湘西汉子、辣妹子们送出大山，改变并创造了中国伟大的历史，于湘西人而言它既是生活物资的来源，也是情感寄存的枢纽，它是真正的母亲河。

此次酉水河"三下乡"调研，我是带着自身专业的角度来观察和询问这条母亲河的情况，在一面感受人文风情时，另一方面更让我关心的是酉水河周边流域的自然环境和水体情况。在过去，由于湘西地区陆路交通的不便，酉水河是作为航道全线贯通。随着张吉怀铁路与永吉高速等现代化陆路交通发展，酉水河的航运地位逐渐下降，从 20 世纪 70 年代末开始，考虑到湘西地区水文情况与能源开发的现实需求，在其上游先后建立了凤滩、碗米坡等水电站，使得上至猫儿滩之尾水，其下险滩皆被淹没，常年可通 20 至 30 吨位船只。2001 年，碗米坡水电站建立，电站以上酉水形成高峡平湖，险滩皆被淹没；电站以下至

---

* 本文作者唐鹏：生物资源与环境科学学院。

碗米坡镇陡滩村，因为水少已不能行船。

此次我们重点调研的区域为酉水河位于永顺与古丈境内的河段。在去年的酉水河调研过程中，我们的团队发现了当地航运河段和沿江居民区河段存在较严重的生活垃圾污染问题，并对上级水利部门提出的建议。一年之后我们的志愿者再次来到这里时，当地的水面垃圾污染问题得到了很大程度上的改善。在古丈县海事局，工作人员向我们致以赞赏，我们的报告使上级主管部门采取了积极行动，对于航道运营船只进行了培训和监督，大大减少了航道运营对水体的污染。在现场，能看到码头和航道附近没有明显的大固体废弃物，河水更为清澈。在对当地居民的调研中，他们说到过往由于乡村卫生设施不便利，大家都随手将垃圾倒入河道，现今当地政府积极推广便民垃圾桶，每家每户都发放了一个垃圾箱来收容垃圾，再由公共垃圾车统一收集处理完毕，比过往送到河边倾倒方便许多，因此河道环境得到了极大改善。在栖凤湖景区，为保护当地生态环境，过往常见的大面积网箱养鱼被逐步禁止拆除，湖面上虽然仍存在一些垃圾，但据工作人员介绍会定期由专人处理及时转运，整个湖面广阔，水天一色，我想着一定是当地居民饭后常来的散步圣地。而在推动生态综合建设上，栖凤湖湿地保护区挂牌成立了"古丈县候鸟保护站"，并在全县设立 13 个监测点和 13 条踏查线路，加强了候鸟保护工作。

而在永顺县，我们途经了红石林景区，在此地旅游业发展带来了一些环境问题，游客和当地景区有许多废弃物在岸边堆积。红石林游船码头由于停靠游船使许多上游垃圾被迫堆积在码头，阻碍了水路交通。我们了解到目前主要靠工作人员的手工清理来解决，劳动强度大，清理困难。在当地一处河湾中因处于回水区，河面布满从上游漂来的垃圾，并由于有动物尸体腐烂发出了恶臭，水体污染严重。

在数天的走访调研中，我们的团队将大学中所学到的专业知识运用到了实地考察中，通过发传单、宣讲、讲座、海报等形式向当地村民宣讲了环境保护知识。未来我们仍将继续，践行青年人的矢志责任，为保护母亲河贡献自己的力量。

爱，拓宽你我生命的跨度[*]

岁月如歌，弹唱着盛夏的炎热，六月走过，送走了半年中伤怀，即将迎来的是下半年的希望和收获。七月，是一个半年的结束，也是一个半年的开始。正值这一时间节点，我们吉首大学数学与统计学院组织的校园志愿活动"三下乡"如期在七月盛夏开始了……总有着这么一群人，他们满怀着对这片土地的热爱和对支教事业的期待，下乡开展各类下乡活动，以传道授业解惑。而这一次，我们一行人驱车至古丈县罗依溪小学开展志愿活动，沿路风景很美，美得像世外桃源。天空一碧如洗，骄阳将远处的树林照得通亮。经历了一个多小时车程，我们终于抵达目的地，在这里熟悉了几天后，完成了与中国政法大学同学的交接，我也从初入课堂的略微羞涩，到后来的组织大家自习，自己备课上课，于我而言这一切都是我想要做到的事。虽然有点累，但在这大山深处，一双双如星空般澄澈的眼睛告诉我能够坚守下来，心中一直有个信念告诉我一定要为这群孩子们提供有效帮助，为他们今后投身中国特色社会主义建设添砖加瓦。

课堂上，孩子们天真烂漫，他们充满想象力，似乎总存在千千万万个对这个世界各种疑惑等待着我们解答。令我意外的是，其中一个孩子送给我几张手绘图，露出可爱的虎牙，说："唐老师，送给你。"这一举动，更坚定了我做好一名志愿者的坚定信念。而在和家长沟通交流的过程中，一位家长激动地和我说道："你们给我小孩补课还不收钱我真的十分感谢，我也不知道我能拿什么回报你们，就是谢谢你们了，有空多来我家玩儿。"听到这句话，我百感交集，一方面我们做的只是力所能及的事，却被家长们寄予厚望，肩上的责任就更重了。另一方面，怪自己没有更大的能力来改善湘西这一贫瘠局面。所以我希望在后面的日子里，更加努力完善自己，让自己的价值最大化。

在此过程中，队友们的相互帮持，团结友爱，我真的特别感谢我的同伴，他们不辞辛劳，在我最需要的时候给予我帮助，正是我追求的团队精神。作为

＊ 本文作者唐飘：数学与统计学院。

一二年级的班主任，我7点45就到班上去点名。可能是觉得我比较温柔，他们"亲切"地叫我飘姐，我告诉他们这种称号只能在课余时间和我来开开玩笑的时候叫，不能在课堂上面这样叫我，在课堂上我是一名志愿支教者，我深谙为人师表的形象和威严，但我还是挺开心他们这样称呼我的。因为作为老师最怕的应该就是不能和学生们打成一片，从而不能真正了解他们的诉求和需要，导致师生间的隔阂，因此，能成为他们的朋友我很开心。有可能是因为我太温柔，点名的时候我声嘶力竭地叫他们的名字，但是他们丝毫没有理我，但是还好我有一个强有力的帮手，他平时还是挺逗比的，但是一到了课堂他就严肃起来，他严肃起来的样子，连我都有些害怕，也多亏了他，我才压得住场子才能开展我的工作。虽然小孩子们比较吵，但是他们还是可爱活泼的。他们一有什么手工作品就热情地赠予我，他们具有无限的创造力和想象力是我们所缺乏的，所以对于这一点，我们必须向他们学习。我觉得我们并不是师生关系，而是互相学习的关系，所以我们不能将他们看成学生，并不能因为我们是老师而利用威严镇压他们。在三年级上音乐课的时候，他们也是比较的皮，但是有一个学生是学跳街舞的，我们一直鼓励他上台表演，他犹豫半天终于突破心理防线，答应给我们表演街舞，最后他获得了所有人的掌声。大山里的孩子们比较羞涩，不善于展示自己。而作为支教的我们应该积极引导他们、鼓励他们、表现自己、抓住机会。可能他们在这个成长阶段接触外界的事物就只能依靠一个手机，我们作为支教者就应该帮助他们拓展视野，让他们认识到手机以外的新鲜事物，拓宽他们的见识。将传统文化带到支教中，由于当今社会这种传统文化慢慢地被冲淡了，所以我们要重拾传统文化，将它与支教活动相融合。

白驹过隙，快乐的时光总是短暂的，支教活动不知不觉走向尾声。结束和同伴们一起守班一起工作的时光，结束和同学们一起上课一起欢笑的美好，万分不舍涌上心头。那时候我们班门子言突然抱住我，眨巴着如星空般澄澈的眼睛对我说，老师我一定会想你的！嘟着嘴巴，简单善良。瞬间，我仿佛看到了我辛勤付出得到的回报，仿佛体会到了送君千里终有一别的万分无奈。而那时不是感伤的时候，我要做的是让他们开开心心进行好这次活动，给他们暑期一个美好的七天回忆。等到他们上台后，我顶着烈阳，站在台下将他们精彩表现记录下来，那一刻，我特别欣慰，也明白这是送给他们最后的礼物。我希望他们能够因为我们短暂地到来体验到更多他们之前没有体验到的事物，改变他们不善言谈的性格，让他们越来越优秀！我也会一直为志愿服务添砖加瓦，不忘初心的服务于湘西大山深处的孩子们！

罗依溪，再会[*]

　　手指在键盘上敲敲打打，写下我点点滴滴的记忆。今年的夏天酷热如旧，然而今年的夏天我们却肩负着不同的使命，会有不同的感动。上大学以来我就一直有个参与"三下乡"的愿望。大一没能实现的愿望，终于在大二结束的时候实现了。在院领导指导下，我们志愿者分成三组——罗依溪支教组、慕课下乡组、鸡婆岭调研组。带着我们火热的心，我的团队以"志愿服务罗依溪，传递数统薪火情"为口号，秉承服务"武陵山区"的宗旨，每个志愿者都利用自身学科优势与专业特色在"三下乡"过程中发挥作用。在7月10日到7月16日的下乡中我收获颇多。

　　这次"三下乡"社会实践，使我认识了农村，认识了社会，同时也认识了自己所处的社会位置，明确了自己肩上的使命。作为师范生，在与罗依溪九年制的罗主任和校长的谈话中感受最深。首先，罗主任认为在农村留守儿童是最大的一个问题。大多农村青年夫妇一方外出务工或双双外出务工，农村留守儿童的人数在不断增加。孩子成长过程缺少父爱或者母爱，他们的心理很容易出现健康问题。校长谈及孩子教育时说道，良好地家庭教育对一个孩子成长非常重要，同时在在小学初中阶段，老师家长要注重培养孩子形成良好的习惯。这都体现了家庭教育的重要性。作为一个未来的老师有这个责任也很想去改变这一现状，作为一个在读的大学生我有感到有些心有余而力不足。我感受到自己的无能为力，所以我也更加坚定地用全新的心态不断强化提升自己。

　　"三下乡"人与人之间的交往都是以"爱"字贯穿的。这次"三下乡"我需要疯狂为带队的指导老师和每个队友打 Call。一定是特别的缘分让我们在这仅仅六天的时间相识并同甘共苦，你们带给我的满满都是爱。丁老师，真的很感谢她指出我的错误和缺点，给我建议，帮助我不断成长。我是一个很随便的人，并且我自己都感觉不到。幸好丁老师向我指出来，我会好好改正、努力

　　* 本文作者汤奕：数学与统计学院。

完善自己。

在支教时，丁老师和陈老师身体都有过不适的时候，但是她们并没有放弃，依然在艰苦的环境中陪着我们，所以我们没有理由不吃苦。首先是宣传组，"头可断血可流，电脑不能坏相机不能丢。"这是你们的宗旨。你们真的是拿生命在做宣传，每次看你们熬夜赶稿子真的很心疼，你们的生活是白天收集素材晚上赶稿，看到你们的稿子投中时，我相信你们的一切努力都是值得的。后勤无法到"前线打仗"，但是你们一直在背后默默保障着我们的"食和住"。每次要把握好时间做饭，饭量菜量都得控制好，避免浪费。有一天中午我去后勤帮忙打杂，发现后勤有好多需要注意的安全问题。每次盛菜、炒菜洗锅都要端锅，简陋的烹饪设施很容易烫伤，切菜容易被割到。六天来我们的中餐晚餐都是按时开餐的，每天都吃着香甜可口的饭菜，很感谢后勤的每一位小伙伴。我的支教组的小伙伴支教期间都是互帮互助，始终以"爱"对待每一位队员，无论谁遇到什么困难，都能第一时间得到帮助。我很感谢这几天兄弟姐妹们对我的关照，我也收获到了满满的友谊。除了友谊还有师生之情。刚过去的第一天，一二年级的一个小女生就画了一幅汤老师的画，当时很感动，才去就收获到了这么一份充满心意的礼物。几天跟他们相处，让我想回到童年和他们一样，每个小朋友都是那么的天真可爱，真像蓝天上的白云。六天的时间我给他们上课不足十节，到了最后得知在文艺汇演结束后我们即将要离开，以往活蹦乱跳的孩子们都难忍泪水，我真的不想看到正值爱笑活泼年龄的他们眼里含着泪、脸上流着泪，我想说："你们的人生很长，老师可能就是一个过客，希望你们能把老师的话记在心上，健康快乐地成长，不忘初心。"

作为一个大学生，如果我们不关注社会，不明确自己肩上的责任，我们就会与社会脱轨，便不是真正优秀的大学生。如果我不参加此次活动，也许，有些感受我用一生也无法体会。"三下乡"活动已经结束，下乡生活相对于人生而言，也许并不算长，但对我们参加"三下乡"的全体队员来说，这仅有的六天时间却是大学生活中最绚丽、最深刻的一章。顶着烈日，冒着酷暑，克服高温奔波在乡村，虽然感觉很辛苦，但是从中磨练了我们的意志力。

我相信有一些人和事是一定会被记忆保存的，比如说我们支教时可爱的孩子，比如说这次调研之行，比如说我们这些同甘共苦相互合作关心的队友和老师们。"三下乡"让我收获的不仅仅是历练，还有彼此之间日渐浓厚的友谊。学会了吃苦与队友培养的深厚的友谊，学会了如何与人沟通。六天的时间我们在罗依溪洒下了我们的辛勤汗水，留下了我们的足迹。我感谢这次"三下乡"给我带来了人生这一美好的回忆。罗依溪，再会！我爱你，罗依溪！

感动，与你们同在*

为期十天的暑期"三下乡"生活已经结束了，有人收获了历练，有人收获了成长，有人收获了友情，也有人收获了爱情。此刻，回首"三下乡"的日子，我想说，感动与你们同在，苦与甜，累与咸，青春欢笑，点点滴滴留于心间。

作为今年"三下乡""情暖湘渝黔"综合社会实践团的一员，我很荣幸。有人说"三下乡"很苦，有人说"三下乡"很累，有人说"三下乡"是快乐着的，也有人说"三下乡"在大学生活中不可或缺。现在，我也有了我自己的"三下乡"生活，其中滋味，自己品味，收获不同于别人地感悟，书写感动与欢笑，用镜头记录团队活动的每一个精彩瞬间，我很幸福。

还记得，出征前夕，学校组织了一场"三下乡"的专题培训会，校党委宣传部戴林富部长带我们提前感悟"三下乡"。我依然记得当时的那个问题，我们为何而去？我们怎么去？我们去了以后留下什么？这三个问题一直陪伴着我整个"三下乡"生活，使我渐渐明白，"三下乡"不仅是简简单单的走走去去，来来回回，更在实践中懂得，基层需要什么，作为大学生，我们能为百姓做什么。

还记得出征时，白晋湘校长寄语我们的四点希望：安全、健康、高效、收获。现在看来，我们"情暖湘渝黔"的小伙伴们都做到了。在走进武陵山贫困连片地区的日子里，我们服务边城百姓，全体志愿者尽心尽力，为边城发展建言献策，贡献自己的力量。

还记得，我们的口号"走进武陵山，践行八字真经"。经过了十天的"三下乡"社会实践生活，使我深刻认识到，勤学、修德、明辨、笃实八字真经的真正内涵，这将贯穿我今后学习、工作生活的始终，立志成才，律己报国，致力于全面建成小康社会、全面深化改革、全面依法治国、全面从严治党四个全面。

---

* 本文作者武景：文学与新闻传播学院。

这也是我们"以人名校，以业报国"校训的真正内涵。

还记得，科技扶贫小组的家电维修工作，每次到达服务点，基本上都是从开始起到结束止，滴水未进，不曾休息片刻。有人问他们，你们为了什么？他们有一个共同的答案：我们是吉首大学的学生！

还记得爱心医疗组，他们为边城百姓细心诊断，免费送药。有中医的推拿按摩、药熏拔罐针灸，还有西医的快速诊治，他们每个人都在认认真真地做着。依然记得，他们每天为那位瘫痪老奶奶诊治而又很晚才回来吃晚饭，为百姓嘘寒问暖的话语，为群众望闻问切的身影。

还记得旅游资源调查组，他们为边城的旅游资源开发贡献自己的力量。发放调查问卷、面对面访谈、深入实地考察、没日没夜地撰写旅游资源发展报告等，他们每一个人都在努力着。

还记得政策宣讲组，他们每天"打头阵"，走街串巷，给每一位百姓讲解着什么是中国梦，什么是社会主义核心价值观……以身作则，用实际行动告诉他们，实现中国梦，要有道路自信、理论自信、制度自信、文化自信，我们拥有光明而美好的未来。

当然，还记得我们宣传组，这群小伙伴也在努力着，拍照、写稿、做视频、上传……有时我在想，比起家电维修和爱心医疗，实在是我们能做的太少了，只能在一旁用笔、用镜头记录，但是我们在努力着，做好宣传，把边城的发展现状报道出去，吸引更多的人关注这里，关爱贫困地区的发展，尽一个新闻人的本职。

还记得边城百姓的长桌宴；还记得茶峒人民的淳朴乡情；还记得翠翠岛如梦似幻的迷人美景；还记得清水江旁边的上联：尖山似笔倒写蓝天一张纸，而我在心里也试着写了下联：茶峒如诗轻吟苗疆万古情；还记得……

"三下乡"生活中，除了感动，还有我的欢笑与遗憾，我很高兴能用镜头记录每一人的笑脸，但我的遗憾是，几乎每一个合影里都没有我，我想与你们定格在一起。

古人云：大学之道，在明明德，在亲民，在止于至善。目睹了边城的发展现状，懂得了修学的真正内涵，遂成打油诗一首：

> 烟雨朦胧倚山行，
>
> 谷韵茶峒总关情。
>
> 深入山区八字经，
>
> 四个全面天变晴。

自古贫困多才俊，

从文永玉照前明。

边城绮绣有天地，

扎根武陵志向崇。

生活苦不苦、累不累，关键要看你和谁一起坚持着，只有经历过"三下乡"中酸甜苦辣咸，才能领悟到艰辛生活中的人生真谛。把困难挫折看淡看懂，历经跋涉，这是成长必经的一步。未来的路，梦想远大，希望也远大，感动之后，化苦难为甘甜，一起上路拼搏，追寻梦想。

边城的青山秀水，我们同走过，茶峒的日月星辰，我们同仰望，小伙伴们，今年的"情暖湘渝黔""三下乡"，感动，与你们同在。

意料之外的"三下乡"*

初次认识"凤之翼"社会实践支教调研团还是在 2016 年的圣诞晚会上，作为最后压轴的节目，屏幕上播放的是那一年"凤之翼"点点滴滴的回忆，孩子们淳朴的笑容，村民热情的笑容以及志愿者们汗流浃背的背影给我留下了深刻的印象。

2018 年在学校与学院的号召下，我参与了本次"凤之翼"三下乡的活动，活动地点为湘西州保靖县吕洞山镇夯沙村。作为一个苗族人，这个地方和这种氛围我再熟悉不过了。这地方离我家乡很近，我甚至了解他们的日常生活。起初，我没有一丝丝期待，甚至害怕同行的队员会太过于抱怨客观环境的艰难而引起我的反感，于是，我带着和其他队员截然不同的心情开始走进这个神秘的五行苗寨。

7 月 15 日，校园里出现了一大群穿着红白相间衣服的志愿者们，右手拉着行李箱，左手拿着桶和盆，胳膊还夹着一床凉席，这是需要拼搏一天的开始。早上八点，在学校图书馆前顺利举行了动员仪式，当我们团队负责人从白晋湘校长手中接过旗挥舞的那一瞬间，我知道五天的探索开始了。十点多，不同的实践团开始陆陆续续上了车，几辆大巴慢慢驶出校园，"凤之翼"团队的成员们彼时也在陆续地装上自己的行李。虽然国教院以男女比例失衡著称，此次实践活动除了指导老师外全部都是女生，我们也发挥了"女生当男生用"的精神，装运行李，卸载行李，搬运重物，一切都不在话下。

当天中午，我们抵达了夯沙火寨的中学，这是我第一次来到这个学校，塑胶跑道，教学楼，乒乓球台，篮球场，该有的应有尽有，这和我想象中的条件千差万别。龙老师为了照顾我们，特地安排了教师宿舍，有着单独的卫生间和浴室，这真是今天最好的消息了。吃完午饭，我们开始了今天的第一大任

---

* 本文作者吴靖雯：国际教育学院。

务——招生，我们分成四个小队，分别去往不同的地方。我领着三个小鲜肉选择了围绕夯沙火寨走上一圈，这里的建筑都是传统的木房子，顶上是人字形铺着瓦，以便于应对雨水天气，木房子还有一个优势便是冬暖夏凉。下午三点正是最热的时候，老人们从田中劳作回来午休，孩子们在堂屋看着电视。我们向家长说明来意后，他们十分热情，纷纷为自家孩子报名，甚至想把刚满三岁的小崽崽一同交给我们。其他的孩子们也是一路领着我们，恨不得让我们把他们的同学家走了个遍，招生这件事突然就变得比想象中简单的多。

我的支教生活在招生后就结束了，等待我的是接下来的调研生活。第二天早上九点我们正式出发，第一天的调研选择较近的地方，想尽量多完成一些任务。通过调研我们发现大部分是爷爷奶奶在家，很多也是关门闭户。询问之下才得知，很多人在这边租房子以便于孩子的教育，由于村寨之间距离很远，而现在的学校主要位于镇中，为了孩子的教育，很多住在较远地方的家长宁愿每年多花上一点钱来陪读。在交流的过程中我们也感受到了不论是年轻的父母亲还是年迈的爷爷奶奶都非常重视孩子们的学习，中午的时候还在督促孩子完成暑假作业，去上学的时候督促孩子们早去不要迟到，上课要好好听讲。虽然家长们的文化程度大都不高，可是他们的热情、礼貌让我体会到了不一样的文化环境，或许这也是我们一直强调的乡村文明建设吧。比如，志愿者们在进门的时候会询问："您好，我们能进来吗？"以及频繁地问好与再见。文化是潜移默化地影响着周边人，老人们在与我们的接触中也开始注意着，进办公室前，他们不会贸然闯进，而是敲门询问："老师你好，我能进来吗？"此次调研的重要意义在于，我们能更深入地了解到如何切实可行地在某一个地方真正建设乡村文明。

同时，我们也遇见了很多值得称赞的人，比如时刻挂在村民嘴边的石九英老人，作为能亲自与她近距离接触的我来说，感到非常的庆幸和荣幸。第一次见到石九英老人是在她做工回来的路上，身后的背篓还挂着一把锄刀，瘦弱的身体撑不起一件苗服，深凹的眼睛里还闪烁着亮光。石九英老人将我们带回家中，这是一个五柱八卦，外加厢房的木房子，歪斜破烂的板子和柱子，参差不齐的瓦盖，房外院子里种着南瓜、小西红柿，猪圈中养着一头猪，风吹过来，还带有一丝丝的臭味。石九英老人在门外换了一个比较干净的头巾，将自己衣服整理了一下，招呼着我们坐下。石九英家中一共四口人，公公偏瘫生活不能自理，丈夫身体虚弱，儿子患有长期糖尿病，这样一个艰苦的四口之家全靠着石九英一人苦苦支撑着。

十年前，石九英也曾拥有着幸福的家庭，随着两个女儿外嫁，公公、丈夫和儿子相继患病，石九英默默承担起了一切。面对天灾人祸，外嫁女儿和村里邻居们都毫不犹豫伸出援手，村里有一位草医会定期上山采药送给石九英，让她熬成汁后为公公擦身体。2016年，石九英一家被正式纳入建档立卡低保户，每人每月可以得到270元的低保金，儿子龙放心的吃药打针的费用被医保承包了一部分，家里的生活情况得到了改善，在妇联的帮助下，石九英种的茶叶、养的蜂蜜也得到了"娘家人"的支持。当再次问到是否对生活充满希望时，老人说到："希望，肯定有希望！"看着她坚定的眼神，志愿者们也感慨万千。

今年的夏天酷热如旧，身上的志愿者服不知道一天内湿了几次干了几次。晚上的吕洞山很安静，我们聚坐在操场旁的栏杆上，感受这一天留给我们的清凉，晚风拂过，天上的星星一直闪烁，明天又是好天气。我曾想象过，在这趟旅途中会有多少不愉快，会有多少艰难辛苦。可是，在我面对这些可能即将形成问题之前，我们已全力将这个问题扼杀在摇篮中，或许是因为自己已经是老油条，作为学姐，我们需要学习的不仅是如何面对这些艰难的问题，而是如何去承担这一种责任，承担起整个团队的责任，要担负起所有的顾虑和害怕，及时的去感知所有一切的变化。支教、调研、宣传、后勤和生活，我们需要变成学姐的样子，有时需要适当的严格，适当的训斥，适当的温柔与理解。

当老师们在讲台上上完最后一节课的时候说："同学们，我们的课就上到这里，明天大家可以不用过来了。"孩子们一个个凑上来问，老师你们要走了，你们明年还来不来？第一次留在空空荡荡的校园里，第一次连续熬夜改新闻稿，推微信，我们像那群孩子一样，需要很多东西来滋润我们，靠自己的努力来改变自己的生活，从早上六点到凌晨一点，我们脚踏实地的一步一个脚印。让我想到这么一句话："一年又一年，人收割着自己的岁月。末了，回头一看，自己成了最后一桩作物。希望孩子们和我们一样，从一株嫩绿的小麦穗长成一片金黄的麦田。

泪水与喜悦，还是要落入俗套，最想说的一句话还是时间过得好快，现在的我们正吹着空调，面对着电脑，六天就这么结束了。从开始时的顾虑到如今的不舍，种种感情在这短暂而又漫长的六天里从我的内心飘过，难以忘怀。最难忘的就是那朝夕相处，一同挥汗，一起欢笑的伙伴，还有这如诗般的生活，这次活动中我们做得可能还有不足，但是有经验有教训才是真正意义上的实践。

吉首大学国际教育学院"凤之翼"团队在学校和当地政府的支持下，连续三年来到吕洞山镇夯沙乡进行"三下乡"活动，志愿者们每年都不同，但是志愿者的心和希望却一直没有改变过，我们陪吕洞山走过了每一年的七月，吕洞山给予了我们胜过书本的体验，从支教到调研，从支持少数民族地区英语学习体验到关爱留守儿童、孤寡老人，"凤之翼"一直坚持着为吕洞山带来变化，为孩子们带来更广阔的兴趣体验，在今后的日子里，"凤之翼"将不忘初心，承载希望，坚定信念。

梦回吕洞山，难忘夯沙缘*

　　流去的岁月，随着月光淡淡走远，不知不觉间，为期一星期的"三下乡"活动就这么结束了。在静谧无声的梦醒时分，我在这一个礼拜里所经历的一切都未曾停止在我的脑海里放映：孩子们的笑脸、第一次上课时的紧张感、第一次做饭时的手足无措、第一次为了调研而翻山越岭……真实而又虚幻，仿佛这一切只是一场梦，一场让人刻骨铭心的梦。

　　7月15日是一个看似普通却又充满神奇色彩的日子。普通在于这天只是2018年里毫不起眼的一天；普通在于这天只是四季轮回里不值一提的一天；神奇在于一群志同道合的人，在这天聚集在一块儿，为了同一个目标、同一件事情而努力奋斗。我们是吉首大学国际教育学院"凤之翼"调研支教服务团，我们的目的地是保靖县吕洞山镇夯沙学校。

　　犹记得在去吕洞山的途中，望着车窗外的蓝天白云，出发之前因过度劳累而产生的无力感和紧张感也被一扫而空了。颠簸的山路、略带湿意的空气甚至是火辣辣的阳光毫无遮挡地照射在我的脸上都没能阻挡住我那一颗紧张又好奇的心，吕洞山会是什么样的呢？我们未来一周要在什么样的环境里生活呢？这一切的一切，对于我这个第一次参加"三下乡"活动的新手来说都是很奇妙的经历。但是我却又无法控制地产生了一种莫名的恐惧感，害怕自己不适应那边的环境，更害怕自己给团队添麻烦，拖大家的后腿。可以说，我兴奋了一路，也紧张了一路。

　　在经历了近一小时的车程之后，我们终于到达了目的地。晴空、蓝天、白云，是在烈日下越发耀眼夺目的美景，也是无需滤镜的美颜功能，用原图就能被记录下来的美妙瞬间。刚一下车，不得不说我立刻就被铺面而来的热气给震惊到了，这种难以忍受的热一直持续到打扫卫生结束。今年我们的"三下乡"

　　* 本文作者祥子：国际教育学院。

团队被安排住在了教师宿舍，听到这个消息时，我们都不约而同发出了欢呼声，但是在看到教师宿舍的住宿条件时，一股巨大的失落感迎面而来。宿舍里面的灰尘以及随处可见的小虫子不断地在挑战我们的底线，不过在来之前我就已经做好了心理准备，知道环境没有我想象得那么好以后，很快就接受了现状。

吕洞山里面的寨子很多，大大小小的村落就隐藏在山的另一边。有时候你以为山的那边没有了村落，但是在你翻过山之后，出现在你眼前的会是由密密麻麻的房子组成的小寨子。到达吕洞山的那天下午，我们的招生工作就开始了。

贴海报、分组招生，我们满怀着热情、冒着大太阳挨家挨户地去招生。从刚开始和村民们交谈的紧张到后面的游刃有余，明明只是过了十几分钟的时间，却仿佛经历了多年的历练。当我们走进村民家里的时候，尽管满头大汗，但是我们仍旧没有忘记了我们的任务，每一次和村民的交谈对于我们来说都是一种考验。在观察了学姐和家长们聊天的方式之后，我们也改变了最初的蒙圈，渐渐学会了怎么样去组织语言，招生的后面阶段，我们都能够独立地去招生了。在招生过程中，我遇到了一个超级热心的小朋友，他带着我走遍了火寨，一圈又一圈，带着山里孩子独有的热情和活力，不知累地走在我前面帮我引路。他是一个话挺多的小朋友，一路上都在叽叽喳喳地说话，说着带有吉首口音的普通话，有时候还要我去认真思考他说的是什么。由于他的身材实在是过于娇小，我没有看出来那是一个已经8岁的孩子，他因为家庭变故上学晚，今年才读一年级。在他的描述中，我了解到他的父亲和母亲已经离异，而且是没有办正式手续的离异，父亲在外打工，母亲离开以后换了电话号码，再也没有联系到过。他跟着爷爷奶奶一起生活，渴望了解外面的世界。后来我才知道，这边的孩子几乎都是留守儿童，青壮年都出去打工了，只能把孩子留在吕洞山。我不禁感到很难过，我不知道父母不在身边的日子，他们是如何度过的，没有特别的关爱，他们的内心都是孤独的吧。

招生组的一个福利就是你会在途中遇到一大群可爱的小朋友。他们有的很害羞，需要你耐心地和他们说话，他们才会慢慢卸下心防和你毫无顾忌地聊天；还有的小朋友完全就是黏人包，想要随时随地地跟着你，热情得让你无法拒绝。这次招生能够招到一大群小朋友，得益于家长们的信任，得益于我们的不懈努力。

正式开课的第一天后我的任务就换成调研考察了。跟着向大军老师，我们翻山越岭，只为找到每日需要访谈的人物；我们不畏烈日，徒步走在黄沙飞扬的山路上，只为将我们的调查落到实处。这一天是走到脚起泡的一天，因为对当地不熟悉，我们一行人几乎走遍了附近的寨子。在调研的过程中，我突然意识到，每一份调查结果的得出，都没有我想得那么简单，心里不禁对真正做研究、做学问的学者们充满崇敬之情。研究、做课题远远比我想象得要复杂和困难，世界上没有能够轻易完成的事情，我们平时所看到的一切，都是前人付出了莫大的心血得出的理论，而我们要想自己做出一点成就的话，没有一定的能力是无法成功的。调研不易，还需加倍努力，才能有所成就。经过此次的调研经历，我得到了老师的指导，希望能够将这些知识运用在未来的学习生活中。

青年的责任[*]

上了大学才明白什么是人生，接触了社会才知道什么是责任。一个人在其短暂的一生不停地在扮演各种不同的角色。今天在这里我要扮演的是一名志愿者。

中国的未来属于青年，中华民族的未来也属于青年。青年一代的理想信念、精神状态、综合素质是一个国家发展活力的重要体现，也是一个国家核心竞争力的重要因素。这是习近平总书记在中国政法大学考察时的讲话，习总书记还在北京大学师生座谈会上谈到了青年要自觉践行社会主义核心价值观，他对当代青年提出了四点要求，其中第二点是修德，加强道德修养，注重道德实践。风声雨声读书声声声入耳，家事国事天下事事事关心。新时代的青年应当承担起时代赋予自己的责任，我们这一代不仅是造梦的时代更是实现筑梦的时代。

早上从学校出发，一个半小时的车程，我们整个团队充满了欢声笑语，也更具有凝聚力。也许是想见到孩子的激动心情互相感染了对方，宣誓是我认为最严肃也是最有仪式感的一个环节，我们大声喊出我们的口号"无愧于青春，无愧于时代"这就是属于我们的青春宣言。

到了实践学校，老师就已经带着许多学生在校门口等我们，在搬运东西的过程中，小孩子争先恐后帮助我们搬运团队物资以及行李，小小的身体确有大大的能量。他们单纯可爱，有礼貌，下课会主动和你打招呼，有的会一直贴着你，好奇地问着他们所不懂的世界，他们对未来的态度比一般小孩子多了一份执着。他们生活十分自律和独立，他们房间的干净程度让我这个成年人更自愧不如。我们6点半起来时，他们已经把自己的衣服已洗好，房间也打扫干净。有空我们就会和小朋友聊天，聊的话题各种各样，既充满孩子的童趣又充满青年的青涩。

---

* 本文作者王敏：文学与新闻传播学院。

　　我们作为一名大学生的同时又作为一名志愿者，在传递正能量的同时能让孩子们真正拥有一份无论对待什么事情都积极乐观的态度才是对他们真正地帮助。我们要做的不应该只有体验，更多的应该是认真用心地去完成一件事，在我们离开这里之后，还能对孩子们产生有益的影响，这才是我们作为一名志愿者应留下的东西。

　　今天是我作为一名志愿者的第二天，这既不是开头又不是结尾，我感受颇多。作为一名当代青年，每个人都在书写自己的华彩篇章，希望未来几天的实践生活能给我们添上浓墨重彩的一笔。

爱意满满的慈爱园*

　　实践就像是一个孩子跌跌撞撞且歌且行地成长，作为当代大学生的我们，经过大学的洗练，社会实践活动的锤炼，便再也不是父母羽翼下的花骨朵了。这一次是我今年暑假第二次参加下乡调研实践活动，两次下乡，两次成长，我也深刻地认识到这些都将成为我人生中一笔宝贵的财富。它不仅能使我们正确地认识社会、了解社会和更好地投身于实践中服务社会，并且能让我们发现自身的不足，为我们今后走出校门，踏入社会创造良好的条件。正所谓"纸上得来终觉浅，绝知此事要躬行。"

　　永顺县慈爱园于今年7月3日开始启用，首批集中供养孤儿122名，配备工作人员30名。按照入住孩子们生活、娱乐、学习、培训等功能对相关设施、区域进行合理划分，配备自习室、图书室、电教室、生日房、心理辅导室及各式室内、外活动场所等，为入园孤儿提供更好的生活照料、心理辅导、学习教育、社会实践和成长辅导。我们来到这里的第一感受便是干净、整洁，这里的孩子活泼热情开朗。

　　永顺县慈爱园是永顺县精准扶贫示范工程和社会保障兜底工程示范项目。正因如此，永顺县慈爱园对于任职老师的选拔十分严格，不仅文化水平至少大专文凭以上，而且对于美术、音乐、舞蹈等特长方面也有一定的要求，同时年龄在20岁至35岁之间。严苛的选拔流程只是为了提高任职教师的质量，更好地呵护这群特殊孩子的成长。目前永顺县慈爱园有17名教师，4个本科，其他均为大专文凭。由此可以看出永顺县慈爱园对于孩子成长陪护人员的精心选择。同时另一方面，慈爱园学生宿舍的每个楼层都配有管理老师，他们两班一岗，全天候地关照孩子们的生活起居。粟湘萍小朋友告诉我："我们这里的老师很辛苦，每天大概五六点钟就起床，然后晚上等我们都睡了，他们要把自己手上的

* 本文作者伍梦婷：文学与新闻传播学院。

工作全部做完才去睡觉。有一次晚上很晚了，我迷迷糊糊地醒来，发现老师们在一个一个寝室地查看，确保我们都睡觉了以及房间里面是不是存在有安全隐患。"这样的工作日复一日，一般人难免会觉得枯燥无味，但是慈爱园的老师们用自己的爱心支撑自己继续这样的事业。这里的老师年轻有活力，陪伴这些孩子成长的同时，也是他们自己心路历程的不断成长和成熟。刘宏伟老师告诉我："在我刚来到这里的时候，每天要面对这么一群特殊的孩子，自己也有点不太能适应，尤其是每天还要面对他们各种各样的状况，刚开始难免有时候会不冷静，失去耐心。但是随着和这群孩子的相处，发现他们其实很简单、善良可爱，我自己也变得更加的有耐心，有了自己管理孩子们的一套方法。"同时在调研时发现一名已身怀六甲但还在工作岗位上奋斗的老师，她仍然每天按时上班，全心全意陪伴慈爱园这一群孩子们的成长。慈爱园的孩子们身上承载了太多的故事，这些故事在他们心里留下了太多的痕迹，这些痕迹使他们变得脆弱敏感。这样的全心陪伴使慈爱园的孩子们在承受离开家的悲伤之际重沐爱的温暖。

在慈爱园孩子的眼中，永顺县慈爱园已经变成他们的一个家。在这里，他们衣食无忧，可以全心全意地好好学习；在这里，他们可以无所顾忌自己的身份，可以自由自在地交朋友、聊天；最重要的是在这里，他们有人关心、有人疼爱和有人陪伴。人是一种群居动物，人无法离开集体独自生活。人的自我价值也需要集体才能有所体现。在我和其中一位考上吉首大学师范学院的孩子梁潇的聊天中发现，她以前在家的时候，生活很随意，作息没有规律，但来到慈爱园以后，作息时间规律，每天和朋友们一起吃饭、学习，她很喜欢这样的生活。当我问到她以后寒暑假放假以后，是先回家还是先回慈爱园，她毫不犹豫地告诉我是慈爱园。理由就是她在这里过得很开心，并且这一份快乐是在家得不到的，所以想先回到慈爱园看看这里的老师和朋友。由此可以看出这些孩子虽然失去了家的关心和爱护，过早地承受一些难以言喻的痛苦，但是在慈爱园，他们收获到了快乐，收获到了朋友。老师们平等地对待他们每一个人，他们感受到了尊重和关心，他们从心底里把慈爱园当做自己的一个家。

通过和慈爱园孩子的相处，可以真切地感受到他们的世界很简单。在他们的世界里没有那么多的弯弯绕绕，也没有那么多的是是非非。七天的相处时间，说短不短，说长也不长，但是足以把一份情感深埋于心。在这些孩子身上，我感受到了他们内心的孤独、快乐和悲伤，以及他们的宽容、体贴、内心的成熟，这些都在我的内心留下深深的印记。愿今后的岁月里，这些孩子能够健康快乐成长，岁月温柔以待实现他们的梦想，扬帆起航吧，梦想的彼岸花正在悄然绽放。

神奇的"碳氢氧 CHO"[*]

艰辛知人生，实践长才华。作为新时代大学生，在学院老师的支持下，我作为团队负责人组建了"碳氢氧 CHO"科技支农帮扶团。立誓将理论与实践结合，深入基层，了解社会，走访调研，将精准扶贫的工作落到实处。

龙山行——致富还要靠科技

十余年前，洗洛这座小镇跟其余的小镇没有什么不一样的地方，偏安一隅，靠着一点土地，过着勉强果腹的日子。直到百合加入他们的生活，顿时让整个小镇映射处不一样的光彩。原本平常无奇的生活变得热闹起来，运送、剥瓣、买卖、洗煮、晾晒。劳动的汗水伴随着丰收富足的笑声，拍打在这片土地上。随着时代的发展，洗洛的百合种植已发展到全县甚至外省，而百合的加工，也从全部的人力，改为机械设备工作。我们的"碳氢氧 CHO"科技支农帮扶团为了解当地百合加工的机械化情况，积极地对当地所面临的问题进行调研商讨，利用专业化知识，尽可能地解决更多我们所能解决的问题

花垣行——生活每天都有惊喜

花垣县民乐镇路桥村，这个可能在地图上你都看不到身影的小村寨，给了我们一次又一次的意外与惊喜。团队的龙山之行一结束，就直接奔向下一个目的地——花垣县路桥村。村里的来客不仅仅只有我们，还有一支远方来的支教团队——山东大学支教团。缘分让两个团队邂逅于这美丽的苗寨之中，擦出了两校友谊的火花。对于我们的到来，村民们没有展现出丝毫地排斥，不仅积极

---

* 本文作者王瑞奇：化学化工学院。

协助我们开展调研、宣讲的日常工作,而且还准备了丰富的晚餐欢迎我们的到来。每晚,村部门前都会聚集好多的村民,为的是看我们与村民们篮球的友谊赛。一声声加油,一阵阵喝彩,一遍遍掌声,一张张笑脸。村民们用他们的淳朴与热情,欢迎我们的到来。

村里有一位老人,他经历了儿时的艰苦,体会了烽火连天的岁月,冲进过枪林弹雨,看到过兄弟阵亡;退伍后,他建水库、修乡路、防水灾、抗旱魔。求真务实,为国为民。他就是村里89岁的老兵——龙明召。了解到老先生的事迹后,队员们决定去看望老先生。老人对我们的到来十分的欢迎,并给我们讲述他的故事,带领我们走进他一手打造的有着3000余本藏书跟奖章的精神文化家园。老人家对党、对国、对人民的无私奉献让我们每一位队员都感叹不已。在老人目光的送别下,我们返回了驻地。在经过村口的水井前时,我们突然留意到,水井前《饮水造福》的碑拓上,印刻的建造者的名字就是:龙明召。这位老人就是一位普通但绝不平凡的老百姓、老战士、老党员。驾一叶扁舟,遨游于山水之间,这似乎是文人墨客才能够欣赏到的美景,但我们的队员们却在路桥村感受到了这如诗如画的美景。清水江是路桥人民希望能够打造成为旅游景点的开发项目,村支两委百忙之余带着我们游览了一番,那浑然天成的美景,任何华丽的辞藻都不能予以匹配,恐怕只有身临其境,才能体会到那天然的美。这绿水青山,是路桥的金山银山。

团队队员在当地村委与村民地邀请下,成为了村子里的荣誉村民,并加入了村内专用的微信平台。在里面,村支两委的工作一览无遗:新型的农业知识实时地进行更新;培训、宣讲、普法,各类消息公布的详细到位。我们的队员们将我们的宣传手册中的强农惠农政策、乡村振兴建设、农业小常识等知识也及时地公布在村内的微信平台中,得到了村民们的广泛好评。当地的百合开始了收成,队员们在农户们的带领下,走入田野,与大家一起采摘百合,体会收获的喜悦。一天的辛勤劳作后,换来的是满满的丰收。第二天清晨,刚刚朦朦亮的天空下,队员们正在将收回来的百合进行去蒂,忙作一早上后,便用我们的机器为当地的百合进行分瓣。看到我们在课堂上,在学校中所学的知识投入实际使用时,那一片片的百合,便是对我们队员们最大的鼓励与奖赏。科技支农、科技强农、科技惠农,这是我们团队宣传手册的标语,或许,上面的知识内容不会有过大的作用,但这是我们的开始,理论联系实践,这是我们最终的目的。的确这只是个开始,我们还将不断地继续前行,将我们所学真正的贴近基层,作用基层、服务基层。我们的故事还未结束,生活的惊喜还在继续……

那年夏天，我们相遇洪家关[*]

2016年7月，吉首大学"走进武陵山"暑期"三下乡"社会实践团深入张家界市桑植县洪家关白族乡开展志愿服务活动。

从魅力湘西到元帅故里，从谷韵吉首到白族之乡，吉大学子一路高歌，吹响青春的号角，开始了一场红色之旅，踏上了志愿的征程。洪家关的山水美如画，洪家关的百姓暖人心。流金七月，骄阳似火，洪家关的每一处都洋溢着一股燥热的味道。经过五个多小时的山路辗转，我们终于到达了贺龙元帅故里——洪家关白族乡。顶着烈日，志愿者们将物资卸下车，搬到我们的驻地——红军小学。准备开始我们为期十天的志愿之旅。

放飞梦想，志愿青春

清晨，在大山深处，沐浴着泥土的气息，看五星红旗冉冉升起，我们在国旗下庄严地宣誓：作为一名志愿者，要秉承吉大优良传统，发扬志愿精神，传播先进文化，服务武陵山区，以实际行动建功"十三五"，为实现中华民族伟大复兴的中国梦贡献自己的力量。来洪家关的第一天，刚好赶上镇上赶集，爱心医疗组和科技支农组的小伙伴们早早就在集市上摆点，准备为百姓们开展志愿服务。科技组的小伙伴们说："虽然天气很热，但当我看到乡亲们纷纷拿着电风扇、拿着电视机排着长长的队伍来找我们的时候，再热的天气都算不了什么。当我们修好电器看到乡亲们脸上那开心的笑容时，我内心无比地开心与激动。"烈日炎炎下，我们为百姓维修电器，狂风暴雨中我们为乡亲进行义诊。虽然苦，虽然累，但是心中却无比温暖。乡亲们用最朴实的话语表达着他们最真挚的情感，用最简单的方式为我们的志愿者点赞。科技下乡惠百姓，医路同行暖人心。

---

[*] 本文作者吴松：国际教育学院。

在志愿者默默地付出下，我们深入敬老院、光荣院开展志愿活动，帮助老人打扫卫生、为老人推拿按摩、检查身体、陪他们聊天，为他们带去暖心的表演。在光荣院里，有一位抗美援朝的老爷爷，已经年过八旬，但看到我们依然快步前来欢迎我们，给我们讲述当年的革命故事。志愿者们为老人们送去爱心与温暖，让他们在这炎炎夏季内心有一股凉风绕过心田。光荣院的院长——贺晓英，2015年感动湖南十大人物、张家界市孝老爱亲模范。28年悉心照顾光荣院孤寡老人117位，用青春激情温暖老人心。老人们称赞她道：不是闺女却比亲闺女还亲。她用自己的行动在诠释"老吾老以及人之老"的传统美德，向她致敬。

我骄傲，我是吉大人

"当你感觉被别人需要的时候，你是幸福的。"都说大学最难忘的便是"一起下过乡，一起扛过枪"。这次三下乡，收获的不仅是友谊，更多的是感动。记得那天联合张家界市人民医院开展义诊活动时，志愿者们站在烈日下，拖着嗓子大声地喊："吉首大学联合张家界市人民医院在红军小学开展免费检查身体活动，各位爷爷奶奶、叔叔阿姨、父老乡亲们可以过去看一看……"整个街道都回荡着我们的声音。当地的百姓纷纷为我们竖起大拇指称赞吉首大学好啊！吉首大学的同学为百姓们办实事啊！听到乡亲们朴实的话语后，在那一刻，我不仅感动了洪家关的父老乡亲，也感动了自己。原来自己还是有价值的，原来自己对于洪家关的百姓来说还是有作用的，原来我们不是只关在象牙塔里面的"温室少年"，原来我不是只喊口号、空谈理想、没有实际作为的大学生。我们是他们最亲近的人。我骄傲，我是吉大人。

当我们下村到龙凤塔村开展调研和宣传的时候，热心的村支书、淳朴的爷爷奶奶、可爱的小朋友他们带给我许多的感动。我们走在乡间的小路上，一位老爷爷拄着拐杖坐在树荫下乘凉，他看到我们一大群过来，立即站起身来，问我们是哪个大学的，我趴在老人家的耳朵边说："爷爷，我们是吉首大学的！"然后就拉着我的手激动地说："吉首大学好啊，我的收音机就是你们修好的，我要我的孙子将来也要考吉首大学。"当我听到这样的话时，激动得热泪盈眶。此时此刻，我才真正明白"什么是以人名校，以业报国；什么是凤飞千仞，薪传八方。"吉首大学，作为武陵山片区唯一一所综合性大学，一直默默地为武陵山片区的发展输送人才，培养栋梁。我骄傲，我是吉大人。

坚定信念，红色传承

一生戎马战沙场，丰功伟绩照千秋。

两把菜刀闹革命，金戈铁马功垂成。

故居里，我们瞻仰英雄风采。

铜像前，我们重温党团誓词。

纪念馆中，我们缅怀先烈音容。

贺龙桥上，我们追寻红色印记。

元帅故里白族之乡，

吉大学子 国之栋梁。

谱写志愿青春篇章，

成就人生灿烂辉煌。

毛主席这样评价贺龙元帅："两把菜刀闹革命，一人带出一个军。"贺龙元帅的一生，也是极具传奇色彩。他为民族解放、国家富强、为中华人民共和国诞生都立下了汗马功劳。他是"红二方面军的一面旗帜"，他是中国革命的一介栋梁。贺龙元帅，满门忠烈，两袖清风，胸怀大志，为国为民。鞠躬尽瘁，死而后已。刚进入贺龙故居里，远远地便可看到元帅的铜像矗立在大厅中，左侧是练功房。卧室里面陈设也很简单，一张床，一张椅，一床被，一顶罐子几乎是所有的陈设。我和小伙伴们在元帅铜像前敬礼拍照，缅怀元帅英雄事迹，传承红色革命基因。

2016年是中国共产党建党95周年、中国工农红军长征胜利85周年、贺龙元帅诞辰120周年，吉大学子在贺龙纪念馆前重温入党、入团誓词，铜像前讲话。在讲解员的带领下，我们参观了贺龙纪念馆，从一号展厅到八号展厅，从八一南昌起义到中华人民共和国成立，贺帅戎马一生，丰功伟绩。八十多年前，一场史无前例的奇迹从这里开始，贺龙领导红二方面军从刘家坪出发开始长征。从1935年11月19日到1936年10月22日，从桑植刘家坪到会宁将台堡，形程两万余里。长征路上，红军战士爬雪山、过草地；巧渡金沙江，飞夺泸定桥。条件异常艰苦，但红军战士们那种不怕吃苦、敢于冒险、坚持不懈的精神是后人应该去学习的。毛泽东有诗云：红军不怕远征难，万水千山只等闲。八十多年后，我来到元帅故里洪家关，用青春的脚步，丈量两万五千里的荣光。

心中有阳光，脚下有力量。吉首大学46名志愿者在五位指导老师的带领下，来到元帅故里洪家关开展为期十天的志愿活动。在这里，我们认识了一群可爱的人。在这里，我们感动了他人，更感动了自己。在这里，我们汲取红色的泥土，茁壮成长。在这里，我们收获了一段段友谊，无论将来我们身处何方，多年以后，若陌生城市相见，还会异口同声地说出那句"元帅故里洪家关，大王叫我来巡山。"便足矣！致敬青春，致敬"三下乡"，我们在路上……

再遇"三下乡"*

　　这是第二次，跟着团队走进湘西大山深处，一步步踏过青山绿水，用心体会风土人情。我是一名生物师范专业的学子，在出发前，我曾犹豫过，做酉水河的污染调查，跟我的专业并没有太多交集，不过在老师的肯定下，再想一想第一次"三下乡"的经历，我最终还是心动了。

　　在团队里，我算是一名"老人"了，出发前我就明白，"三下乡"会苦会累，会有各种困难，不过相应地，我们也会收获感动，得到夸奖，拾得友谊，提升能力。这次"三下乡"，依旧如此。

　　一个团队，总要经历一个磨合期。刚出发的那一两天，大家相互之间还显得有些过分礼貌和生疏，对于我们要做的工作：采水样、做问卷调查或者政策宣讲这些还有些不太熟练，胆子也不够大。犹记得第一次找人做问卷调查，心里挣扎了一小会儿，不敢踏出第一步，也有些不知从何讲起。只是团队这么多人看着，我也不能认怂，最终壮起胆子，勇敢迈出了第一步，与受访人交流。都说万事开头难，这话不假，一旦迈过心里这道坎，开始了与人交流，后面的程序都变得水到渠成，流畅得很，完全没有想象中的那么艰难。虽然偶尔也会遇见不太配合的村民，不愿意接受问卷调查，以不识字或不了解为由拒绝与我们交流。这也算是一点点挫折吧。"三下乡"短短几天，我们从一开始的畏缩不前，到后面能轻松自在地与陌生人交流，这便是成长。尤其是作为生师专业的我，认为学会如何与各种人交流是必修的一门功课，感谢这次"三下乡"，让我得到了锻炼的机会。

　　除了与人交流，我们吃苦耐劳的精神也得到了锻炼。既然是"三下乡"，条件自然不太好，因为要走访许多村庄，队员们每一天的计步都是10000+。从一开始每天晚上累到倒头就睡，巴不得明天就回家，到后来即使半夜十点多没吃

---

* 本文作者吴姗：生物资源与环境科学学院。

216

晚饭还在赶路,甚至路遇几条小蛇,我们也还是一路上说说笑笑,没有丝毫抱怨,甚至遇见路灯,还要来个集体嘻哈大合照,纪念我们的深夜赶路。记得第一天出门,防晒衣、防晒霜、遮阳帽,全副武装才出门,到后来素面朝天,穿着我们的T恤就热火朝天地开始忙活,再顾不得遮阳防晒。一路来的改变,我们真的每天都在成长。"三下乡"洗去了我们身上的娇气,让我们更加懂得脚踏实地,任劳任怨。

更值得一提的还有我们的团队。我们这次任务能顺利完成,并且每个人都乐在其中,是与团队成员之间的团结互助,还有默契是分不开的。虽然开始的时候并不是特别熟悉彼此,但随着几天下来一起工作,我们之间有了越来越深的羁绊。活力满满的美少女乐昕小可爱,一路上都是她留下的笑声,有她,我们的气氛永远欢乐,即使再累,脸上也一直有笑容;还有有担当的老大哥,关心每一个成员的动态,即使后来身体不适被迫提前离开队伍,但也时刻关心着我们的进展;还有才华横溢的贱贱,每天看看他的诗,一天的时光似乎要轻快很多;还有厨艺满分的刘老师,一碗面,队员们吃得津津有味,不太舒服的我也忍不住多吃了一碗……还有其他的队友,每个人都在团队里贡献着自己的一份力量。不经意间的一句关心,难受时的一句安慰,行路时搭把手搬行李,还有调查时的默契配合,闲暇时的互相调侃,忙碌的一天似乎也是美好的,而这些,都是因为有你们。要说"三下乡"的收获,这些可爱的队友绝对是最宝贵的财富。我的大学四年,有你们,才显得丰满美好。

工作开展的过程也是充满酸甜苦辣,我们会因为遭到拒绝而难过,会因为得到村民鼓励而欢呼雀跃,会因为有新发现而惊喜不已。我们一天天重复着相同的工作,采样、调查、采访、宣传,完成的问卷和采集的样本越来越多,我们也越来越有成就感,也许我们的工作对西水河的保护起不到决定性作用,但作为生活在这片土地上的一员,我们为湘西的青山绿水贡献了一份力、一份心,足矣。

"三下乡"结束了,有些怅然若失,这短短几天的经历,让我学到了,收获了,成长了许多,今年大三了,也许以后再没有机会去体验,正是这样,这些经历才显得弥足珍贵。再见,"三下乡",谢谢,"三下乡"。

文化中的漂泊者——探访老寨"非遗"传承人[*]

吉首大学法学与公共管理学院 2015 年"三下乡"社会实践活动已进入第四天,"法管先声"服务团已对立新村等五个村庄进行了走访调研。

今天我们来到了老寨村,探访本村的一位"非遗"传承人。到达老寨村的地方有一间简陋的店铺,一座略显破旧的小学。往里走,便是密密层层的草丛和茶树林,遍地滚满了熟落的茶果。

我们拜访的老人是苗绣传承人石秀贞,69 岁,高中毕业,"文革"时被迫中止学业。当过会计,做过石匠,十几岁便会制作苗绣。据老人讲,2001 年后,政府越发重视苗绣的发展,苗绣产品曾一度远销新加坡、美国、澳大利亚等地,并获得社会的广泛赞誉。但由于近年来村内青年劳动力大量外出打工,"苗绣热"减退,现如今愿意学习苗绣制作的年轻人几乎没有了。说到这里,老人一声叹息。毕竟老人家一年年老去,苗绣,这个中国非物质文化遗产的瑰宝却面临着无人传承的窘境,老人家倍感落寞。

随后老人向我们展示她制作苗绣的工具和曾经的作品。这些工具陪伴了石秀贞老人走过了半个多世纪的风雨,已显得颇为陈旧。工具上所留下的每一丝痕迹似乎向我们诉说着有关苗绣的世事变化。聊到最后,我们提出了这样一个问题:面对苗绣传承愈发艰难,甚至面临失传的窘境,老人是否遗憾或惋惜。

老人思考了很久,最后用一句很哲理简短地回答了我们,她说:"时代在变,总得跟着变。"听上去有些妥协,更多的是无奈。说完,老人已经回身,把工具一个一个放回原处。看着他那单薄的背影,更让我们感觉到石秀贞老人的无助和无奈。我想,这位经历过苗绣辉煌发展时期的传承人,她的内心也只能是无奈地接受那操持一辈子的手艺无人问津和继承的结局,哪怕面对这个结局是多么地抗拒,可年迈的她真的无力去抗争和改变什么了,唯一能够做的只是

---

* 本文作者王炜:法学与公共管理学院。

在生命中最后的阶段依然静静地守护好苗绣这最后一块阵地。

　　与老人告别时，老人数次挽留我们在家吃饭，我们婉谢了老人的好意匆匆离开，因为害怕面对老人对着我们期待的眼神却无能为力的窘境。我们走出好远时，石秀贞老人还依偎在门口，尽显落寞。

这个夏天的感动[*]

离开的那天出太阳，不再是前几天阴雨蒙蒙的天气，大人们和孩子们一同来送我们。"向左转！齐步走！"随着队伍缓慢的前行，身后响起了村支书一早准备好了的礼炮。似乎每一声都在心底炸响，礼炮声音结束后，苗家奶奶的歌声响起，本说好的忍住眼泪，可是听到这个歌声，藏在眼眶的泪水就再也止不住了。

孩子们送了我们很久，这一路不敢回头，因为回过头看到的是他们挂满泪水的脸，回过头看到的是深深地呼唤。"我怕我没有机会，对你说一声再见，因为也许就再也见不到你。"这是孩子们送我们的一首歌，整条山路，回荡的都是这首歌，吵醒了山里的鸟儿，唱开了山间的云雾。随着这首歌，"爱在联团"的所有伙伴离开了联团村，但是留下的是爱。我要感谢这八天的经历，八天说长不长说短不短，却足以让我有一生难忘的感动。当多年后我再次想起的时候我还是会庆幸自己能有这次"三下乡"的机会。

"从团员手册上一个个陌生的名字到我们彼此心连心，从告诉自己一定不能哭到终究还是忍不住，你们在门外跟我们挥手，终究我们还是要头也不回，哪怕吉首和张家界距离不远，但最残忍地还是分别，因为不知道什么时候能一个都不少地再次聚在一起。人生真的太奇妙了，所以我一直坚信遇见的都是幸运，愿我们彼此有时不会想起但从来不会忘记，矫情的话说完了，愿爱在联团好好的。"

这是徐芳在走的那天对大家说的话，虽然在那些没有这样的经历的人的眼里可能会觉得这些有点矫情的话语会显得很无力，但我知道这些话对于我们这些人来说是多么的沉重，这八天的经历已经把我们从陌生人变成了共患难的兄弟姐妹。我非常感谢这次下乡，让我认识了这么多优秀的人，很多时刻是他们

---

[*] 本文作者王雪龙：化学化工学院。

的许多行为和鼓励让我变得更加坚强。每天"亲妈"和男神都会尽最大的努力在生活上关心我们，会问我们想吃什么，有没有吃饱。真的要感谢这两位老师。"联团"的小伙伴是一个永远的集体，无论是在下乡的这八天还是在以后的生活中，我们是兄弟姐妹是家人，我相信我们这群人没有谁会忘记这段经历，忘了我们这些曾经一起肩并肩走过的人，因为我们说过，"爱在联团"永不散场！

这次的"三下乡"给我最大的感触就是这里的孩子们，从第一天进村到最后的离开，他们无时无刻不在给予我感动跟震撼。在我们第一天招生的时候，一个可爱的小女孩目不转睛地望着我说："老师我能报名吗，我想读书。"我在她纯净的眼眸里看到的全是对学习的渴望。因为这里大多数孩子的父母都在外地打工，所以他们年纪小小就要学会照顾自己，有的甚至还要照顾自己的爷爷奶奶。每天四点就要起来做饭，六点前要从家出发去学校，因为要走三个小时的路，赶在九点上课前到达学校。当我们来到这里，当他们知道我们可以教他们读书的时刻，他们高兴地乐开了花。书法课上一个小小女孩说："老师我可以在这里写完字再走吗？因为家里没有墨水。"我们在场的所有人都震惊了。当他们说凌晨三点睡，早晨六点起是为了给老师做礼物的时刻，我们每个人的眼睛都是酸酸的。是他们让我们这次的经历更加多姿多彩，是他们让我们觉得这次经历是多么的有意义，是他们给了我们无数的震撼。我想对他们说请继续保持你们对学习的这份热情、对生活的这份热爱，不要因为外界环境而改变，持之以恒，我相信你们的人生将会充满阳光。

相聚总免不了别离，而离别是为了更好的相遇。离开的那天，我悄悄地走在了队伍的前面，因为我怕，我怕我一回头，看到孩子们的时刻会不由自主地流出眼泪。可是我还是哭了，当我听到身旁的阵阵抽泣时，我再也忍不住了。感谢这八天让我又长大了一些，也懂得了很多道理，人活着不要只为了自己享乐，还得为别人着想，还得为别人付出。这八天让我切身经历了社会交往的过程，感受了其中的快乐和忧伤，虽是短短的八天，但这是我人生当中难忘的一段经历，将会给我在今后的人生道路上有许多启迪。真的非常感谢此次"三下乡"，给了一个发展锻炼自我的平台。让我在各方面的能力都有了很大的提高。在今后的学习中，我一定会要严格要求自己，在努力学习专业知识的同时，加强对综合能力的培养，全面提升自己的综合素质。

那年夏天"熟透了"*

这是一个应该被记住的夏天，也是一段应该被长存的记忆。在这个原本炎热的七月，随着我们开展"三下乡"暑期社会实践活动热闹起来，也带来更多的温暖与诗意。满怀着信心与激情，我们来到了红色景区塔卧镇，正是这个乡镇，我们才有了接下来的故事。

犹记得第一天出发时，小伙伴们还不太熟悉，在车上比较拘谨，称呼也分得很清楚。而在归途，经过几天的相处，小伙伴们彻底放飞自我，一路打闹、一路欢笑。小伙伴们相互照顾、相互体谅、相互包容，建立了深厚的革命友谊。有人说最难忘的是一起下过乡，一起扛过枪。我们虽然没有一起扛过枪，但我们一起下过乡，一起分担快乐、无奈、感动。永远不会忘了水姐哨声起床的日子，不会忘了一起吃着大锅饭的日子，更不会忘了大家一起在男生寝室洗澡的样子，还有一起走路下乡坐大卡车回营地的日子，还有一起彻夜长谈，一起为了工作奋斗的样子，也有一起排练舞蹈，一起唱歌的日子。

在这六天中，我的主要任务是下乡调研，乡下有无处不在的蚊虫，有似火骄阳的暴晒，更有村民的不理解……在此次调研中我们发现了许多问题：当地农民的土地大部分已经退耕还林，他们的收入主要依靠水稻、油茶、外出打工和输出石雕文化。但当地农民知识文化水平比较低，许多村民没有什么专业特长，只能靠自己的体力去干简单的粗活。有许多是如今农村的普遍问题，当地对农业科技知识的认识不够，农业种植结构比较单一。这些问题我可能每天都会遇到，但只是看到了问题的表面，却没有如此深入研究与思考，我们不仅要发现问题，还需要我们因地制宜地去制定相应的解决办法。

这次下乡让我触动的还是来自那里的孩子。曾经在电视里看到过这样的悲惨身世，如今真实地发生在我眼前，许多孩子承受的可能不是父母不在身边的

---

* 本文作者伍艳君：商学院。

悲伤，更可能是被抛弃或者父母已经与他天人远隔的痛苦。也许当他们玩闹时，你不能看出他们的悲伤，但是如果你真正走近他，你才会明白原来他的内心如此脆弱。就比如一个名叫张欣妍的小女孩，她家共有四个孩子，她是最大的一个，现在均由爷爷照料。一岁不到的时候，她的妈妈就不顾她而离去。渐渐地长大，她也知晓了这件事。但是我们发现她并没有被生活击倒，每天都是开开心心围着老师转。有一次在上画画课时，六岁半的她画了她妈妈。她对老师说她想妈妈。其实刚开始听到这个故事时，我的眼前已经湿润了。她只是一个孩子，不应该承受这种痛苦。这里的孩子在最该任性、爱玩、无忧无虑的年纪，可生活和现实让他们变得十分懂事，这何尝不是一种悲哀。无论怎样，我还是希望这里的孩子能够健康成长，

参加暑假"三下乡"社会实践活动，我真的感到很荣幸。短短的七天，我参加了招生、调研、做饭、文艺汇演等任务，这些活动仍然历历在目，却无法用笔一一记录。每次，当我想起大伙在例会上激烈讨论的情景，我满腔热情；当我想起在每次活动中大伙忙碌的身影时；我满怀感动；当我想起学生淳朴的笑容时，我满怀喜悦；当我想起在文娱汇演时，学生大声喊"老师，我爱你"，我满怀感谢、感动。成长看似是一瞬间的事情，但我知道，我是在经历中体会成长。这种成长，何其珍贵！

通过这次社会实践我更加坚信：意气风发的我们经历了下乡的再次洗礼，象牙塔里的我们并非两耳不闻窗外事，一心只读圣贤书。年轻的我们拥有绚丽的青春年华，走出校园，踏上社会，我们仍会交上一份满意的答卷。总之，这个暑假的社会实践是丰富而有意义的，一些心得和体会让人感到兴奋，但绝不仅仅用兴奋就能描述清楚的，因为这是一种实实在在的收获。这不仅是一次实践，还是一次人生经历，是一生宝贵的财富！

在骨感中学会打磨[*]

时光匆匆，"三下乡"的感触日渐深刻。不管是远离喧嚣、静谧如水的乡村小镇，还是孩子们天真的笑脸和不断成长的我们，都在记忆里熠熠生辉。

整装待发

对于"三下乡"，最开始的时候怀着美好的、浪漫的想象，村民小孩的欢迎、乡村风光等，都让我无比向往，但是现实的骨感容不得我沉迷于遐想之中。当时正好赶上期末"预习"考，我一边要挑灯夜读还要一边做准备工作。虽然不太容易，却让我更加全面地思考了整个"三下乡"的过程。

所有的困惑都是学习的起点。具体开展活动的第一天并不顺利，稿件的撰写一直在原地打转，不断的修改，却依旧不达标。然而正是在这天让我受益匪浅，从一贯写的得心应手的稿件模式转变到了另外一种全新的样貌。虽然转变的过程很艰辛，但是得到认同的时候内心无比激动与欣喜。习近平总书记深刻指出，"要学习掌握事物矛盾运动的基本原理，不断强化问题意识，积极面对和化解前进中遇到的矛盾。问题是事物矛盾的表现形式，我们强调增强问题意识、坚持问题导向，就是承认矛盾的普遍性、客观性，就是要善于把认识和化解矛盾作为打开工作局面的突破口。"我们的一切实践都是在矛盾的运动中向前发展的。人要不断地学习新知识，快速地学习新事物，才能不落后。

与孩子们地交谈中我们了解到，在罗依溪九年制学校，孩子们的课表充斥着语文、数学。素质教育课都是其他课程老师兼任。故此我们的支教团队决定：把素质教育带入乡村，把民族特色融入课堂。体育锻炼和体育运动，对于青少年的集体主义教育，磨炼坚强意志，培养良好品德，促进青少年思想品德、智

---

* 本文作者文泽宇：数学与统计学院。

力发育都有着不可替代的重要作用。然而在教育发展相对落后的地区，青少年体育还未真正引起社会各界的重视，重文化学习、轻体育锻炼的现象依然普遍。这短短几天的培训并不足以改变现状，但我们希望我们的努力可以在孩子们的心中埋下热爱运动的种子。关于青少年的素质教育，艺术也是必不可少的精神养料。对孩子而言，这些与艺术亲密接触的时光，也都将成为成长历程中不可或缺的美好。在剪纸课堂中，学会去欣赏传统艺术的魅力，也让观察能力、动手能力得到一次锻炼。生命的碰撞是双向的，每次都有志愿者感慨——来之前想的都是给孩子们带些什么，只有真正地和他们在一起，你才知道他们带给我们的其实更多。

每一个班级每一个孩子都是不同的。有人会很踊跃举手，站起来却只是看着你微笑；有人默不作声，下课偷偷地往你手里塞纸条；有人一下课就跑过来往你身上蹭，摸摸你，叫你的名字；有人撒娇般找你告状，哪个同学打架了；有人把最喜欢的礼物，悄悄地送给你。最简单的情感碰撞，有让人心尖颤动的力量。诚实地讲，他们的单纯和美好，总会治愈我们的日渐浮躁。这七天并不是所谓的"奉献爱心"，这只是一种体验，付出我能够付出的，就很满足了。

"吃苦不言苦。"作为一名大学生，应当发扬与传承吃苦耐劳的精神。我们将保持一颗积极向上的心态，展现大学生良好的精神风貌。我们也会尽自己最大的努力在即将开展的社会实践中做出最好的成绩。这次的"三下乡"活动，不仅仅是个好的学习平台，更是我们锻炼自己、接触社会的一个很好的机会。作为一名新时代大学生，我深知仅有书本知识，而不去基层锻炼是远远不够的，真正的实践能将人的优秀品质充分展现。在未来，我将不负自己，在有限的时间里，用知识发挥出最大的价值，服务社会和人民。

我心里　你最重*

　　在某个夕阳将云朵染得透出金色的黄昏，我提笔欣然在成长碑上写上"联团"二字，镌刻成青春的最美。不知道怎样来丈量你在我心里的位置，不知道如何来把你书写，只知道习惯性地将你珍藏在心底，等待一片更美的天空让你飞翔。

　　时间就像生命的尽头，你不想走也得走。大学看似漫长实则短暂，殊不知两年就已经悄悄溜走了。暑假来临，同学们都迫不及待地准备回家，我理所当然地也想要和父母亲人团聚，可我更想在暑假期间锻炼一下自己。很荣幸能有机会参加这次吉首大学"走进武陵山"大学生暑期"三下乡"社会实践活动，很荣幸成为"爱在联团"社会实践活动综合服务团的一员。一直认为，不论什么事只有亲身的体验过，才会有真实的感受，才能对这件事有比较实在的深刻地认识。世上无易事，均须用心去做，时常要保持一颗会学习、能思考的心。人生因为经历而美丽，为期十天的"三下乡"，每个人在思考着这几天发生在我们身上的全部。我们少了些青春的张狂，多了些青春的踏实，少了些青春的迷茫，多了些青春的奋斗，满满的全是充实忙碌的身影和沉甸甸的收获。

　　庄严的出征仪式，一步一个脚印地走进联团村，搬运物资、打扫卫生、做饭、支教、走访、总结分享会、写日记，每天发生在我们身上的种种都会给我带来很大的触动。我们住在云彩上面，这里是海拔800米的联团村，爱在联团心连心。7月21日对于矮寨镇联团村，对于"爱在联团"社会实践综合服务团来说是一个特殊的日子，"联团筑梦"学校在今天正式开课，我作为教师代表发言，看到他们一双双憧憬的眼神，让我很想去呵护他们。上午的体育课和舞蹈课在篮球场进行，孩子们都很听话，炫目的阳光，咸咸的汗水，那骄阳下伫立的身影，那汗水中神采奕奕的双眼，似乎每张稚气的脸上都染上了坚强的光辉。

---

　　* 本文作者徐芳：外国语学院。

问他们累不累的时候，他们总是回答说不累，每一个孩子都是天使，每一个都懂事到你无法想象的程度，每一张天真纯朴的笑脸后面都承担了太多太多，让人既心酸又心疼。我的英语课一般是在下午，孩子们中午不午休，每次都早早地来到教室门口，我注意到有一个小朋友可能是中午没睡觉，太累了，她的一个动作感动了我，她一直在用手把眼皮撑起来，这样才好认真听课。我们举办了一个叫"心语心愿"的活动，让孩子们大胆说出自己的梦想，打开许愿瓶，一个个的心愿，懂事得让人心疼。有的人的心愿是，希望老师们在这里可以呆久一点，可以不要走；有的人的心愿是，希望努力学习，好好报答爸爸妈妈。我们解开一根根绳子，小心翼翼地打开每一张纸条，生怕损坏了纸条，因为那些纸条承载了太多太多的梦想，纯朴而天真。他们勇敢地说出自己的梦想，然后满心欢喜地将梦想放进许愿瓶内，满怀期待地等待梦想发芽。可能对于他们来说，我们来联团村的日子很短很短，短到可以十根手指头就可以数清楚，短到忽然地来忽然地走，或许这些孩子们最需要的不是我们给他们带来的物质资料，我们要带给他们的更多的是一种精神传递，一种乐观向上的精神。

作为一名志愿者老师，我们支教的对象大部分是留守儿童，我们不能把教书育人降低到只传递知识的层面上，要多关心留意学生，经常与学生交流，给予学生帮助，让他们感觉到老师是在关心他、照顾他，做到亦师亦友。要感染学生、培育学生、引导学生、影响学生，要用无限的师爱，开启每个学生的心灵。教育是爱的共鸣，是心与心的呼应，学生能在你的引导下不断成长，这是一种快乐，一种满足，一种幸福。上课的时候，他们总是特别认真，有时候你冲他们笑一笑，似乎也给予了他们巨大的能量。他们是我接触的第二批小朋友，无论以后自己是不是做一名人民教师，我都会记得自己在大学的时候曾经有过这样一批学生，给我带来那么大的触动。

走访的经历是难忘的。记得有一天中午去给村里的一个留守儿童做饭，她来自单亲家庭，爸爸经常在外务工，妈妈早年过世了。对于我们的到来，她很激动很开心，帮她盛好饭，孩子吃着吃着就笑了，我问她为什么，她说，好久都没有这么多人陪她一起吃饭了，忽然觉得特别温暖。或许陪伴是最好的爱吧，我们所能做的就是陪陪她、温暖她。我们这支每天穿着统一服装的队伍也成为了这大山里一道独特的风景，这里的老人特别热情、朴素而坚强。每一次和他们侃侃而谈的时候，心里总是觉得特别平静，特别感动，因为对面坐的是一个走过那么多岁月的人，他们所经历的故事就是一本值得品味的书。我们在联团的日子很短暂，谈不上对这里会有多大多大地改变，我们所能做的就是脚踏实地地为这里做些实事，可能只是添砖加瓦，但于我们却是饱满的挥毫。不忘初心，方得始终。

最后一天的汇报演出，小朋友们用心表演的每一个节目、苗家阿婆的苗歌、石秘书的苗拳、汪老师的讲话，都是那么的令人感动。最后我们合唱的时候，手拉着手唱着唱着就哭了，曾经幻想了无数次这样的场面，告诉自己不能哭，终究还是忍不住。到了必须要分别的早上，村民们给我们放了鞭炮，阿婆们给我们唱了苗歌，孩子们一首《再见》唱哭了所有人，一切的一切，都深深地印在我们的心头。

都说人的一生就是一本书，我们都在认真记载着人生的真实和感悟。每经历一次，我们就在生命的书页里增加新的一页，认识的人和遇见的事。感谢你们，拓宽了我们生命。团结就是力量，再也不是一句简简单单的话，集体的荣誉感让我们将它演绎得淋漓尽致，愈见丰美。我们一起忙碌，一起经历，一起感悟。我见证了感动，收获了情谊，得到了成长，这也将充实着我的生活，让我一步一脚印地踏出异彩纷呈的人生。

"三下乡"，温暖的开始，温暖的结束。触动那么大，泪点那么多，收获那么沉，回忆那么满。愿爱在联团永远心连心。

温暖起航*

　　当我一个人静静地坐在桌旁写下今天的所感所想，此时我想起了刚进大一时学姐告诉我说大学总要做些有意义的事，此次慈爱园之行让我觉得这是我人生中挺有意义的一件事。此次行程是七天，经过了一个多小时的车程到达这美丽的地方，炎炎的夏日，灼热的烈日一波一波烘烤着大地，也激昂着同学们的热情。

　　在来的大巴上，带队的辅导员老师们带我们一起玩游戏，让来自不同的年级素不相识的我们迅速熟络起来。车外骄阳似火，车内也是热火朝天、欢声笑语，大家热情高涨，对这次暑期"三下乡"实践活动都充满了期待。我们此次"三下乡"队伍有三位老师，二十多名学生。大家既明确分工又必须紧密协作，每一个人都是团队不可或缺的一分子。能够在这样的一支团结的营队中，我感到非常的开心，同时也给我不小的压力。总体上说，我认为是成功的。"成功"，不仅仅是说活动开展得多么好，而是每位同学都或多或少知道了现代社会没有知识、没有社交主动权，是无法适应这个社会的。每位同学都积累了一定的社会经验，懂得了怎样与人相处，切身体会到了"科学发展观"的现实意义。参加"三下乡"还有一个重要的目的，就是培养在校大学生的社会实践能力，因此我们这个团队非常注重个人能力的提高。在这几天能学多少就学多少，自己学到的东西才是真正的东西。在服务社会的同时实现自我成长，是当代大学生的历史使命。经过一个多小时的车程，我们到达了永顺县慈爱园。一下车我们就看到了慈爱园的小朋友早早地等在门口，心里涌过一阵暖流。我们这次随车携带的物资还有捐赠给慈爱园小朋友的课外书籍，他们自告奋勇地帮我们把这些书搬进园里。下车的地点到园里要爬两个陡坡，书也很重，他们却没有丝毫抱怨。印象最深刻的是一个瘦瘦的小朋友，因为书可能没有绑紧，突然散落到

---

　　* 本文作者徐慧琪：文学与新闻传播学院。

了地上，志愿者们正准备放下行李来帮他，他却摆摆手说不用，飞快地捡起来加快脚步往前走。那一刻我看到了他小小的身体，散发出温暖的光芒。通过和几个小朋友聊天，我发现他们并没有我想象中的内向和敏感，他们虽然是一些比较特殊的孩子，但是他们却比普通的小朋友更加热情和开朗，更加懂得感恩和关爱，在他们身上可以学到很多不一样的东西。学校是一个学习和受教育的地方，在这片广阔的天地里，希望我们能够为他们将来加入更加激烈的竞争打下坚实的基础，给他们带来知识与欢乐。

　　面对不可知的未来，我也会汲取暑期实践的经验，提高融入社会的能力。尽管前面有鲜花，也有荆棘，但我必将义无反顾，勇往直前，将自己的能力展现出来，为社会贡献出一份属于自己的力量！我坚信一个合格的大学生必须要有很好的实践能力，同时也希望同龄人们珍惜青春，用无限的青春创造无限的美丽，温暖起航！

一次心灵的旅程*

梭罗在《瓦尔登湖》里曾说"我愿意深深地扎入生活，吮尽生活的骨髓，过得扎实，简单，把一切不属于生活的内容剔除得干净利落，把生活逼到绝处，用最基本的形式，简单，简单，再简单。"人生有味是清欢，城市的喧嚣牵引着我们对于车水马龙的阑珊灯火追求，世俗的名利又让我们深刻地反思返璞归真的生活。所谓的乡村，在这段旅程中，不再是一个贫困、艰苦的磨练地，而是一个贴近自然、走进真实的原地。

依稀记得戴部长给我们上的那堂培训课："三下乡"是科技、文化、卫生三下乡。它并非玩乐，而是一项志愿服务活动。一开始，我还不明白什么是"三下乡"，"三下乡"的意义在于哪里？我猜测"三下乡"就是一群大学生去偏僻的山村过过苦日子吧。可当真正经历后才恍然大悟，原来"三下乡"是这样一种无法用语言完整地描述却是生命中不可或缺的体会。在这里，湘西州吉首市河溪镇的百姓们教会我：感恩。

正如戴部长所说：下乡进行实践活动是代表吉首大学整个学校的形象，这是一张特殊的名片。从我们穿上白大褂的那天起，就有无数个比喻形容过这个职业的伟大，说是白衣天使拯救人们的生命，是黑暗中的阳光给人们前行的勇气。在"三下乡"的社会实践中，我们身为白衣天使的志愿者就肩负着治病救人的责任和使命。近几年来，在感动中国十大人物里不乏"最美乡村医生"，他们就是在最艰苦的环境里做着最伟大、最光荣的事业。当今社会，"悬壶济世"可能早已远去，可"仁医仁心"依然长存，存在于每一个在医学道路上坚持跋涉和成长的人心里。"三下乡"便是一次心灵洗涤和专业技能实践的完美升华，在做一个医术高超的医生之前，首先得做一个体恤病人疾苦的普通人。作为医学生的我们，此次下乡对于我们来说是一个锻炼的好时机，能够将所学临床知

---

* 本文作者许梦霞：医学院。

识运用于实践，通过这个实践过程，认识到自我的不足和知识掌握方面的问题，回归校园再好好地提炼和升华。通过对基层医疗现状的直面接触，让我们对"仁心仁术"有了更为深刻的感悟。

初到河溪镇的时候，就遇上了为数不多的停电日，而且一停就是一整天。小伙伴们还是顶着骄阳烈日，衣服湿了又干，干了又湿，一起齐心协力为我们的住所换了个新装。我们一起流汗流泪，一起下乡义诊，一起调研宣传，一起奋斗到天亮。

不同的环境铸就不同的人。由于地域文化差异，当地多数百姓听不懂普通话，这也致使我们在沟通上出现了很大的障碍，这也恰恰是磨练我们耐心和意志的时刻。做入户调研的时候不知道吃了多少回闭门羹，数不清的猜忌、怀疑，但是不轻易言败的决心还是让我们收获了老人的信任和真诚的笑容。34公里的漫漫路途，崎岖、泥泞的山路，险峻的陡坡，我们一步一个脚印，为无数的留守老人、独居老人送去健康、爱心和祝福。

其实我一直在想，如果不是在这样一个特殊的环境里我和同伴们还能否如此地携手同行？真实的答案并不肯定。我只是知道，乡村是一个敞开的环境，仿若"海纳百川"的广阔，乡邻之间，你喝一声，我应一句，相互敞亮的内心也是无限的关怀。城市里，家与家的距离更近了，可家家之间筑起的钢筋水泥早已阻隔了相互之间的交流，相见也只是礼节性的点头罢了，甚至只是漠视前行。在这里，一起奋战的黑夜，一起流过的汗水，这些经历在乡村的映射下更显得我们同伴间的情谊之真、之切。

以前只要有一点点的困难，总会有打退堂鼓小心思的我在社会实践中无比地坚强，因为每次面对困难的时候，背后总有许多可以依靠的肩膀，当跌倒想选择放弃的时候，就会有无数双手向你伸来，拉起你，一起搀扶着慢慢前进。就是在这样的日子里，我明白了与其抱怨世间不公白白浪费时光，不如只争朝夕地追寻自己所爱。带着自己的初心去追寻梦想，即使道路坎坷，历经磨练，正如飞蛾扑火，全力以赴，我想那定是极其幸福与快乐的。

我们走过的每一段路程都有它自己的辉煌，当我们虚度人生，幡然醒悟以后，这段岁月将一直警醒我们；当我们历经大喜到大悲，我们会学会真正的珍惜。每一段历程都是风景，或哭或笑都是不灭的回忆。

在这次"三下乡"中，除了团队带给我的感动之外，也有来自岩头寨可敬可爱的村民们带给我的温暖。其中，最令我感动的就是当我给一位老大爷按摩时，老大爷双眼轻闭，嘴角上扬，脸上洋溢着幸福的气息。"大妹子，谢谢你们啊，感谢你们为岩头寨所做的一切。"一句质朴但诚挚的话语飘进了我的耳朵，暖进了我的心房。这真挚的话语让我感觉到我们所做的一切都是有意义的。我们获得了老乡们的认可，我们的心与他们的心离得更近了。勿忘初心，方得始终，我想，我们做到了！

感动无处不在，无时不有。一句简单的话语，一个细微的行动，亦能带给人满满的感动与温暖，让人感觉身处暖阳中，暖洋洋的，无比舒适。在去敬老院的时候，一位老爷爷给了我深刻的印象。当我们为他扎针测血糖的时候，他突然流出了眼泪，弄得我们措手不及，不知所措。而后才知道，他是因为感动而流下的幸福的眼泪。当要走的时候，我们送爷爷回房间休息，爷爷满是褶皱的脸上满是泪水，满眼期许地看着我们，饱含深情地拉着我的手说着："你们就像是我的子女一样，对我一个老人家这么好，谢谢你们了，乖伢子啊！"一句简单的话语，却狠狠地震动着我的心。"爷爷，我们都是你的子女！"我毫不犹豫并坚定地回答到。瞬间，爷爷的泪水在脸上流溢成河，也仿佛一条小河在我心头缓缓淌过。

这次"三下乡"，我收获的盆满钵满，满心欢畅，但它却并不是物质上的收获，而是精神上的享受。就是我这些天收获的感动，感动着我的感动。还未离开，就已思念。无论岁月流逝、斗转星移，仍抹不掉这些藏在我们心底的记忆碎片。或许多年以后，我们轻摇竹椅、小酌清酒，浅浅追忆着那些曾经在我们心中发生的令人感动的感动，想必定会被幸福的气息满满包围。此后，静默无声，潸然泪下。

他们是最好的未来*

"这是我最后一次和你道别了，你以后有时间一定要回来看我。"这是这次"三下乡"快结束时小桥生跟我说的一句话，我才发现七天的相处虽然短暂，但一份真诚却拉近了我们和他们的距离，也让我们看到他们最真实的样子。记得最开始在车子去往湘西州慈爱园的路上，我还在思考着如何接近这群孩子。"封闭怯懦""自卑敏感"好像这些形容词被较多地使用在了这群不幸孩子的身上，以致在某一时刻这个特殊群体的存在甚至让我有些心生畏惧，不是因为这群孩子怎样，而是我害怕自己的一举一动、一言一行在某个不经意的时刻对孩子们再造成某种伤害。就像开始说的一样，还好七天的付出得到的是孩子们敞开的心怀，还好七天的相处时光让我们看到了他们身上的真实色彩。

成长是一场孤单的冒险

我一直以为，童年的本色就是无忧无虑的，我也曾在无数的作文、习作和个人的感慨中描写过自己怎样有声有色的童年故事。而童年对于眼前的这群孩子而言却并非那么美好幸运，他们过早地失去了头顶上那把遮风挡雨的大伞，过早地独自去面对本不属于这个年纪所需要去考虑和面对的事情。

第一次与其他志愿者走进孩子们的寝室检查内务时，就看到了这样一幕：一个小女孩努力地踮起脚将自己折好的衣服放进衣柜的上栏，小女孩的个头不够，在努力地尝试了几次均以失败告终，小女孩并没有叫别人帮助自己，而是默默地把旁边的椅子搬了过来，自己踩在椅子上将衣服放好。我问她："你为什么不叫别的孩子帮助你？"小女孩悄悄告诉我："这些事情我都做得好的。"那一

---

* 本文作者徐威：文学与新闻传播学院。

刻我才明白，原来他们并非不愿沟通或者内心封闭，他们只是学会了用自己柔弱的肩膀把事情做好。成长对于他们来说就像是一场孤单的冒险，每一步都需要他们自己想办法走好，而生活也让他们较早地懂得了这个道理。

因为懂得，所以珍惜

"你一定要把饭都吃完。"这是孩子们在饭桌上经常对志愿者说的一句话，因为在他们的成长过程中对米饭有着更为深刻的了解，曾经痛苦的经历让他们倍加珍惜现在拥有的一切。尽管这些东西是每一个孩子都应该有的基本配置，但对他们而言却显得弥足珍贵。

晚上十点，在慈爱园的大厅书吧下，仍有四个孩子的身影被灯光拉得长长的。我悄悄走近他们，问道："你们怎么还没有休息啊？"其中一个孩子小声同我讲："这本书很精彩，我想快点把它看完。"看着孩子们认真的样子，我觉得内心很温暖，因为在我的眼里，他们不再是弱小的孩子，他们已经是学习和生活的强者。

我曾问过慈爱园的一位老师为什么慈爱园里的孩子都如此懂事，那位老师告诉我："他们知道，是大家的帮助让他们拥有了现在较好的生活环境，所以才格外珍惜、格外懂事。"

他们是最好的未来

在武陵山生物科技馆的电子模拟太阳系前，小桥生这样对我说："冥王星是太阳系里离地球最远的行星，以后我要开宇宙飞船去那里寻找外星人。"我故作深沉地告诉他："嗯，那你得先好好提高你的数学成绩才行，不然可开不好飞船。"

这一次把慈爱园的孩子们带到学校参观"三馆"，就是想趁机会引导孩子们树立目标，认真学习。在参观过程中，一个孩子这样说到："哥哥，这就是你们学习的地方吗？真的很有意思，以后我也要在这种地方学习。"我开心地说："只要你好好努力，认真学习，梦想就能实现。"其实在相处的过程中，我们发现，孩子们都有自己的梦想，有的要成为乒乓球奥运冠军，有的要成为大律师，有的要当伟大的科学家，有的要成为舞蹈家等。

一个志愿者说到："千万别小看了他们的梦想，说不定他们的梦想就成为了现实。"的确，孩子们的梦想千奇百怪、有大有小，但就因为那颗敢于梦想的心，我们也不能小看他们的梦想。他们懂事、勤奋、努力、真诚，在很多方面他们比我们都做得好，这样的一群孩子我们有什么理由不相信他们的未来，有什么理由忽视他们的期待。只是他们成长的路才刚刚开始，这群不幸却又幸运的孩子，在他们成长的道路上还需要更多人的帮助与关爱。

那一刻，我长大了[*]

时间如白驹过隙，不经意间永顺县慈爱园"推普脱贫攻坚"主题实践活动已经过去三分之二。短短的五天，我在成长着，被小朋友们的赤子之心感动着。很感谢"三下乡"让我遇到你们！

一下车小朋友们就在路口等着我们，他们十分热情，争先恐后为我们搬运物资、提行李，一开始就给了我们家的温暖。相处的这五天，孩子们天真可爱的笑脸深深感染着我，亲切地拉着我们的手，用他们稚嫩的声音问到："老师，你们明年还来吗？老师我以后可以联系你们吗？当我上大学了我也要像你们一样做志愿者……"在这里的每一天都很快乐很充实。

本次志愿服务以普通话推广为主，通过开展普通话口语培训、普通话标准宣讲、阅读写作训练、语言文字游戏、经典诗文诵读、汉字听写大赛等形式新颖、内容丰富多彩的活动，为永顺县慈爱园中的孩子打好普通话基础，提高普通话水平。23日下午，汉字听写大赛初赛在永顺县慈爱园顺利拉开帷幕。孩子们的成绩让我们志愿者很欣慰，反复强调过的字词基本都能写对，小学组共46人参加本次初赛，一人满分，90分以上的同学多达七人。孩子们的字迹很工整，一笔一划认真书写。孩子们对待学习的态度也给我们上了一课，反思自己，学习生活中遇到难题会退缩，提笔忘字，放暑假基本没有拿出笔写过东西，那一刻，我也长大了。

每天早上及晚上，志愿者会对园中篮球队成员进行篮球知识普及与训练。22日晚八时，志愿者与慈爱园篮球队及园中老师进行了一场精彩的篮球友谊赛，各自切磋球技，比赛异常激烈，观看比赛的小朋友们更是齐声喝彩。当晚九时十五分，吉首大学"爱心1+1"社会实践服务团携手永顺县慈爱园篮球友谊赛以46：50的比分完美结束，志愿者队略胜一筹。永顺县慈爱园篮球队队员表示

---

[*] 本文作者向为娅：文学与新闻传播学院。

237

会更加努力练习，明年一定会取得更好的成绩。"我不爱说话，刚来到园中，没有什么朋友，是篮球，不仅让我开朗起来，更让我在学校与同学相处融洽，找到自信。同时篮球可以强身健体，长大后我也要像哥哥姐姐们一样，去当志愿者，帮助更多需要帮助的人，将爱传递下去。"一位初二的篮球队成员说到。"我们的幸福生活是国家给予的，我长大后要当一名国家队篮球运动员，努力报效国家，为国家争夺更多荣誉。现在国家是我的骄傲，以后要国家以我为荣。"另外一名小学五年级的小朋友说到。简单的话语，真诚的心。孩子们教会了我感恩，他们是"折翼"的天使，生活让他们承受了不该承受的痛苦，而他们回报给社会的是爱，是感恩。小小的身体，大大的梦想。我们每个人都有梦想，但长大后的我们在追寻梦想的过程中渐渐的少了些坚定，而孩子们的赤子之心，使他们真诚地面对自己，真诚地面对自己的梦想。感谢与你们的相遇，让我不经意间意识到自己在成长过程中遗失的重要品质。

这次来到永顺县慈爱园的心情与去年有所不同，去年的我无法想象，更无法体会这些可爱的孩子们的心情。今年，我和这些孩子们一样，六月，我永远地失去了我的爸爸，没想到正月份一别就是永远，感觉自己的世界瞬间变得黑暗。23日，中午午休梦见爸爸了，醒来便哭了好久，突然一个小女孩为我擦去泪水，摸摸我的头，说道："姐姐，别哭，我刚来也哭了好久，难过的伤心的事不要去想，我们要开开心心的。"简单的话语触动我的心灵，真的很感谢再次与这些可爱热情的小朋友相遇，我相信，他们的痛更深，他们承受的比我多得多，我也没有理由不坚强。那一刻，我长大了！孩子们的世界很单纯，在他们身上我看到了创造力与好奇心，在成长的路上我似乎渐渐失去了这些，不记得自己有多久没有好好地去思考一些问题。

时间转瞬即逝，每天与孩子们朝夕相处，大家都希望时间可以慢一点，我们相处的时间可以多一点。今天就有好几个小朋友拿着本子，记下我们所有团队成员的电话号码。"哥哥姐姐们，你们为什么在我们这里只来七天啊，我舍不得你们。"大学就像一个社会，而实践就像小孩子跌跌撞撞且歌且行的成长。感谢"三下乡"让我遇到你们，遇见这群也让我成长的小朋友们，让我真正感悟到做志愿者的快乐。

此次活动不仅给慈爱园的孩子们送去了温暖，更让我们得到了成长。我们愿意将孩子们带给我的温暖与感动永存于心。虽然只有短短七天，但我相信在这段时间内的收获会让我终身受用。剩下的两天时间，让我们与孩子们一起同行、同学、同乐、同梦！

再回首*

  下乡，对于我来说可能没那么陌生，也从没想到过还能再一次随着暑期的脚步去下乡。花桥村一个站在高处俯瞰别具一格的村庄，有着古老的建筑和淳朴的风土人情，而我们体育文化人"精准三农"社会实践团就是那个遇见。遇见你、感受你——花桥你是那么美好！

  脱离了"衣来伸手，饭来张口"的大学生活，在这里生活、早操、调研……满满地充斥着欢乐的气息。就像是一杯水能解渴润喉，也能温暖人心，我们走进一位老乡家里。老乡的热情好客让我远离城市的心得到安稳与放松，他们的文化程度并不高，但给予的往往是最真诚的关心。阿姨切西瓜、端甜酒和甘甜的泉水，这一个个举动让我感受到了温暖，也让我们下乡的伙伴深受感动。

  肤色由白变黑也是幸福的。把自己打包好，全副武装，那天我们去帮老乡扛粮食、捉鱼，水不深但天很热，尽管我们没有面朝黄土背朝天的实实在在，但也有异曲同工之妙了。我们在调查中得知，稻花鱼算是花桥村的一大特色，老乡说把鱼拿出去卖，好的时候50多元一斤，就是现在也要30多元一斤。老乡还说好多人为了来品尝稻花鱼会从城里来到这里亲自捉鱼，带着一家人既能感受乡村的生活气息，又能体验捉鱼的乐趣，看看美丽的大自然。时光总是过得很快，在烈日下度过了一下午的帮忙时光，回来时几个伙伴的腿有的过敏，有的划伤，但是在他们脸上洋溢着幸福的笑容，这是我们在学校感受不到的。

  还记得山谷的故事，我来自遥远的黑龙江，在家乡很少看到山泉的流水穿过大山的景象。有一首歌说山路十八弯，以前总是不信，可来到这才知道这里的山路何止十八弯，可以堪称百弯、千弯了。在蜿蜒的山路上与同伴们结伴而行，路上好不热闹。到达谷底，踩在河流里，仿佛路上所有的疲惫都消耗殆尽，

---

  * 本文作者辛欣：体育科学学院。

内心从未如此平静，感受着大自然最纯真的美好。

　　身为大学生的我们日子还很长，在感受的同时，进行思考，谷底未完待续……披着清晨的阳光我们走进大山，眺望山下的风光，老师们带着我们开路。记得鲁迅先生说过，这世界上本没有路，走的人多了便成了路。开路寻找资源，结伴同行仿佛是世界上最幸福的事，杂草丛生、乱石磊磊、烈日炎炎都阻挡不了我们前进的道路。人生很长，结伴做以前没做过的事，从未想过的事，相信以后回想起来也算是一场冒险了，好不欣喜。

　　在谷底抬头向上看和从山顶低头向下看，风景迥异，心境不同，看事情的角度不同往往会有意外收获。或是净土、或是天堂，花桥你的景美、人美、心美，愿再次拥抱你。

一起同过窗，一起下过乡[*]

日月如梭，时光如电，短短七天的"三下乡"生活早已结束。虽然时光无情地流逝，但支教的情景却历历在目，感受也将永驻心间。回想起我们的那几天，每天都过得很充实，每天都充满了感动，一张张可爱天真的笑脸是我内心最美的记忆。

出征那天，艳阳高照，吉首迎来数学与统计学院暑期"三下乡"活动，一扫前一周的大暴雨带来的阴郁，把我们送去了古丈县罗依溪九年制学校。我们就这样带着"志愿支教罗依溪，传递数统薪火情"的信念踏上了实践的旅途。下午，我们一行人顺利到达罗依溪九年制学校，下车后经过短暂的整顿和休息，举行了志愿服务启动仪式。代表着我们数学与统计学院的旗帜从吴书记的手中被罗依溪九年义务制学校校长接过时，我们的"三下乡"就此开始。

这七天里发生了很多让人难以忘记的事情，甚至是改变了我最初对"三下乡"的看法。作为宣传组的成员之一，我的工作任务是用微信记录下那些美好的人和事。因为对工作内容的不熟悉，常常会觉得灵感不够写不出东西。写不出东西的时候，我最喜欢去一二年级的教室里坐着，看着我们的支教老师热情地给小孩子们上课。这么大的小朋友恰好是最可爱的时候，因为自己有个差不多大的弟弟，跟他们接触起来也觉得异常放松，他们会主动亲近你，用自己的方式表达对老师们的爱。累的时候，他们的笑是最好的治愈。记得有一节折纸课上，我还收到了小朋友们折的小青蛙，那是一种无法言喻的幸福。

看到罗依溪九年制学校的同学们那一刻，真的觉得这个"三下乡"没白来，因为体现在他们身上的那种属于少年所特有的生机勃勃、意气风发和自信怡然的朝气，正是恶劣的环境所激发的旺盛动力，丰盛的供给所不能代替的鲜活生命的冲劲与活力，这样的生活大概才是完美无瑕，让人觉得充实有度，而不是

---

* 本文作者席鑫：数学与统计学院。

蹉跎光阴吧。虽然短短七天里自己没有亲身体验过当支教老师，可在记录了课堂上支教老师们的无私奉献和课后地谆谆教导之后也感受到了老师们的伟大和不易。

印象最深的还是那天在办公室里举行的团建。或许是"三下乡"给大家带来的磨练，战友们一个接一个地表达了对这次"三下乡"深刻的感触，把最真实的自己、最真实的情感展现给一起奋斗的小伙伴们，淋漓尽致地体现了整个团队的凝聚力。那天不知道哪来的勇气，让一向连上课回答问题都不敢的我做出了此次下乡最正确的决定，站起来大声说，虽然语无伦次地说了一大堆，但是内心非常轻松，甚至得到了伙伴们表示鼓励的大大拥抱，感觉自己充满了信心。

下乡中被温暖的还有我们宣传组成员之间的默契和爱，其他的组在安排任务时都没有被安排到宣传组，所以我们必须把自己的任务完成得更好才能对得起大家的信任。其实最辛苦的还是我们的雯雯姐，是她带领着我们，我们才能更出色地完成任务，她对我们宣传组的每个人都很照顾。虽然跟她只有短短一周的相处，但是她的人格魅力真的很吸引我，所以，唯一能表达我内心的一句话就是"宣传组，我爱你们"。

六点半操场上跑步的身影，吃饭前食堂门口的拉歌，团建时办公室里大家的真情流露，喊着"头可破，血可流，电脑不能坏，相机不能丢"以及"一家人就是要永远在一起"的宣传组，以及在文艺汇演上唱着《仰望星空》，做着最后告别的那一抹红色……一幕幕在我的脑海里放映。生命循环往复，日出日落，缘来缘灭。或许真的是经历了哭泣，才会知道笑的滋味；经历了失去才懂得珍惜；经历了痛苦，才能体会真正的幸福。

"三下乡"，其实就是要我们到实践中去认识社会，到实践中去认识自己，到实践中去寻找属于自己的方向，到实践中去调整自己。无论做什么事情都要充满热情，哪怕只是一件小小的事。实践会跟你说：怀着热情去做事，都会事半功信，收获属于自己的东西。

不负青春韶华*

　　这是我第一次参加暑期"三下乡"社会实践活动。以前别人总和我说起，大学有三件事：进学生会，扛过枪，下过乡，这样的大学才完整。大一进了学生会，成了办公室的小干事；后来参加教官集训，成了学生教官；如今，在大二这个暑假，我成了暑期"三下乡"队伍中的一员。很感激这所有的一切，我似乎觉得我的大学有了不一样的色彩。

　　今年我们院的暑期"三下乡"社会实践服务团队去的是湖南省湘西自治州花垣县，将大本营设在了雅桥小学——我们的七天故事也就是在这里发生而来。七天的时间，我和一群还彼此陌生的人生活在一起，一起支教、一起下乡义诊、一起入户调研。小天鹅舞蹈队在食堂旁的老树下，伴随绒花的歌曲，跳《芳华》；天籁合唱团在食堂下面高歌"树上的鸟儿在轻轻歌唱，有你们在我的身旁"；晚饭时排好队，一起唱《团结就是力量》；有磊磊学长每天早上为我们装好的面条，许老师为我们做的美味佳肴；田老师的欢声笑语，张程老师的帅气脸庞；我们是一个班，更像是一家人。总是会想起早上6点大家在宿舍楼下一起刷牙洗脸，听着赵四俊大声喊着集合时间。会记得在那个晚上一起上的素质拓展课，大家没有拘束，尽情的比赛，不论输赢，只在乎是否尽力。耳边似乎还响起的是老师们每天总结时语重心长的叮嘱，团队负责人们的各项工作安排，晚上宿舍的闲聊和彼此关心。

　　七天时间我们过得满满当当的。说实话，很累，累到坐着就能够睡下，晚上回到寝室拿着手机写心得时不知觉就睡着了。但这种"累"是值得的。因为做的是自己热爱的、有意义的事情。在下乡的第二天我们去了大兴村，我的工作是测量血糖。从最开始的不敢下手到后来的熟练，这是自己的一种进步。但自己操作过程中的许多不足也让自己深深地反思，无菌观念不强，采血深度把

　　* 本文作者肖云：医学院。

握不准确等。对于我的这些错误，村民们丝毫没有介意，笑着说没事，在他们心里，我们就是最专业的。对于村民的包容我很感激，这也激励我自己改正错误，用最专业的技术去服务别人，我们也希望村民们拥有更强的健康意识，规范自己平时的生活习惯，防患于未然。

　　感触最深的是在支教组，从第一天到最后一天，虽然不是时时刻刻都和孩子们待在一起，但是只要时间允许就会跑去看他们。或许离开雅桥，最放心不下的就是我的这些学生，这群可爱的孩子。从当初石栏镇赶集那天招生，我们支教队员真的是"不放过"每一个小孩子，希望更多的小孩能够接受更多的健康卫生知识课程，掌握更多的专业技能。第一天来了50多位学生，是有点出乎我的意料的。看着这么多不同的脸庞，心里也有沉甸甸的责任感，自己是支教的老师，就有义务教好他们。

　　鸭子老师——杨曦一直在带动着整个支教组的气氛，每天都带着小孩们玩游戏；小羊老师——杨丽华，一直是在陪伴着孩子们，耐心地授课；月亮老师——李正祈学长，用他动人的歌声，悦耳的笛声征服了所有的同学；还有猪猪老师、萤火虫老师、牛肉老师，当然啦，还有我这个小老师。这次的支教可以说是"三下乡"招生人数最多的，特别令人感动的是有四个小孩家住得比较远，每天五、六点就起床了，早饭也来不及吃，就在学校门口吃碗粉或是吃个包子。中午也就在门口吃粉，也不回去。我们支教的老师也多次和他们几个交流过，他们说就是喜欢这里，喜欢老师们上课。这些话我们听了心里很感动，同时也为这些孩子感到心疼。很是怀念上课时，鸭子老师热情地讲课，孩子们认真地听着；小杨老师教孩子们唱歌，跳舞。还有魏家三姐妹，最小的妹妹我们都叫她"冲天辫"，她老是扎着高高的辫子，冲向天空，特别高。这个小女孩只有三岁多，幼儿园都没有上。所以上课的时候有点听不懂我们讲话，喜欢喝水，上厕所，我都不知道带她上了几次厕所了，现在想想还有点好笑。但是在最后的一天她做了一件让我很感动的事情，帮着我们搬凳子，那个凳子还有点重。她小小的样子，搬着大大的凳子，这是个懂得感恩的女孩。在走之前的那天傍晚，他们拿着他们的画来找我和小杨老师，尤其是小杨老师因为在食堂帮忙，所以没过来。他们一直不愿离开，只想着把自己画的东西交给她。他们一直问我们什么时候会回来，我没有办法回答他们的问题，我也不知道我什么时候会再回到雅桥小学。很多人会质疑支教，认为支教的老师走了，离别时会给孩子们带来悲伤。但是从下乡的那天我就明白，天下无不散的宴席，总会有分别的时刻，只是时间长短的问题。而我们来了，带给他们更多的是陪伴与外界新的东西，正确地引导他们，培养他们健康卫生的意识，努力培养他们成为积极向上、善良的人，这才是我们支教的意义。在我走之前，我会和他们说，请大家好好学习，听家里人的话。话语简单，但是我内心对他们最真切的愿望。

不得不说，这次的支教，我学会了好几首歌和几支舞蹈。而且大多是这里的孩子教给我的。包括青春修炼手册的舞蹈，拉丁舞的几个基本动作。虽说这里没有那么发达，学校旁边连吃饭的地方都没有，只有几家粉店，卖的很多东西都是我们这几年前所卖的东西。但是我却发现这里的人很注重对小孩的教育培养，很多的小孩子都参加了培训班，女孩们参加拉丁舞班，男孩参加跆拳道班。这就是贫困地区的教育进步。

我印象最深的麻家三姐妹，三个爱笑的女孩，在这次的支教活动中带给我那么多的开心。最小的妹妹，简直就是翻版的"阿拉蕾"，小小年纪却懂得很多的道理，说话也特别有逻辑。老二，非常喜欢"月亮哥哥"，记得有一次上课她拍了拍我的肩膀，问"月亮哥哥"去哪了，我说下课带她去找"月亮哥哥"，她很开心地笑了。见到"月亮哥哥"的时候，她开心地跳到了"月亮哥哥"的怀里。后来我发现老二特别缺乏安全感，直到有一天，她和我说她妈妈在她很小的时候就离开了她，她爸爸对她特别好，她喜欢什么、想去哪都会满足她。她讲这些的时候没有那么悲伤，可能是年纪太小还不太懂得母亲的重要性。也可能是因为这个事情，老二特别缺乏安全感。而"月亮哥哥"的歌声会给人一种暖暖的感觉，她才这么喜欢"月亮哥哥"吧。老大是个多才多艺的好姑娘，会唱歌、跳拉丁舞，学了素描和写字。她送了我两幅画，一幅是那天现场画的，一幅是她以前上课的百分画图，在支教的第二天还送给我一束花，有好几种不同的花组合在一起。老大很乐观，爱笑。我会记得这三个女孩曾亲过我的脸庞、带给我的感动，会珍藏她们送给我的画。我们离开你了雅桥，但在那里的记忆不会磨灭掉。

这次的"三下乡"我收获了很多，我很感谢遇见这样的一群人，我会记得我的孩子们，我还是那个有点点害羞的小老师，老师爱你们。我会成为更加优秀的人，不辜负自己，不负青春，不负韶华！

遇见更好的你们[1]

　　"三下乡"到底意味着什么，在七月五号那天之前我什么都没有想，由于家里情况不是特别好，我印象中的暑假只有挣钱。作为一名师范生，一对一的高额工资实在是对我有很大的吸引力，一个漫长的暑假，将近一两个月的假期，我迫切地希望自己可以每天挣几百块钱，在一两个月内挣足我的学费，满足我长久以来想换手机的想法，让我可以圆满开心地、幸福地度过我下学期的生活。

　　而转折点就在七月五号。那天是我们院"三下乡"招募队员结束的第一天，在我眼中"三下乡"一直是志愿者的代表活动，一直是每个志愿者都想参与的活动，我也喜欢帮助别人，也喜欢在帮助中收获快乐，如果家庭情况比较好，我可以尽可能地做自己想做的事情。当老师问我，是否想参加校里的"三下乡"的时候，我犹豫了。如果我去，那么我现在接的家教就白费了，到时候回来可能也就没有了。可是机会难得，我想好好把握，我想尽可能地趁着年少疯狂，有股冲劲、干劲的时候，做多一些事。有句话说得好，再不疯狂我们就老了，趁着年轻，咱们一定能拼就拼，能干多少就干多少，能跑就不用走的，趁着年轻的气息，努力地往前走。望着屏幕，我思考了很久，最后我和补课的阿姨商量好了，等我回来可以继续补课，而下乡的这十天，她等我。一个院仅仅有一个名额，我真的很开心有这个机会，我很珍惜，也期待着这一次的"旅行"。

　　如期而至的一群人，相约第一次在青年沙龙，开始了第一次会议，来自各个学院的优秀的人，相遇相识，之后还要相知，共同度过十天的乡下生活。十三号的短会，十四号的培训，十五号的出征，我们的缘分，我们的故事就这样开始了。

　　在学院团总支、学生会干了两年的我，初次与校级团队一起工作，生活。我懂得最多的便是学习。这里的每一个人都是来自于各学院的精英能人，我们

---

　　① 本文作者谢紫纯：数学与统计学院。

可以从身边人的生活中，感受到不一样的团队精神，不一样的责任与优秀。我需要向这里的每一个人学习，需要不断地完善自己，跟上大家的脚步，尽可能地融入大家，记住大家每一个人的名字。在这里向每个指导老师学习，她们来自各个院以及校团委的老师，准确地说是精英老师。她们每个人都有自己的想法，带我们素拓，开展活动的时候很有想法。我想，这是我们需要学习的，在这里的学生干部，不是由老师安排任务去做，而是自己在做，自己想做什么就做，勇敢地安排自己，安排做些事情，然后不断地朝着自己的目标去做，去做一些有意义的事情，去完成一些"三下乡"的事情，确定好、做好下乡这件事。只要自己相信自己能行，自己想做、敢做，就可以去做，只要有恒心，有毅力，我们就可以成功。

作为师范生的我，很荣幸地分到了"教育关爱服务团"，去对儿童进行一个基本的情况了解。刚过三天，我们走访了钟灵镇上的大部分地区，对儿童的心理健康和家庭情况做了一个基本的了解。而我们，并不是以问卷为目的，主要还是达到一个引导作用。教育主要有家庭教育、学校教育以及社会教育，孩子们很多事都不懂，更多的是通过家人的教育，而家庭的教育存在一定的不足，比如自己本身的学历不高，不太懂学习这一块，没有办法给孩子们提供学习上的帮助。而且很多家长也不重视教育这一块，不太懂得好好地引导孩子，存在一些暴力管理行为。他们对于孩子的身心、学习等各方面都没有太在意，这可能就会导致孩子们存在一些心理上的问题。我们想做的就是，通过调查，了解哪些人比较不愿意交流，了解他们的心理状况，及时地给予心理、身体上的指导，希望他们可以健康向上的生活，更加积极乐观地面对这个世界、面对自己的人生，让他们对自己充满希望，对自己充满自信。

"我没有妈妈"，听到这句话的时候，我差不多要哭出来了。这是一个上午，我们在镇上走着，在一个三岔路口，我看到了一个卖肉的店铺。看着这个门面，我们都觉得，这家的情况应该还是不错的，挺敞亮的一个地方，正好这里也有一个小朋友，虽然觉得她家情况不错，但是我们还是决定和她聊会儿天，做一个问卷调查。我问她，你家在这里吗？她说没有，还在里面里面。后面我问她，你爸爸妈妈在家吗？她说爸爸在外面打工。当时听着，我顺口就问了一句，那你的妈妈呢，是不是在家里带你读书。她没有说话，我以为她没有听清楚，然后我又再问了一次。她停止了问卷的填写，怔了一下，抬起头，睁着她水汪汪的大眼睛，从嘴巴里挤出了"我没有妈妈"这几个字。她一说出来，这一次换我懵了，我愣了一下，然后安慰她，那你和谁住在一块，他们一定特别爱你吧。她说是爷爷奶奶。当我问到你想不想你的爸爸的时候，孩子再也忍不住了，她直接哭了出来，一直哽咽，也不说话，这大概就是情到浓时情不自己。随后，我们与爷爷奶奶取得了联系，得知孩子的妈妈在孩子一岁多的时候就离开了她爸爸，改嫁他人，也没有管过她。她的爸爸，也是读过大学的人，可是后来因为一场车祸，从此就经常出现记忆缺失的现象，孩子一直由爷爷奶奶照顾，靠着那家肉铺维持生计。外表看似不错的房间，却是如此的简陋，孩子家的外面在买猪肉，里面是厕所，走进去一看，厕所和猪栏在一块。孩子，如果可以的话，姐姐希望你永远幸福，永远开心快乐，一直好好地生活下去。

"我要读高中，不读高中以后会找不到工作。"谁能想到这句话来自一个七岁的小孩口中，还是玩着最简单玩具的年纪，不会在乎其他的事情。当我走进他们的时候，我说能和姐姐聊会儿天吗，他直接答应了，笑靥如花。我问他想读初中吗，他说想，我说想读高中吗，他也说想，那大学呢，他摇摇头没有说话。我说，那你想不想成为姐姐这样的人呢，成为一个大学生志愿者，可以去和其他的小朋友聊天、玩游戏。他点点头。我问他为什么想读高中，他说，不读高中我以后会找不到工作的。他年仅七岁，我很不明白，他为何可以说出如此成熟的话。当我问他怎么知道这些的时候，他说，他就是知道的，其他的自己也不清楚。他说，因为你，我想上大学，我想好好读书。一个志愿者的力量，也是如此的大，我们只要影响一个人，就承载了希望，有了一定的收获。

作为一名志愿者，我只希望自己可以坚持自己的初心，在这条路上坚持着自己正确的方式来学习，去引导孩子们，让他们更好地了解自己，更好地保持好自己的心灵健康。他们在这希望花开的时代，需要我们更好地关注，更好地引导。作为祖国的园丁，在这花开的田野，我们需要好好地传粉。在国旗下，面对团旗，我们庄严宣誓。我志愿，加入印象红途——毓秀钟灵社会实践服务团之教育关爱服务团，以艰苦奋斗为荣，以好逸恶劳为耻；以黝黑的皮肤为荣，以雪白的皮肤为耻；以走街串巷倾听孩子们的心声为荣，以闭门不出吹自然风的行为为耻；无论刮风下雨，风吹日晒，我们坚持起得比鸡早，睡得比狗晚；我们宁愿挺立在40度的烈日下，也不愿躺倒在23度空调房里；我们始终坚持在第一线走家串户，秉承优良传统，发扬志愿精神，落实科学发展观，传播先进文化，遵守团队纪律，服从团队指挥。尽己所能，帮助他人，用汗水灌溉青春，用奋斗不负韶华。感谢遇到这个团队的每一个人，感谢你们的陪伴与成长，让我们一起不负韶华不负卿。

寻路老司城，初见万马归朝 *

当重负的汽车伴着我们悠扬的歌声快速向前行的时候，我的内心还是很期待目的地到底是一番什么样的景象。这次"三下乡"的目的地是在我的故乡——老司城。说来也怪，之前一直想去，但是由于各种原因都没有去成，仿佛冥冥之中安排了我一定会有这次"三下乡"之行一样。团队招募成员时，我毫无理由地觉得随着团队来这里的经历一定与往常来这里游玩不一样，一定能够更加深入地了解老司城了解当地文化，所以我毅然地报了名。

当我们的"装甲"汽车从永顺县城边缘驶入那条唯一通向老司城的比单行车道微宽的车道时，只要你认真观察、仔细感受，周围的景象和这条蜿蜒曲折的道路就已经开始向你述说老司城到底是一个什么样的古城了。一路上，同学们不停地感叹景色优美，当车爬上山顶，大气磅礴的"万马归朝"景象映入眼帘时，就连我这个本地人都不禁拍案叫绝，真的后悔为什么不早一点来这里，早一点来感受大自然的鬼斧神工。此时，我更加期待见到这个大山里的千年古城了，想要了解它的愿望也更加迫切。

醉人灵溪河畔，亲切司城人民

到达老司城后，支教志愿服务团的小伙伴马上开始走访司城村，为我们的支教活动做招生宣传。村民们都很热情地招呼我们，并很亲切地说会回家告诉自己的小孩。虽然是初来乍到，还没有为老司城做什么实质性的事情，但是他们用淳朴的话语和热情的行动感动了我们，激励着我们一定尽己所能，为老司城做一些力所能及的事情。

有一位村民叫喻安林老人，今年已经81岁高龄，在宣传途中遇到他，在向

---

* 本文作者于芳：国际教育学院。

他讲述我们的来意之后,老人很是感动,说了很多感谢我们的话。从他的话语里,我感受到了他作为一个一辈子住在老司城中的村民,他是把自己的每一滴血液都融入了这块古老的土地,他期待更多的人来关注这里,让这里厚重的历史得以传承和弘扬,让这块古老的土地迸发出新的活力。他认真地为我们介绍了从他退伍后到现在老司城的变化,介绍了老司城口口相传的鲁班与当地人民一起修庙的故事,表达了20世纪50-60年代,红卫兵对当地古建筑和古文物破坏行为的痛心和痛斥。我们就在十几年前喻安林老人参与修建的水泥桥上聊了大概半个多小时,老人一直在诉说着他在老司城生活的点点滴滴,急切地想告诉我们老司城在过去的几十年中发生的细微变化。最后老人说现在自己老了,为老司城做不了什么了,但是每天吃完饭后都会下山来,围着老司城走走看看,哪怕捡一片纸屑,向年轻人多聊聊老司城的过往都好。离开时喻安林老人还拍着我们的肩膀说你们来了好,希望吉首大学的学生能够多为老司城做宣传,让更多的人来保护和传承这个古城的千年文化,保护这里的自然环境。我相信老人的话感动了很多在场的志愿者,老人已年近百岁,在生命最后的时光中依然为老司城的美好未来而担忧和努力着,这种主人翁意识和奉献精神是我们青年学生真正需要学习和传承的。

千年古城,亘古文化

第一天的调研很是收获颇丰,我们上午走访了非物质文化遗产传承人向容所老人(91岁)和诸春香老人(82岁),下午我们和参加了老司城申遗全程的向盛福老人进行了深度访谈。向盛福老人细致地为我们讲述了申遗全过程和老司城的历史发展。申遗不易,老司城申遗成功付出了太多人的心血。向盛福老人就在老司城的宣传工作中几乎付出了自己的所有时间和精力,老人用一辈子的时间整理了老司城的文化和历史资料,撰写出三本关于老司城的书籍,并将所有稿费都花在了老司城的建设和世界文化遗产的申报中。也是在许许多多像向盛福老人一样不计个人得失地付出下,2015年7月4日老司城被列入世界文化遗产名录,实现了湖南省零世界遗产的突破,成为了湘西、湖南、中国乃至全世界的文化瑰宝。

通过调研了解到彭氏土司政权始建于公元910年,世袭至28代共35名土司,经过了9个封建王朝,历时818年,鼎盛时期管辖20个州,范围涉及湘、川、鄂、豫、黔等几个省市的边界地区。清贡生彭施铎作《竹枝词》赞到:"城内三千户,城外八百家,五溪之气盛,万里治边城,福石城中锦作窝,土王宫畔水声波，红灯石盏人千叠，一片缠绵摆手舞。"优美的文字再现了当年老司城的繁华景象。调研中老司城旅游管理处的向世芹老师用他独特的视角和丰富的知识，饱含深情和激情地为我们讲述了关于老司城的千年历史和它的文化价值，我们听得津津有味，对老司城有了更多更深的了解。了解得越多，大家越被老司城独有的魅力而吸引，也更想亲眼目睹土司王遗址，当听到向老师答应明天能够亲自当导游带我们实地考察、参观土司王宫殿遗址的时候，我们都乐得笑开了花。

采访完后的第二天晚上，向老师带着我们来到老司城遗址参观。他说：既然你们来到了老司城，不仅是过来单纯感受老司城的魅力，更希望你们能做老司城文化的宣传大使。当踏上土司王宫殿遗址的第一步时，那种庄严肃穆的感觉从内心油然而生，仿佛就像看到故宫朱红的城墙那样雄伟、那样震撼。向老师以石子路的石子摆放方式、排水沟的建造方式为切入口向我们展示了几千年前祖先的绝顶智慧；以宫殿内的行宫设计和内部装饰为框架讲述了彭氏土司当时政权的稳固、强大以及文化的多元；以土司宫殿选址和周围自然环境的分析，从天时地利人和三要素详细阐述了中国古老而传统的风水学说在这个大山历史的贯穿。站在宫殿的正中央，土司王宫殿遗址尽收眼底，大好河山，磅礴之气一览无余，仿佛八百多年的土司政权如同那浑雄的山峦，屹立不变。参观完土司宫殿遗址之后，我唯独能想到用八个字来形容：千年古城，亘古文化！

教育是那道最温暖的光^①

　　时光飞逝，转眼我院为期一周的"三下乡"活动也伴随着实践成果展暨文艺汇演的落幕而结束了。现在仍记得当时参加"三下乡"的初衷是想进入到农村，体会下和大城市不一样的生活，同时也让自己的大学生活更加的丰富。在下乡的日子里面，我收获的不仅是调查到的资料，更多的是心灵上的感悟。

　　今年"三下乡"活动，我院志愿服务团队来到了湘西土家族苗族自治州永顺县塔卧镇，它位于永顺县的东北部，辖塔卧、隆华两个居委会，广荣、文昌、七里坪等12个村民委员会。同时它也是一个具有红色文化背景的小镇，是湘鄂川黔革命根据地旧址所在地，任弼时、萧克、贺龙等老一辈的无产阶级革命家也曾在此战斗过。此次活动我们分为支教、调研、宣传和后勤四个小组进行展开。我所在的是调研组，通过七天的调研与访谈，不论从当地的文化、乡村建设的了解，还是到官民关系等一些社会现象的认知，我都有一定的感悟。而令我感悟最深的是农村基础教育的发展。

　　记得《礼记·学记》有这样一句话，"建国君民，教学为先"，这句话的意思是建设国家，管理公众事务，教育是最优先、最重要的事情。从古至今，各个国家也都很重视教育事业的发展，由此可见教育的重要性。我国一直实施科教兴国战略，在教育，特别是基础教育上的投入也越来越大，在党的十九大召开之后，更是把建设教育强国当成了中华民族伟大复兴的基础工程，基础教育也是基础工程的基础。这些政策的实施与教育上的投入，在农村也慢慢地出现了效果。

　　在我们去广荣村调研的时候，经过了解，该村有3000多名居民，但大部分青壮年都出去打工，留在村内的只有老人和小孩。为了让孩子接受更好的教育，大部分人将孩子送到塔卧镇上或者永顺县里去读书，一部分人将孩子带在身边，

---

① 本文作者杨洁：商学院。

去打工的地方读书，只有极少数的孩子留在了村里。我怀着好奇来到了该村的小学进行了解调查，发现这个学院尽管只有五个学生，但是上级教育组织还是安排了老师来给仅有的五名学生上课，学校的一些基础设施也相对完善。该村的大学生数量也是塔卧镇及其管辖两个居委会和 12 个村落中出的最多的。这些现象不仅体现了该村村民及村委会对于教育的重视程度，更是反映了国家对于乡村基础教育的投入也在不断地提高。

在对乡村的基础设施建设进行调研访问时，我们发现塔卧镇的两个居委会及 12 个村落都设有农村书屋，可以供村民们免费借阅，并且大部分村民都知道有农村书屋并去借过书。我便对塔卧镇隆华居委会的农村书屋进行了实地调查，初进去的时候是有些惊讶，那所谓的农村书屋就只有一个书架，上面大概有 300 本书，这与我家的书架差不多。再仔细看了书架上书的种类，大部分是农业养殖类，其次是部分法律及留守儿童心理健康类的书。农村书屋的书虽少，但是这些书对那些村民却是非常实用的，村委会愿意对这方面进行投入，也是对教育的重要性的一种肯定。

由此可见，国家对于教育的投入，特别是乡村教育的投入在不断加大，"两免一补"的实施，九年义务教育基础法的颁布，也让更多的农村孩子有书读。但是城乡教育的差距依然存在，现在在家庭清贫的学生家里，除了课本外，几乎没有什么课外书籍，孩子阅读面比较窄。他们的父母通常因忙于生计，对孩子的教育仅限于吃饱穿暖，孩子学习上鲜有问津。而城市孩子除了课本知识外，课外兴趣的辅导也是非常得多。长远来看，如果教育投入不增加，仅靠改变现有教育资源的分配模式，以牺牲局部学校的教育质量来实现教育公平，或者以产业化的方式，政府负责薄弱学校、市场负责优质学校来发展教育，都难以实现教育的公平发展。增加政府教育投入，是缩小地区间、学校间教育差距的重要前提，也是推进教育公平的关键。也唯有不断加强教育的投入与发展，才能培养出更多优秀的人才，才能推动乡村振兴，才能使国家更加的繁荣昌盛！

曾在网上看过这样一句话，"短期支教对孩子是一种伤害"，这个问题也在网上引起了热议，很多人都认为短期支教活动给那些大山的孩子带去了光，却又看不见希望。但在我看来，教育本身就是那道最温暖的光，短期的支教虽然不能给那些孩子带来本质性的变化，也不能让他们在短时间内获得更多的知识，但却能让孩子们的眼睛通过我们看到外面的世界，体会到一种不用言语却可以深刻感受到的爱。也许这就是支教的意义，也是为什么政府鼓励更多的高校、更多的大学生开展"三下乡"活动的意义，开展这一类活动对国家推动乡村教育的发展具有非常重要的作用。

　　一个国家的未来是属于新一代的青年。青年兴则国家兴，青年强则国家强！青年是国家的未来，为实现"中国梦"奉献自己的青春与汗水，为实现中华民族伟大复兴而砥砺前行。我们步入新时代，迈进新征程。作为新时代的青年，我们肩负着新的使命，我们需以实干巧干开启新的征程。如今这个时代，是充满希望的一个时代，是热血沸腾的一个时代，我们的故事将由我们自己书写，我们要用自己的行动为奋斗的青春代言，用自己的行动谱写时代新篇章。守护教育这道最温暖的光，以青年之名，为青年发声！

这是一次心路历程[*]

  手指在键盘上敲敲打打，写下我们这几天"三下乡"以来的点点滴滴。今年的夏天酷热如旧，今年的雷雨急骤如夕，然而今年的夏天我们却肩负着不同的使命，拥有不同的感动。我们在学院领导的关怀下，在院团委的支持和系党组织的带领下，我们"心系旅农"暑期实践团队的活动转眼已经结束。老乡们的淳朴感染着我们志愿者，我们的目光一天也没有停止过搜索，总想从那黑褐色的纸上，找到那些悠远而深邃的意境。

  从7月13号到14号，短短两天，我们带着村民的淳朴与思考启程。回想起过去几天内的点点滴滴，想起我们所留下的足迹与背影，想想这几天来我们所做的每一件事，都将成为我们不灭的记忆，将成为我们的人生财富，永远被我们珍藏。身为旅游管理专业的学生，未来不仅仅是当导游那么简单，更重要的是为那些贫困地区的旅游发展谋求出路，促进乡村旅游的发展，缩小贫富差距，增加当地的经济收入。我明白自己身上的责任和使命有多么沉重。

  裴斯泰洛奇曾经说过："实践和行动是人生的基本任务，学问和知识不过是手段、方法，通过这些才能做好主要工作，所以，人生必须具备的知识应该按实践和行动的需要来决定。"这次的"三下乡"活动，从主体的确定、活动策划、方案的制作到具体的实施，都是由我们队员共同完成，我们共同思考，共同规划。在准备阶段，我们需要周全地考虑问题，遇到困难需要自己去寻找解决的方法，还要积极寻求社会的帮助。下乡期间，我们更要解决临时发现的问题，预防意外事件的发生。都说大学是一个小型的社会，是学生正式进入社会的前奏曲，可企业反馈回来的信息不仅不是当代大学生的优秀事迹，反而是"现有相当一部分学生好高骛远，眼高手低，浮躁的思想严重影响了他个人对团队的贡献。"整日待在象牙塔中的我也第一次尝到了生活的现实和不易。

---

  * 本文作者于芳：国际教育学院。

也许，我们并不像"爱在联团"社会实践服务队那样与小孩子们朝夕相处，收获感动；也不像"医路同行"社会实践队那样给村民进行义诊，给他们送去温暖与力量；更不像"凤之翼"调研支教服务团一样与阿婆约定好了待九月板栗成熟的相见之约……我们"心系旅农"更多的是通过问卷调查、走访实践以及座谈会的方式了解苦竹寨与洪家关村的乡村旅游发展状况。在我们调研的过程中，村长与村书记全程陪同，太阳暴晒着，我们为村书记撑伞遭到了她的拒绝。她说，我们就是为人民服务的，从群众中来到群众中去，天天走在群众中，在太阳的考验下去村民家中访问了解情况，早已经习惯了暴晒。看着那黝黑的皮肤，我们内心钦佩的同时，不免有些心疼这位村书记。作为能力有限的学生，我们只能尽量地把村中的情况记录下来，通过媒体传递到外界，让更多的人看到这个美丽却等待发现的小村庄。孤独和贫困是当地百姓的常态，或许我们的到来，能给他们带来些许不同，哪怕改变只有一点点。

留在我心中的不仅有村民的淳朴，更多的是村庄的贫穷。在苦竹寨与洪家关村走访的过程中，感受到了什么叫作真正的贫穷。老人小孩们几乎没有娱乐设施，老人们大都坐在门口聊天发呆，小孩子们浑身脏兮兮地打斗嬉戏。在走访过程中，语言障碍成了我们最难克服的大问题，该村大部分都为老人小孩，年轻劳动力皆外出打工。老爷爷老奶奶们听不懂普通话，我们听不懂他们的家乡话，但他们还是认真地仔细地回答着我们，尽管很吃力。于他们而言，我们是过客；于我们而言，他们是我们信仰的见证者，在这片土地上，回忆荡漾。尽管我不知道这样的村庄以后的路会怎样，但我想，我一定要尽自己一份力量，发展自己旅游专业的优势，让这两片净土不要遭受世俗的侵蚀。

暴晒热气阻挡不了我们前进的步伐，困难艰险无法让我们退缩。"大家好，我们是来自吉首大学的学生……"这段"三下乡"记忆，将永远铭记在我们的心中。"三下乡"是个艰难困苦的活动，是个处处充满新鲜感的活动。都说只有义无反顾的付出，才可以理直气壮的收获。两天下来，我们累了、乏了，却掩盖不了内心的喜悦，我们收获了友谊，收获了感动，收获了成长。

我们的故事有结束的一天，但"三下乡"的故事，永远未完待续，如果有一天我要离开你，是因为明年的这个时候下一个"我"将和你相遇。

每一次来的人都不一样，但我们的心是一样的[*]

湘西州永顺县南山西聚集了 129 个孤儿，他们或是失去了父母、或是被遗弃，这是一群身世坎坷却仍然努力微笑的小朋友们，他们有一个共同的家——慈爱园。这个八月，吉首大学"爱心 1+1"志愿服务团走进慈爱园推广普通话，用语言温暖心灵，用爱心陪伴成长。

支教是一种情怀

这是范媛媛第二次作为志愿者来到永顺县慈爱园。"第一次来的时候，就发现这里的小朋友上课都说方言，拼音基础不是很好。这次回到这里，更想用自己的专业知识去教他们学好普通话。"当听见教室里的朗朗读书声，看见一张张认真努力的笑脸，她体会到了被需要的感受，支教在此刻被赋予了神圣庄严的意义。

向为娅面对慈爱园的孩子们，多少能感同身受，她坦言，"我自己就是留守儿童，所以我特别能理解他们心里在想什么，至少对他们来说，陪伴才是他们最需要的。"当看见孩子们眼里闪着泪光问："姐姐，你明年还会来吗啊？"向为娅今年用实际行动答复了他们。

从车窗里看见那一群站在山坡下盯着烈日等待志愿者们或高或矮的小朋友们时，我想，我们是回家了。他们接过我们的手里的行李，微笑着说："你们回来啦！"在最初的开始，是他们给我们带来了温暖与感动，于是，支教变成一种情怀，我们付出了许多，但收获了更多。

---

* 本文作者尹羚又：文学与新闻传播学院。

我们的心是一样的

"姐姐，为什么去年你没有来?""但是我今年来了啊"，志愿者微笑着摸摸小女孩的头。这是今年新加入的志愿者，她带着热情与耐心走进了这里。每年都有新进的志愿者，对于孩子们而言，她们是陌生的，但是很快这些志愿者便能在他们的心底留下特殊的位置。因为不论是谁来到这里，她们想陪伴孩子们、想帮助孩子们的心都是一样的。"姐姐，你知道一加一等于几吗?"，志愿者立马回答:"等于田!"一个小朋友立刻反驳:"不是田，是王!"突然又有另外一个小朋友说"那7+1=?"只见那个志愿者挠挠脑袋，愣在那，于是，小朋友趴在她的耳边大声说:"是丑啊!哈哈哈"，说完便跑远了，志愿者这才恍然大悟，拔腿就追。

在慈爱园的各个角落都能听见孩子们的笑声，也能看见志愿者与孩子们谈天说地、一起打篮球、一起玩游戏的情景。他们也许过去从未相识，却在现在有了不可磨灭的羁绊。他们也只是普通的孩子，却承受了普通孩子所不能承受的痛苦，每年都有新的志愿者加入，他们也许没有经验，但是他们想要改变、陪伴孩子们的心是一样的，他们都有一个共同的名字叫志愿者。他们都愿意为爱奉献、用爱去传递爱。有人中途转道，也有人默默坚守，更有人跋山涉水终于走到这里，但不论过去与将来，他们的心始终未变。

但愿是归人，不是过客[*]

> 我达达的马蹄是个美丽的错误，我不是过客，是个归人。
>
> ——题记

曾经以为下乡的意义仅仅是止步于那句美丽的诗句：我达达的马蹄是个美丽的错误，我不是归人，是个过客。是的，作为一个短暂停留的志愿者，我只是个过客，留不下什么，也带不走什么。直到今年暑假亲自下乡体验了一番，我才明白"三下乡"远远不只是给予和传播爱，还有那一份薪火相传、生生不息的传承以及内心涟漪之处的感动。

为了响应习总书记八字真经的号召，为武陵山区贡献一份微薄之力，我们吉大万名师生浩浩荡荡，走进武陵山。我作为吉首大学"情暖湘黔渝""三下乡"队伍中的一员，来到了沈从文笔下美丽宁静的边城。

正如沈老在《边城》一书中形容这座古朴的山城："一切莫不极有秩序，人民也莫不安分乐生。"在感叹边城魅力之时，我们也看到了这座山城因地理位置而造成的种种医疗、科技和物质的匮乏。它就这样地躺在群山环抱中，静静地等待着我们的到来。

我们在边城镇中心小学安营扎寨，开始了为期十天的爱心之旅。小学的教室，成了我们为村民服务的好场所。村民们的家电坏了，搬过来，科技组的同学们左瞧瞧，右看看，细心地检查每一个零件。医疗组的"白衣天使们"兵分两路，一队坚守大本营，等待着村民前来寻医问诊。另外一队，走上街头，逐家逐户去给当地的老百姓义诊。给老人量血压，给小孩做体检，利用艾熏、针灸、推拿等传统中医疗法给当地患有疾病的村民带去福音。而文化艺术团的小伙伴们，则带领我们所有的志愿者每天学习摆手舞，领略非物质文化遗产的独特魅力。他们也会走进街里邻间，茶余饭后带领村民们跳广场舞，将运动与健

---

* 本文作者杨思逸：文学与新闻传播学院。

康的理念传播给村民。政策宣讲团的小伙伴们足迹踏遍了边城镇的每一块石板，走家串户宣传新农合、科技扶贫等相关的政策。旅游资源调研团团队寻访了边城各处历史文化遗迹和旅游景点，他们细心调研，科学规划，为边城镇制定出一个旅游资源发展的模拟规划。我们深入周边的村寨，设点为村民们服务，南太村、长老坟村、骑马坡村等这些村落都留下了我们志愿者的痕迹。我们把医疗、科技、艺术带到这些偏远的村落。每一个志愿者都在力所能及地创造爱、传递爱。

十天的时间，说长不长，说短也不短。我们却在这十天里收获了自己人生中难得的一次经历。本来以为，我们这些志愿者只属于这座山城的过客，像翠翠岛上那个永远屹立的翠翠在等待着的她的爱人傩送一般，也许再也不会回来。是的，也许短短的十天我们并无法改变这里贫穷落后的面貌，无法带领这些淳朴的乡民脱贫致富，甚至无法带给他们物质上贫乏的东西。但是，放眼望去，我们的队伍那么庞大，不仅仅是吉大，还有湖南，还有中国，那么多爱心如注的队伍扎根在基层，我们不求改变，只希望越来越多人加入到我们这支爱心队伍中来，将这份爱心无限地传承、发扬、放大。

汽车缓缓发动，我们离这座山城越来越远，建筑和回忆在无限倒退，身后站着的，是那个穿着我们志愿者服装的小孩子，他一直在向我们招手，突然就想起了他曾经告诉我的那句话：姐姐，等我长大了，我也要考吉大，我也要"三下乡"。我想，下乡的意义大抵如此，不是过客，是归人。

愿你们可以拥有世间的所有美好[*]

我走过很多路，也遇到过很多有趣的人，但我想，于此地所遇到的人和事，应是我记忆里最灿烂的一笔。

最美的风景

还记得初上联团的第一个晚上的就见到了红透半边天的火烧云，这种只存在滤镜里面的风景我却有幸亲眼目睹。是那种深深地浸透人心的红色，掺杂着天空的深蓝色。天色逐渐地变暗，这样震撼人心的天空颜色也随之隐藏了起来。

每天清晨醒来，云雾缭绕的仙山，空气中没有一丝污染，远离尘世的喧嚣让我可以静下心来去感受这里的一切。我想，如果你有任何解不开的心结，承受不住的压力或是缺乏创作的灵感，只需要在这里留宿一个晚上，第二天早早起来感受清晨的美好，便什么问题都会解决。

还未到来以前就听说这里有一棵古树，那是一棵别人口中需要三个人才能勉强围一圈的古树。然而它不仅仅是这样，更是精神的寄托，我们在这个古树下许下美好的约定，古树下诉说大家的成长。第一次在古树下集合是素质拓展结束后的总结，很多可爱的小伙伴们吐露心声，感性的女孩子泪流满面，理性的男孩子面露深沉，这棵树承载了大家的欢声笑语，也承载了大家的泣不成声，世间不会再有一棵如此"传承"的古树，也不会再有树下如此的风景。

最奇怪的动物

我一直在想是什么样的环境可以让这个村子里的动物如此慵懒并且如此

＊ 本文作者姚舟：吉首大学。

"无视"人类，经过多天的感受体会，有如此淳朴的民风什么样的动物都不足为怪。

入村以后，初见一只名为"大黄"的狗，它见了这样一群陌生人也只是抬头扫了一眼并无任何狗吠声传来，我们所在的日子里都是见他趴在门口，对于来往出入的人它没有任何惧意，我们也不会对它进行驱赶，偶尔睡醒了就在村子里随便转转，悠闲惬意便是它生活的真实写照。在去村部的路上还有一只终日睡觉，极会摆拍的猫，不知道它和大黄相遇后会产生怎样的情景。水中的螃蟹、路边半脚大的石蛙、出没的剧毒的蛇……各种各样的动物构成了如此美妙的村庄风景。

最可爱的人们

带着惊喜与意外与你们相识相知相伴，每一张纯真的笑脸、每一双流过泪水的眼睛、每一只我牵过的坚毅的手，我爱你们！那个不断鼓励我跳舞的女孩子，虽然你没有白皙的皮肤、姣好的面容，但是你笑起来的样子是那么的光彩夺目；那个擅长打篮球、叫我天线姐姐的女孩子，那个我们总也叫不对名字的小男孩，那个智商发育不完善却依然乐观的你，那个非要邀请我去家里吃饭的阿姨，那个一直帮我们做饭的石爷爷，是你们让我对这个平凡的村庄产生无尽的留念；还有一群陪我在"大通铺"睡了 9 个晚上的女孩子们，一起手拉手"尬舞"没形象的小伙伴们，一起调研联团"旅游团"的成员们，一起深夜加班晚归宣传组的伙伴们，新闻点满满支教组的朋友们，是你们让我觉得这个团队满是爱意。你们就是最可爱的人！

时间的长短从来都不能用来衡量收获的多少，在这看似短短的时间里我所收获的东西却是数不胜数的。这段时间让我学会了如何更好地与人相处，如何细心观察身边的人和事，我感谢这段时间陪我一起成长，伴我进步的你们。

守望正义，哪怕身后只有一人 *

　　法律的意义在于，哪怕正义的身后只有一人，也要挺身而出。从来我们都以为，应当为大多数人的利益而奋斗，但是法律的初衷，不是保护大多数人，而是这部法律面前的每一个人。

　　到达坪朗村委会的时候，我们已经经历了一个小时的步行。这里作为寨阳乡的一个村，由五个自然寨构成，共 330 户，人口近 1600 人。通过对这个村落的整体调查和实际了解，我们确实发现家庭暴力在这样的一个村落里很少发生，同样实行了网格化管理的坪朗村，家庭矛盾都有相应的区域调解专员进行调解，很少出现家庭暴力事件的发生。

　　就在我们因为这里的和谐而感到欣慰的时候，我们遇到了一位老人。我们跟她交谈之后发现，她的家庭状况有些特殊：她的儿子已经结婚并且育有两名子女，儿媳由于外出务工出现了外遇，协商离婚中因为子女的抚养权归属问题出现了矛盾而被搁置，导致夫妻成了事实上的离异，儿子儿媳均离家不归，孩子和老人就成为了事实孤儿和空巢老人。

　　家庭暴力，有时候可怕的并不是拳打脚踢，而是冷漠。身体上的伤痕容易被察觉，但是因为被冷漠而带来的伤害，往往难以察觉而且伤人最深。这些遭受冷漠的人的家人，虽然相对来说是受害者中的少数群体，但是并不能因为如此，就忽视他们。大多数人对于冷暴力所知甚少甚至是一无所知，这也导致了一部分人得不到关注。

　　回到法律的范畴。法律是一种强制性的行为规范，通俗来说是最低的道德标准。我们不能通过道德去约束每一个人，也不能要求每一个人去遵守。我们所守望的正义，也不仅仅是为了那些显而易见的事情，我们所守望的正义，应当是为每一个人，我们总应该守望着，哪怕你是孤身一人，哪怕身后只有一人。

---

　　* 本文作者段祖文：法学与公共管理学院。

花开半夏 *

花开半夏，
青春吐芳华。
新燕衔泥，
飞入百姓家。
身着素褂，
施针灸艾痧。
忙忙碌碌，
挽手修篱笆，
喜老树发新芽。

时光闪烁，
穹顶下，
坚强执着，
与岁月共同高歌。

去日不多，
来日方长。
酸甜苦辣味，
同你们尽分享，
笑起来，
笑起走，
路微微光，
大踏步向前方。

_____

* 本文作者张晨曦：文学与新闻传播学院。

大山深处有人家[*]

此次"三下乡"深入大山深处，领悟大自然的风光，感受乡土气息，了解农民的需求，宣讲最新的农业政策。我用了不长不短的时间，做了一件终身难忘的事。

当我们驱车驶向村子的那一刻开始，我就闻到了一股有别于我居住的地方的那种味道——"山火味"，这似乎是所有农村的标签，那种气息令我提神醒脑，令我遐想连篇。我想着我即将迈上的是一个不一样的旅途，一段新的旅程。沿路的风景，是高耸的青山，连续的弯路，还有那具有特色的苗屋，看到这些，我很想迫不及待地到达目的地。慢慢的，一口井出现在了我的眼前，水声潺潺，水流不断，一块沣水亭，介绍着这口井的来历。还是很有渊源的。看来，这口井来头不小啊。果不其然，在后续的了解中才知道这是由于当地有位抗美援朝老兵的突出贡献，他无私奉献，政府为了表彰他的贡献，修了这口井，建了亭，也解决了当地的引水资源匮乏的状况。

到了目的地，车子熄了火，鸟叫声不停地传到我的耳边。那叽叽喳喳的鸟鸣虫叫声听了别有一番滋味。远离了城市的马达声、人群的喧嚣声，来到这个安静的小村子，还是令人舒适的。我们放下了行李，正愁没有住的地方时，只见村支书说，来到这里，就把这里当家，二楼已经给你们腾出来了，你们都住在二楼，还有一楼的厨房。二楼一般是一个家中最好的楼层，里面什么都有。村支书把最好的楼层让给了我们住，想让这个团队有更好的环境，来给村子出谋划策，让村子富裕起来。这就是一位村支书的担当。他是那么的热情，那么的一心想让这个村子富起来。这也让我更坚定了信心，让我在后续的调研回访中充满干劲，一心想为这个村子做点什么。

在我们解决好吃住后，我们就陆陆续续开展了工作。在给村民宣讲惠农政

＊ 本文作者周飞：化学化工学院。

策时，他们都非常热情地接待了我们。他们认真倾听着有关他们切身利益的政策，他们显得是那么的好学。民以食为天，粮食种植成为村民们主要的经济来源。宣讲完这些时，他们非常热情地要我们留下来吃完饭再走。在拜访抗美援朝老兵的过程中，我的眼泪始终在我眼圈里转圈圈。"除了父母，共产党就是最好的亲人""没有大家，哪来的小家""为官一任，造福一方"，这些都是出自一位老共产党员的口中，他给我们讲述了他在战场上的故事，老兵对战友的那份深情是值得我们感动的。抗美援朝、建设乡村、缅怀战友、鼓励新人，老党员龙明召用他一生的写照，给我们每一位队员，村内每一位村民上了一堂最为生动的爱国主义思想教育课。老兵的信仰、坚持是很值得我们当代大学生学习和敬仰的。

　　"三下乡"之行，令我感触很深。我们大学生不能还像在象牙塔里只顾读书，不理世事。如何适应这个社会，如何更好地将专业知识应用到生产实践中，这是我值得琢磨的问题，也是我后续学习过程中所要认真对待的问题。

短暂七天，温暖一生 [*]

酝酿了许久，终于敲打起键盘，以期通过文字的方式纪念这又一次的难忘记忆。今年的夏天与以往稍有不同，没有那么酷热，也没有那么轻松。我们肩负着使命，也收获了不同的感动。今年夏天，在学院领导老师的关怀与带领下，吉首大学体育文化人"精准三农"社会实践服务团为期七天的"三下乡"暑期社会实践活动获得了圆满的结束。通过这七天的实践经历，我获得了很多，有友情，有经验，还有一些新的思想认识。

作为一名 2016 级的研究生，一名老学姐，本次已是我第三次参加"三下乡"社会实践活动，相比前两次，这一次又有了不一样的经验与感受。

一个活动的顺利开展，至关重要的就是有良好的前期准备。这一次"三下乡"整个团队的前期准备还是比较充分的，从指导老师与当地政府、学校的联络到学生进行策划与物资准备都十分齐全，这就为我们整个团队活动的顺利开展做好了完美的铺垫。但我认为，在前期分组及工作安排方面，应安排更加细致，多方面考虑，做两手甚至是多手准备，以期妥善应对各种变化的情况。

我们经常不愿意主动提出一个问题，不希望被别人认为自己懂得少，甚至不懂。然而，在这一次活动中，无论调研还是生活，经常需要我们学会多考虑，如明天早餐吃什么，柴火还有没有，一一需要我们想到。当然，活动中会有很多问题，或许是个人无法考虑全的，那就需要大家集思广益，把自己想到的提出来，把自己不懂的提出来，每一个人思考问题的角度都是不一样的，只有提出问题，大家才可以一起解决。

在当今这样的智慧时代，不能够快速地学习新事物就会落后。这次活动更是加深了我的感受。"书到用时方恨少"，没有完整的知识储备就很难很好地开展活动。如在调研的时候如何更好地与村民打交道，如何挖掘新的素材，如何

---

[*] 本文作者邹欢：体育科学学院。

267

让村民真诚回答你的提问，这些都需要我们通过努力学习书本知识，然后运用到实践，努力发展成更好的自己！

这次的我，是一名实践队员，也是一名小组长。在实践过程中，我时刻提醒自己要从一个领导者的角度，一个队员的角度，不断地换位思考，仔细斟酌考虑每件事该怎样安排、处理。大家所处的位置、工作虽然各不相同，但有一点相同，即我们一直在为他人服务。不断地学习实践，不断地在为他人服务的过程中自我收益让我们永远坚信服务他人同时也成就自我。就如同身处于社会当中，处于不同年龄、不同层次的你我，每一刻所接触的事物也会千差万别。但我们可以通过对理论知识相互学习，不同情感的交流来获得不断地完善。

有些话，相比于华丽的文章，太普通，却足以温暖我一世；有些事，相比于一生，太短，却能在人的一生中成为永恒。如白驹过隙，到来的那天仿佛还在昨日，眼睛一闭一睁，就已是结束。七天间，我们留下了汗水，收获了欢笑与喜悦。七天后，我们留下希望，带上祝福，踏上了新的征途。世上最难忘的就是那朝夕相处、一同挥汗、一起欢笑的人儿，还有这片曾经付出真心的土地。在这次活动中，我们仍有许多地方有所欠缺，但是有经验有教训才是一个真正意义上的完整的实践。这是一次非常有益的活动，使我们看到了理想与现实之间的差异，明白了在今后的学习之路上要更加刻苦与努力以便将来能更好地应用于实践之中去。我们的"三下乡"已画上了圆满的句号，但未来的"三下乡"道路还很长，"三下乡"的工作会一如既往的开展下去。希望未来参加"三下乡"的小伙伴们比我们做的更好更优秀！花桥，有缘再见！

苦亦有甜，累亦有乐[*]

五天的下乡调研过程中，我们有了和在学校家里不同的感受，苦乐交织，苦的是我们遇到了很多的问题，是我们每天晚上都会写新闻还有心得；乐便是我们在下乡的过程中学到了很多，也了解到很多以前我们没有了解到的东西，总之，受益匪浅。

首先，在文化建设方面，在完成调查的过程中我们了解了花桥村的文化建设和硬件设施还是比较好，其中包括跳广场舞所需的场地和音响、农村书屋等，但由于村镇建设规划缺乏引导等问题导致这些公共基础设施利用率低，所以村民认为村子需增加一些休闲娱乐的场所丰富闲暇生活，这样也可以增进村民之间的感情。

在脱贫致富方面，在政府的帮助下花桥村建立了稻花鱼合作社和烟草合作社，并且开展了养殖技术的培训，养殖方面较大规模的现在有养鸡、养蛇和养猪，到2016年整个村子都已经基本脱贫。我印象比较深刻的就是养蛇户，从刚开始的一百多斤到现在的千余斤，从开始每年利润两万元到现在的十几万元，从开始的没有任何技术到现在的技术成熟。在这过程中有很多的困难与难题，但是，养殖户的主人在讲述他的经历的过程中，他没有告诉我曾经经历了多少难题，而是告诉我，因为养殖而给家庭带来的变化，让我们很高兴。

在文化遗址方面，目前我们已经发现两个比较古老的文化遗址，花桥小学和黄海楼。花桥小学已经有了七十多年的历史，而黄海楼遗址已经有一百多年的历史，但是，在文化传承的过程中出现了一个比较大的问题，我们在村民口中了解到非物质文化遗产阳戏的传承问题，现如今会唱阳戏的村民很少，学习阳戏的更是少之又少，村民希望更多的年轻人学习阳戏，把阳戏这个非物质文化遗产传承下去，不至于消失在时间的长河中。

---

[*] 本文作者朱海琳：体育科学学院。

在开发体育休闲旅游资源方面，老师带领我们去爬山，站在山顶上，我们看到了不一样的花桥村。花桥村是一个山清水秀的地方，这里有山川、河流、溶洞等可以开发旅游景点的地方，吸引游客来参观，从而带动服务行业的发展，最终带动经济的发展，能让花桥村更加富裕。我们的目光不能拘泥一个点上面，我们要不断去学习新的东西，去开发新闪光点。

这次的下乡活动让我学到许多：生活中要懂得感恩，要相互帮助、积极关心他人，要不断学习新的知识然后去创造更高的价值。只有这样，我们才能成为一名合格的新时代接班人。新时代，新征程，让我们一起共同努力，创造更好的未来。

你是七月的流星，就这样划过我的天空[*]

今年的七月别有一番滋味，今年的七月最是灿烂，这是我第一次参加的"三下乡"社会实践活动。虽然只是短短的七天，但在这七天里，我们"灯塔"志愿者服务队25人扭成一条线，一起工作、一起吃饭，同进退，共患难，尝尽了辛酸苦辣，但也收获甚多，受益匪浅。

有人说：大学生就是一张白纸，需要自己去寻找恰当的位置展现自己。而我很幸运，在这短短的七天中我找到了自己的恰当位置——老师。在这次"三下乡"活动中，我有幸加入了支教组，成为了一名绘画和手工老师。虽然自己之前有过支教的经验，但是我还是向同学和老师请教了许多经验，我相信我可以通过自己的努力，让我在"三下乡"七天的实践活动中做得很好，不给自己留下遗憾。下乡前期的准备，包括：课程的设计、课程的内容准备、课程的小游戏等，但是后来才发现，小朋友们的思维很活跃，备课的内容只是一小部分，更多地需要随机应变，更多地与小朋友进行交流，这样才可以发现并了解小朋友的心理，同时也使课堂的内容更加丰富多彩。我们每天和小朋友生活在一起，上课、家访、排练节目，尽自己最大的努力给孩子们带去关怀，让他们对自己的未来充满希望。在家访的过程中，我们了解到每一位学生的家庭情况，熟悉他们背后的辛酸，了解他们哭泣的原因，理解他们身上的懂事，在很小的年龄应该是每天开心快乐的，而他们的脸上却写满了不开心，承担了他们不该承担的责任，懂得了他们为何表面上很坚强，内心却渴望得到父母的爱。他们大多数是留守儿童，没有父母陪在身边。他们似乎很懂事，每天放学回家帮爷爷奶奶做饭、做家务，甚至还下地干农活，照顾弟弟妹妹，自己受了委屈也不说，我们很难懂得他们身上的那份辛酸。虽然贫穷，但他们知道感恩，虽然埋怨父母，却时刻关心父母。他们真的很善良，生活的艰辛改变了他们自己，也教会

---

* 本文作者郑寒旭：商学院。

了我们珍惜当下。

在这段时间里，虽然我有时因学生的顽皮而生气、喊破喉咙，可是在最后一天，当我收到学生送的礼物和在班会课上听到学生说的感受时，我认为之前所受的苦根本就不算什么，自己的苦心总算没有白费。即使在这么一段短短的时间里，我们能带给他们的新事物、新知识是有限的，但我相信，至少在精神上我们能深深地影响他们，我感到很庆幸。虽然他们很多人都很调皮，甚至不讨人喜欢，但重要的是他们有一颗感恩的心，这点是我要向他们学习的。在这段时间里，不仅是我们在教他们东西，同时，他们也在无形中教会了我们很多，无论是在讲课技巧方面，还是在做人方面，这在一定的程度上都很好地锻炼了我们。愿他们能够在广博的农村大地上自由而快乐地成长。

作为孩子们的朋友，我发现农村的小朋友有着特有的淳朴、可爱和礼貌。他们有着最灿烂、最纯真的笑容；他们待人是那么的真诚；他们就是那一块块未经雕刻的璞玉。每天早上，他们是最早来到这个校园，每当我起床后在去教室的路上，无论是哪个年级的学生，都会向你问好。"老师好"这句话是我在这里听到最多的一句话，这也是他们礼貌的体现。当你用心去对他好，他会和你打成一片，更是会让你发现他们不一样的闪光点。当我自己一个人静下心想着每天的支教生活，总是感到巨大的满足，他们给我们带来了无限的快乐和感动。我们带来的是陪伴，孩子们也用自己的方式向我们表达着感谢，同时我也想感谢孩子们对我们的包容，对我们的理解。有时候我们会因为一些事情训斥责骂他们，他们用细微的行动向我们传达着理解，还经常找你说着他们有趣的故事，分享他们的那份快乐，谢谢你们，塔卧的小孩子们。

日子一天一天地过去了，在这里的时光真的可以用光速来形容。每天都很充实，每天都在期待明天，但也害怕支教结束的到来，舍不得这些可爱的孩子们。在这里，以前不熟悉的同学现在也能很好地玩成一片；以前不怎么玩的游戏现在也能扎成一堆玩。在这次的"三下乡"中有很多的第一次，但更多的是我们学会了怎样处理第一次。在大学中，我们学习的更多是理论知识，在学校真正实践的东西不是很多，然而"三下乡"这样的活动对我们来说刚好是一种实践，也是一种锻炼。有句话这样说的"世上没有完美的事情"，在这个过程中，我们也遇到了很多问题，例如，饭菜的问题、值班问题、守门的问题。但是我们都一一解决了，我们学会了互相体谅、互相帮助。我们一起在厨房做饭，一起听着水姐的哨声起床，一起在男生浴室洗澡，一起护送小朋友回家，一起开会，一起排练文艺节目，一起疯狂地偷拍表情包，每日的表情包也成了家常便饭。所有的一切都将成为最难忘的回忆，都将我们的距离拉近，我们也看到了学姐学长可爱的一面。所有的点点滴滴都会像蓝天白云，变成爱的模样。在这里的日子的确是很苦，但也正是因为这些苦让我们学会了坚强，学会了思考，学会了帮助与自立。只要你真心地付出了，你会收到加倍的回报。感谢这次的"三下乡"，它让我得到了成长，也让我懂得了感恩。

　　我们经历了，走过了，收获了。这短短的七天将成为我心底最美好的回忆。我要感谢那些可爱的人们，是你们给了我们成长的经历；我也感谢我们一起下乡的所有队员，谢谢你们对我的指导和帮助，是你们让我看到了真正的互相照顾，互相帮助的真情。我真诚地希望塔卧人民的生活日益美满，即便现在清苦，也不乏向上走的勇气。

新的开始，新的成长*

　　大学不仅仅是学习专业知识的地方，它更是一个把所学知识融入实践从中获得属于自己的心得体会的过程。而暑期"三下乡"就给我们提供一次完美的实践机会。为响应习近平总书记在北京大学讲话上的精神，我们32名大学生在院里三位辅导员的带领下前往湘西永顺县慈爱园展开了一次以"推普脱贫攻坚"为主题的暑期"三下乡"志愿服务活动。

　　从刚开始报名参加"三下乡"到确定面试通过后，我就对即将到来的志愿活动满怀期待和好奇，脑海里曾无数次地想象过自己参加"三下乡"的时候要怎样去帮助小孩子，怎么样才能和他们融为一个集体。经过一个月的漫长准备和等待，今天，我终于如愿以偿，跟随"三下乡"的大部队驱车一个半小时到达了我们的目的地——永顺县慈爱园。

　　永顺县慈爱园于2016年8月8号正式开园，园区占地面积20多亩，总建筑面积5400多平方米，总投资2000多万。刚开始成立之初一共聚集了全县23个乡镇的123名孤儿，如今两年过去，慈爱园规模扩大。慈爱园现有学生129名，其中初中学生有70多名，小学有40多名，教学人员以及后勤人员有33人。在这当中已经考上大学的有5人，还有6个学生在今年九月份就要踏上新的征途，在大学校园里接受更加全面的教育。这是我在来之前查的资料和旁听慈爱园李主任介绍后才知道的情况，也是我对慈爱园的第一印象。刚开始我以为慈爱园作为一个特殊的地方，里面的小朋友可能更加内向，但是在路上和身边的学姐短暂交流时，学姐告诉我园里面的小朋友是相当活泼的，我心里不是很相信，我认为慈爱园的小孩子可能会因为特殊的成长环境，性格会更为内向和拘谨。等到下了车，老远就看到好几个穿着统一黄色着装的小朋友站在那里。这些小朋友的确是出乎意料的热情，他们帮我们搬书、搬行李等，其中有一个戴着深

---

　　* 本文作者朱靖：文学与新闻传播学院。

绿色边框、橙色镜腿的小朋友，眼睛又大又黑，个子小小的，他搬起一捆书来显得有点儿吃力。我提着水桶跟在他后面，眼看着他越来越吃力，提出想要去帮他搬书的意愿，意料之中地被拒绝了。走过一段上坡路，我们在慈爱园大楼前放下东西，我看见搬书的小朋友和园里等候的小朋友迫不及待地翻起我们带来的书，一个个都是充满了好奇和求知的眼神，这是这群小朋友们带给我的最初的震撼。真真实实地到了这个地方，你就会感觉到你之前的推测和看过的报道都不能准确而恰到好处地来描述这群可爱的孩子们。他们特别爱笑，一群小朋友在一起玩老鹰捉小鸡等游戏，不同年级的小朋友们一起玩耍、一起打闹。你只感觉到小朋友们"呼"地像一阵风进来，又"呼"地一下不见。着实闹人，也着实可爱。跟这群风一样的孩子玩耍，你都会不自觉地感染了他们的活泼好动，也会喜欢上和他们相处时的轻松氛围。

我们只有在"三下乡"的活动中去尝试不同的办法和小朋友们相处，去找到最适合的方法来融入慈爱园这个大集体中来。通过对慈爱园和周边地区的调查和分析，使我们更好地完成此次下乡的任务，也给慈爱园的小朋友们带来欢乐和笑声。"三下乡"社会实践活动才刚刚展开，我对怎么和小孩子们相处还没有特别的想法和方法。我希望在后续的时间能给这里的孩子带来一点点不一样的改变，一点点快乐和一点点能够铭记的回忆。

一份向往*

  时间如白驹过隙，为期一周的"三下乡"活动就告一段落了。犹记得我刚进吉首大学时一心想去"三下乡"的模样，如今这梦想的确是实现了，但心中却又有点恍然若失的感觉，可能是看不得那些孩子哭红的眼睛吧。尽管如此，但还是不得不说这一周过得十分有意义。

  我最开始有报名"三下乡"这个坚定的想法是在大一上学期的时候，那时候是有幸到学生活动中心去听一些学姐、学长们的经验分享，其中的殷沙曼学姐最让我印象深刻。她是一个十分厉害的学姐，不仅学习成绩好，而且人也十分善良，经常参加志愿活动去帮助他人。那一次她将她参加"三下乡"活动的一些点滴剪辑成了一个视频，正是这个视频让我看到了山区孩子的纯朴与纯真的笑容，也让我萌生了参加三下乡的强烈想法。后面我也了解到三下乡活动会在每年暑假进行，所以这一次我毫不犹豫地报名参加了"三下乡"活动。

  这次准备"三下乡"活动时我们都正处于备考时期，所以时间也比较紧急，不过老师考虑到实际情况，最后也将去"三下乡"的时间推后了几天，这也使我们可以将准备工作做得更为细致充分。例如"三下乡"后的工作安排，哪些人去支教？哪些人去调研？还有哪些人负责后勤？这些都是十分重要的，并且我们也需提前买好"三下乡"所需要的一些生活用品。这次的负责人特别有心，他们专门买了感冒药、消毒水、创口贴等一些必备药品，不过这次这些药并没有发挥多大作用，当然这也是大家都乐意看到的情况。

  吉首大学每年暑假都会有"三下乡"的活动，每个学院都会组织学生去不同的乡村进行支教与调研，同时这次校里也安排了两支队伍代表学校去下乡。在进行三下乡活动之前学校专门给我们开了培训课，让我们了解到什么是"三下乡"、为什么"三下乡"、如何"三下乡"。"三下乡"是指文化、科技、卫生

---

* 本文作者张佳宇：国际教育学院。

三下乡，并且我也了解到大学生参与"三下乡"活动，是当年"五四"青年开创的走向社会、深入民众光荣传统的延续，是我们知识分子同工农群众相结合、教育同生产实践相结合的一贯方针在新时期的集中体现，是青年学生健康成长、将自身价值与祖国命运紧密相连的必由之路。大学生参加"三下乡"活动，有利于增长才干、升华品格和磨练意志。并且我们可以通过下乡所开展的活动，提升分析和解决问题的能力。这次"三下乡"我也学习到了许多，不仅是在处理事物的能力上，而且也在怎么与人相处上得到了锻炼和提高。

这次"三下乡"共有七天，每天的任务都有所不同。第一天早上我们在图书馆前举行完启动仪式后就出发了，等我们到达目的地安顿好住宿的地方并吃完午饭后快到下午了。午休过后，我们将任务分配好：留下三人准备后勤工作，其余人去村里进行招生。我被分配在了后勤组，当时特别想大家一起出去招生，不过后来我也发现了后勤组的重要性。后勤组需要负责整个团队的饮食供应，当大家忙完调研和支教后，后勤组需要保证大家可以准时吃到可口的饭菜，这样大家才可以及时补充消耗的能量，以便有更充足的精力去完成后面的任务，因此后勤组的作用也不容小觑。我们一共招到了三十多个学生，其中最小的才上幼儿园，最大的已经上初中。经过几天的相处，我发现小一点的孩子更听我们的话一些，而大一些的孩子就有些顽皮了，可能是因为我们和他们的年龄差得不是很大，所以他们对我们没有像对真正的老师那样，他们会有自己的想法。这时候就需要我们作为老师多理解他们，学会换位思考、体谅他们，多与他们进行沟通与交流，走入他们内心深处，心与心的沟通才最能理解对方。

后面几天我们的主要工作是支教与调研。刚开始时，大家去调研都是步行，所以有时候去比较远的村子调研就需要走很久，有好几次调研人员回来时天都已经黑了。虽然过程十分辛苦，但是大家的心态都保持得特别好，讨论的话题都是村民如何的好客，调研如何的顺利等。

等到后面调研的村子越来越远，老师就让我们租车过去，果然浪费在路程上的时间节约不少，我们办事的效率提高了许多。以至于到了最后我们提前完成了调研任务，我们的带队老师向老师便决定最后一天带我们去吕洞山的著名景点"大烽冲爱情谷"去看瀑布。我们是走路过去的，大概用了一个小时左右才到景区。路程虽然比较遥远，但是沿途的风景十分的美好，一行人走走停停、吵吵闹闹，十分欢乐。到了景区后，我们还走了一会儿才看到了瀑布，这个瀑布名叫"指环瀑布"，是由于瀑布的上方有一个像指环一样的形状而得名。因为我的家乡大部分位于平原，基本没有瀑布形成的条件，所以这一次是我第一次真正地看见瀑布，内心也十分激动。瀑布直流而下，十分壮观。我们一行人都卷起了裤脚下到了泉水里开始嬉戏。水十分清凉，河底也有许多鹅卵石，踩在脚下十分舒服。我想欣赏着美景、感受着快乐，这也算是我们生命当中十分美好的经历了吧。

说了后勤，也说了调研，那就不得不说支教了。这次招募的学生没有去年的多，不过学生少也有学生少的好处，因为这样方便我们老师了解到每个学生的具体情况，同时老师与学生之间的感情也会更深厚一些。我们也尽量给来上课的学生提供方便，如果学生家离学校比较远，学生可以在学校和老师一起吃午餐。刚开始只有几个家确实比较远的学生和我们一起吃午饭，后面有许多家比较近小朋友也因为喜欢老师而不愿意和老师分开，所以他们中午也和我们一起吃饭。我们都十分欢迎他们来，只要有小朋友过来，我们都会给他们盛饭、夹菜，我们之间的相处可以说是十分温馨了。

我们支教的课程有趣味英语、日语、手工课、体育课、毛笔课、舞蹈课、手语课等，不过孩子们大部分比较喜欢上户外活动课与手工课。我十分庆幸我当时选择了教手工课，孩子们可是非常喜欢手工课。只要一上手工课，孩子们都不用等上课铃声响起，他们就早早地在教室等着了，并且小朋友们都十分认真地在跟着老师学。我是教他们捏粘土娃娃的老师，不得不说小朋友们的想象力很丰富了，他们可以自己捏出各种各样的娃娃，有的小朋友甚至比老师捏得还好。最后他们的作品都在最后一天的文艺汇演上向家长们进行了展示，并且展示完后小朋友就可以将自己的作品带回家。我将我自己做的几个粘土娃娃送给了几个表现优秀的小朋友，他们都表示十分喜欢。

通过这次支教与小朋友的相处中，我也了解到在山村里的小孩子大部分都是和爷爷奶奶生活在一起，少数是由自己的父母带，我能明显感受到由父母带的孩子与由爷爷奶奶带的孩子的区别。而由爷爷奶奶带的孩子中，最让我心疼的是一个小男孩，他的妈妈由于爸爸酗酒而离家出走，他由年迈的爷爷奶奶带大，并且由于家里的原因导致他上学比较晚，相比同年级的同学而言，他年龄较大，所以他的同学都不是特别愿意和他玩。不过我们通过几天与他的相处发现，他有一颗十分善良的心，他会主动帮助老师和同学，但又有一些敏感、内向，从来不多说话，可能是有一点自卑吧。我们老师也对他进行了特别关注，例如多和他聊天、想办法缓解他与同学之间的关系等，并且我们在最后颁奖的环节颁给了他两个奖状，其中一个是三好学生，他值得获得这份奖状。我也希望他能通过我们这次的辅导，以后能变得自信，有胆量向他人展现自己。

总之，这次的"三下乡"活动无论是孩子们纯真的笑容，还是美丽的山区景色，都会让我印象深刻，甚至一辈子也难以忘记。在与孩子们的相处中，我感受到了愉快；在与村民的交谈中，我感受到了朴实；在与队友的工作中，我感受到了团结。希望"三下乡"能够改变的不止是我们自己，更多的是让山村的孩子有所改变，甚至能够改变山村的现有面貌。如果我们用自己微薄的力量能为他人或是乡村作出一点点好的改变，这就是最美好的结局吧。

再平凡的你们，也可以光芒万丈[*]

"武陵巍巍众山耸，故里葱葱战气雄。夏日炎炎三下乡，志愿者们踏征程。""三下乡"即将结束，我们的歌声却永远唱响在元帅故里，唱响在我们自己心中。

十天不长，眨眼即逝；十天不短，足够我们记住一辈子。

仿佛出征仪式还是昨天，我们怀着激动的心情听着领导发言，看着属于我们自己团队的旗帜飘扬在空中，心中充满期待，期待着"三下乡"的正式到来。一眨眼，我们归程将至，这里的点点滴滴都让我不舍，不舍这片土地，不舍这片土地上生长的人们，更不舍和我一起在这片土地上生活过的你们。这十天来，你们每个人都表现得那么优秀。面对烈日暴雨，你们始终走在服务百姓的最前方；面对不理解你们的"路人"，你们毫不放弃，始终如一；面对村民的热情款待，你们秉承着"不拿群众一针一线"；面对赞扬你们的人们，你们大声地告诉他们：我们是吉首大学的学生。只想告诉你们每个人，再平凡的你们，也可以光芒万丈。

细细回想这几天的实践生活，我收获了太多感动，来自村民的感动，来自指导老师的感动，来自我们实践队员的感动，这些感动汇聚到离别的时刻，全都转化成浓浓的不舍。

由于工作分工的不同，我第一次外出活动是爱心医疗服务团联合张家界市人民医院在我们所驻扎的小学门口进行义诊的时候，我和几个留守驻地帮忙的小伙伴一起到集市上去做宣传活动，告诉更多的人这次义诊活动。记得当时来往行人特别多，我们一家一户，一个个地向他们宣传。正当我们宣传了一圈发现逐个宣传效率有点低的时候，转角出现了我们其他的一些队员正列成一排齐声大喊着："号外号外，吉首大学联合张家界市人民医院在红星小学进行免费的

* 本文作者周乐：城乡资源与规划学院。

身体检查。"后来，我们都加入了喊叫的队伍，这是我第一次在大街上如此叫喊，还是在熙熙攘攘的街上。放在以前，我肯定想不到有一天我会和一群可爱的同学站在集市的十字路口心无杂念地叫喊，当时的我没有害羞，没有害怕，有的只是一种信念，一种和大家一起为有需要的人提供帮助的信念。在活动时，现场来了很多村民，在志愿者们的安排下他们有序的进行地身体检查，我想可能是上天想考验一下我们，当我们所有工作都在正常运行的时候，突然下起了倾盆大雨。志愿者们一个个冒着大雨，自己浑身湿透也没有让爷爷奶奶淋湿。多可爱的一群人啊，在工作中，你们每个人都光芒万丈。

尽管有时我们不被理解，被人拒绝，但是我们不忘初心、励志青春、继续前行。

团队里有这么一个人，她天天忙着外出为村民推拿，从不喊累，回来后又帮我们队员推拿、针灸，只要谁和她提过身体上有哪里不舒服，她都一直记着，即使自己再累她都会及时为大家解决问题。她就是我们的学姐毛小玲。她时常会给我们普及健康知识，针对每个人的问题她都有很多实用的建议，但就是这么个厉害的学姐，在给别人推拿时手肘磨破发炎了都不知道，永远都把别人放在第一位。就是这么个傻傻的学姐，自带光环。

还记得去敬老院时，有一位老人在看到我们去的时候不禁落泪，志愿者们询问之后才知道老人有儿有女，而且条件都还不错，但是在一个月以前被他女婿送到了敬老院。当时让我记忆最深刻的是杜雨，一直以来，我都觉得她是一个文静内敛的女孩，但是那天过后我改变了对她的看法。在敬老院时很多志愿者都心疼老人留下了眼泪，当时杜雨一个人在角落埋下头蹲在老人身后，等我再看到她的时候我看到眼泪已经浸湿了她的裤子。在我们表演结束之后，一直很安静的杜雨突然要求要为老人们表演节目，一曲豫剧被她加入情感后表现得淋漓尽致。这让我知道，很多人在平时可能话不多，但是当他们真情流露的时候，每个人都是一个闪光体，光芒万丈。

感谢每一位为我们付出的指导老师，感谢汪老师每天为我们考虑好一切事情；感谢吴老师每天陪大家到深夜，细心地为我们修改调研报告；感谢宁老师在生活上对我们的照顾，让我们每天都过得很好；感谢楚老师在我们身体上有任何问题的时候都即时帮我们解决；感谢向老师，带着大家下乡、跳舞和唱歌。感谢老师们的无私奉献，每天睡得最晚的是你们，起得最早的还是你们，无论任何事都安排得妥妥当当，让大家毫无顾虑地做任何事。"元帅故里洪家关，大王叫我来巡山"，你们就是最最可爱的大王。

再平凡的你们，都可以光芒万丈。我们可爱的汪老师你不用说什么，你说的都在表情里，我们都懂。呆萌的吴老师，你跳舞的时候真的是很萌。自带少女光环的宁老师，一直会记得在寝室时有虫子爬到你脚上时你那标志的高抬腿。每天都和医疗队出去义诊的楚老师，洪家关的村民们会记住你和你所带团队中的所有人。还有向老师，天天下乡的你现在是女生拍照最好的拍档，因为不管谁站在你面前都显白，17日团日活动那天的"短裤"你真的很迷人。萌萌哒的冯琦我真的很喜欢你的笑声，喜欢你吃货的样子。音舞学院的姜慧其实你不是体育生而是女神，你跳舞的时候真的很美。短头发的楠娟，看着你每天跑在烈日下，真的很心疼。感谢每一个宣传组的小伙伴们，另外，我想看看你长发的样子。还有很多很多，你们每个人都有一种独特的魅力，都有各自的闪光点，平凡的你们，光芒万丈。

　　感谢"三下乡"，让我在这里遇见了你们，让我收获了这样一份难忘的回忆。请你们记住：再平凡的你们，也可以光芒万丈。

三两人，两三事，我们在路上 *

　　属于我们"三下乡"的故事开始了，又结束了，但这不是终点，而是新的起点，我一直认为，志愿服务这条路还很长很长。

　　秉承吉大优良传统，做一名合格的吉大人，不怕吃苦，不喊累，往武陵山最需要我们的地方去。我们怀揣着满腔热情，参加授旗仪式，带着游俊书记和白晋湘校长的殷切期盼与厚望，从出征仪式到踏上征程开始，我们这群青年志愿者就已经做好了充足的准备，准备好吃苦，准备好从校门走进社会，无怨无悔。早上出发，一路的颠簸，就这样在下午赶到元帅故里桑植县，迅速安营扎寨。没有适应期，老师们一下车便马不停蹄地和当地政府对接，而我们这群志愿者则立即着手准备我们晚上休息的地方，没有一刻的停留，来不及喝上一口水，来不及吃上一口东西。

　　当一切都准备妥当后，我们举行了第一次团会，老师们结合当地实际情况细致地对我们接下来十余天的工作进行了部署。这十天来，从向当地政府进行调研采访、收集资料，到去光荣院慰问革命老兵；从顶着烈日下乡服务，到冒着风雨和张家界市人民医院联合为洪家关的百姓们进行义诊；从手绘地图旅游策划采访，到生态园餐厅的参观；从贺龙故居到贺龙纪念馆；从重温入团誓词到重走长征路；从给敬老院的爷爷奶奶们带去欢乐，带去我们的关心，到再一次深入光荣院进行慰问演出；从完成每天日常繁忙的工作到举办团队趣味运动会，我们一起吃饭，一起笑，一起为当地质朴的民风而感动落泪，太多太多个感动的瞬间，做当代一名合格大学生，我们一直在努力践行。

　　"每一个人都有一段不为人知的故事。"光荣院的贺晓英院长这样说，这群住在光荣院的爷爷奶奶们都是革命老兵和红军烈士家属，年迈的他们在那个特殊的年代里历经沧桑，岁月改变了他们的容颜，但那段被刻在皱纹深处背后的

---

　　* 本文作者周露琪：商学院。

故事，即使在这个仓促得不能再仓促的时代，也给予我们一份力量，一份在这个时代不断向上向善的力量。

在敬老院，86岁高龄的抗美援朝革命老兵为我们带来三首红歌，以表示对我们此次慰问的欢迎。老兵们为我们讲述他们自己经历的革命故事，那是一段段被放在历史洪流中只不过是沧海一粟的片刻，却被我们这群"三下乡"的实践队员们视为珍宝，认真地聆听着，记录着，把自己置身于那个年代，去感悟，去思考。

"百善孝为先"的传统美德一直都被社会大众传颂着，当年华渐渐老去，当岁月褪去韶光，我们都老了，在熬过所有的苦之后，愿我们都能有一个落脚的地方，有那么一个像家一样的地方让我们把余生靠一靠。敬老院一行，带给我们志愿者内心深处的震撼无疑像一把匕首，深深地刺痛着我们，对于一群饱经风霜的老人，他们更需要的是陪伴，是属于家人的陪伴，陪他们说话，陪他们讲故事。记得有一位奶奶，她是一名退伍老军人的家属，也是一名寡言少语的老人。刚开始我用我那不娴熟的手法给她按摩的时候，谁也没有说话，她很淡定，很从容，安静地看着前方，相比之下的我显得很是局促不安。我开始试着和她交谈，想打破那种尴尬的氛围，便向她问起以前的生活。她很平淡地描述，没有大起大落，只是后面说了一句"那些日子真的是太苦了，有时候想起来真的只能把眼泪吞了往肚子里咽。"这是要有多么大的胸怀才能把一切都看成是别人的故事来讲述，讲述到听故事的人泣不成声。愿我们都能把每一份孝心践行到生活中的点点滴滴，自觉地赡养好家中的老人，也愿每个老人都能被善待。

"被需要是一种幸福"。这是吴老师在全体例会上对我们说的话，而就是在洪家关，这份幸福被我们的实践队员们真真切切地感受着。为了手绘地图的制作，"红色革命传统教育"实践团就洪家关白族乡的红色革命旅游景点进行调研采访。在返程途中，偶遇一位乡亲，看到我们的实践队员，便用淳朴的乡音对我们说："你们是大学生，那可不可以抽空去我的那块猕猴桃地帮我看看是出了什么问题，为什么叶子会无缘无故枯死。"我们听过之后，既感动又惭愧，感动武陵山的老百姓们对我们的信任与支持，惭愧的是我们没有这方面的技能与专业知识，只能向他解释我们此行的目的和能力所及的事情，看着他转身离去的背影，我深刻地认识到我们需要做的还有很多，需要学习的还有很多。

太多太多个难忘的瞬间，太多太多场不舍的故事，"三下乡"成为了我们每个人共同的回忆。所有此行的经历都将化为我们梦想的羽翼，伴我们成长，让正值青春年少的我们少份柔弱、多份坚强，少份推卸、多份担当，努力做一名合格的当代大学生。

情意绵绵，爱筑边城*

"我志愿加入吉首大学'走进武陵山'大学生志愿者暑期'三下乡'社会实践活动团，成为一名光荣的志愿者。我承诺：秉承吉大优良传统……"整齐嘹亮、掷地有声的宣誓声从图书馆门前的阶梯上响起，飘扬在吉首大学早晨八点的天空中。2015年7月20早上十点多，我们乘着校车来到了此行的驻扎点——湘西州花垣县边城镇的边城小学，开始了我们为期十天的志愿者服务。十天的时间并不算长，然而却有许多瞬间触及心灵的感悟。

"我们边城人民欢迎你们的到来！我们会全力配合同学们的调研，也希望能通过吉大师生们的努力，让边城有一天能走出湘西，走向世界！"老村长的声音铿锵有力，边城人民殷切的希望也深深印在了我们每一个人的心中。这是我们来到边城镇的第一天。

当地村政府和村民们为我们精心准备了长桌宴，那是苗族宴席的最高形式与隆重礼仪。饭后老村长还带领着我们将边城游览了一圈，清水江、翠翠岛、青石板马路、古色古香的雕花木楼房……山清水秀，沉静典雅。我们都发自内心地为边城的魅力而惊叹！

在对边城的全貌有了大致了解后，我们的志愿者服务活动便拉开了帷幕。作为此次志愿者活动的政策宣讲团，我们的任务不仅是为村民对农村政策进行解疑答惑，还肩负着向我们服务所在地的村民宣传我们的服务项目、服务地点以及服务时间等的重任。

"我们是吉首大学的志愿者，来到这里为村民们做志愿者服务。我们可以为乡亲们提供免费的医疗服务和家电维修……"这是十天里重复说的最多的一句话。茶峒、南太村、迓驾镇，骑马坡、洪安镇，吉大志愿服务团队每到一个地方，我们政宣组的小伙伴都会挨家挨户地上门宣讲。很多时候，我们才刚刚开

＊ 本文作者周明月：化学与化工学院。

口，可能一些年迈的苗族老人还没听懂我们的话，却热情地拉着我们的手就往屋里走，从难懂的苗族口音里我们依稀可以辨听出这几个字："喝水、吃饭、吃饭"；还有很多村民，一听我们是吉首大学的，纷纷赞扬："吉首大学是个好大学！吉首大学的学生，好样的！"每当这时，心里就不可抑制地涌上一股浓厚的自豪感，为自己能成为这个集体的一员而感到深深地自豪！

提到宣讲，就有一个不得不说的有趣的小细节：因为边城地处三省交界，大部分是苗族居住区，尤其是老年人听不懂我们的普通话，沟通就有了障碍，乡亲们理解不了我们说的话，我们都很着急。关键时刻灵机一动，回想着吉首人说话的口音模仿，夹着吉首话语调将普通话生生掰成了伪湘西话，谢天谢地，就是这一口生疏拗口的各地口音糅杂的伪湘西语终于让我们解决了交流沟通的问题。

然而宣讲的历程也并不总是那么一帆风顺，在赶集的时候，有时也会遇到戒备心理强的人，稍微好点的会比较礼貌地拒绝你，遇上脾气不好还心情不好的人时，冷脸面对的情况也是有的。即使是这种情况，小伙伴也没有一个抱怨或者放弃的，依旧礼貌的道谢，顶多背后做个鬼脸稀释下情绪，然后满脸笑容地走向下一个人继续宣讲。

当地政府期望通过发展旅游业带动经济增长以提高村民收入，他们对于我们的到来寄予深切的期望，希望能通过我们的调研为边城带来一个走出湘西的契机。我们也在尽我们最大的努力，希望能在这短短的时间里为村民们带去最全面的服务。所以有的科技组成员在受伤后依然浑然不知还在认真地维修家电；有医疗组的小伙伴不知疲倦的为村民针灸推拿、细心医嘱；有调研组的志愿者风雨无阻早出晚归的细致调研等。我们每一个人都在尽最大的努力，希望为这座朴实美丽热情的小镇贡献一份吉大的力量。

然而事实是，我们知晓的、能做的实在有限，我们的医疗服务、家电维修服务也只是缓村民的一时之急；我们的调研、访谈尚无能力直接推动上级政府政策变化。面对现实，我们很惭愧、也很遗憾。

"我们此行真正的意义并不仅仅在于为当地百姓带去多少实际的服务，而是因为我们在边城这个地方的行动对当地的青年一代产生的正面影响。"正如龙校长所言，当我们结束归校，可能再没有机会重回这里，但是我们的行动和精神为当地的孩子树立了榜样，使他们心中关于成为"美好的人"有了更加具体和直观的目标，这些留在心灵上的印记影响才是深远的。少年强，则边城强！

真心的希望边城能如老村长所愿：走出湘西，走向世界！这也是吉首大学志愿者们内心的愿望。

爱在联团，忘不了[*]

泉水处，有我们彼此最爽朗的笑声；

国旗下，有我们每天最庄严的姿态；

厨房内，有我们整日最忙碌的身影；

球场上，有我们运动最快乐的脚印；

寝室里，有我们生活最宝贵的剪影。

联团村，有属于我们这批人最珍贵最难忘的回忆，因为"爱在联团心连心"！

我们聚在这儿，终究有分别的时候。随着最后一声哨声的吹响，联团的志愿者们在村口迅速集合，面向最淳朴最可敬的村民。村支书坚定地望着我们，感慨道："你们是吉大的未来，你们是吉大的骄傲。联团永远欢迎你们！"说完礼花齐放，灿烂地绽放在联团的上空。离别总是伤感的故事，苗家阿婆唱起苗歌为我们送行，表达对我们的感谢和不舍。在带队老师的指导下，我们打算用校歌回馈美丽的联团。可一起音，许多人就开始哽咽了，唱到"啊……以人名校"的高潮部分时，志愿者和孩子们都已哭成一片，难忍的不舍全都随泪水宣泄出来。

联团的油桐树青葱一片，我们走在下山的路上，孩子们也一路尾随我们。到岔路口时，我们边走边朝他们用力挥手，随后放声大哭的声音也触动我们每一个人。每个人都默而不语，像是在思考、在怀念我们在联团的点点滴滴、感动与快乐！

我们带着知识、带着科技、带着医疗技术来到联团，为安静的村寨添一份色彩和亮丽。"联团筑梦学校"是在老师的指导帮助下，志愿者们共同努力打造的，把学校搬上联团，通过公开招生、义务支教等方式，让孩子们在村寨里接

---

[*] 本文作者周山林：信息科学与工程学院。

受教育、学习知识，更多得是精神层面上的鼓舞与指引。同时，我们走家串户，与村民近距离交流，完成政策宣讲。通过调研实现"一帮一"精准扶贫，关爱留守儿童，慰问孤寡老人，安抚残疾群体。我们所做的事可能微小，但带给联团的美好都留在我们和村民的心坎里。

想起"联团筑梦学校"成立的第一天，我们手搭手、肩靠肩，共同呵护学生的梦；想起去帮孤寡老人上山扛柴的早晨，我们顺着湿漉漉的山间小路，扛着一捆柴一路滑下，放下柴肩膀都红肿；想起为石喜珍老人修建厕所的那一幕，吴老师和刘鹦站在最脏最臭的地方，干着最累的活，笑容却一直挂在脸上；想起去小朋友家进行家访，家长搬椅子倒水，紧握志愿者的双手表达感谢，淳朴善良让志愿者们感动落泪；想起趣味运动会上孩子们的欢快笑声和背影，他们笑靥如花，却留给我们无数感动；想起教学成果展，一个孩子扮演几个节目的角色，忙碌的表情让村民们笑开怀。

心灵关爱团带给我无数感动，教会我们成长。走进空巢老人的家，空空荡荡，寂静冷清，唯有老伴不离不弃，相濡以沫。我总是忍不住联想起自己的父母，父母随着年纪增长也苍老了许多，若以后在外工作，姐姐也有自己的家庭，不能终日陪伴在父母身旁，对亲情翘首以盼的会不会是自己的父母。不由生出感触，要珍惜现在，把握当下，对自己的爸妈好一点。来到小朋友的家，真的可以用"家徒四壁"来形容，低矮的屋檐，昏暗的灯光，几把破旧的椅子，一张小圆桌，床都是用几根木头和木板拼接起来的。深居在如此简陋的环境中，生活早早地教会孩子们洗衣、做饭、洗碗、砍柴，这些小孩子都承受了太多这个年纪本不该承担的东西。相比之下，我们的求学生活真是天堂，不用担心自己的一日三餐，不必自己做一点事，只需按时上学，放学完成作业就可以了。也许正是因为生活的苦难和锤炼，联团的孩子更懂得珍惜与感恩帮助过他的人，孩子们的善良单纯，让我们为之动容。

"天下没有不散的宴席"，但我们真想相聚能再久一点。彼此的互助，彼此的情感早已在联团生根发芽。我想牢牢记住你们的脸，忘不了汪老师甜美的笑容，忘不了吴老师男神的风范，忘不了方圆的神经大条、情感脆弱，忘不了傅姐姐呆萌的表情包，忘不了张欣利索的新闻气质，忘不了永行的娃娃脸，忘不了田静温婉的风格，忘不了邹湘祁摄像的背影，忘不了旭哥专注拍摄的形象，忘不了标姐姐"杀姐姐"的魅力，忘不了芝琳上课跳舞时的笑容，忘不了万小方很水的后空翻，忘不了刘鹦永远冲在奉献路上，忘不了家燕爽朗的笑声，忘不了旭杰粗鲁的汉子形象，忘不了凤姐和蔼的一面，忘不了陈智教健美操的人格魅力，忘不了栋华才华横溢的艺术大咖秀，忘不了徐芳女神超有耐心的好脾气，忘不了孟奶奶娇嗔的身子骨，忘不了大露爽快贴心的大哥哥形象，忘不了佳垚惊人的食量，忘不了雪龙放肆嗨的豪爽，忘不了与朱欢互损的日子……忘不了，忘不了在联团的点点滴滴，忘不了在联团之我思我念！

美在联团，美在山水，更美在人心；爱在联团，我们播种爱，同时收获爱；心在联团，彼此的情感早已相互渗透，心连心。祝福联团，愿联团拥有一个美好的未来。也祝福我们的友谊，愿友谊天长地久，友谊万岁！

健康下乡，精准扶贫*

医路同行，传播健康，为扶贫而生。

为深入学习贯彻习近平新时代中国特色社会主义思想，按照中央宣传部等联发文件三下乡的相关精神和要求，引领教育广大青年学生勇做担当民族复兴大任的时代新人，以实际行动助力精准扶贫，服务乡村振兴战略，切实在感受改革开放40年取得的新成就新面貌的生动实践中受教育、长才干、做贡献，我带领我校医路同行社会实践服务团在医学院的领导下走入湘西州花垣县石栏镇，深入基层、了解基层，开展"健康扶贫青春行"专项实践活动。

很幸运作为医路同行健康扶贫青春行实践团的负责人。在下乡服务基层的这段时间，变黑的是皮肤、变轻的是体重、变厚的是阅历、变强的是能力、变宽的是格局……这一切的个人收获，离不开几位老师的耐心指导，汗流浃背的队友们的不懈努力，当地政府和卫生部门的大力支持。记得来的第三天，我被安排到义诊组。这一天，学校领导前来慰问我们。可亲的龙副校长让我为他测血压，考察我们大二临床医学生的技能水平。之后，"湖南非物质文化遗产——湘西刘氏小儿推拿"传承人贾元斌老师亲自为校长推拿，为烈日下不停流汗的龙校长送去清凉。志愿服务的第四天，在排吾乡牛皮村卫生院的支持下，我们将义诊场地设在排吾乡牛皮村活动室前。这天天气更加炎热，但当听说我们吉首大学医学生来这里开展义诊活动，还是来了很多的村民。村民们信任我们大学生，才会顶着烈日过来接受义诊。正是这份信任和当地卫生院领导的期盼，支撑着我们在炎热的时间段做完一次又一次的义诊活动。为了找到义诊时高压210的老爷爷，年纪偏高的张老师带着我们顶着烈日花了40分钟才找到了他。我为爷爷再次测血压，并确定这位爷爷患有高血压。我跟他讲解控油壶的作用和用法后，热情的爷爷坚持给我们学生吃家里刚熟的梨子。天很热，但梨很甜！

---

* 本文作者赵四俊：医学院。

　　作为支教组组长，在扶贫的第五天，我终于回到了课堂。在我看来，农村地区的儿童和成人一样都很需要具备院前急救——心肺复苏技能（CPR）。所以这次健康支教活动，我们专门花一个上午的时间教授孩子们学习CPR。短短的下乡时间不会教授孩子们太多健康理论知识，所以我工作的重心便成了灌输和培养孩子们讲究卫生、重视健康的观念。

　　下乡扶贫期间，我有幸跟随团队前往花垣县十八洞村考察公卫事业。习总书记于2013年在十八洞村提出"精准扶贫"的口号，至此以后，该地便飞速发展。我走访了石大姐，询问她的健康状况，并请推拿系学长为大姐施用推拿养生手法。石大姐听不懂汉语，全程靠旁人翻译。在大姐的身上，我真真切切地感受到了那种少数民族的热情好客！

　　很幸运，我结识了雅桥乡卫生院龙院长。他为人正直可亲，临床技术和管理能力都比较强。院长教导我，不管以后去哪里发展，一定要为老百姓做事实。在日常交谈中，龙院长对我抱有很高的期望。如院长所想，今后的我会更加努力，学好专业的同时，坚持发挥专业所长传播健康知识，不负众望。

　　"医路同行——健康知识的传播者"，我已经做了大半年了。经历这次下乡扶贫，不自觉发现还有太多的人没能享受到健康教育。农村教育和卫生条件极其有限，我想通过参加"互联网+"，将我们"医路同行"团队的健康教育模式传播给更多的有心人士，成立千千万万个健康知识传播者。湘西地区，十万大山，百万贫困。但我相信，在不久后的某一天，全湘西人都能享受到健康知识宣教服务！拥有健康知识，便拥有保持健康的手段，居民就能减少医疗费用的开支，这就是"健康精准扶贫"。

信仰点亮人生 *

　　在这里，到处都能看到的一句话——"让信仰点亮人生"。这儿是我在井冈山革命传统教育基地至深的体会。

　　"我是湖南吉首大学物电学院朱式业"，我站得笔直，昂首挺胸，伸出手与西藏民族大学的一位研究生新闻宣传员握手。"吉首大学"四个大字印在我胸前随风而动的校徽上，这是我来到井冈山后开始有了对学校深刻的自豪感。即使做一枚石头，我也愿意粉身碎骨，因为信仰，每一次相遇都撞击心灵。

　　依然记得出发那天，我从行李箱中丢掉了几件厚短袖，硬塞下两本书，接着就是电脑、相机、脚架、移动硬盘、快门线和笔记本。我是一名新闻宣传员，是在大家眼里时刻出现的小角色，有大家的地方一定有我，可在大家的合影里面一定没有我。不管我是被汗水浸满身躯，还是那冒出的热气把相机取景器弄得模糊，或者在那倾盆大雨、那烈日炎炎的天气中，我都会如期地出现在大家眼里，因为这是我的热爱。我的快乐就像汗水一样浸满我的身体，疲惫和乏味销声匿迹。就像吴象枢老师和我说，"你自己热爱的东西，一定要坚持把它做到最好，这样你会充满欢愉。"我带着对摄影的热爱和信仰踏遍井冈山的每个角落，追寻我心中疯狂的热爱，每一次行走都意志坚定，因为信仰。

　　在开班仪式上，我和相机站在会场后面最中央，我们吉首大学实践团成员同其他武汉大学、山东大学（威海）在内的25所大学风华正茂的精英们一同亮相。那天，在"激情30秒"的团队介绍环节上，我们的青春起航，求实追梦。那时最深刻的感触是我内心涌上的热血，就像阅兵仪式上，听着习主席讲的那番热血沸腾的话，内心就会翻腾，红了眼眶，是一种对国家的归属感，而我在这儿也感受到对吉首大学的归属感。融化成为我内心的热血，一直在流淌。

　　在烈士陵园，我和相机跑在最前面，其他小伙伴两手托举起祭奠的花圈，

---

　　* 本文作者朱式业：物理与机电工程学院。

292

一步一迈，庄严而沉重，而我手上端起的相机也被这样凝重的气息添了重量。那天，我们一起听着带班老师深情地讲述着革命时期的红色故事，备受感动。看着四周的烈士名单墙上一笔一划刻着一些有名或者无名的人，我们知道这块红色土地发生了太多说不完的故事。我们在这里，触摸历史，用双手感受历史的厚重；我们在这里深情凝望，过去的故事在耳边轻轻萦绕，井冈山精神沿着山谷传向远方，印刻在一代代中华儿女的心中。

在黄洋界，我和相机随着大队伍重走朱毛挑粮小道上，相机不会说话，它帮我记录了挑粮小道的陡峭与险峻。那天，我们穿红军装，挎着背包，扛着小米加步枪，大家一个紧随一个，彼此相互慰藉，你照看我，我搀扶着你。重回历史的那些年，也许朱毛那时坚定的信念就是源于团队的精神，他们把心绑在一起，积水成渊，高唱那首《团结就是力量》，歌声沿着山谷传向每一个战友心中，热血沸腾，激情澎湃。也许这就是基地给我们上这一堂课的原因，因为团结的力量可攻坚克难。

我和相机坐在基地广场，记录着美好的时光、井冈山的夜晚，静谧宁静，雨后的雾气笼罩着天空。基地，华灯初上，灯火通明，这是一把熊熊燃烧的火把，承载着井冈山过去的点点滴滴，驱走心中的疑惑，用知识的力量把井冈山精神传输到我们青少年的心中。

星星之火可以燎原，我们带着希望，坚定信念，载着满满的收获，在生命的旅途中重新出发，继续前行，而井冈山精神是一盏明灯，因为信念的力量。

红色的跳跃[*]

那一世，我翻遍十万大山，不为修来世，只为路中能与你相遇，相遇在这青野四沃的乡间曲径，相遇在这深藏云海的小村庄。

我们是身着小红衣的志愿者，是"凤飞千仞，薪传八方"的可爱的人。此次"三下乡"之旅，相随我们的医情舞动，相随我们的青春喜逢新动，正所谓"无奋斗，不青春"，这是我们吉大莘莘学子的热血之地！

在这次"三下乡"活动中，令我印象最深刻的是支教。支教，老师初成，将我之所学为我之所用，将满树芬芳传播桃李。我们的教学培训顺利地进行着，从最初的招生到班级定点培训，这是团队凝聚力的体现，是现场教学的夯实基础，更是我们大学生能力的最好证明！急救知识培训，对位于大山深处的孩子来说接触甚少，这是他们难得的机会，一张张稚嫩的面容映衬着留守儿童这个年纪本应不具备的坚强，这，是属于他们的骄傲，经历过大风大浪的孩子，不会轻易被击垮！

看支教，为人师表心连心，欢声笑语满课堂。

我们这群小红人穿梭于"浩瀚"与"渺小"之间，行走在"灿烂"与"荒凉"之处，感受孩子们内心最深处的"丰富"与"贫瘠"，"三下乡"支教，是身体的朝圣，是心灵的修行，一步一步，踏出坚定的内心。我们去到这一个个陌生而又熟悉的地方，遇见一群群如天使般纯粹的孩子，这是一种出发，亦是一种抵达。让我们洗去铅华，在"三下乡"这个团队中，在与孩子们的接触中，遇见最美的自己，"行无尽头，长路无边"，让我们遇见更多同行的人，也让我们更加勇敢。我们已经拧成一股绳，齐心协力，坚持不懈，我们已经凝聚成一个强大的集体！

作为队伍里最小学龄的学妹，充满求知问学的精神，来到这片大草原，于

---

* 本文作者赵婷：医学院。

这片知识的谷堆扎营、收获，当然是受益匪浅，感动，亦是满怀！然而最让我内心触动的却是孩子们纯粹的内心。

"你们以后要考哪个大学呀？吉首大学吗？"我们志愿者问。

"不考。"孩子们张着双眼望着我们。

"那你们以后要考清华北大吗？"

"不考不考。"孩子们嬉笑着。

"那你们以后要考哪个大学呢？"

"我们要考吉首大学医学院！"孩子们齐声兴奋地说道。

我们从浅浅的外表，进入孩子们最原始朴质的灵台，如天使般纯洁，如老者般智慧。默然相爱，寂静欢喜。

很高兴遇见你，遇见你和风细雨的岁月，遇见你淳风朴厚的笑容，遇见你喜而涕下的感动，是你，是你们，让我们这支队伍，朝夕，日夜，牵肠挂肚，可爱的人啊，吉首大学医学院，我们，已来临！让我们走出象牙塔，服务大基层，走进武陵山，喜迎十九大！

"三下乡"，这是一支神奇的队伍，这是一次感动之旅。有很多时候，我们像是一个圣徒，内心在旅途中朝圣，满怀着服务大众的理念，昂首叩头。这个队伍，它充满鲜活的氛围，团结，友爱，互助，高尚的品质积聚一处，能够参与"三下乡"随从学习，是荣幸，是骄傲，是满心欢喜的感动！

"哥哥姐姐们，如果你们走了，我就每天哭，把你们哭回来。"

我们，这支小小的队伍，带给孩子们的不仅仅是丰富的知识，更是一种陪伴，一种对上大学的渴望与对生活的希望。我们给自己带来的感动只是暂时的，而对于孩子们，却是内心最深处的触动，正所谓：陪伴是最长情的告白。

相知难，别亦难，同舟共济扬帆起，乘风破浪万里航，医者仁心，愿你们，乡亲们多康健。

今朝离营归学校，明日再续乡下情。

但曾相见便相知，相见何如不见时。

联团村的点滴感动*

"我怕我没有机会，跟你说一声再见，不回头，不回头地走下去。"离别的歌声犹在耳际。回忆那十天，"爱在联团"让我有太多点点滴滴的感动，村民的朴实善良，孩子们的乐观上进，小伙伴们的真诚团结。在这个与世隔绝的小村子里，我们一起用善良温暖着彼此。

刚刚来联团村时我们并不熟悉，只是每天朝夕相处，每天打水做饭刷碗，后来渐渐熟悉，感情日渐增进。小伙伴做的很多事情都让我感动。

记得第一次例会，在夕阳中，大家第一次吐露心声，不知不觉天已经黑下来，我借着屋子里的微光在记着笔记。"这么暗，你看得见吗？"坐在我旁边的小伙伴齐庆标问。我回答："看得见。"又继续埋头接着写，这时，突然觉得我的本子上亮了起来，抬头发现一道手电光照了过来，是齐庆标打开了手机的手电光帮我照亮，一阵温暖涌上我的心头。他举着手机，把光照在我的本子上，我在这明亮的灯光下安心地记着笔记。不一会，周围的小伙伴们都打开了手机的手电筒，互相照着亮，点点亮光像悬挂在天空的星星，把夜都照亮了。这是不约而同的善心显露。

在这里，每个人都用自己最善良的一面对待别人，在这里，没有勾心斗角，没有喧嚣浮躁。

联团村的厕所是用两块木板搭起来的，中间的缝隙很大，而且在一个黑黑的屋子里，刚去时很多小伙伴适应不了这样的厕所，我们都不敢上厕所。所以，我每次去时都叫傅姐姐和嘉垚陪我一起去，不管是白天还是晚上，我都会找他们，他们每次都会陪我去。还有我们宣传组的一起写稿子改稿子经常到深夜，但我们始终互相陪伴着，一起朝着同一个目标努力。

联团村的村民也很让我感动，每次我们去村里走访在他们家门口经过，他

---

* 本文作者张欣：文学与新闻传播学院。

们都会热情地招呼我们进去坐，虽然家徒四壁，但还是会把仅有的东西拿出来给我们。

回校的前一天我们去一位老奶奶家里家访，我们的小伙伴曾经帮老奶奶修过厕所，我和傅姐姐到了老奶奶家中，她搬出凳子来让我们坐，我们坐着一起聊天。说到修厕所这件事，她感动的落泪了，一直说着："很感谢你们。"她说，她本想到我们的驻地来感谢一下我们，准备了好多话想说，可是到这却什么都说不出来了。我觉得我们并没有做什么，她却把这件事一直放在心上。她说，要送酸豆角给我们吃，我们说让她自己留着吃，她却要找个瓶子给我们装。这里的村民很朴实，在我们走访的时候，他们甚至会拿出存折来给我们看。他们心里没有那么多的心思，整个村子就像一块未经开发的处女地，他们把淳朴善良展示给世人。

为期十天的实践活动中，孩子们和志愿者们建立了深厚的感情，临走前一天，孩子们得知我们要走了做了很多漂亮的手工送给老师们。第二天早晨，孩子们早早起床到村口送志愿者，孩子们吹出的肥皂泡在村口飞舞，一起来送志愿者的还有村民们。在我们整理东西的时候，一位老奶奶走进人群中，紧紧拉住了陈永行的手，她把自己的一寸照片送给了他，陈永行说，照片背面还有奶奶的名字。

志愿者们在村口站成了两队，高喊着："感谢联团村，感谢村民。"并深深鞠躬。随后，我们的队伍启程了，身后响起了震耳欲聋的礼炮声，我回过头，眼泪流了下来。我们跟随着队伍继续往前走，苗家阿婆唱起了苗歌，这应该是送别的歌曲。志愿者们走走停停，孩子们一直在后面跟着。我们又停下来，排成了队，为孩子们唱了《吉首大学校歌》。可是，唱着却几度哽咽，孩子们也回赠了我们一首歌："我怕我没有机会，跟你说一声再见。"我们也和他们一起唱着，可是唱的时候志愿者和孩子们都泣不成声。

最后，我们不得不走了，但还是一步一回头地往前走，孩子们在后面跟着，随行的老师不得不拦住孩子们，老师让他们好好学习，以后到吉首大学来找我们，并且鼓励和安慰他们，告诉他们我们还会见面。孩子们终于破涕为笑，我们便上路了。孩子们始终在路口久久地站着，直到他们再也看不见志愿者们的身影。

十天之中，一种深厚的情感已在志愿者和孩子们中间萌芽生长，一切的不舍和回忆都化进一首歌里。"我们都一样，一样的坚强，一样的全力以赴追逐我们的梦想。"

翻滚吧，"三下乡"*

从一开始的时候准备行李，认真地对照群文件里的建议，一个一个地对照物品。再到 15 号早晨闹钟还没响就醒来，拉着行李箱真的很怕忘记带东西，怀着期待，怀着热情，也怀着忐忑。

赶到图书馆参加了出征仪式，开始宣誓时，我全身是那种热血沸腾的感觉。期待第一次的"三下乡"生活，也期待这十天将会遇到怎样有趣的人和事。到现在我都还记得车上的那两个小时是怎样度过的。我晕车应该算是"不治之症"了吧，在车上我甚至连眼睛都不想转动，一动就头晕，可是在来的车上，和小伙伴们一起玩着记人名的小游戏，真的特别开心。开心到我无法用语言描述，正是这种开心让我忘记了晕车的不适。

我喜欢一个团队相处融洽的那种感觉，现在回想起来觉得都不可思议，两个小时的车程我居然没有晕车，要知道我是那种一上车就晕的体质呀，所以我觉得团队的力量真的是很强大。也正是在这个游戏当中，让我感受到团队小伙伴们都很好相处。

中午到达驻扎中学了，因为刚到，各项工作以及活动还不熟悉，作息有些不规律。下午到达镇上的便民服务中心，而这里因为长期没有人，桌子椅子上都铺满了一层厚厚的灰。不过没有什么是能够难住我们志愿者小伙伴的，俗话说，人多力量大。我们齐心协力，不一会儿就将便民服务中心的桌子椅子和地板换了个模样，有一种焕然一新的感觉。摆放好物资之后，我们将屋里布置得像模像样的，这里是我们的大本营，是我们的小窝。第一时间发现大本营的风扇坏了，斗志满满地将风扇修好，造福了团队和自己，而这一个风扇，也是我自己第一次尝试拆东西来修，虽然不是自己独立完成的，但和团队的小伙伴们合作得特别愉快，真是有一种胜利的感觉。吹着自己修好的风扇，连风都带着胜利的味道。

---

* 本文作者张小叶：物理与机电工程学院。

　　尝试新的领域，虽然很累，但是很充实，很有干劲，目标也很明确。当你身边都是优秀的人的时候，你会反思自己哪里有所不足，或者会尽力让自己变得更好，这也就是"近朱者赤"吧。每天早上起床的时候艰难地睁开眼睛，又依依不舍地闭上，可是当我想起我在哪？我在干啥？当反应过来后，真的是瞬间清醒，连洗漱的速度都不知道加快了多少倍，今天又是干劲满满的一天呀！

　　"升国旗，奏国歌……"随着主持人响亮而又沉稳的声音，一天的活动就这么展开了。我们主要的活动任务就是利用平常所学的知识与经验，进行科技支农，主要体现在家电的维修等方面。这个非常考验技术，一开始只是打下手的我，也渐渐的能够独立处理坏掉的家电了。这也是一种进步和成长，我感受到自己对工作的热爱。我们的活动基本上都是留守在大本营，进行维修，偶尔会去村民家里，看着其他组非常辛苦地挨家挨户进行宣传，顶着烈日，不惧骄阳，热情满满地为我们的活动付出汗水和劳动。我们寝室有一个宣传部的小伙伴，我特别能感受到她的辛苦，每天晚上都不知道她是什么时间回来的，悄悄的，但是我知道他们做了很多事。各个团队各司其职，但是都有着一个共同的目标，为了一个共同的团体，有些共同的坚持。分工明确，这是作为一个领导者安排一件事必不可少的环节。这不禁让我想起了院里的"三下乡"。今年院里并没有申报"三下乡"活动，其实对于我来说参加校级的和院级的"三下乡"是完全不一样的经历和锻炼。首先，在院里，作为主要学生干部，如果有"三下乡"活动，首当其冲的就是我们，我们需要做一个领导者，进行分工，进行活动策划，要提前知道、准备各种活动。这需要花很多心思，花很多时间，而且有一种责任感让我们肩负起这个责任。而在校级"三下乡"中，优秀人才层出不穷，活动策划在老师的指导下似乎也天衣无缝，我们能在活动中学到很多东西，也能从老师以及小伙伴们身上学到为人处世的道理。写不出华丽的辞藻，但是我希望能用最质朴的语言表达我最真实的感受。背着行囊，穿着队服，扛着旗帜。

　　作为一名在校大学生，有很多丰富的知识值得我去学习体会，而"三下乡"之旅，让我真正从实践中学习到知识，也把我所学到的知识应用到实践中。进入到农村，体会到和大城市不一样的生活环境，在下乡的日子里面，我的收获不仅仅是调查到的资料，更多的是心灵上的感悟，展示了吉大的良好形象，发挥了大学生服务社会的作用，体现了专业特色。通过参加大学生社会实践活动，充分展示了青年大学生的风采。我们都展现出了良好的精神风貌，不怕苦、不怕累。我们分工合作，各自完成好自己的任务，让我认识到了团队合作的重要性，也懂得了自身的社会责任。通过此次实践，我们也结交了不少的朋友，进一步认识了社会，学到了许多书本上没有的知识，掌握了更多为人处世的技巧。

　　既然要下乡，我就对乡下的生活环境不抱有过高的期待。可是来到这里我还是震惊到了，老师说我们团队是所有下乡团队里面待遇条件最好的，我信了！首先伙食确实没话说，再者，我们住在镇上，住宿条件也还可以，至少比我想象中好太多了。我真的太喜欢这个阿姨了，厨艺特别优秀，还记得培训的时候，胡志千学长给我们分享他的胖了20斤的"三下乡"之旅，我觉得以这个条件吧，我回去可能得胖30斤。吐槽归吐槽，真的很感谢学校领导以及钟灵镇的领导。和别的团队比起来，我们有更优越的条件，这让我们更有干劲去做自己应该做的事情，我们会时刻铭记自己的使命！

　　在今天的返程途中，我碰到一个小孩子，让我印象特别深刻。我们在回去的路上，这个小朋友一开始是和小伙伴在玩的，看到我们来了以后，很羞涩地走开了。我们注意到他了，于是和他聊起了天，宣传部的小姐姐想要给他拍照，但是他一开始真的特别羞涩，不好意思拍，但是后来又好像注意到什么似的，停下来，我们立刻懂了他的想法给他拍下来了，但是他不是很会摆姿势，于是我们引导他想和他一起拍照，很快他就放开了，很热情地跟我们说笑，在不得不离开的时候，他也说要再来找我们玩儿。我真的感受到善良和正能量是可以传递的，小朋友们其实是特别容易敞开自己的心扉，只要我们愿意用心去对待他们，真心是相互的。还有很多类似的事件：一开始不相信我们的村民，渐渐地开始把需要维修的家电送到我们大本营，满脸防备的老人也慢慢地开始向我们倾诉心事。通过走访农村家庭的团队，发现有几位学生家庭生活特别艰苦，经济困难，但是他们对子女的那份爱，那份对孩子未来的成长的期盼，却非常的关注和迫切。留守儿童的父母不一定是不爱他们，相反，我觉得她们很爱她们的孩子，因为这样，才会为了她们未来的生活，背井离乡，去挣更多的工资。每天下午在下午三点赶到了大本营，我们一个个被酷暑整得有点发蔫儿，但听到队长说："开始准备工作！"我们不知哪里来的力气一下子精神起来了。也许是一种责任感给了我们力量以用来抵御瞌睡和炎热吧！再苦再累但心里却甜甜的。

　　有一句话叫作，被别人需要的时候，是一个人最有价值的时候，而这个团队让我感受到我是被需要的。当村民们接过一件件修好的家电时，我的内心是充实的。做一个优秀的人，遇见更加优秀的人，流汗的日子总比安逸的时候让人更加难忘，所以我们选择来到这里，体验这五彩斑斓的"三下乡"生活。也正是这几天的"三下乡"生活，让我感受到了学以致用的重要性。

　　总而言之，我们在此次社会实践活动中学到了很多宝贵的东西，那是一个人在成长过程中必不可少的知识与精神的积淀，我们在"三下乡"的实施中证明了我们能行！

得 心 *

炙热的光，
沉默的空气。
运走了，
裹成方块的行李，
和我；
云朵模样的棉花糖，
漂在天上；
灰色面包似的大班车，
驰在地面。

打开了的，
是摄像机的开关。
我希望，
一同打开的，
有星星点点的，
新闻思路。

高温与低温的交替，
昏了头脑。
漫长的黑夜，
会熬过了头。
连成线的星光，

---

* 本文作者章媛：文学与新闻传播学院。

那是，
短暂的休眠。

醒来，
不是来自旋律的跳动，
是因为洒进空气的晨光，
和可爱的你们。

藏进蝉鸣鸟叫中的时间，
在偷偷溜走。
我知道，
从来也跑不过它。
只想，
镜头与文字，
能再捕捉些。
化作你们的一团火，
溶成你的一颗星。

悟心，知新 *

面对知识的海洋，我作为一名大学生有太多需要学习的地方，而这次的下乡之旅，让我真正从实践中学习到知识，也把我所学到的知识应用到实践中。进入到农村，体会到和大城市不一样的文化生活，在下乡的日子里面，我的收获不仅仅是收集到的资料，更多的是心灵上的感悟。

开始听到学校组织了本次活动时，我的内心是激动的，以往都听说下乡是一件很锻炼个人意志的事，也是一个增长见识的好机会，所以我毫不犹豫地报名参加了这次的活动。当时以为自己不会被选上的，没想到竟然有了这次机会。很开心，所以也很努力地准备着。希望自己能够有所收获，有所成长。从对"三下乡"的一无所知到现在的游刃有余，我想我是进步了的。从一开始的不知道如何进知网找文献，到现在的熟能生巧；从当初对宣传稿的懵懵懂懂到现在的写好的文章能在校区的公众号里发表，不禁心中感慨万千。其实当初学姐让我加入团队中的宣传小组撰写推文时，我的内心是恐惧的，有对未知事物的恐惧，也有怕完成不好任务的担忧。但畏首畏尾不是我的性格，不会咱就学，笨鸟先飞，没什么事解决不了的。周围的同学都是我可以请教的对象，需要的仅仅是我开口的一句话而已。有了这样的信念之后，似乎一切都变得容易了起来。

在这几天里，我们三个人一起为我们的稿子而熬夜、而奋斗，一起拼搏，精益求精，只为能够呈现更好的作品。对作品的高要求正显示出我们对工作的态度，不愿草草了事，而是竭尽全力，严阵以待。不松懈、不懒散，永远用高标准要求自己，这就是我们的性格。事实证明我们付出了汗水总会有收获。没有不劳而获的人生，只有碌碌无为的平庸。无论是听乡亲们家长里短的唠嗑，还是成员们一起的嬉戏打闹，抑或是那句"你累了吗，那就在我肩膀上靠靠"，无不充斥着一股安然的味道。这个七月，是那么的充实，那么的有趣。那几天

---

* 本文作者郑洋：旅游与管理工程学院。

天上炽热的骄阳也是变得格外的温柔和亲切，它默默记录着我们的努力，见证着我们的成长。每当想起队员们倾情的守候，村民们热情的笑脸，美味可口的饭菜，我都想让时光永远停留在那一刻，不为其他，只为当初心中最纯真的那份美好！

还记得以前看过的一部电影，讲述的就是几个伙伴为了改变当地贫困小乡村的现状而自愿前往帮助当地村民脱贫致富的故事。和我们的情境有些类似，只是他们的条件更为艰苦些。其中有一段让我特别印象深刻，里面的几个主角在贫困区呆了三个月后，开始对他们一开始坚持的事情产生了质疑，面对一直都没有多大起伏的当地经济，他们的自信心受到了打击，尽管他们做了很多努力，可还是毫无起色。他们当中就有人想要离开了，在当时军心动摇时，那个领头的男孩说了这样一句话："我们当初是为了能够彻底改变他们的现状才来的，现在任务还未完成，我们怎么能就这样回去，这样不就相当于我们根本就没来吗？再坚持一下吧，如果真的拼尽全力之后，我们还是不行的话，那我们就走，到那时也算是问心无愧了。"就这样他们彼此勉励，一直撑到他们老了，最后他们终于成功了。当地人把他们的样子刻成雕塑，一旦有人遇到困难想要放弃的时候，就会抬头看一看那雕像，便能再次拥有向前进发的勇气。

在人生中，我们难免会遇到困难，尤其是当你想尽力去做好一件很难的事的时候，永不放弃的态度是成功必备的素质，只要坚持坚持再坚持，总有一天你会到达成功的彼岸。

慈爱园孩子们眼中的志愿者*

"这个姐姐我认识的，她老是戴着圆圆的黑框眼镜。"几位慈爱园的孩子扒在窗户边指认他们认识的志愿者。8 月 23 日是吉首大学爱心"1+1"志愿服务团来到湘西永顺县福利院"慈爱园"的第四天，志愿者们为孩子们开设了普通话课、阅读课、手工课等，让孩子们学习到更多的知识，更多地接触和感受到外面的世界。

"同行、同乐、同梦"，第一次与志愿者见面时，几位小女孩嘴里念叨着志愿者衣服上的一行字。接下来的几天，在慈爱园大大小小的地方总是能看见身穿志愿服的志愿者们。孩子们与志愿者们在早上一起做篮球练习，一起围坐在食堂的大圆桌旁吃着食堂可口的饭菜，一起在课间聊天和游戏。课堂上，孩子们会被志愿者幽默的教学方式吸引，对他们知识的丰富而感到敬佩。志愿者们会因为孩子的认真而感到欣慰，真真切切地为孩子们带来一些好的改变，是志愿者不变的初衷。志愿者教完孩子们一些成语后开始带领孩子们一起练习拼音的发音。

为了培养孩子们的阅读与写作习惯，提高他们的文学素养，志愿者为孩子们开设了阅读课。志愿者唐湘林给孩子们发了许多阅读资料，他独特幽默的教学风格吸引了孩子们的目光，把文学知识和阅读写作的方法带给孩子。

下午初中部的阅读课上，唐老师给孩子们布置了一个特殊的作业《写下你眼中的我》。孩子们拿起笔在纸上写下了自己眼中的唐老师。"唐老师的眼睛小却有神，挺挺的鼻子下还有一张能说会道的嘴，一头卷发下还有一对大大的耳朵。"一位女生这样写着。

绘画课上，志愿者给孩子们讲解了美术知识，以及一些绘画的基本步骤，并向孩子们展示自己画过的漫画、素描等，给孩子们发了彩铅和白纸，让他们

---

  * 本文作者章媛：文学与新闻传播学院。

画出自己想画的画。小婷把在课堂上上课的志愿者比喻成她心目中的大树，把上课的自己比作大树下的小草，而树顶是什么样子呢？小婷为这样的自己和老师画下了一幅画，并在旁边写下了自己的话。小婷把自己对于老师的敬佩之情和自己对于知识的向往通过这一幅画表达了出来。

我依然清晰记得我第一堂课的情景。忘不了上课之前的紧张，备课时的犹豫和烦恼。紧张是因为第一次给小朋友上课，不知道他们会不会喜欢我；紧张是因为怕我准备的内容不够吸引人，上课的时候我会控制不住场面；犹豫是因为怕我控制场面的时候太过于冲动，给孩子们留下不好的印象；烦恼是因为怕自己才疏学浅，把简单的内容复杂化，孩子们听不懂。但是这一切的一切在上课的时候全都不复存在了，有学姐和朋友给我"镇场子"，没有敢捣乱的小朋友。又由于是第一节课，大家的精力都还比较充沛，所有的小朋友都认真地把注意力放在了我的课堂上，当所有的小朋友都整齐地唱出了我教的歌曲的时候，我的内心不可抑制地滋生出了肆意蔓延的自豪感，第一堂课就这么完美地落幕啦！

感谢这一堂课的经历，让我对自己充满了信心，让我知道自己还是有潜能的；感谢这一堂课，让我收获了可爱的孩子们，让我能够毫无顾忌地和她们谈天说地。

"三下乡"的这些天，我们褪去曾经的娇气，习惯两人挤在一张小床上睡觉；习惯了随处可见的蜘蛛网、小虫子以及食堂里那只绿得发亮的青蛙。早起晚睡成了常态，早起是为了晨跑、为了准备好一天的必需品；晚睡是为了宣传工作，为了编辑这一天的微信推文。不可否认的是，我是一个很怕麻烦的人，怕自己做不好一件事情，也不敢轻易去尝试没有把握的事情。感谢这一次的经历，感谢学姐的信任，让我在一篇又一篇推文中锻炼自己，尽管累，但是我的内心真的毫无怨言，因为这一切都是为了我们这个可爱的集体。时间虽短，但是我得到的新技能是在书本上所学不到的，是无法通过简单粗暴的文字描述就能够获得的技能。

如果时间可以重来[*]

　　七月，骄阳似火，风华正茂的我怀揣着希望同凤之翼团队的小伙伴们一起走进了保靖县吕洞山的夯沙村。这次下乡共持续了七天，在这七天里我收获了很多，比如感动、友谊，学到了许多新技能。

　　作为当代大学生，我们应该适当地去参加一些有意义的社会实践活动，"三下乡"便是其中之一。"三下乡"一直以来都是一项备受社会关注的实践活动，在我大一一来到吉首大学时就从学长学姐口中听说了"三下乡"，那时我就感觉"三下乡"是一项非常值得参加的实践活动，从那时起我就暗下决心一定要在大一暑假去参加"三下乡"。这次我如愿地完成了第一次下乡活动。

　　我虽然从小就在农村长大，但是这次夯沙村之行还是带给了我许多惊喜。这个地方的村庄有着其他村庄未能拥有的古韵美与时代感。当我们坐的面包车驶进夯沙时，映入眼帘的是一片蔚蓝的天空，这是在别的地方很少能见到的蓝，这片天空是最开始吸引我的地方。到达目的地后我看到了建筑风格奇特的学校，发现这种风格的建筑很能吸引人的眼球，即使它扎根于大山深处，它还是有着它特有的魅力，在忠实履行着它教书育人的使命时也给人们一种美的享受。我们来到这里，是我们的幸运。整理好行囊，我们便开始了分组招生。第一次踏进如此诗意的村子，木质的房子，古朴的小道，缓缓流淌的溪流，清脆的蝉声，地里辛勤劳作的村民，这里的一切似乎都那么亲切，却又大不同。我们挨家挨户地招生，走过桥到了溪流的另一端，其实是小孩子的嬉闹声把我们从这端带到了那端。我们向在水边玩耍的两个小男孩说明了我们的来意，这两个孩子非常热情地把我们带到了他们家里去征求他们家长的意见，允许他们的孩子来我们支教的学校上课。这两个孩子的家长同意了之后，其中一个小男孩主动提出为我们带路去找村里其他的小孩子，那时烈日当头，天气十分炎热，在这种酷热的天气下他提出为我们带路真的十分不易。他带着我们走了一家又一家，我

---

　　* 本文作者周雨洪：国际教育学院。

们也招到了一个又一个学生，他最后带我们去的是一个比较远路有点难走的地方，途中我们顶着火辣辣的太阳翻山越岭，可最后这家的小孩却都不愿意来上课，当然会有点小失落，但是我们心里十分感谢这个小朋友不辞辛苦地带我们来到这里，并在落日余晖中踏上回中学的路途，他那热情的笑脸让我第一天就记住了他。

支教给予我了解孩子们的机会。支教是"三下乡"社会实践活动里十分重要的一个环节，虽说这不是我第一次站在讲台上，可是第一天上课的时候我还是会有点儿紧张，我原先计划的是音标入门课，可是刚开始教音标就感觉学生们不感兴趣，只有个别同学在认真地听。也许是因为年龄问题，开始选教音标课时没考虑这么多，一个班级里有各个年龄段的学生，从学前班到六年级的学生都有。一个班里面只有四个同学是学过音标的，教了几个就感觉他们实在不感兴趣，我就换了一种教学方式，我采取做游戏的方式来教一些英语日常用语，游戏做了两轮，学生们参与度是蛮高的，也非常有激情。通过支教的第一堂课，我体会到我们需要找到孩子们的兴趣所在，根据他们的兴趣爱好来改变授课方式，这样课堂就不会变得枯燥乏味，孩子们自然就有了听下去的兴趣。后面我把原定的音标课换成了羽毛球课，小孩子们感兴趣多了。同时很开心小朋友教会了我打乒乓球，以前我都不懂打乒乓球的规则，现在懂了。手工课上，一个相对于其他孩子来说比较大的男孩子教会了我剪雪花，平时他是班里比较调皮的，可是那天看他有点沉默，似乎不开心，而且在认认真真地上手工课剪纸，没想到一个男孩子手也这么巧。支教拉近了我和这些孩子们心与心之间的距离，感谢他们教会了我很多东西，有时候我感到自己很多地方都是不如小孩子，比如说想象力、动手能力等。

调研让我学会了思考。那是我第一次去外面走访调研，下午两三点钟的太阳非常毒，不过我们不畏艰辛，激情满满地跟着向老师的步伐，边走边找沿途的村民进行问卷调查。我们一行五个人走进大山，走到梯子村，走访了一户又一户村民，进行了一次又一次的问卷调查。村民们有些听不懂普通话，因为他们主要讲苗语，这成了我们调研工作中的一大难点，还好我们队伍有个本地的学姐，多亏了她我们才能顺利完成调研任务。我们此行的另一个目的是采访第四届湘西自治州道德模范候选人石九英，采访过程中，我的内心受到了触动，一个七旬老人如此坚强伟大地撑起了这么一个苦难的家庭，她的事迹在《团结报》、搜狐头条等媒体多次被报道。我初见老人是在她干完农活回家的路上，眼睛深凹，瘦小的她无法撑起她身上的苗服。我们跟着她来到了她那"飘摇"的家，房子的木板和柱子都歪歪倒倒，残破不堪，69 岁的她凭借坚韧的毅力撑起了这个四口之家，从不会被轻易打倒。她让我明白了：不管你有多么困难，这个世界上一定有人比你更困难，总有人需要你的出现，需要你的鼓励。回来的路上，听向老师讲了他此次的研究课题，还向我们介绍了他的研究思路。向老师的亲切指导让我们受益匪浅，作为大学生，光成绩好还不够，我们还需要有研究能力、有科研精神，这样才会做到全面发展，才能称得上是一个合格的大学生！

后勤工作帮助我成长。在"三下乡"活动期间，有一天是我们一组四个人负责后勤，后勤生活也是多姿多彩的。我们小组的成员早早地起床去街上买菜，卖菜的阿姨人非常好送了我们很多菜。而且那天也非常有口福，辅导员和书记亲自给我们下厨，在那里我第一次体验了自己擀饺子皮，然后自己包饺子的乐趣，大家一起做一件事真的很开心。

晨跑塑造了健康的体魄。清晨，我们迎着朝阳在村庄的路上跑步，清晨的吕洞山很美，空气很清新，每天早上起来围着村子跑几圈真的是件非常棒的事情，晨跑让我爱上了这里。孩子们的天真无邪，为我在"三下乡"的这段时光留下了深刻的记忆。马欣是个很内向的小女孩，想要她去和小朋友们一起玩游戏，她说害羞不去，说我去她就去。内向羞涩的小孩子缺乏引导他们迈出去的力量，我愿意在这段时间里成为能够带动他们的那股力量。马欣说她平时中午都睡不着，她喜欢粘着我，我就带她到办公室午睡，她竟很安心地睡着了。也许是因为平时爸爸妈妈不在家，爷爷奶奶也不可能陪她睡午觉的缘故，缺少陪伴确实会让小孩子感到孤独与不安。这些孩子中我最喜欢的一个是梁睿，我特别欣赏梁睿的一点就是我发现她是一个有礼貌、能主动为他人考虑的小女孩。有天下午的时候她看到我和室友在打扫教室卫生，她就主动来帮忙，一个人默默地在教室的角落把我们遗漏的垃圾捡在一堆，然后把它们扔进垃圾桶里，之后又回来把位于教室角落的书架上的书整理整齐。她和其他同龄的小孩子不太一样，她和我们一起吃完饭都是自己主动把自己的碗洗了，她说在家里都是自己洗碗。她的这些举动让我很感动，一个八岁的小女孩就能够这么的自律、懂事和勤劳，我问了她爸妈是否在家，她说爸妈都在家。由此可见爸妈对小孩子的教育是十分重要且影响深远的，真心希望有更多的小孩子能有爸妈的陪伴。

这七天过得太快，真想时间慢点走，想再多花点时间陪陪你们。当我听到"老师，我好想时间可以重来，回到我们第一天见面的时候，我一定会更加珍惜我们在一起的时光。"看到你们在离别时留下泪水，我很伤心，也特别不舍，可是天下没有不散的宴席，感谢你们给予的感动，我收获了很多，学到了不少，此行无悔，愿大家都有更好的未来。

云巅一行，遇见你多幸运[*]

十天也许就是漫漫生命中的惊鸿一瞬，可以去一次期盼已久的旅行，可以去见见远方的好友一诉思念，可以回家看看母亲的银丝和父亲布满老茧的双手。时间太短来不及回头，时间又太长总是留下一生难以泯灭的回忆。

让我再看你一眼你的笑脸

在联团的这十天，最忘不掉的当属那群孩子了，他们天真而敏感，善良而多心，如果你和他们相处熟了，你会发现他们的可爱。记得志愿者们刚到村庄里的第一天，有一群孩子兴冲冲地早早就在村门口迎接，热情地帮我们拿行李。当时有个小女孩帮我拿行李的时候问我，"姐姐，你叫什么名字？""我叫赵雅娟，你们叫我豆豆就行。""豆豆姐姐，你是第一次来这里吧？""豆豆姐姐……"

这个小姑娘叫石娟，明媚的笑容伴随了之后十天的联团之行。与她明媚笑容不相符的是她家困难的情况，姐姐患有轻度智障，爸爸妈妈丧失劳动力，一家四口仅靠家中薄田为生。可是小女孩有着与年龄不相称的成熟、快乐的生活、优异的学习成绩。爱笑的女生运气都不会差。

在联团村，有许许多多和石娟一样可爱的孩子们，他们大多父母外出打工和爷爷奶奶住在一起，小小的肩膀甚至要承担家庭的重任。我见过早晨五点就要去放鸭子的小姑娘，也见过八岁就会炒菜做饭的姑娘，还有五岁孩子纯真透彻的眼神。你的笑容，是我的关心。

---

[*] 本文作者赵雅娟：文学与新闻传播学院。

让我多听你讲几个过去的故事

苗家村寨，从来都是让人向往并引起无限好奇的地方。而事实是，没有什么不一样。他们像大多数人一样日出而作、日落而息，黝黑的脸庞粗糙的五指是生活的赋予。因为贫穷，所以总要想办法摆脱贫穷，别无选择，一双手就是一个家的未来。

村寨里有许多留守老人，他们大多是年轻时已经出去闯荡了一番，年岁老矣回到村里，再来照顾自己子女的孩子。在黄昏里老树下讲讲自己过去的故事。

那些关于年轻、关于闯荡、关于生活、关于拼搏的事情，听得津津有味，也回想无限。谁都有青春，谁都年轻过，既然年轻，就做出一些事情证明自己，以此证明存在。

让我们再相逢在吉大的校园里

因为一件共同的事我们相逢在未知的路途上，然后从此有了友谊的牵绊。一起走过整个村寨小路的小伙伴，一起入户拜访参观人家踩点、写脚本、写专访、写新闻编微信……一起为了共同的目标共同努力奋斗着，因为奋斗所以快乐。

多年以后也许我会忘掉你们的面容
但我会记得那年七月有一群人去了一个小山村带给我爱与感动

一群来自五湖四海各种专业的人
因为"三下乡"结缘
哪怕从此天南海北
都是属于我们的独家记忆

这十天
见过了没见过的贫困
吃过了没有肉的菜
喝过了没净化的水
从害怕排斥到不忍离别

从柔弱白皙到坚强健康
从你我他她到我们大家

指导时老师们细心的讲解
支教时孩子们留下的泪水
调研时同伴们晒伤的脸孔
宣传时大伙们不息的灯光
比起你年轻貌美
我更爱你黝黑真诚的笑容

这才是我们的勋章
我们来过
我们静悄悄地走了
我们付出过
我们深爱着
这就够了

天然浴场和日常尬舞
山间小路和明媚阳光
天真童颜和灿烂笑容

原谅我词不达意说不出内心想法
微薄言语略微总结这十天
从此祝所有人前程似锦锦上还开花

佩戴勋章
义无反顾
莫问前程

爱在联团
爱是联团人

致那不能忘却的纪念*

82年前，鲁迅先生在柔石等五名左联作家被残忍杀害两周年之际，写了不朽名篇《为了忘却的纪念》。今天，我们来到全国青少年井冈山革命传统教育基地调研学习也是抱着同一个目的，为了不能忘却的纪念。作为新时代的接班人，我们应当铭记历史，肩挑重任，传承井冈精神，践行"八字真经"，将我们的美好青春奉献给伟大的祖国、伟大的党。

井冈山的英雄，抛头颅、洒热血，在井冈山上默默吟唱着一曲悲壮的国际歌。井冈双雄袁、王二人，迎接红军上山，疆场屡建奇功，却被错杀于永新；萧克，为闹革命不惜改名，还献出了一家五条鲜活的生命；张子清，身为师长，治疗腿伤时把组织上分给他食用和洗伤口的盐全部留下来，分给其他伤员，最后感染去世；范家驹，在井冈山斗争最后的日子里坚持抗争，最后不幸被捕，视死如归……

当我们第一次站在了一个个庄严肃穆的历史遗迹前，切身感受这一段段荡气回肠的故事，我们的心也一次又一次被猛烈撞击、颤栗、折服，我们的情也一次一次被感染、共鸣、振奋。因为在我们的心里，井冈山早已不仅仅是一座山，它更成为了一种符号、一种象征、一种震撼、一种吸引，更是一种信仰。

当汽车开始了漫长的爬坡，茂密的竹林，巍峨的翠峰，就像连绵起伏、无边无际的绿色海洋。隔着车窗，依然能感觉这里的山籁是那样的静肃，井冈山就是这样一座饱含深情、坚贞不屈的山，让你对它肃然起敬。汽车在山上盘旋前行，放眼望去，远山逶迤起伏，近山险峻陡峭。正是井冈山地势的险要，为革命的胜利奠定了良好的自然条件基础。蒙蒙细雨，我们攀上了高高的黄洋界。放眼望去，参天的冷杉，早已替代了当年的萋萋黄草；翻卷的云海、细密的雨雾，早已遮住了当年的血火硝烟。失望之余，欣慰之中，我的目光停在了那残

---

* 本文作者张益文：外国语学院。

留的一段战壕之上。顺着当年红军的脚印，我徜徉在哨口的小径上，当我抚摸着那门曾经吓破敌胆的迫击炮时，似乎，历史的雨雾中，又听到了那不朽的诗篇——"黄洋界上炮声隆，报道敌军宵遁……"细细品味着毛泽东这首语调激昂的词，不禁对这门战功显赫的小炮肃然起敬。此刻，多么渴望时光能倒退，在那战火纷飞的战场上，我能亲手扣动炮筒上的按钮……接着我们乘车来到小井红军医院，在小井红军烈士墓前默哀以寄哀思。一路上，学员们高唱着红色革命歌曲，深切感受先辈们苦中有乐的革命乐观主义和浪漫主义情怀。

从井冈山到北京我们坐火车不到 15 个小时，而以毛泽东为核心的中国共产党人却走了整整 22 年。选择正确的革命道路历尽千艰万苦，当时我党的革命路线不是右倾就是左倾，毛泽东同志从战略的眼光出发，把马克思主义同中国革命具体实践相结合，创造性地开辟了农村包围城市，最后夺取革命胜利的道路。在他的思想指导下，无数的革命者用鲜血和生命在井冈山创建了革命根据地。在井冈山，毛泽东带领红军战士把中国革命的"星星之火"燃成了"燎原"之势，不断发展壮大，从井冈山出发走到瑞金，经过两万五千里长征到了延安，之后到了西柏坡，最后走向北京，解放全中国。

85 年过去了，风雨洗尽了这片泥土上的斑斑血迹，但更给我们后人留下一段难以忘怀的历史，让我们感受到一种沉甸甸的历史厚重感。恍惚中，我仿佛看到了硝烟弥漫的战场，感受了血雨腥风的残酷。也许只有亲历井冈山，才会使我们更加透彻理解"革命""信仰""无畏"等词语的真正含义；也许只有静心聆听井冈山的故事，才会给我们跨越历史长河带来更多的思想震撼。究竟是什么力量在支撑着当年这些革命先烈经历了那些艰苦卓绝的岁月，仍然矢志不渝、坚守信念？究竟是什么力量在激励着当年这些革命先烈经历了惨烈悲壮的战争，仍然孜孜不倦地探寻中国解放之路？这就是革命先烈的鲜血所凝炼、所铸造的井冈山精神："坚定信念、艰苦奋斗"。

"逝去的是硝烟，不灭的是精神。"那些血雨腥风的岁月已然成为过去，然而井冈山精神却已成为了永恒，已镌刻在我们心中。我们的灵魂在重温这段血雨腥风的历史中得到洗礼和升华，那不能忘却的纪念是激励一代又一代年轻人奋勇前进的力量。